U0423505

中山大学中国语言文学系百年系庆丛书
中山大学中国语言文学系　编

# 从未远走的青春
## ——校友回忆录

王　琤　谢金华　主编
郑　飞　吴昊琳　副主编

·广州·

版权所有　翻印必究

图书在版编目（CIP）数据

从未远走的青春：校友回忆录／王琤，谢金华主编；郑飞，吴昊琳副主编． -- 广州：中山大学出版社，2024.10． --（中山大学中国语言文学系百年系庆丛书）．
ISBN 978 - 7 - 306 - 08278 - 7

Ⅰ．I251

中国国家版本馆 CIP 数据核字第 20242L6G98 号

CONGWEI YUANZOU DE QINGCHUN——XIAOYOU HUIYI LU

出 版 人：王天琪
策划编辑：周昌华
责任编辑：周昌华
封面设计：曾　斌
责任校对：袁双燕
责任技编：靳晓虹
出版发行：中山大学出版社
电　　话：编辑部 020 - 84111946，84110283，84113349
　　　　　发行部 020 - 84111998，84111981，84111160
地　　址：广州市新港西路 135 号
邮　　编：510275　　传　　真：020 - 84036565
网　　址：http://www.zsup.com.cn　E-mail：zdcbs@mail.sysu.edu.cn
印　　刷 者：恒美印务（广州）有限公司
规　　格：787mm×1092mm　1/16　19.125 印张　353 千字
版次印次：2024 年 10 月第 1 版　2024 年 10 月第 1 次印刷
定　　价：82.00 元

如发现本书因印装质量影响阅读，请与出版社发行部联系调换

谨以此书献给中山大学一百周年华诞

（1924 — 2024）

中山大学中国语言文学系百年系庆丛书

主　任　彭玉平　王　玎

编　委（按姓氏笔画排序）

　　　　王　玎　王霄冰　吴承学　张　均　张奕琳

　　　　陈伟武　陈斯鹏　范　劲　范常喜　罗　成

　　　　郭丽娜　黄仕忠　彭玉平　程相占　谢有顺

　　　　谢金华

# 中山大学中国语言文学系百年系庆丛书

## 总　序

从 1924 年孙中山先生创立国立广东大学（后先后易名"国立中山大学""中山大学"）至今，已风雨兼程走过了波澜壮阔的一百年。这一百年，中山大学与人类文明和国家发展同呼吸、共命运，见证了世纪风云，也成就了自己在世界高等教育史上的重要地位。中国语言文学系与中山大学同龄，百年中文与百年中大，相向而行，彼此辉映，共同成长。或许可以这样说，在中国的一流综合性大学中，如果没有一流的中文系，至少是不完整的。因为设立中文系不仅是建设中文学科的需要，更是任何一所大学建设自身文化所依托和支撑的主要基础。一所有理想与信仰的大学，除了埋首搞科研，还得抬头看星辰。在埋首与抬头之间，极目千里，完成大学立德树人的根本任务。

一个大学的百年，意味着一种深厚的学术文化积淀，意味着名师大家的代代相传，意味着优秀人才的层出不穷，也意味着学科专业的不断发展和壮大。百年是一个大学重要的发展契机，如何在回顾历史中沉淀宝贵的资源，在展望未来中激发充足的活力，就是一个院系理当思考的重要问题。正是本着这样的目的，我们组织编写了这套"中山大学中国语言文学系百年系庆丛书"，以期鉴往知今，行稳致远。这套丛书共六种：

《中山大学中国语言文学百年学科史》（彭玉平、王玎主编）

《中山大学中国语言文学系百年论文选》（文学卷）（彭玉平、张均主编）

《中山大学中国语言文学系百年论文选》（语言文字卷）（彭玉平、范常喜主编）

《中山大学中国语言文学系名师记》（彭玉平、罗成主编）

《从未远走的青春——校友回忆录》（王玎、谢金华主编；郑飞、吴昊琳

副主编）

《正青春——优秀中文学子风采录》（王琤、谢金华主编；郑飞、吴昊琳副主编）

这六种书大体承载着百年中文的光荣和曾经的梦想。《中山大学中国语言文学百年学科史》是对过往百年若干二级学科以及属下有影响的三级学科的历史梳理与特色总结。在中文学科，此间的古文字学、戏曲学、词学、文体学等堪称名闻遐迩，而中国文学批评史学科更发轫于此，在一定程度上引领了此后批评史学科的发展。一个一级学科，如果能有四五个学术亮点，成为国内外关注的焦点，则其影响和传承也就自然形成。而国内最早的语言学系在这里开设，也足见此间学科开拓的实力与魄力。梳理百年学科发展历史，有的代有传承，格局大张；有的后出转精，新人耳目。当然也有肇端甚好，中间却稍有停留的现象。如鲁迅1927年来此任教，打开了新文学的局面，但随着八个月后他北上上海，此间新文学的热情便不免一时黯淡了下来。但无论属于哪一种情况，只要在百年学科史上留有雪泥鸿爪，便是值得书写的一页。

百年学科发展，当然要以科研为主干。作为"中国语言文学系"，文学与语言构成学科的两个基本板块。而百年之中，名师大家前后相继，蔚成一脉，将他们的重要论文汇为一编，既可见学术格局与学术源流，也可见学人风采与整体气象。这就是编选《中山大学中国语言文学系百年论文选》"文学卷"与"语言文字卷"的原因。因为百年人物众多，论文更是繁富，此二卷只是就具有一定开拓性与影响力的文章，择录若干汇集成编。因为篇幅所限，有些老师的大作未能入选，有些虽然入选，但也可能非本人最为认同之文章。大约他人选编与自己选编，眼界虽或有重合，而差异也应该是绝对的。好在我们这两卷论文选，只是带有纪念性质，并非截然以此作为此间百年学术研究之标杆，这是需要特别说明的。

在百年中文历史上，中国语言文学系先后出现过不少名师大家，他们构成了中国语言文学学科的脊梁。一个学科的影响力，在很大程度上依赖于耕耘在这个学科的著名学者的研究高度与群体力量。这些在百年间熠熠生辉的名师群像，他们的学术思想与学术成果有待专门的研究，而他们在课堂内外的人格力量，在语言行为上的迷人风采，同样是这个学科富有生机的一部分。这是我们编纂《中山大学中国语言文学系名师记》的原因所在。所谓名师记，并非对某一名师作全面通透的学术评价，而是在与学术、教学若即若离之间展现出来的人格光辉和感人故事。这些故事或许是很个人化的，但因为真实而切近，而具备特殊的魅力。如果说，两种论文选略见学者之专攻，名师记则以生活剪影的方式生动记录老师们的一言一行。两种生活，两种风采，彼此堪称相得益彰。

立德树人是大学永恒的使命与责任，或者说，衡量一所大学的办学质量，是否能不断锻造学生健全而向上的精神人格、端正而从容的人生态度，就是一项非常重要的指标。名师大家的学术水平，从本质上来说，要落实到人才培养的层面，也才具有更为深广高远的意义。而所谓立德树人，并非以功成名就为主要指标，在平凡中坚守，在困境中不屈，在优裕中不沉沦，在高名中不忘形，关怀历史、民族、国家和未来，敬畏天地、自然、山川与万物，这就是大写的人。这是我们编辑《从未远走的青春——校友回忆录》《正青春——优秀中文学子风采录》二书的初衷所在。前者记录已经毕业学生的青春时光，后者记录当下在读学生的生活点滴。其实"从未远走的青春"便是"正青春"，现在每有校友回来，一句频率很高的话语就是"归来仍是少年"，说的就是青春情怀在离开校园后，依然珍藏如初的意思。其实，学生毕业后走向社会，经受的考验远非"少年"两字可以形容，其中之艰辛、苦涩甚至屈辱，恐怕也在所难免。但无论面对怎样的情况，社会人更多的只能是自行承受与自我解脱。两相对勘，大学生活之简单就更容易成为一种珍贵的记忆。这也许可以看作是校友回校最简单也是最重要的动力。因为无论面对怎样的世界，简单总是永恒的追求。

但我们在编完这套丛书之后，深深感到，希望以六种书来串联百年中文历史的想法，还是过于朴素了，因为历史远比我们接触到的、感受到的和想象到的丰富。不遑说历史的维度本身就十分繁复，即在同一维度中，变化也十分多端。这是我们虽然试图走近历史，却也一直心存敬畏的原因所在。但既躬逢百年系庆，我们也理当放下包袱，竭尽全力，为这百年的光荣与梦想奉献一点力量。也许在下一个百年结束之时，回看这一百年留下的历史痕迹与点滴记忆，则每一种书卷，每一个页码，每一个字迹，也许都包含着异常丰富的情感密码。诚如此，我们的努力，一切都是值得的。感谢过往一百年的峥嵘岁月，致敬每一个中大中文人。

彭玉平<br>2024 年 9 月 23 日

# 目 录

序 …………………………………………………………………… 王 琤（Ⅰ）
怀念华年师 ………………………………………………………… 詹伯慧（1）
中大往事
　　——话说"迎新" ……………………………………………… 黄天骥（4）
中大往事
　　——考试了 ……………………………………………………… 黄天骥（9）
人淡如菊
　　——记黄海章教授二三事 …………………………………… 黄天骥（12）
语言学界宗师　一生钟情学问 …………………………………… 傅雨贤（18）
回忆与感恩 ………………………………………………………… 余伟文（20）
高华年教授与语言学教学 ………………………………………… 罗伟豪（23）
中大求学漫忆 …………………………………… 杨益群述，郭可悦整理（26）
论容庚精神
　　——为纪念容庚师一百二十周年诞辰而作 ………………… 陈炜湛（33）
商承祚先生与甲骨学、简帛学 ………………………… 陈炜湛　谭步云（39）
魂兮，归来 ………………………………………………………… 唐钰明（42）
文人风骨的传承 …………………………………………………… 谢　华（45）
难忘的汉语言学专业 ……………………… 1973级汉语言学专业全体学生（48）
岁月匆匆，师恩绵绵 ……………………………………………… 黄泳清（52）

| 到西藏当农民是我人生的大幸 | 莫树吉 (54) |
| 我与中大中文系的别样奇缘 | 李飞平 (58) |
| 浩浩大江流 | 姚泽源 (61) |
| 从中山大学中文系走出的学术人生 | 袁鼎生 (65) |
| 鲁迅身边扛大旗的人 | |
| ——康乐园访冯乃超 | 张炯光 (70) |
| 小姜老师 | 张炯光 (74) |
| 住在我心中的明师 | |
| ——忆王起教授 | 黄 宝 (77) |
| 康乐园里一纸情 | 黄 宝 (81) |
| 康乐园记忆 | 陈雄昌 (84) |
| 格外"讲礼"的吴宏聪老师(节选) | 陈平原 (86) |
| 怀想三十年前的"读书" | 陈平原 (88) |
| 那些失落在康乐园的记忆 | 陈平原 (93) |
| 我的大学第一课 | 陈平原 (105) |
| 我回母校讨诗笺 | 陈平原 (107) |
| 求学途中的路标 | 吴承学 (112) |
| 学术的尊严与快乐 | 吴承学 (116) |
| 容庚先生的爱国情怀 | 陈初生 (120) |
| 大学寻梦 | 陈小奇 (124) |
| 启蒙老师《红豆》 | 黄晓东 (128) |
| 我的大学:青春万岁 | 谭军波 (130) |
| 那些年,我们一起追随过的中大老师 | 潘新潮 (135) |
| 终生难忘的教诲 | |
| ——纪念王季思先生诞辰110周年 | 薛瑞兆 (152) |
| 感谢大学 | 陈望南 (159) |
| 长留双眼看春星 | |
| ——回忆晚年的王季思先生 | 黄仕忠 (162) |
| 失东隅而收桑榆 | 李亚荞 (172) |
| 树康花乐草木深 | 沈胜衣 (176) |

文心如水明，风骨化梅菊
　　——再忆邱世友先生 ………………………………… 沈胜衣（183）
他们哭了……
　　——记中文系话剧团 ……………………………… 张全欣（186）
《中国戏曲史研究》序 ……………………………………… 郑尚宪（188）
从体育记者到深耕舆情数据
　　——不断攀登的人生 …… 戴学东述，马文杰、宋舒岩、代伊伊整理（193）
头戴朝霞，眼含海水
　　——兼忆程文超先生 ………………………………… 曹　霞（196）
康乐园往事 ………………………………………………… 张燕明（200）
在这秋凉的北国，我想念中大的一地绿茵 ………… 龙迎春（203）
岭南霜气水明楼
　　——记念邱世友先生 ………………………………… 徐燕琳（207）
生如夏花之绚烂 …………………………………………… 郭冰茹（212）
行远自迩，踔厉奋发
　　——中文系的媒体人 ………………………………………………
　　　　区健妍述，刘珣、杨馥蔓、安思頔、郑斯瑜、唐英芳整理（216）
坚守社会良心是天职
　　——我与中大中文系的故事 ………………………… 侯小军（220）
丰富自我，不断求索 ……………………………………… 黄湘梅（223）
黄天骥先生的学术人生 …………………………………… 宋俊华（226）
那年，那海，那园
　　——我在中山大学中文系上学 ……………………… 李　敏（236）
如此中文 …………………………………………………… 冯日虹（244）
与文同行 …………………………………………………… 岑　炜（247）
祝福吾师理论之树常青 …………………………………… 蓝国桥（250）
经师可求，人师难得 ……………………………………… 刘红娟（255）
遇见 ………………………………………………………… 谢　洲（262）
相见时难别亦难
　　——我与中大中文系 ………………………………… 戴全英（265）

往事并不如烟 ·················································· 黎春蕾（268）

当知识都忘记，还剩下什么
　　——我与中大中文系 ································ 杨柳青（271）

烈如火，温如玉
　　——回首与坤师十八年 ···························· 袁敦卫（274）

玉轮长在眼，掬影盼传承
　　——黄天骥老师琐记 ································ 吕珍珍（277）

十年"树木"，百年"树人" ······························ 姚思宇（282）

胸藏书千壑，烟雨任平生 ······················· 孙一然　钟梓丹（285）

后记 ······················································· 吴昊琳（289）

# 序

今年是中山大学中文系成立一百周年。作为中山大学（国立广东大学）成立之初即设立的院系之一，中文系一直把培养学生作为办学的中心之一，为国家和社会培养了大批杰出的人才。拥有这样一批出色的校友，是中文系最引以为豪的事情；而中文系深厚且极具温情的育人传统，也是校友们最难以忘怀的记忆。

在百年系庆来临之际，我们编写了这本《从未远走的青春——校友回忆录》，收录了近70篇中文系校友的回忆文章。从最年长的1949级学长、著名语言学家詹伯慧先生，到最年轻的2024届校友钟梓丹，对母校的记忆虽然跨越近一个世纪，但诉说的是同一份爱。正如黄达人老校长将"中山大学校友"定义为"在中山大学学习或工作过、并且认可自己是中山大学校友的人"，这本校友回忆录的作者有本科毕业生，有硕士、博士毕业生，也有通过自考就读于此的校友。大家的经历虽各不相同，但都在中文系度过了一段难忘的青春岁月。

在这批文章中，大部分是校友们关于老师的回忆。通过校友们感性而生动的述说，我们可以看到容庚、商承祚、高华年、王季思、邱世友、吴宏聪、程文超等前辈师者的文人风骨和对学生的爱护帮助之情，也印证了"大学者，乃大师之谓也"这句名言。"善待学生"是中山大学、特别是中山大学中文系最深厚的传统之一。在上个学期举行的《〈红豆〉杂志结集》首发式上，年已九旬的黄天骥老师逐一叫出1977级、1978级、1979级校友的名字，并熟悉地说起每一位校友当年读书时的"典故"，就是中文系善待学生的优良传统的缩影。

在筹备百年系庆的过程中，我也无数次被校友们对中文系的深情厚谊和大力支持所感动。无论是筹备校友返校聚会，还是慷慨捐款捐物支持中文系建设，或是设立奖助学金扶掖后辈学子，各行各业的校友都在尽力为母校解决困难、支持学校发展，这一幅幅精彩画面都是康乐园、中文堂里最美丽的风景。在前日举行的百年系庆启动仪式上，我们庄重地将因校友捐赠得以重修一新的中文堂105讲学厅命名为"校友讲学厅"，希望更多优秀的中文学子在前辈校友的激励和帮助下启迪智慧、成长成才，将来回报社会和母校，无愧于百年中文学子之名。

彭玉平主任在这套《中山大学中国语言文学系百年系庆丛书》的"总序"中提到，"其实'从未远走的青春'便是'正青春'，现在每有校友回来，一句频率很高的话语就是'归来仍是少年'，说的就是在离开校园后，青春情怀依然如初的意思"。我们编写这本校友回忆录，希望校友们能在书中唤起自己的青春记忆，重新回到十八岁初次踏进康乐园的美好年纪。

王　琤

2024年10月14日

# 怀念华年师

詹伯慧

我们经常听到老一辈的语言学家说：对于有志从事语言学工作的年轻人来说，最有效的入门钥匙，也就是最基本的业务训练，应该是多多参加语言的实际调查，特别是对自己事先并不认识、并不了解的生疏语言的调查。语言调查的过程，从辨音、记音到搜集词汇语法材料，进而在掌握语料的基础上进行整理分析，归纳出一种语言的语音、词汇、语法系统，发掘、揭示出语音、词汇、语法的特点，其间每走一步，都会接触到语言学的基本知识和基本技能，都会让你受到基本功训练。我们这些半个多世纪前有幸进入上力先生创办的中山大学（简称"中大"）语言学系学习的人，对此都有深刻的体会。当年这个全国唯一的语言学系，在设计培养方案和安排教学计划时，就特别注重对学生语言调查方面的训练。我们的方言调查课是张为纲老师教的，少数民族语言调查课是擅长少数民族语言调查的高华年老师教的。当年高老师只有三十多岁，是全系最年轻的教授。在我们的心目中，他学养深厚，教学认真，给我们上的课，自始至终贯穿培养我们田野调查实践能力的主旨，因而特别注重学生对国际音标的掌握，在讲到少数民族语言中一些罕见的语音时，每每要求我们反复模仿练习，务使我们能够真正掌握这些在汉语中难以遇到的语音。正是由于高老师的悉心教导，我们班上七个同学对国际音标的应用和语言调查方法的掌握，在求学时期就得到了较为扎实的训练，这就为我们日后从事语言工作打下了较好的基础。记得我们毕业前的那次业务实习，系主任王力教授跟当时在中南民族学院任教的严学宭教授联系，让我们到中南民族学院进行少数民族语言调查实习。当时的我们被分成三个组，记录了三种少数民族语言的语音，整理出了音系，得到了一次"真枪实弹"的语言调查实践，顺利完成了那次实习的任务。现在想来，若不是当年认真学了高华年师的"少数民族语言调查研究"课，哪能有条件在毕业前进行这样的业务实习呢？我们班上的欧阳觉亚同学，后来专注南方少数民族语言的调查研究，终于成为一位在壮侗语研究，特别是海南黎语研究方面的权威学者。

觉亚同学能取得如此突出的成就，饮水思源，我想这跟当年中大语言学系高华年老师的指导和影响是分不开的。

打从1953年我们大学毕业，翌年北京一声令下，中大语言学系经院系调整被并入北京大学中文系以后，我们这些当年中大语言学系的校友，在之后的中山大学师生中的印象也就日渐模糊，以至于许多后来进入中大中文系的师生，压根都不知道曾有过一个情同手足的语言学系在他们身边了。可是，我们这些从中大语言学系毕业的学子，脑子里却永远珍藏着从石牌老中大到康乐新中大四载学习期间的许多难忘回忆。当年没有跟随王力教授北上而留在中大中文系任教的几位老师，包括商承祚老师、高华年老师、陈必恒老师等，也常在我们的思念之中。尽管我们天南地北，各奔西东，但只要有机会踏足花城，我们总要重返那绿树婆娑、绿草如茵的康乐园，看望我们常萦脑际的几位恩师，重温当年温馨的师生情谊。在那些风雨交加的动荡日子里，我们尤其惦念着康乐园中那几位可敬可亲的恩师，总希望他们能够逢凶趋吉、化险为夷！随着时光的流逝，我们敬爱的陈必恒师、商承祚师先后辞世，当年语言学系的几位恩师，唯有高华年师尚能益寿延年，长期活跃在康乐园的教坛上，继续以他那丰厚的学术成果滋润着一代又一代的语言学新军。据我所知，打从改革开放、学术振兴的年代开始，华年师在中大语言学科的建设中就一直发挥着领军的作用，他不仅组织系内语言学方面的队伍做好语言学概论、现代汉语等基础课程的教学、研究工作，还十分关切广东省语言科学事业的发展。一方面，华年师结合地方实际，潜心研究粤语方言，写出了被视为当代粤语研究中扛鼎之作的《广州方言研究》，该书于20世纪80年代初问世；另一方面，华年师不辞辛劳，亲自出任广东省首届中国语言学会会长，积极推动广东的语言学科建设工作。直到我从外地调回广州，为了扶掖后进，1986年他才把这副重担卸下来让我帮他来挑。我还清楚记得，1987年首届国际粤方言研讨会在香港中文大学举行，海内外粤语专家云集，对一些具有理论性的问题展开了讨论，华年师在他提交的论文中指出，根据粤语应用情况的发展，应该打破只以广州话作为代表点的传统，建议将广州和香港都作为粤语的代表点。这一具有创意的提法深得与会学者的赞赏。

岁月悠悠，如今我们这些华年师当年的门生，也都陆续步入老年暮境了。进入21世纪以来，我们这些年过古稀的老头，即使有机会回到母校，也就只能拜见华年师，和他忆旧畅叙了。每当我们约请华年师移步康乐餐厅，一叙契阔时，看到他老人家康健如常，谈吐自如，就有种说不出的喜悦。几年前华年师九十华诞，我们的老班长唐作藩同学，自京驰电嘱咐我备好花篮、蛋糕，代表全班同学为高师祝寿。那天我心怀感恩之情来到高师府上，向老师、师母鞠躬祝寿，眼见高师耳聪目明，思维清晰，精神奕奕，心中暗想高师必可长命百岁。万万没有料到，去岁金秋，噩耗传来，高师得病入院治疗，药石罔效，驾鹤西归！令人悲恸万分！至此昔日语言学系恩师，已悉数作古矣！思之能不怆然！

高师告别仪式举行之时，我适逢外出，无缘瞻仰遗容，再见一面。一直愧疚在怀，戚戚无已。唯以此小文，聊寄哀思。怀念之情，自非笔墨所能言也！

壬辰岁始于广州暨南园<br>（詹伯慧，广东潮州人，中文系1949级本科）

# 中大往事

## ——话说"迎新"

黄天骥

2002年下学期,我在香港某大学当客座教授,接受了香港电台的一次访问。想不到访问者问我的第一个问题是:您记得考进大学时的情景吗?

我早就过了耳顺之年,向我了解当年黄毛未褪时的情景,不是颇为突兀么?当然,我是知道这提问的含义的。就在我到达香港的前几天,当地某大学发生了一桩丑闻,一批老生在迎接新同学的集会上,故意向女同学大讲脏话。消息一传出,自然全港震动,慨叹世风日下,人心不古。

访问者向我提问,其实是想听听我对这桩丑闻的看法。我下车伊始,不了解内情,不便置喙。至于侮辱新生的做法,我在青年时代,也并非全无了解。

据说,在新中国成立前,许多大学,特别是沿海地区的大学,多接受了欧美大学的"传统":新生入学时,一定得乖乖地接受老生的戏弄乃至凌辱。在"迎新会"上,老生可以把新生弄得狼狈不堪,而新生只能够逆来顺受。这种陋习,名为"拖尸"。还记得刚考进大学时,老一辈的人也曾提醒过我,准备挨过"拖尸"一关。时至今日,香港某大学老生们的污行,实际是承袭了"欧风美雨"。对此,港人看不下去,也未尝不是社会风气改变的表现吧。

不过,电台访问者的提问,倒真的勾起了我对50年前往事的回忆。往事如烟,可是我所经历的大学"迎新会"上的情景,依然历历在目。

我是1952年考进中山大学中文系的。

我的家在广州西关(现在称为广州荔湾区)。报到的那一天,我携带简单行李,乘公共汽车径往康乐园。

车子过了海珠桥,便进入了当时的市郊。黄土公路的两旁,尽是水稻田,阡陌纵横,灌木丛丛。晓港桥头,停泊着几叶扁舟,好一派远郊情味。拐了几个弯,车子才进入学校的大门。

当年,中大南校门依然写着"岭南大学"几个字。浅黄色的方形石柱,托着横梁，就像下边缺了一横的"口"字，简朴到无以复加。我有点纳闷：这校门和我读过的中学的校门差不多，它寂寞地站在路边，形单影只，哪有什么高等学府的气度？

正踌躇时，车子驶往校道，我下了车，才知道自己进入了一个新的梦幻世界。

从校门内侧望过去，夹道是两行茂密的紫荆树，树上开满红色中间混有白色的花。有些花瓣，落在地上，校道便像铺着碎锦。紫荆树下，是经过修剪的低矮灌木，开放着灯笼形状的大红花，深红粉白，浅黛浓绿，交相辉映。空地上有榕树、木棉树、荔枝树、蒲桃树，夹杂着一丛丛翠竹，微风过处，花树婆娑，沙沙作响。绿树间，有几座红灰色的小楼，传出了钢琴叮叮当当的乐音。我心旷神怡，暑意全消，觉得迎面走来的所有人的眉头眼角，都流溢着盈盈的笑意。

转过小礼堂，眼前一亮，好大一片青翠欲流的绿草地！

我平生未曾见过这么大、这么美的草地。人的眼界，应该是会随着年龄增长而变化的。在小学，觉得小学校园很大；到中学，才知中学校园更大。现在，面对着康乐园宽广的草地，又才知道山外有山，天外有天。我想，大学，偌大的校园，不就说明大学之所以为大么！说实在的，那时候，我实在还没有弄清楚大学的真正含义，只是觉得，光是这片大草坪，就已经足够让我欣喜和迷恋，让我领略了大学的气度。

我赶紧办妥入学手续，放下了行李，便回到当时名为"学习广场""翻身广场"的大草坪上，拣一个阴凉去处，静静地躺下。草地软茸茸、暖烘烘；草尖儿轻拂着肌肤，草蜢儿乍然跃起；草地下像有一股潮热的蒸气冒出。我的身躯，也和氤氲的泥气息、草滋味融为一体。天上云飘，耳畔蝉鸣，康乐园不就像"世外桃源"么！当然，后来我才知道，这里的每一根"神经"，其实都和外边的世界紧密连接，憩静的下面会涌起风波。大学，应该是社会的良心，但也会是社会矛盾的缩影。

午后，有人通知我，晚上系里举行迎新大会，新同学都要参加。一听有"迎新会"，外地来的新生都很高兴，我心里却像打鼓。"迎新"不会要"拖尸"吧？等着被"拖"得了。我想，这一关，反正"新丁"们是要挨过去的，也顾不了许多，于是把心一横，索性先拖了几位舍友逛逛校园再说。

时近黄昏，我和四位同学走到了党委会（那时叫"政治辅导处"）前面的斜坡上。坡后古木参天，树阴浓密，宛如一片森林。我长年居住在城市，只见树木，不见森林，一时兴起，便使劲地往前边跑。谁知走到树丛边，却发现树林被有倒钩的铁丝围着,还贴着写有"内有恶犬,请勿进内"的告示。我张望了一下,没发现林子里有狗,倒瞥见树枝上垂挂着荔枝。于是我撩起裤管,带头跨过围栏,心想荔枝正向我招手,哪里管得了校警摆下的"空城计"。

我走到了树下,正要伸手摘那枝头的荔枝,忽然斜刺里冲出一条又黑又大的狗。那家伙一声不响,向我扑来。俗语说:"无声狗,咬死人。"说时迟,那时快,我一见那狗,扭头便跑。那狗在后面紧追。我赶忙逃到铁丝栏边,举脚便跳,谁知铁丝上的倒钩挂住了我的裤管。这一来,我整个身体"哗啦"一声扑倒在地上。我逃命要紧,也管不了许多,奋力爬起。谁知"嘶"的一声,新缝的裤子被撕开一个大口。那狗正要咬我,可是见我扑倒在地,以为我要捡石块扔它。它略一迟疑,我便乘机逃出生天了。

回到宿舍,惊魂甫定,舍友都来安慰我。大家匆匆吃了饭,又得前往"迎新"的会场了。

那天晚上,系学生会主席说了些什么话,大家表演了什么节目,我一概听而不闻,视而不见。我一边心疼自己的新裤子,一边想着"拖尸",整个晚上,只坐在角落里发呆。我还觉得,不少同学的视线集中到我的身上,大概我那忐忑不安的模样,让师兄师姐们瞧个正着。似乎还有些舍友,他们望着我窃窃私语。

我坐的位置,靠近会场门口,晚会一结束,我便赶紧溜之大吉。那时我年纪小,跑得顶快。我回到宿舍,洗过澡,稍稍整理衣物,正准备休息,忽然有人敲门。我心想无非是舍友们晚会后回来了,本来房门就没有拴闩,我也就懒得起身,只喊了一声:"进来!"

"咣当"一声,房门被推开了。我扭头一看,走进来的竟是四五位高年级的女同学。我一愣,一边喊着"请慢点",一边手忙脚乱地把摆在床上的外裤赶紧穿起来,才敢回身迎"客"。女同学看到我的狼狈相,都哈哈大笑,而且目光都落在我的裤子上。我有点纳闷,低头一瞧,惨了,原来我在忙乱间,穿上的竟是那一条从膝部裂到脚跟的破裤子。

"是这条吗?"一位最年长的女同学指着我的破裤子问。我不知道她说的是什么意思,正作声不得,谁知道她在哄笑声中清楚地下达命令:"脱下来!"

我手足无措,心想我年纪再小,也总不能当面脱裤子吧!那位女同学见我迟迟疑疑,又说了一句:"不要不好意思嘛!"然后,她们都笑着走出房门口。

我无计可施，赶紧脱了破裤子，换上另一条裤子。刚扣好皮带，师姐们又一拥而入，不由分说地把破裤子拿走了。

我默默地坐在床沿上，不敢声张，只好自认晦气。我心想，原来这就是"拖尸"，既然新同学都要挨过这一关，也只好服服帖帖。只是想不到师姐们也会干这损人的"活"。

我盘算着，她们可能会把我的破裤子拿出去示众，或者要我拿出多少礼物作"赎金"。我还想到，肯定有人把我逃命跨栏的"劣迹"说出去了，否则她们为什么会突然袭击我，而且目标又是这样的明确。那一夜，我的心像有十五个吊桶打水——七上八下。既然命运掌握在别人的手上，我也顾不了许多，听天由命吧！

第二天起来，我到校园溜了一圈，又到了系办公室，看了看将要上课的课室，既想熟悉环境，更想打听虚实。不过，一切似乎都很平静，我关心的破裤子未见公示。午餐时到了膳堂，也碰见一两位曾到我房间"拖尸"的师姐，她们只是似笑非笑地和我点点头，便头也不回地走开了。那天，我很少跟同学们说话。"待决之囚"的无奈，被人出卖的懊恼，一直笼罩在我心头。

到了第三天，早餐过后，我回到宿舍，忽然看见"破裤子"端端正正地被折放在床上。我赶紧拿起来一看，裤子原先的缺口，已经被细细密密地缝补好。

小时候，祖母也曾给我缝过衣服，我知道缝补是当时女孩子们"必修"的手艺。细看针线，均匀紧密，巧手缝补者一定花费了许多功夫。我又赶紧掏掏裤袋，想看看有没有人留下开出"赎买条件"之类的纸条，但发现几个口袋都空空如也。

这一回，我又愣了，这是怎么什么回事呢？难道这也叫"拖尸"？

一直到现在，我都不知道是哪一位师姐给我缝补了裤子。只记得当时自己呆呆地站在床边，心情复杂，既感激，又懊悔。那细密的针线，饱含着同学间的友爱，也缝在了我的心上，使我永远不能忘记。其实，从1952年院系调整开始，我从来没见过什么"拖尸"。见到的只是每一届新学年开始，老同学总会组织起来，高高兴兴地迎接新同学。我在大学二年级时，变成了师兄，便请缨参加迎新活动，在火车站举着牌子，等候前来求学的学弟学妹。有时，我还等候列车直到深夜。当然，我也"拖"，但只是替新同学拖行李，也会拖着他们到校园走走。根据自己的经验教训，也会告诉他们什么地方是不应跨越的。

从"迎新会"的误会冰释后，我深深感受到同学间友情的温暖。我们的校园，自然是美的，但更美的是那一份浓浓的而又无言的友情。新中国成立初期知识分子纯洁的心、优良的素质，以及淳厚的社会风气，正是缔造大学校园内在美的基础。

至于那一条经过缝补的裤子，我长期保留着。直至文化大革命，我要奔赴"五七干校"，妻子知道我要上山挑东西，才把它裁开，制成厚厚的"垫肩"。此是后话。

（黄天骥，广东广州人，中文系1952级本科）

# 中大往事

## ——考试了

黄天骥

大学阶段，我经历过几种不同方式的考试。

对学生来说，考试是一个重要的"关口"。平常注意学习的同学，临近学期之末，稍作复习，胸有成竹自可应付自如。对于少数同学，对学习兴趣不大，上课时胡思乱想，下课时游手好闲，马马虎虎，浑浑噩噩，一到考试阶段，便紧张了，或是赶紧补抄逃课时缺了的笔记，或是向学得好的同学求救。急时抱佛脚，难免迷迷茫茫，惴惴栗栗。大多数同学，则忙着到图书馆找参考书。那时图书馆设在马丁堂，座位不多，凡到期末的前几周，一大清早，就有许多同学到马丁堂前排队。长长的队伍，一直排到格兰堂（俗称"大钟楼"）边。

对老师来说，期末考试，其实也是对其教学状况的一次检查。不过，不同的老师，对待期末考试的态度、做法则有不同。多数老师在学期之末，会安排一两次辅导课，把一个学期的授课内容，提纲挈领地作一回顾，让学生更清晰地掌握学科的要领。同学们对一些未弄清楚的难点，也可以及时向老师请教。有些爱耍小聪明的同学，则从老师辅导时的神态中，揣测试题。老师的一言片语，往往成了同学们猜题的玄机。当然，也有个别极端的老师，把考试当作"棍子"，准备对一些平时印象不佳的学生进行敲打。

容庚老师对考试的看法则很有趣。我曾问他："古文字学一科，怎样复习？"他却说："复习什么？猜嘛！"我摸不清头脑，他便进一步解释："我研究甲骨文，就是靠猜。"原来，他不是叫我猜题，而是教我像猜谜那样动脑筋，教我不要死记硬背。即使是考试，也不应靠背结论过关，而应发扬创新的精神。当然，容庚老师以"猜"字作为表述，未必能准确地传达其心意，但仔细揣摩，还是可以体会到他对考试的主张的。大学教育，重在培养学生独立钻研的精神。为什么有些同学会"上课记笔记，下课抄笔记，考试背笔记，过后都忘记"？原因有许多方面，就老师而言，则与其平时不注意启发学生学习的主动性、创造性有关。

大学一年级的时候，系里为我们安排了13门课程。一个学期过去，要考的科目约有六、七门之多。到大学二年级时，不知是模仿哪一条哪一项，学校又把考试的时间拉得很长，在学期结束前的一个多月里，平均2个星期左右才考一科。因此，课上到了第十四、十五周，我们便要进入"临战状态"。这种马拉松式的考法，把我们弄得疲乏不堪。试想，有些课程还未结束，还在讲授；而有些课程则要开考。学生们两头对付，实在精疲力竭。等到最后一科考完了，我们都瘦了一圈。

马拉松式的考试，持续了一个学期，后又改为考试时期相对集中的做法。一般是一天考两科，隔了几天，又考两科。这样，同学们的日子好过了一些。

到了大学三年级，考试忽改为口试。考试前老师把讲授过的内容，概括为几十个题目，要求大家根据这些题目复习。那时候，每个年级的学生，一般有三四十人。学生接受面试的时间是每人30分钟左右。这样，一门课的考试要3天左右。

我从未参加过口试，不知道它是什么样的"劳什子"。谁知道，我被安排为全班应考第一人，首先被叫进试室。和我一起进入"禁区"的，还有被安排为第二个应试的同学。我走到试室门口，如临深渊，如履薄冰。助教黄老师迎面走了过来，手里拿着一个饭盒，叫我伸手往匣子里随便掏。我从中掏出了一张纸，这便是题签。纸上写着我要回答的题目。那情状颇似节日联欢会上的"摸彩"。然后，黄老师通知我在试室外的走廊准备。准备时间约15分钟。等我进入试室时，第二位同学便去"摸彩"。如此第三位、第四位依次地轮下去，那情状又似来到校医室轮流照X光或心电图。在轮候的那段时间里，同学们虽不至于如"待决之囚"，但心上总像有十五个吊桶打水——七上八下。

我被黄老师引进试室。主考老师是任课教师林楚君教授。那一年，他给我们讲授"政治经济学"课程。林教授上课时思路清晰，口若悬河，同学们都很佩服他。

林教授坐在桌子的正面，黄老师坐在桌子的右侧。林教授示意我坐到桌子的左边。他不是正对面坐着"审"我，倒像请我坐在桌旁聊天做客，让我的心情放松一点。我略一定神，发现桌子上还放着一个小花瓶，疏落地插着一些不知名的花。看来，老师们是要营造出一种祥和的气氛。

林教授对我笑了笑，让我开始回答"彩票"上的试题。那回，我的运气不佳，抽到的是难题。我在求学时代，逻辑思维能力不佳，而"政治经济学"一科，条条框框颇多。对这门科目，我本来就心中没底，抽到了难题，越想讲清楚，越讲不清楚，题中要点算是回答了，但条理并不清晰，啰啰嗦嗦，结结巴巴。我说完了，林教授倒没开口，黄老师却发难了。他针对我的回答，又再问了一些问题，我愣了。当时我是怎样回答的，现在全忘了，大概即使不是牛头不对马嘴，也是语无伦次，言不及义。黄老师把我"搞掂"①，颇有点得意，而林教授则低下头来，他那秃秃的脑门，显得特别油亮。

我心里发毛，眼前一片空白，好不容易挨到口试结束，走出了试室。站在外面探头探脑的同学，都围拢过来，那模样颇像产妇被推出产房时，另一些候产的孕妇便都腆着肚子前来安慰、打听，而其实她们都是来摸底的，以做好自己临盆的准备。自然，这一回，我只生了个"舜种"，得了三分，刚刚合格。

这是我平生最严重也是最紧张的一次考试。当时的我，感受到了老师严肃认真的教学态度，也觉得作为大学生，对基础知识必须牢牢掌握，只有如此，才能灵活运用，游刃有余。我还体会到，除了要注意训练笔头表达的能力之外，也要注重口头表达能力的锻炼。对我来说，这3分是宝贵的，它给我敲响了警钟，使我从失败中吸取了经验和教训。等到我在大学四年级参加毕业论文的答辩时，情况就大有改善了。

回过头来看，新中国成立初期，我国在教学体制上学习苏联，弊端是有的。"院系调整"，让综合性大学仅剩文科和理科，即是一例。但是，苏联的某些教学方式，例如"课堂讨论""口试"等，实亦可资借鉴。当年我们学校变换过几种考试方式，也许是萧规曹随，也许是"摸着石头过河"。而对我那一届的学生而言，经历过不同的考试方式，倒得到了较为全面的锻炼。采用口试的方式，虽教师的工作量大增，但学生的得益也不浅。近年，考试作弊之风猖獗，我想，若采用口试，作弊者必无所施其技。

那些年，学校考试采用苏联的五级记分法，对学生成绩，以优、良、中、及格、不及格五类区分。我认为这也比较符合大学的教育实际。因为大学中多数学科的考试成绩，分数越是计得细，就越是不科学。试问，一些论述性题目，打83分与打84分，有何质的区别？当然，这只是我个人的想法。

（黄天骥，广东广州人，中文系1952级本科）

---

① 原为粤语俗语，意思是把事情、工作、问题妥善解决完成。

# 人淡如菊

## ——记黄海章教授二三事

黄天骥

在康乐园里,黄海章教授的名字,并不特别引人注意。他治学严谨,一生著述并不算多,但他的《中国文学批评简史》在学术界受到推崇。师生们都知道,黄海章教授的学问是最好的,许多蜚声全国的学者,碰到难题,多会上门向他求教。人们称誉他是康乐园的"活字典"。

我们的学校,桃李芬芳,靠的就是许许多多像黄海章那样的老师在默默地耕耘灌溉。

我在中大求学的时候,黄海章教授才50多岁。那时,过了50岁,便是老教授了。所以,人人都尊称他为"海老"。海老的样子也真显老。我从来没有看见他穿过衬衣,一年四季,他都是中式打扮。夏天,他穿的是白色或灰色的竹布唐装;冬天,穿的是褐色或黑色的绒质长衫。他没有头发,光光的"小圆顶",从不戴帽子,无论黄昏清昼,他都喜欢在小路上伛偻着腰,踽踽独行,远远望去,就像国画中幽居山林的老僧。

听说海老在年轻时,确有出家当僧人的打算。他对佛经、佛典的研究,极有心得;他写诗时,以"黄叶"为笔名,诗集也取名为《黄叶楼诗》,这可以见出他心中的禅意。又听说他到各处的和尚寺走了一圈,发现佛门里明争暗斗,与凡间并无区别,于是打消了遁迹空门的念头。海老一生淡泊名利,耿直狷介,这可能和他早年的经历有关。

我还清楚记得第一次访问海老时的情景。那时,我当课代表,有些问题要向老师反映。海老住在荣光堂三楼的教师单身宿舍里,我敲门进去,自我介绍。海老让我坐在书桌旁,他戴上眼镜,从上到下把我打量一遍。我把同学的一些想法向他汇报,他一面听,一面左右晃动着身子。听完了,他说了一声:"好!"我又顺便说自己喜爱学习古代文学,看过一些什么样的书。他又说:"好!"我见他话不多,便动手摸弄他书桌上的小茶壶,他一笑,用小壶给我斟了一杯茶。那茶又香又醇,我一饮而尽。他问我:"好喝吗?"我学着他的腔调回答："好！"他大笑，又左右摇晃着身子。我告辞，他送我到房门口，随后扭身就回房了。那回访问，简洁明快之至。在我的印象中，他是一位严峻而又和蔼的老师。

海老给我们讲唐诗。他身体瘦小，却声若洪钟，讲到激动处，唾沫直飞到讲坛上。他讲课的内容十分简洁，一是一，二是二，多余的话一句也没有。对一些名篇，他不做分析，往往是摇晃着身躯，高声朗诵一遍，完了便问："哪一句最好？"若某甲同学起来回答，不合海老的想法，他就摇头；某乙同学又站起来，说另外一句才好，海老满意了，便点头。然后再说关于对这首诗的评价，同学们可以看什么书。这样，一首诗的讲评，算结束了。

在大学，教授们各有各的授课方式。有些老师，语言生动，表情丰富。像董每戡教授讲戏曲史，听了他一堂课，就像看了一场戏。有些老师，讲得简明扼要，条理清晰，像丁宝兰老师、楼栖老师。学生们如果把他们讲的内容一字不漏地记录下来，就是一篇完整的论文。海老讲课，则是另外一种风格。他讲得并不动听，但很有启发。他讲诗，着重让学生自己体悟，极少加上他自己的意见。即使他表示自己的看法，也点到即止。这种方式，颇似我国古代文艺理论家的评点法。有水平的听众，如果留心听讲，是能从中得到教益的。我认为，大学生的学习主要靠自己。教师的讲授，可以不拘一格。管他用的是"填鸭式"，还是"启发式"，只要教师认真备课，对所讲述的内容有自己的见解，那就能对学生有帮助、有启发。海老的讲课，即属"不知什么式"那一类，然而绝不影响学生们对他的敬爱。

海老对工作的态度非常严谨，他主张以自己严肃的讲课态度去影响学生，反对在讲课时说些与讲授内容无关的话语。在1964年左右，他担任古代文学教研组组长。当他知道有一位教授上课时喜欢开玩笑，不注意衣冠整饰，便大不以为然，在教研组会议里提出批评。那位教授则不服气，反唇相讥。海老大怒，语言十分激烈。两位老先生各不相让，场面弄得很僵。我们这些在场的年轻教师，看到两位老人家动了真气，都不知所措。后来，两位老先生还真有了隔阂。虽然海老的工作方法有点问题，但是，他从来都是直来直去，眼睛里容不得有半点沙尘。耿直狷介的个性，必然使他看不惯他认为是散漫不羁的工作作风。

"文革"时期，在严酷的政治环境中，要坚持自己的信念，不为外力影响，那是不容易的事。对于外面的风风雨雨，海老当然是不解的。他虽足不出户，却对是是非非非常清楚，而且敢于坚持自己的看法。有一次，有位知名学者受了上头的委托，大写"评法批儒"的大批判文章。此公一时名满天下,炙手可热。这位学者误上"贼船",身不由己。知识分子的习性使他真的挖空心思为"四人帮"的理论效力。为了评说"法家"的传统,他想到了汉代的重要思想家王充。而对王充思想如何阐述,却未有把握,便"降贵纡尊",请教海老。海老一听他说要把王充定为法家,猛摇其头,坚持王充是儒家,并且认为儒家不应受到批判。他以自己的良知,坚持真理。那位学者告诉他这是政治需要,请他帮忙,但海老就是不肯。该学者不得要领,只好悻然离去。

海老的生活,简朴到了极点。20世纪60年代初,他搬到东南区一幢小楼里居住。我去探望他,穿过竹树浓密的小径,登上门口红色的小扶梯,就进入他家的客厅。客厅实在没有什么陈设,四周满是书架,平放着线装书。厅中央放一张木桌,摆着茶杯茶壶。海老的书桌,放在客厅的南窗下,他习惯于在书桌边会客。我每次到他那里,总是被安排坐在书桌的左侧。师母给我端上的茶,就放在书桌上。

海老的书桌也并不大。和别的老师不同的是,他总会在桌上放一个玻璃瓶子,瓶里插着几株鲜花。有时,他会买几朵花;更多的时候,花是在他的园子里采的。有黄菊,有三月红,有圣诞花,甚至有不知名的野花。海老喜欢在书桌上用清水养花,从不讲究花的品种是否名贵。书桌上总放着一些纸,有信笺,有稿纸。海老找到什么纸,就在上面用毛笔书写。他不刻意临帖练字,而是率意为之。写什么算什么,写好了,便放在一旁。所以,书桌上总泛着墨香。海老还喜欢喝茶。他一生没有什么嗜好,就是喜欢品茶。他用的茶叶,不是特别名贵,但绝非劣品。当客人品出其醇香滋味,海老便很得意,左右摇晃着身体,眯着眼看着你细细地啜舔。

我和海老同在一个教研组里工作,前后有30年,经历了好几次调整工资、评选模范之类的活动,海老总不声不响。我从来没有见他当选过什么模范,没有得过什么表扬,也没有得过什么特殊的待遇。但是,系里的师生,对他没有不尊敬的。说实在的,这样清正廉直、泊淡高尚的老师,谁也不敢对他不尊敬。因为,你对他若有微词,则只说明你自身的庸俗。即使在"文革"期间,"红卫兵"也没有贴他的大字报。其中原因很多,例如海老并不显眼;他在历次运动中不愿介入;他没有什么把柄在别人手中;他独来独往,没什么言行可被揭发;等等。此外,海老狷介的个性,也确使广大青年从心里爱戴他。连少数闹事的"悍将",也无法煽动群众去做揭发海老的蠢事。"无欲则刚",海老淡泊而无欲,他既不理会也不怕得失毁誉。所以,可以不说,则不说;若非说不可,则有什么说什么,绝不仰人鼻息,绝不随波逐流。

反正他不重名利，只重名节。那位让他评说"法家"的知名教授，知道他的个性，知道压他不得，对他也只有无可奈何。

我在跟随海老学习的几十年里，少不了经常到他府上请教有关学术的疑难问题，例如一些冷僻的典故和一些难解的篇章，海老总是耐心地给我讲解。他的记忆力实在惊人，一些问题，靠工具书解决不了，而海老却会信口说出一堆例证，启发我从中进行比较，然后单刀直入，弄清难题的要害。有时，海老也翻检书籍，他从书架里取出一本又一本线装书，挑出需要对我说明的文字；或者从这本书的文字，跳到另一本书的文字给我展示，让我彻底明白了问题的原委。每当海老攀高蹲低地找书，我站在他身后看着，感激之情不由得涌上心头。

海老不苟言笑，走路时目不斜视，表情严肃。但是，我留校工作后，和他熟稔了，就发现他对年轻人其实很关心，很慈爱。我喜欢开玩笑，有时在他耳边悄悄说两句逗乐的话，他便笑得前俯后仰，乐不可支。

那时，系里每两周就要搞一次清洁卫生，打扫教学大楼，连老教授也得参加。有一回，我和海老被分配共同打扫二楼的教研室。海老很认真，扫地板，抹桌子，什么都干。搞了一会儿，我劝他休息，他不理。又过了一阵，我跳上窗台擦玻璃窗，海老倒提醒我，要我小心。我从窗口向下望，发现离窗子下面1米左右，平铺着大石板，连接着大楼外梯级课室的檐头。这石板，室内看不见它，实际上，它和对墙连接，成了一个小平台。我见海老一味埋头苦干，心生一计，便站在窗沿上，装出苦相，对海老说："海老，我活够了，永别了！"海老一怔，我随即嬉皮笑脸，翻身向外跳下，在平台上把身一蹲。海老看不见我的身影，以为我跌到地面，正待声张。谁知我又在窗沿外面站了起来，向他扮个鬼脸。这一来，海老从惊到喜，才知道我在和他开玩笑。等他回过神来，我已翩然进屋。他一边骂我"鬼马（顽皮）"，一边捧腹大笑，笑着笑着，就坐在椅上喘息。我对他说："谁叫你不肯坐着，害得我要跳楼！"从此以后，我若要逗他高兴，就把身一蹲，他必咧嘴大笑。别人不知就里，我俩则心照不宣。事后细想，我这玩笑也开得过大了点，假如真把老人家吓坏了，我怎么担待得起？这次我的恶作剧，海老一直不以为忤，他虽然严肃，但理解年轻人爱玩闹的心理。在笑声中，我感受到他对年轻人的慈爱。

在1983年，我却受到他一次严厉的批评。

那时，我已晋升为教授，又担负系里的行政工作，诸事繁冗，拜访海老的机会少了。春节期间，我在《羊城晚报》上发表了一首歌行体长诗《花市行》，读者颇感新鲜，一些师友也给我赞扬和热情的鼓励。我摆脱不了知识分子的劣根性，沾沾自喜，以为真的摸索到诗词创作的门槛。

有一天，有位同事通知我："海老找你，叫你把《花市行》带上！"我一听，以为海老一定要表扬这首作品，于是带着上台领奖的心情，走上了海老家门的石阶。

海老坐在书桌前，指着桌旁的椅子，着我坐下，表情严肃，也没有招呼师母给我倒茶。我刚坐下，海老就问："你怎么写出这样的东西？"他指着我手里拿着的《羊城晚报》。

我看到他一脸不高兴，不禁有点儿紧张，回答说："我正在给学生讲授唐代文学史，想学学初唐的诗歌风格。"

海老把脸一沉，大声地说："我看了你的诗，就知道你在学初唐。"他又问："你为什么左不学，右不学，却学初唐诗的格调？"我作声不得，晓得他在发脾气了，便尖着屁股坐在椅边，等候老师发落。

"你知道吗？学作诗，切忌从学初唐诗入手。初唐诗多是靡靡之音，一味花草堆砌，绮丽有余，筋力不足。你看你的《花市行》，软绵绵，光溜溜，算是什么东西？所谓'才子诗'，其实最要不得。"海老越说越严厉。我一向自恃得到老师的喜爱，不知高低地和老师开惯了玩笑，这回，挨了海老的批评，大气也不敢出。等到他训斥完了，才小声说："海老，我记住了。"告辞时，海老没有站起来，只挥了挥手。

又过了一个多月，我在《羊城晚报》发表了一首词，名为《金缕曲》。当时，报载一些中学教师在大连受到冷遇，此词即因感教师在"文革"时期的遭际而发。海老又着人把我叫去。我刚进门，还未走到他书桌边，他就说："《金缕曲》不错。写诗词就要有真情！"他又拿过报纸，指着我的词中几句，大声念诵："柴米油盐茶酱醋，兼顾老婆孩子，凭谁问流年飞逝？"一边念，一边摇晃着身子，跟着说："好！这就好！"这一次，海老亲自给我斟了一杯香醇的茶。告辞时，他把我送到门口。

海老对我的批评，我一直不敢忘怀。我知道，海老告诉我要注意的，不仅是诗歌创作的技巧、格调问题，更重要的是关心大众的疾苦。我还感受到，海老用自身的行动，告诉我应该怎样当一个教师。海老当老师，是对自己学生的一生负责的。不管学生年龄多大，职位多高，若有差池，老师就有责任给他指出。过去有云："一日为师，终身为父。"这当然是属于礼教的过头话，或者是出于对尊师重道的强调，其片面性是明显的。但如果从老师的角度去理解，当了一天老师，对自己的学生，就应像当父亲一样，对自己的孩子一生的成长负责。海老对我的批评很严厉，尽管我这老学生，当时也快50岁了，仍然是毫不容情。他恨铁不成钢，是出于对学生深沉的爱。海老批评我的时候，言辞冷峻，而我的内心，既感羞愧，又感温暖。因为海老使我知道了什么是为师之道。

我在母校学习、工作超过了半个世纪。康乐园这块土地，养育了我，使我有机会接近许多好老师。老师们不仅给我解惑，更向我传道。像王起老师的广阔胸怀，董每戡老师的正直勤奋，詹安泰老师的风华绝代，容庚老师的刚正不阿，卢叔度老师的旷达，黄海章老师的狷介……他们的高风亮节，使我终生受益。我常想，让我得接清芬，是亲爱的母校给我最大的恩德。老师们的道德文章，我当然无法企及其万一，但他们的榜样，让我多少懂得怎样的老师才是真正的教师，多少懂得做人的道理。

1989年10月2日，90岁的海老遽然仙逝。那晚风雨大作，校园里许多老树的枝杈都被打断在地。第二天闻讯，我赶到黄府，海老遗体已被移走，我只能在殡仪馆的告别仪式上看到海老的遗容。他静静地躺在花丛里，面容像生前一样仁慈，一样严峻。我想起海老对我的教诲，悲从中来。回到家里，百感交集，就写了一首词，调寄《金缕曲》。因为，我曾用这词牌写过的一首词，得到了海老的嘉许鼓励。

  泣别严师矣。仰仪客，黎聚白发，清癯如此！昨夜西风摇冷月，满地残朱废紫。猛地里，苍松颜委。九十年华纵寿考，奈诸生尽掩涓涓涕。恩谊重，不成寐。

  小楼曾问书和字，最难忘，谆谆嘱我：莫随俗媚。道德文章千古事，需养浩然之气。一寸丹，耘桃育李。若得余香留晚节，把名缰利锁都抛弃。言在耳，终生记。

词写罢，细读一遍，不禁泪垂。抬头看到书桌上插了几枝菊花，浅黄色的花瓣，淡淡地开着。它不争妍，不媚俗，但它是那样的清朗，那样的隽逸。这淡淡的菊花，不正是海老一生的写照么？灯下，我把词眷正，摘下几片花瓣，夹在记事本中，作为对海老的纪念，也作为对自己永远的鞭策。

（黄天骥，广东广州人，中文系1952级本科）

# 语言学界宗师  一生钟情学问

傅雨贤

"年轻有为"这四个字可以说是对高华年在20多岁时便已取得相当学术成就的最好注解,而走上语言学研究这条路,是他一辈子的选择,从未改变过。

和民国时期很多学术大师一样,高华年在进入大学之前,走的也是"新派小学+教会中学"之路。而这种模式也决定了他在国学和英文方面,都有着相当不俗的造诣。高华年之子高植生回忆说:"我的七叔曾经告诉我,父亲在中学时就很严谨,他的笔记本,每一个本子都是很小的字,从第一页到最后一页,都是写得满满的。"

现在可以确定的是,高华年年轻时并没有想过从事语言学方面的研究。最早的时候他应该是想成为一名教师。所以中学毕业后,他就去报考了国立北平师范大学(现为北京师范大学,以下简称"北师大")。而根据高植生的说法,其父亲是在北师大期间,受到黎锦熙教授的影响,才开始立志"研究学问"。虽然在这期间,由于抗日战争的爆发,北师大被迫迁到西安,但这并没有影响到高华年的志向。毕业后,他报考了北京大学文科研究所的研究生,辗转了很久才从西安到达昆明。而在此时,北京大学、清华大学和南开大学已经在昆明组成西南联合大学(以下简称"联大")。

在文科研究所里,高华年得到了罗常培、李方桂两位中国语言学界泰斗的指导。两位大师震惊于他那过人的听力,开始"因材施教",帮助他向语言学方面发展。这期间,由于昆明四周少数民族众多,高华年就开始对云南的黑彝等少数民族的语言进行深入调查并写出报告。也正因为高华年取得的这些成就,1943年1月,罗常培写信给冯文潜教授,推荐年仅20多岁的高华年还未毕业就开始到南开大学的边疆人文研究室工作。

1944年,高华年的《昆明核桃箐村土语研究》一文获当时的教育部嘉奖,同时获奖的还有闻一多、陈寅恪、冯友兰等这些当时已成名的学术大师。刚毕业的高华年能得到此奖,足以证明他这篇文章的学术水平之高。

由于"天赋异禀",凡是人类发出的声音高华年都能听出其不同,他在听音、发音、辨音方面是当代第一人,即使到了垂暮之年,功夫犹在。已出版的《高华年文集》收集了很多他年轻时候写的文章。经历了几十年的风雨洗刷之后，他所写文章中有些文字已经模糊不清了，只能影印出来。高华年的夫人植符兰说，很多高华年亲手写的声韵、语言研究和少数民族调查的材料"现在的年轻人可能写不出来"。

还有一个事实也能说明高先生的独一无二。他在中大中文系前后开了7门课，但因为他不在世了，有些课比如"少数民族语言调查研究""汉藏系语言概要"，中文系已经开不了了。并不是没人想学这些课程，而是无人教授——很少人在听音、辨音等方面能有高先生这样的造诣。当然，除了这种天分之外，高华年的勤奋也令人吃惊：穷尽一生收集到海量的调查材料，包括很多卡片、笔记本，单是收集在《高华年文集》中的数量就已经非常庞大。高华年师从罗常培和李方桂，加上联大所在地昆明四周的少数民族众多，为高华年成为语言学大师创造了外在条件；而他拥有的那双无比灵敏的、能够分辨出人类最细微语音差异的耳朵则为他成为语言学大师提供了天然的内在条件。

从民国时期一路走来的学者大师们，大都有一种中国传统知识分子的风骨。高华年作为其中之一，自也有其可敬之处。

作为书生，高华年从来都不乏那倔强的嶙峋骨。抗日战争胜利后的1946年，高华年随南开大学搬回天津。途中在重庆候机北上时，他于7月17日得知闻一多教授在昆明被刺的消息，极为愤怒，同联大滞留重庆的33位教授，包括金岳霖、姚从吾、马大猷等一起致电南京政府教育部部长朱家骅，要求主管当局务必缉凶归案，严究主使。"一代通才，竟遭毒手！正义何在？纪纲何存？同人等不胜悲愤惊愕！"教授们的痛斥让社会舆论更加沸腾了，也使蒋介石陷入了整日的"忧闷"，最后被迫下令让刚上任全国警察署署长的唐纵前往昆明办案，并声称该案为"政府莫大之耻辱"。

作为书生，高华年同样有那指点江山、挥斥方遒的热血时刻。在联大的岁月里，高华年和他所在班级的同学经常到罗常培先生家做客。虽然时已至深夜，但胸怀天下的年轻人在讨论问题时还是会遏制不住憋得火热的喉咙，争论声大作。恰好当时陈寅恪先生住在楼上，于是有时候就会听到陈先生用拐杖敲地板发出的"笃笃笃"的声音。这时罗先生就会说，"陈先生要休息了，你们快回去吧"。众人才作罢散去。作为学者，高华年的低调谦逊也是很著名的。弟子们总结高先生长寿的秘诀是：淡泊名利，清心寡欲。他的弟子、韩山师范学院院长林伦伦说："先生低调内敛，除了上课做学问，几乎没有什么应酬活动。他不争名利，60岁退休，年纪刚过不久就辞去广东语言学会会长等职务，让位给年轻人。"


（傅雨贤，广东连平人，中文系1953级本科）

# 回忆与感恩

余伟文

今年是中大中文系1953级同学入学71周年，欣逢母校中文系100周年系庆，值此欢欣时刻，我不禁回想起在中文系学习生活的美好时光。

## 一、专业学习

我们1953年秋入学后，即开始学习大学的课程了。第一学年学习的课程有"中国现代革命史""文艺学引论""语言学引论""中国新文学史""中国史"等。接下来第二学年开始学习"中国文学史""古代汉语""现代汉语""外国文学"等。我们十分庆幸的是，给我们讲授这些基础课或选修课的老师大多是知名的专家学者。例如，"文字学"，由古文字学大家容庚教授和商承祚教授讲课，前者讲金文，后者讲甲骨文。戏曲史专家王起系主任讲授元代文学，词学专家詹安泰教授讲授诗经楚辞，翻译家叶启芳教授讲授外国文学。第三学年，我们要选择学习研究的方向，有的选语言学方向，有的选文学方向，同时选修一些专门化的课。例如，语言组的同学选音韵学家方孝岳教授讲授的"汉语史"或选黄家教教授讲授的"汉语方言学"；文学组的同学就选戏剧史专家董每戡教授讲授的"中国戏曲史"或选文学批评史专家黄海章教授讲授的"中国文学批评史"。选修戏曲史的同学还有时外出观看戏剧演出。学汉语方言学的还要进行方言调查，1956年寒假有两位同学到广东汕头调查潮汕方言。有些老师会在讲课后出题给学生，以备下次上课时进行课堂讨论。让学生复习思考，写发言稿，在课堂上交流，这对提高学生说写的水平都有帮助。第四学年还要学习中国文学史、辩证唯物主义和历史唯物主义，以及一些专门化课程。按规定，第三学年要写学年论文，第四学年要写毕业论文。同学们认真博览有关学科的参考文献，在指导老师的指导下，认真写作学年论文（需成绩及格），最后在老师的指导下，同学们继续努力写好毕业论文，取得优秀或良好的成绩。

## 二、课外活动

早上当校广播台开始广播《歌唱祖国》一曲时，我们就赶到翘燊堂旁的大球场做广播体操，开始一天的学习生活。下午第四节课后是文体活动时间，大家会到东大球场进行活动，如跑步等，有些男同学还会参加国防体育活动，或学习驾驶摩托车，也有同学到珠江划艇。可以说我们学习紧张，生活活泼。此外，学校还曾请广州市的第二任市长朱光同志来校教导我们。学校团支部定期召开支部会。特别指出的是，当年有些较早入团的团员政治思想觉悟较高，向党组织提出入党申请，经过组织的考察培养，有四个同学先后加入了党组织。

## 三、毕业分配

我们年级共有34个同学，其中12个是来自香港的。1957年7月，同学们都能做到服从组织分配，到祖国最需要的地方去。大部分同学都被分配到外省工作，有的当中学教师，有的在高校工作或做其他文化工作。经过20多年的工作锻炼和考验，有些同学加入了党组织。改革开放后，从1980年初开始，有些广东籍同学先后回来广东工作。无论是做中学教师还是做大学教师，大家都能认真积极工作。有的当了中学高级教师，有的当了省重点中学的教务主任，在高校工作的有的当了教授、副教授。在学术方面，有的同学成为比较文学和华文文学的专家并被评为"省优秀社会科学家"；有的同学成为汉语方言（潮州方言和湖南湘方言）研究方面的专家；有的同学在海南建省后，转到海南大学教学，担任海南大学首任文学院院长，在海南省艰苦奋斗，执着追求，为海南省的发展做出了重要贡献，出版了五卷《海南通史》；有的同学在昆剧团工作，成为著名的昆剧作家，受到文化部表彰，荣获"长期潜心昆曲艺术事业成就显著的艺术家"称号。此外，有两位同学在高校工作多年，有经验、有魄力，被提拔为大学的副校长。同学们在几十年的工作中为祖国的义化教育事业做出了贡献。

## 四、感恩

我们上大学时，国家对大学生全额补贴伙食，还有助学金。在学校里有校系领导的教导，有老师们的谆谆教诲，我们才学有所成，为国家做出贡献。

我们感恩伟大的祖国、感恩母校、感恩中文系的老师。我们祝伟大的祖国繁荣昌盛，祝中文系在学科建设、科学研究、人才培养方面有新的辉煌成绩！

2024年3月3日

（余伟文，广东中山人，中文系1953级本科）

# 高华年教授与语言学教学

罗伟豪

高华年先生离开我们半年多了，回忆起与他相处的岁月，我作为他的学生和同事，受教良多。在此缅怀一二，以表敬意。

高华年教授自20世纪50年代初担任中文系语言教研室主任，在长达30年的悠悠岁月里，于学科建设、教材编写和教学实践上做出了重要贡献。

我在1955年考入中大中文系。当年高先生为一年级新生开设"语言学引论"课程，介绍语言本质、起源、发展、方言、语系等，课程内容丰富，科学性强。他的每节课都有详细讲稿，理论联系实际，生动活泼。特别是许多分析广州话的例证，在我听来十分新鲜、十分实用，引发了我学习语言理论的兴趣，可以说，是高先生领我走上了语言研究的道路。"语言学引论"是新中国成立后新开的课程，由高先生首创并连续主讲十多年，年年受到好评。1961年10月，高先生与时任学校副教务长徐贤恭教授代表中山大学，应邀出席中南地区高级知识分子座谈会，讨论教育、科学、技术、文化和艺术等问题。他还曾出任新组建的广东省语言学会的副会长。而"语言学引论"课程讲稿经高先生不断补充修改，于1978年正式出版，定名为《语言学概论》。此书在华南地区有广泛的影响，高先生成为语言理论学科的带头人。

1959年我毕业后被分配在语言教研室任助教，后兼任教研室秘书，经常向高先生请益。他热情指导我熟悉教学和科研的行政管理，加强与各位老教师的联系和服务。当时语言教研室因1954年我校语言学系被调整入北京大学而重组，开始只有高先生和陈必恒两位教授，后来方孝岳、潘允中、何融、赵仲邑四位教授陆续调入，加上几位中青年教师，阵容鼎盛。在高先生的带领下，老、中、青教师团结协作。一方面为本科生开设"现代汉语""古代汉语""语言学概论""汉语方言学""汉语语音史""语法史词汇史""广韵研究""普通语音学""普通语言学"等基础课和选修课；另一方面招收和培养了"语言学概论""现代汉语""汉语史""音韵学"等多个学科的研究生。由于基础扎实且知识面广,许多选修语言专门组的本科生和研究生毕业后都被分配到中国科学院语言研究所和国内一些知名高校工作,为我国的语言教学和科学研究做出了贡献。

高先生从事语言研究前后 60 余年,著作等身。其中,《普通语音学》一书给我启迪最多。通过学习该书,我熟练掌握了国际音标的标音方法,提高了听音、发音、辨音和记录语音的能力,能够运用现代语音学的原理和术语去解说汉语音韵学的理论和术语。有了这个基础,1957 年我到深圳调查方言,1960 年参加广东省教育行政部门举办的注音扫盲师资培训,以及撰写《广州话拼音方案》,都能得心应手,顺利完成任务。其后我从事"汉语语音史"和"广韵研究"的教学辅导,也都得益于获得的这些知识和能力。

1996 年退休后,我发表了多篇音韵学方面的论文——《从陈澧〈切韵考〉论清浊看古今声调》《〈广韵〉咸深二摄广州话今读〔-n〕〔-t〕韵尾字音分析》《析高本汉〈中国音韵学研究〉中的广州音》等,皆从高先生的传述中取得教益。高先生认为,顺行异化又叫前进异化,它是前面的音使后面的音异化。例如,"凡"字在《切韵》时代读作〔bwem〕韵尾收〔-m〕,依广州话通例"凡"字在广州话里仍应保留〔-m〕韵尾,但现在却读为〔faːn〕,韵尾〔-m〕变成了〔-n〕。这是韵尾〔-m〕受前面唇音声母〔b〕和合口介音〔w〕异化而变为〔-n〕,因为一个字有几个唇音,所以后一个变为舌尖前音。这些精辟的理论是我写作《〈广韵〉咸深二摄广州话今读〔-n〕〔-t〕韵尾字音分析》一文的重要参考。又如长元音与短元音在广州话里元音也分长短,如"蓝"〔laːm〕,林〔lam〕;街〔kaːi〕,鸡〔kai〕等。音位:广州话〔saːm〕是"衫",〔sam〕是"心",哪一个念长〔aː〕,哪一个念短〔a〕,是不能随便互混的,因为〔aː〕和〔a〕有区别意义的作用,如果互混,那么"衫"与"心"就不分,"我买衫"变成"我买心"了。所以在广州话里,〔aː〕和〔a〕是两个音位。近年我在写作论文时发现,高本汉《中国音韵学研究》所记录的广州音有〔aː〕和〔a〕互混现象,译者赵元任、罗常培、李方桂已在按语中逐一指出这种错误,而高先生的《普通语音学》则更明白地解释了这种混乱现象产生的原因。

《普通语音学》是中山大学在 20 世纪 50 年代的教材,这部教材曾被语言学系、中文系和人类学系用过,1986 年重新编写,增加了一些新的内容。例如,"声调"一节,所引用的资料就有中国社会科学院语言研究所的《方言调查字表》,赵元任的《语言问题》,罗常培、王均的《普通语音学纲要》,高华年的《广州方言研究》,D. Jones 和 K. T. Woo 的《广州音读本》,李方桂的《龙州土语》，邵荣芬的《切韵研究》，王力的《汉语音韵》等，古今中外全面比较，论述极其深刻。高先生是语言学界的楷模，他的著作永远值得我们学习。

(罗伟豪，广东广州人，中文系1955级本科)

# 中大求学漫忆

杨益群述，郭可悦整理

## 幸运入学，矢志不渝

眼下高考正在热烈进行中，油然忆及六十三年前（1961年）的盛夏，我也正在准备高考。当年的高考是先填志愿后考试。起初我对中山大学并不太了解，经学长介绍后，我便深为中山大学中文系所吸引。其时，中大中文系有好几个全国一流的老师，如商承祚、容庚、王起等。由于我自小偏科，喜欢文学，故立志要考上中山大学中文系。到了高考填志愿时，我在第一类学校的三个志愿栏中均写上了"中山大学中文系"，而将其他志愿全部去掉了，因为我知道，非它莫属，别无它求。

1959至1961年，恰逢国家经济困难。对当时的我而言，考上中山大学可谓困难重重。五哥大我两届，学习成绩比我好，不仅各科成绩均在学校名列前茅，而且在学校每年的数学竞赛中均获得过第一名。但他因为家庭出身问题只能勉强考上汕头工业专科大学。这件事情对他打击颇大，他曾为此醉酒三天。在得知我的高考志愿后，五哥笑话我说："你太鲁莽了！我成绩这么好都没考上中山大学，你就更不要想了！"但我不为所动，仍积极准备高考。彼时物质较为匮乏，连吃一个鸡蛋都是极大的奢望。我曾因营养不良导致神经衰弱，险些休学，但考上中山大学的理想一直是我莫大的动力，帮助我熬过了那一段艰苦岁月。

1961年8月22日，邮差敲开我家大门，将录取通知书送到了我的手上。当时的我宛若范进中举那般，高兴得全身发抖，在床上躺了半个多钟头，待清醒后才发现这是真的。我赶忙写信告诉在香港和海外的哥哥们，而我五哥则没想到我居然能考上中山大学，惊讶万分。而后回顾往事，方意识到我与五哥的不同——虽同是"出身"不好，但我自小就要求进步，小学时曾任少先队队长，初中时是班上第一个加入共青团的学生，还当了班长、团支部书记。在这方面我确比五哥强，故能如愿跨进中大校门。

## 我心中的偶像

往年中文系一个年级会有两到三个班,而鉴于我们这届处在国家经济困难时期,故仅招了一个班,共40人。入学后我才知道,原来我是"万红丛中一点黑",即只有我一人的出身不好,是作为"黑七类"①的、可教育好的子女代表进入中山大学中文系的。入学之艰辛令我特别珍惜大学时光,我刻苦学习,低调行事,与同学关系融洽,心满意足。

20世纪五六十年代,似乎未有追星一族,然崇拜名人却是常态。中学时,我崇拜鲁迅,入中大后则崇拜中文系学富五车的诸多老师,黄天骥老师便是我心中的偶像。

大二时上的《中国文学史》课程中的"元代戏曲"部分由黄天骥老师任教,其讲课令我印象深刻。为了让我们体会作品之精妙,他时而在课上走起台步,开始表演,令我们如入戏中,或使我们抚掌大笑。此般生动的课堂将一幕幕经典刻进我们心中,令我们无需背诵便能记住每一出戏。在课堂之外,黄老师还参加了校教工俱乐部的粤剧表演,并在教工合唱团中担任指挥。黄老师的多才多艺令人叹为观止,万分敬佩。

老师不仅教我们增长学识,还以身作则引导我们克服困难,热爱劳动。1962年冬天,我们班下乡前往广东三水县锻炼,黄老师、我与吴乃和同学三人同住农民家中。晚上,我们在猪棚旁的空地上铺稻草睡觉,一开始躺下时还没什么,而刚睡暖时,跳蚤肆虐,在我们身上咬出密密麻麻的红点,奇痒难忍,睡不着觉。这时黄老师为鼓励我们,风趣地唱起世界名曲《跳蚤之歌》:

从前有一个国王,
他养了一只大跳蚤。

跳蚤?跳蚤!
国王待他很周到,比亲人还要好。

跳蚤!
哈哈哈哈哈!
跳蚤?
哈哈哈哈哈!
…………

---

① 编者按:"黑七类"为"文革"用语,专指地主、富农、反革命、坏分子、右派、资本家、黑帮七类人。

整首歌的旋律轻松明快，歌词幽默风趣，在歌声的抚慰下，我们逐渐忘记了跳蚤，不知不觉间便睡着了。对于这首催眠神曲我们前所未闻，他告诉我们这首歌词是著名诗人歌德的原诗，对于老师的博学多才，我们万分敬佩。

我们许多学生，不曾有过和农民一起劳动的经验。当时三水县的头项劳动项目便是进粪池中挖粪，部分同学因臭气熏天难以忍受，而黄老师主动带头铲粪、挑粪，以其行动影响大家。这一段下乡的经历拉近了我与黄老师之间的距离，也让我在黄老师的言传身教中受益颇多。

回校后，中文系在大礼堂举行文艺节目汇演。我作为班里的文艺委员，将同学们动员起来，组织了一个《瑶族舞曲》乐器大合奏。我从没有过指挥经验，便"偷师"黄老师，拿着指挥棒、学着他的模样在场上指挥，最终呈现的效果还行。之后又一次汇演，我选择了雄壮有力、精简易记的大合唱《工农兵联合起来》，组织全班上台演出，由我击鼓指挥，歌声、鼓声雄浑合一，颇有震撼力。我之所以能够鼓起勇气走上舞台表演，都是因为黄老师给我做榜样，并给予我力量。

黄天骥老师待学生热情耐心，记性奇佳。离校二十余年后，我回校寻老友陈炜湛（陈炜湛系容庚教授研究生，与我一同分配到了广西。后调回中大中文系），走在校园路上，我突然听到远处有人在叫我，蓦然回首，走近细看才知是黄老师。几年后我调到深圳工作，又参加了两三次母校聚会活动，每次黄老师见到我都直呼我的姓名，如此情深意厚，与其说是恩师对弟子的关爱，倒不如说是长辈在叮嘱晚辈"常回家看看"。黄老师为人师表，福泽绵延，我受益终生，恩德永远铭记于心。岂敢忘校负恩！

进入中大中文系后，我便参加了系刊《早晨好》和学校的"康乐文艺社"编辑部。在编辑部时，我曾出过壁报，常发表诗歌、散文等，所撰的小小说《小天地变迁记》《一个热水瓶》曾获奖。此外，还与苏伟光同学（中文系第1965届）合作过短篇小说。康乐文艺社还组织参观访问《广州日报》《南方日报》《羊城晚报》等报社，以及在校外集团来校内演出时组织座谈会。

我印象较深的一次是1963年珠江电影制片厂和广州话剧团到中大演出四幕话剧《年青的一代》，连演一周，全场座无虚席。该剧自1963年公演后，深受观众喜爱。我受康乐文艺社指派，参加该剧主创演出人员座谈会并采访主角莫梓江（饰演著名电影《五代金花》男主角阿鹏）等，撰写《台上台下同一心》，刊登在中大的《康乐园》校刊上。

在编辑部任编辑和记者的经历令我受益匪浅。毕业后我被分配到广西三线河池地区革委会政治部宣教组,主要工作是整理学习毛主席著作的材料。1979年调到南宁,在广西省省委《思想解放》编辑部和广西社会科学院《学术论坛》编辑部任编辑和记者,而在校时的经验令我在工作岗位上得心应手。后来在研究抗战文艺中,我先后奔赴全国各地访问了巴金、田汉、秦牧、丁玲、徐悲鸿、李桦、关山月、赖少其、黄新波、千家驹等120多位著名文艺家及其家属,积累了丰厚的珍贵史料,撰写多书,这也要感恩当年在校的实践历练。

## 缅怀恩师王起教授

初进大学时,我只知王起教授很有名,但并未与他有接触。1963年我们使用的教材是人民文学出版社的《中国文学史》,正是由王起老师参与编写的。其时,我们在下午下课后,常能在学校大操场看到一位魁梧潇洒的老者,穿着一身白色网球运动服、戴着白帽子在努力地打网球——这就是王起教授。王起老师的球技很好,我常在路过时驻足观赏,拍手称赞。

1965年大四写毕业论文时,我参加了班里的戏剧研究组,并任组长。平时需向王起老师汇报、请教,故与他逐渐熟悉。王起老师还带我去参加在广州举办的中南地区革命现代小戏汇报演出。当时提倡"编现代小戏反映现代生活",所以这些小戏很出名。参观汇演的当天,王起老师特地介绍我与著名粤剧演员红线女认识。

1968年,学校先将我们这批1966届毕业生分配离校。我与容庚教授的研究生陈炜湛一同被分配到广西,同在宣传教育小组中。应是1972年的一天,陈炜湛和我说,王起老师和苏寰中老师到贵州调研路过河池的金城江火车站,我们两人立即赶到火车站看望他们。当时没有什么东西,便买了两个西瓜,送到火车上给他们解渴。见面时他精神抖擞,十分高兴。

1998年,北京纪念田汉诞辰一百周年,在会上我又见到了红线女,便进一步采访了抗日战争时期她在香港和广西的坎坷经历,撰写了《马师曾、红线女:烽火奇缘唱新声》,收在拙著《湘桂大撤退——抗战时期文化人大逃亡》一书中。正是有王起老师的介绍,我才得以结识红线女,并记录下那一段难忘的历史。

## 师恩似海

我在中文系就读时,楼栖教授是我们系的副主任和"文艺理论"课程导师。楼老师身材虽较瘦小，但双目炯炯有神，精神矍铄。他当时从民主德国（东德）讲学回来不久，仍旧穿着吊肩裤，别有一番风度。他操着浓重的客家口音，讲起课来轻声细语，深入浅出，引人入胜。我每次都听得津津有味，也唤起了我对文学理论研究的强烈兴趣。毕业至今，我之所以能坚持文学史和文学理论研究，自应感激他当年给我打下了良好基础。

1980年，我被调到广西社会科学院从事桂林抗战文化研究，始对楼栖教授在抗日战争时期的抗日救亡文化活动有所了解——抗日战争期间，随着武汉、广州相继沦陷，桂林遂成为联结我国西南、华南、华东的重要交通枢纽。其时来到桂林的著名文化人有1000多位，如茅盾、巴金、田汉、夏衍等。桂林文化城轰轰烈烈的抗战文化运动吸引了报国心切的楼栖。他积极参加桂林抗战文化运动，从事《广西日报》国际新闻部编辑工作。该报聚集了不少进步文化名人，如主笔金仲华，副刊部主任艾青，编辑记者韩北屏、陈芦荻等。相关文章在宣传团结抗战、揭露日寇暴行、反击汪伪势力、支持国际反法西斯阵营等方面发挥了一定的作用，这与楼栖的工作密不可分。

此时，楼栖的太太郭茜菲也在桂林《力报》社任职。师母工作认真负责，敢于直面黑暗势力，抨击时弊。《力报》采访部负责人胡希明回忆说："郭茜菲到《力报》当记者时，刚从中山大学社会系毕业不久。她瘦瘦小小的个子，跑采访很勤快。一个女同志在当时那么复杂的环境下搞外勤工作，是很不容易的。"又举例说，当时物资异常匮乏，有些奸商囤积居奇，大发国难财，"郭茜菲抓了一条新闻，使一家米铺字号见诸报端，米铺老板寻上门来大吵大闹，情形比较紧张"。后来由胡希明出面据理力争，才平息风波。

楼栖对抗战文化运动贡献斐然卓著，对学生则关怀备至，尽心扶掖。我即其中一名受益者。1985年3月22日，我应邀到桂林参加"全国高等学校文艺理论研究会第四届年会暨中国文艺理论学会成立大会"。会上，我意外见到了与会的恩师楼栖、郭茜菲伉俪。阔别多年，楼老师丰采依旧，热情洋溢，对我就其于桂林之抗日经历的提问都耐心作答。此次相遇不仅留下了与恩师夫妇的珍贵合影，还喜获恩师的墨宝：

> 冷雨埋春早
> 悄然抵桂林
> 漓江游半日
> 竟惹病相侵
>
> 益群弟留念
> ——楼栖，1985年3月26日

桂林地处桂北，虽是阳春三月，但气温较低，尤遇上绵绵阴雨。楼老师到桂伤风感冒，但仍耐心回答我的提问，且谈笑风生，毫无倦意。写完此诗后，他竟边朗读边解释，幽默风趣。我终于看到了恩师有别当年课堂上严肃认真的另一面。

此后，我与楼栖教授的接触日趋紧密，常有书信来往，我从中获益良多。如1967年4月，接读楼栖教授信：

益群同志：

……你为了写书患病，现已康复。今后诸希珍重，要劳逸结合。我国中年知识分子，健康大都不好，值得注意。你提升副研究员，已获通过，早在意中，有这么多学术著作，不会出问题的。

《桂林文化城概论》中《广西日报》部分，我翻阅了一遍，我记得黎蒙接任社长后，主笔是金仲华，其妹金端苓任记者，编辑还有洪道，我和马国亮。胡明树没有编过副刊，副刊编辑是艾青、陈芦荻、韩北屏，当时姚苏凤还有一副主任是上海人，姓名我忘了。后来《广西日报（昭平版）》副刊编辑我记得是陈闲。

茜菲于去年十月间乘公共汽车，（公共汽车）因避自行车急刹，把她的后座弹起来，摔落车板上，后脑受伤，加上脑动脉硬化，颈椎骨增生，经常头晕，有时不能起床，历时五个月，最近大有好转，可以起来走动，头也不那么晕了。

匆复不尽，顺祝

春祺！

楼栖三月廿九日

又：蒙代抄旧作，谢谢！

1995年6月，楼老师寄赠新出版的《楼栖自选集》，新书刚出版即一再寄我，足见先生对学生之厚爱。

1996年4月2日楼老师又来信：

益群同志：

读来信异常高兴。多年来你从事桂林抗战文化研究，收获丰盈，令人敬佩。大著倘已出版，望能寄我一册，以便拜读。

来信提到十多年在桂林时的录音带，怎已淡忘，无从回忆。你准备整理出来，结合当年拙作，写成文章，盛情可感。顺致谢忱！

去年十月，你因公来穗，夜访旧寓扑空，我深为安。我搬家多年，疏于问讯，使你乘兴而来、败兴而去，深以为歉！我家新址……我家电话……。

我今年 84 岁，去年 12 月病了一场，住院 20 余天。风烛残年，前途路短，这是自然规律。

匆复不尽，顺颂

春祺

楼栖　4 月 2 日

接恩师情真意挚的来信自然高兴，但其病弱之躯和字里行间所流露出对人生苦短的嗟叹，却着实令我黯然神伤。殊不料这竟是恩师留给我的绝笔信。楼栖教授于 1997 年 5 月 11 日因急病入院，抢救无效，于 5 月 23 日早 8 时在广州不幸仙逝，享年 85 岁。

（按：有关楼栖教授抗日战争时期的文学活动及成就，另见杨益群教授长文《哲人其萎　风范犹存》，载 2014 年 2 月 27 日《中山大学报》）

（杨益群，广东汕头人，中文系 1961 级本科；郭悦可，广东揭阳人，中文系 2020 级本科）

# 论容庚精神

## ——为纪念容庚师一百二十周年诞辰而作

陈炜湛

也许有读者一看题目，便要责难：弟子直书恩师名讳且论其精神，可乎？大不敬也。

也许有读者看到这题目，便要质疑：容庚有何"精神"可论？若每个学者都冠以某某精神，岂不"精神"满天飞？

也许有读者看了这题目，便要摇头：弟子论师多谀，不能公允，即使公允无谀，又有何意义？于世何益？

炜湛愿先行作答。其一，古有临文不讳之例，直书恩师名讳，只为行文方便且求一致，不得已耳，非敢有丝毫不敬也。相信恩师在天之灵亦必予恕宥。其二，并非每个学者皆有值得后辈敬仰而阐述的"精神"，而容庚之有别于其前辈同侪，足令后辈敬仰有加者，固因其著述宏富，更缘于其独特之精神。举例而言，为一部著作前后倾注六十余年心血以期完善，而将历年积累之百余万言手稿视为"只是玩玩而已，不能算数"之作，除容庚外，并世尚有何人？此即容庚精神！容庚精神之外，当然还可有其他学者之与众不同而有益于世的精神，诸种精神固可并存而共耀于世，然决无"满天飞"之虞也。其三，弟子论师，必有谀词乎？非也。鲁迅论章太炎便是一证。在古文字学界，近者如姚孝遂之论于省吾，黄德宽等之论姚孝遂，张永山之论张政烺，裘锡圭之论胡厚宣，吾见其真情实感也，谀词则未之见也。且弟子之谀师，犹臣工之谀君，各有所图，当在生前，不在身后。今炜湛之敢论容庚精神，实缘近年目睹学界诸多怪象，深感若容庚在，必直斥其非，或笑而齿冷。当今学界（古文字学界），急需宏扬正气，激励后进，祛除浮躁，容庚精神实乃一剂良药。宏扬容庚精神，有利于学术，亦即有益于世。

炜湛之所谓容庚精神，乃指作为学者的容庚精神。其中有些是与其同时代的一些学者所共有的，如爱国、刻苦、真诚，而容庚又有其特殊性；有些则是唯独容庚具有而鲜见其匹者。终身治学坚忍不拔，诚信无城府，自信自持不自伐乃其核心。约而言之，当有七端，现依次述之。

## 一、真诚爱国，不论顺逆，虽九死而无悔

对于容庚的爱国热诚、刻苦治学，是举世公认、不容置疑的。曾宪通、张振林、陈初生等均有文述说。最难能可贵、令人肃然起敬者，在于容庚之爱国情怀，熔铸于学术，而且不论处境之顺逆。旧中国积贫积弱，饱受列强欺凌，珍贵文物如商周青铜器为人巧取豪夺，流失海外。容庚痛心疾首，发愤而著《海外吉金图录》，首录流落日本之重要器物以昭告世人。"九·一八"事变后，容庚立即停止寄予旅居日本之郭沫若一切新发现的古文字古器物资料，以免落入敌手，并敦促郭氏早日归国。新中国成立后，政治运动不断，容庚亦屡直言贾"祸"，不免时处逆境，但爱国之情不变，依然潜心学术，为国家的文化教育事业努力工作，绝无消沉怠惰之日。一旦受命为国效力，即欣然而往，功成而归。"文革"期间备受冲击而不废著述。境外某大学闻其处境艰辛，曾派员登门敦请，并许以高位厚酬。容庚不为所动，当即谢绝，并表示境况虽差亦不可去国他往。可谓处逆境而不变初衷。容庚素来直言无忌，至老不渝。"文革"后期，炜湛尝闻夫子言曰："共产党比国民党好，新中国比旧中国好，新中国成立以来成就巨大，有目共睹，谁都知道。"事实证明，容庚当年"说"的"话"，有不少是正确的，特别是那些惊世骇俗、令人捏把汗的话，生前遭批判的话，现在看来却是很了不起的。如反右派时他说中山大学中文系几位教授被划为右派是"冤枉的"，"他们不是右派"；"文革"之初说批《海瑞罢官》，批"三家村"等"有点像兴文字狱"；"评法批儒"期间说"批孔无必要"，"批许（慎）更无必要"。爱国直言之容庚，实乃共和国之谏臣，共产党之诤友，不可多得者也。

## 二、刻苦治学，锲而不舍，无论顺逆，至老弥笃

容庚著述一生，论作宏富，世所公认。他少时即"有饭蔬衣练，穷遐方绝域，尽天下古文奇字之志"（李清照《金石录后序》），毕生坚持，矢志不移。最令人钦敬者，早年（1922 年）挟《金文编》稿本谒罗振玉时，罗氏即予认可并促其印行，容庚却觉得所见未广，尚须增益删改，并不急于面世求名。他尽观罗氏所藏金文资料，潜心研究，精心编撰，三年后（1925 年）

才影印行世。嗣后复从事秦汉金文之搜集研究，先后成《秦汉金文录》《金文续编》，并继续搜集商周金文，于1939年出版《金文编》第二版；又越20年，于1959年出版《金文编》第三版；嗣后复继续修订、增补，"文革"之中，身处逆境仍孜孜于此，并毅然决定出版《金文编》第四版，为此殚精竭虑，直至因病卧床不起（1982年）。其晚年伏案增补修订情景，至今尚历历在目。汉有许慎作《说文解字》倾注毕生精力，后人言许慎但知其有《说文解字》而不论其他；清有段玉裁作《说文解字注》，亦倾注毕生精力，后人言段氏但知其有《说文解字注》而不及其他；今有容庚作《金文编》，亦倾注毕生精力，若干年后，学人言容庚，大概也但知其有《金文编》而不论其他吧。一部《金文编》，集中体现了容庚的治学精神。

### 三、鉴古知今，与时俱进，支持文字改革，身体力行，始终如一

研究古文字，关注今文字，支持文字改革，这也是容庚有别于同时代古文字学家的精神之一。20世纪30年代，基于对秦汉金文的研究，以及对汉字发展规律的认识，容庚明确指出"观于秦汉简字的流行，益坚吾改革字体之信矣"，并断言"推阐文字变迁之迹，逆睹简笔字终当大行于世"。他还自编《简体字典》，于燕京大学试用后正式出版，这是容庚对文字改革的切实支持。难能可贵者，此后数十年容庚著书立说，都尽量使用简体字（有些是自创的），《金文编》第三版便是最好的证明。容庚支持文字改革的精神也是至老不变的。新中国成立后，他出席过全国文字改革会议，也曾著文批驳攻击文字改革的言论。《汉语拼音方案》《简化字总表》公布并实行后，有海外热心人士犹另起炉灶，另造新方案，来穗请容庚"审阅"，希予题辞支持，容庚婉拒之，未著一字。

### 四、尊敬前辈，感恩终生，无论顺逆

容庚从一名中学生一跃而成为知名学者、大学教授，除本人努力外，实缘于母亲的教育，舅父邓尔雅的指导，以及前辈学者罗振玉的提携。容庚尝著文自述如何受母教而成人，如何从舅攻印治学而立志，又如何得罗振玉激赏提携而成名，尊敬感激之情溢乎言表。容庚对于邓、罗二人，可谓感恩终生，没齿不忘。1954年邓尔雅逝世后，容庚复尽力搜集其遗著，编为《绿绮园诗集》行世，容庚与相关亲戚信札往来，反复商讨，可谓殚精竭虑，读来

令人感动。对于罗振玉，容庚更有一种特别深厚的感情。罗之于容，并无师生之名，却有师生之实，其情谊亦逾乎一般师生。而且，容之尊罗，不仅在罗声名显赫之时，亦在其任职伪满、被人斥为汉奸之后；不仅在其生前，亦在其殁后。容庚南归后于1947年所刊《甲骨学概况》依然列举罗氏对甲骨学的重要贡献。直至耄耋之年，仍念念不忘罗氏之恩，常言"没有罗振玉，就没有我今日之容庚"。

## 五、竭诚待人，不论长幼，但言信义，毫无城府

容庚一生待人以诚信，学界有定评。他与"未知友"郭沫若的文字之交，已广为人知，有曾宪通编注之《郭沫若书简——致容庚》一书在，毋庸赘言。容庚编著《殷契卜辞》时，令瞿润缗参与考释，又请董作宾、唐兰、商承祚校阅，三家意见录入考释，分别标明"董作宾曰""唐兰曰""商承祚曰"，充分尊重友人见解。修订《金文编》，广引通人之说，即使是学生之说亦必标举其名，决不掠美而"没收"之。现翻开《金文编》，首页"元"下便引有高景成之说。高景成乃当年容庚在燕京大学任教时的学生，事隔数十年，1986年12月在北京西山举行的汉字问题学术讨论会上，高景成与炜湛谈及此事仍激动不已，说他的姓名也藉《金文编》而传诸久远了。

对于后辈、学生以及慕名求教者，容庚是有教无类，竭诚相待，绝无城府。对于登门问字质疑者，求字者，借书者，容庚几乎是有问必答，有求必应，均给予充分的信任。《金文编》原稿本同意借给人拿去阅读研究，不怕人家不归还；正在修订中的《金文编》第三版批校本也同意借予友人参考，且允许照相、引用，这在他人是难以想象的，但容庚却无任何顾忌。他对学界友人，无论长幼，均信而不疑。值得顺便一提的是，他竟然把准备再版用的《殷周青铜器通论》亲笔批校本也让人要了拿去研读，结果文物出版社1983年再版该书时，不能据批校本予以修正。而容庚批校本的手持者，居然在该书再版后发表文章，将批校内容逐条列表刊出，且称此批校本为容庚生前所"赠"，呜呼！曹操是"宁教我负天下人，休教天下人负我"，容庚则是"宁天下人负我，我不负天下人"。有此精神，便胸无城府，耿直无畏，诚以待人，虽被欺诳亦不改诚信之旨。

## 六、自信自持不自伐

凡治学有成者莫不自信，固不待言。然自信者未必能自持，尤其在声名

日盛、奉承者日众之时，不免令人飘飘然，晕晕乎难以自持，乃至落入为人操纵、受人摆布之境而不自知。容庚则自信复自持。自信，容庚对于自己的专长——青铜器及其铭文研究——有坚定信心，相信《金文编》《商周彝器通考》《颂斋述林》等论著足以传世。自信有能力修订《金文编》，改编《商周彝器通考》，毋须"靠集体力量"来完成。只缘客观条件欠缺、学术环境不佳加之"文革"动乱，未能实现《商周彝器通考》改编夙愿。《颂斋述林》本拟由中华书局出版，只是不愿按编辑部意见删改所谓"不合时宜"的内容，遂索回，搁置多年后印行于香港。自持，保持清醒头脑，不为赞誉所左右。容庚80岁后，除继续修订《金文编》，摘录相关资料写入书画小记外，不再撰写学术论文，尝戏言"要文章没有，要老命有一条"。究其故，他自认年老已难有建树，不如搁笔。以是之故，他也说一位多年老友的一些文章不做比做好。应人所求写字，也多抄录原铭，以"……子子孙孙永宝用"之类付之。究其故，惧写错字。他拒绝记者采访宣传，理由之一是他的成就都是早年在北京取得的，南归后特别是新中国成立后"没有写过一个字"。他把晚年关于书画的一些手稿看作是"玩玩的""不能算数的"东西。故遇到不得不填的一些"表格"，在"科研成果"或"著作"一栏，他通常只有一行字、一句话："《金文编》、《商周彝器通考》等。"他也从不向弟子后学谈他的成就，也从不要求弟子后学读他的著作，只是指示多读罗振玉、王国维以及郭沫若等人的著作。同许多老专家一样，容庚晚年的记忆力也有所减退，显得健忘，见到多年老友，竟不知其姓名，而问"贵姓"，数日后重见，又问"贵姓"，似乎有些糊涂；但在学问方面，在自我评价方面，一直清醒得很，一直把握住正业与业余的关系、创新建树与一般"玩玩"的区别，在这些方面，他绝不含糊，决不糊涂。这是极其难能可贵的精神。因此我想，假定容庚生前得到资助，要他自编学术著作集出版，可能会出现两种情况：一是拒绝，认为无此必要；二是只编著作集，不编"全集"。炜湛揣测，若是容庚应允自编，恐怕不会有现在大家看到的这套《容庚学术著作全集》（中华书局2011年版）的22册庞大规模，他大概会舍弃其中一部分"玩玩的""不能算数的"以及自己不满意或并未写完的"著作"。容庚绝非贪多求全的学者，他深悟"舍得"之理。

## 七、为文风雅清正，信而直

容庚为文，著书立说，风雅清正，信而直，一如其为人。观《金文编》

《商周彝器通考》《颂斋述林》三书，即可证炜湛言之不诬。容庚诸书自序，尤见其情性。他言己不讳过，成名后尝自叙少年曾染诸恶习，经母教而戒绝，从而立志治学。他论人衡文，无论古今，秉笔直书，不虚誉、不掩恶，只论是非，不计利害。"其誉人也不望其报，恶人也不顾其怨"，以学术为标准，《宋代吉金书籍述评》《清代吉金书籍述评》《甲骨学概况》诸文是其在这方面的代表作。讲真话、讲实话，从政治到学术，从为人到为文，一以贯之坚持终生，这便是容庚，这便是容庚精神！

综观吾师一生（1894—1983），生于积贫积弱、风雨飘摇的晚清，历经清末、民国与新中国三个时代。他的家乡东莞是岭南名邑，历史悠久，文化底蕴深厚。他少而孤，赖母教而成人，藉舅诲而立志。冠年北上，刻苦治学二十余载，饮誉京华。壮岁南归，依然孜孜不倦于学术文化之业，至老弥笃。他毕生治学，在世间留下皇皇巨著，更为后人留下了可贵精神财富——独立特行之容庚精神。

容庚精神，说到底，是对中国知识分子优良传统的继承与发扬，是我国传统知识分子美德的突出体现。继承和弘扬容庚精神，对当今学术界而言，很有必要。对于立志治学，初入学术殿堂者，容庚精神具有极大的激励、鞭策作用；对于那些小有成就即踌躇满志、不思进取者乃至玩物丧志者，容庚精神无异一种振奋剂，足以促之上进，在学术道路上继续前行努力，取得新的成就；而对于那些有着"等身著作"而不能自持，在赞誉面前忘乎所以的学者而言，容庚精神也不失为一副清醒剂。至于近年来屡禁不止的各种学术腐败现象与学术不端行为，更与容庚精神格格不入，容庚精神则是其天敌与克星。

容庚著作长在，容庚精神永存！

二〇一三年十一月写于常熟

（陈炜湛，江苏常熟人，中文系1962级硕士）

# 商承祚先生与甲骨学、简帛学

陈炜湛　谭步云

商承祚先生（1902—1991），字锡永，号契斋，广东番禺人。先生幼承家学，及长复从罗振玉（叔言）先生游习古文字之学，弱冠即以《殷虚文字类编》闻于世。先后执教于东南大学、中山大学、北平师范大学、北京大学、清华大学、金陵大学、重庆大学等院校。其中，在中山大学任教的时间最长，几近50年。先生的学术成就巨大，共有著作15种，又有书法作品集2种，学术论文60余篇，其后人编为《商承祚文集》。先生之学术研究领域广泛，涉及甲骨文、金文、石刻文、简帛文等各类古文字以及考古、语言、书法等，其中又以甲骨学与简帛学两方面的研究最为学林所重。

在发现殷墟甲骨文已届百年之际，1999年7月14日出版的《中国文物报》以"百年甲骨学勿忘奠基人"为题，介绍了在甲骨学方面卓有影响的10位学者，商先生即榜上有名。由此可略知先生在甲骨学上的成就。甲骨学兴起于19世纪末，它是随着殷墟甲骨文的发现而逐步形成的一个学科。其研究的对象是甲骨文及其载体——龟甲兽骨，包括甲骨的发掘、整治、钻凿、镌刻、文字考释、甲骨断代以及商史等方面的研究。今天甲骨学已经成为一门国际性的显学。

早期的甲骨研究，重点在于文字的考释，似乎未脱金石学的窠臼。科学意义上的甲骨学，大概是在20世纪二三十年代由罗振玉和王国维等学者共同创立的。我们赞同张永山的意见：在罗振玉、王国维等前辈学者开创这个领域的过程中，先生"从青年时代就投入了这门学科的拓荒者行列，并随着这门学科的成熟而成长起来"。先生在甲骨学上的贡献大致可归纳为四个方面：（1）资料搜集与整理（包括辨伪）；（2）字典编撰；（3）文字考释；（4）商史钩沉。

研究一门学问，首先得有研究的材料。因此早期的甲骨学者莫不致力于甲骨的搜集，以期获得研究的第一手材料。例如罗振玉，购藏甲骨多达两万余片,后择优著录为《殷虚书契》《殷虚书契后编》《殷虚书契续编》《殷虚书契菁华》等汇辑。在殷墟科学发掘前,其应是收藏甲骨数量最大的学者。先生受财力所限,自然不可能有大规模的甲骨收藏,只能尽己所能而为。《殷契佚存》就是这么一部甲骨材料的荟萃。《殷契佚存》"著录六家收藏甲骨实物(何遂61片,美国施密士62片,王富晋27片,陈邦怀30片,于省吾7片,商先生自藏77片)三家拓本(孙壮193片,黄濬60片,商先生自藏483片)共1000片"。由此可见,除自家收藏外,先生还充分利用收藏家所拥有的资料。先生作《福氏所藏甲骨文字》集子所载就全都是福氏收藏的甲骨资料。当年先生得金陵大学中国文化研究所所长徐养秋介绍,而结识美国人福开森,福氏乃尽出所藏甲骨文以示先生,先生"共选拓得三十七版精印行世"。先生那一辈的学者,搜集原始材料固然是为了便于个人的研究,同时也希望有利于学术的发展。所谓学术乃天下之公器也,这一点,在他们整理、公布原始材料的举措上得以充分的体现。发现甲骨文的早期,因其身价陡然倍增,所以有伪片出现。先生收集甲骨,当然就要做辨伪的工作。在先生的藏品中,有一块左尾甲是"在抗战之前于北京琉璃厂厂肆所得"。

  胡厚宣首先以摹本著录于《甲骨学商史论丛》初集第一册置于《殷代封建制度考》一文之后,并记曰:"三十二年(一九四三年)五月二十七日番禺商锡永先生,自巴州拓寄,厚谊可感,考释另详。"后董作宾又以拓本著录于《殷虚文字外编》(一九五六年)片号为451。李亚农《殷代社会生活》(后收入《欣然斋史论集》)也著录这块尾甲的摹本并谓"上面的虫形即'蚕'字,下面的'大'字象以手采桑之形"。一九七八年,徐俊良、蒋猷龙在《地理知识》第一期发表的《中国的蚕桑》一文也著录了这甲片,加以介绍;该刊第五期又发表中国科学院历史研究所甲骨文组孟世凯的信,题为《谈谈甲骨文中有关蚕桑的真伪资料》,认为这甲片是伪刻。

由此一度引起论争。先生也曾撰《一块甲片的风波——契斋藏龟之一真伪辨》申述。先生作此文,除了申明甲片之真的理据外,还是先生多年甲骨辨伪的经验之谈。事实证明,先生购藏的这块甲片是珍品。由此可睹先生精湛的辨伪能力!

  先生于1923年刊行的《殷虚文字类编》,"依《说文解字》体例编排,计收单字七百九十字,重文三千三百四十字,凡罗氏有说解者照录之,商先生另有见解或新释者则以'祚按'别之"。王国维为此书作序,认为"如锡

永此书 可以传世矣",决非溢美之词。虽然后出的《甲骨文编》取而代之,但《殷虚文字类编》的筚路蓝缕之功却是有目共睹的。其体例、其识见,均为继作者所接受。譬如早出的《簠室殷契类纂》"所引卜辞全无出处,无可覆核且多为残辞断句,无补于文义的理解",而先生所作"每字之下,注明引书卷页,较《类纂》为优"。再如文字的考释,亦多有胜于《类纂》者,从而及时反映了甲骨文字研究的发展。

（陈炜湛,江苏常熟人,中文系 1962 级硕士;谭步云,广东南海人,中文系 1979 级本科、1985 级硕士、1995 级博士）

# 魂兮，归来

唐钰明

## 一

2019年5月6日，一个刻骨铭心的日子。我握住李炜结实的、犹有余温的手，看着他慢慢地停止了呼吸。病室内外几十位师生顿时响起了一片啜泣之声。如此鲜活、犹如小伙子一样活蹦乱跳的他，真的就走了？他的哥哥李旭哭了，我劝他别哭，可我的心呀，却不知道是在流泪还是在滴血。5月11日，最大的、能容纳几百人的遗体告别厅爆满了，亲属、朋友、学生、各界贤达，多达千人。我们这一队列，除当时的陈春声书记、罗俊校长及多位学校领导之外，还有黄天骥、李萍、邵敬敏，等等。跟遗体告别时，十几个硕士、博士生突然同时下跪，令人震撼。在亲属行列中，我抱住了并非亲属的、嚎啕大哭的蔡国威，他可是李炜那毕业多年的东莞籍学生啊！

## 二

李炜和我的关系，说是师生，不如说是朋友。本来他在中文系跟我是同事，叫我唐兄，后来以副教授的身份在职就读博士，才改称我为唐老师。他原来学的是现代汉语，跟着我"用汉语史流动"的观点，逐步由现代上推至明清。经过每周写一篇小论文的磨炼，他显得越来越成熟。2003年他被派到日本大东文化大学任教，我建议他抓住濑户口老师的琉球官话研究，好好在这上面下功夫。果然，他取得了开创性的卓越成果，接连在《中国语文》发表七篇论文，成了重大项目的首席专家。近年，他不甘心固守一隅，还把视野扩展到了中国式的神经语言学，并和中山大学附属第三医院建立了良好的合作关系。他的目标是要在《Nature》和《Science》上发表论文。可惜呀可惜！斯人已去，谁将是后来人？

## 三

李炜为人风趣幽默、豪爽大气,交友极为广泛。文艺界和社会各界都有不少人和他肝胆相照,视他为死党。学术界之中,据我所知,中外老幼,他都有大量朋友,例如日本濑户口律子、法国柯理思等。前几天我和中国社会科学院学部委员江蓝生先生聊天,提起当年她、我还有李炜,三人在荔湾湖上泛舟品茗,她还念念不忘呢。作为老师,他视学生如朋友,勠力同心,多方关照;作为系主任,他克己奉公,不占不贪,一心一意只想提高中大中文系在国内外的地位;作为广东省政协委员和中山大学党外知识分子联谊会会长,他为民请命,对不良现象大加鞭挞,树立了良好的形象。他还担任广东省语言学会会长,2014年任中国语文学会第九届常务理事,2015年任广东省本科高级中文系教学指导委员会主任,2016年当选第八届广东省电影家协会副主席,2017年当选广东省流行音乐协会副主席,可谓精力旺盛,才华过人。他有时精细,有时粗犷。由于接触的人和事很多,不免有开罪人之处,可是人死万事皆成空,旧时恩怨就随风而去吧。

## 四

我女儿出国30年,儿子出国20年,我和老伴在广州是典型的空巢家庭。李炜常说,要把我们当成父母看待。平日嘘寒问暖,逢年过节则和丘国新带着精美礼物上门。有好几年,他都邀请黄天骥、康保成等几家与我们一起共度"年三十"。有时候他还邀上校外的朋友,比如石方明等与我们共进晚餐,让我空寂的家庭充满了生气。我们一般只谈家事,不谈国事。虽然他有好消息总想跟我"汇报",他称得上是"家事、国事、天下事,事事关心",我则是"风声、雨声、读书声,声声入耳"。我儿子出差到日本,还曾经跟他一起畅谈军事直到半夜呢。他父亲严格,母亲慈爱,他又极为孝顺。好几次他父母从兰州来广州,我们一起同游湖畔,畅谈古今,其乐融融。那些朝朝夕夕,又怎能忘啊?2017年,我腰腿突然极为疼痛,初断为骨癌,数月失眠,痛不欲生。李炜的说法是:要像个男子汉!其间他多方筹措联系医生,跑上跑下,陪伴左右。他不会开车,但每次都动员学生和同事轮流开车送我。最后,我终于确定患老年人退行性骨关节病。经过一年多的调养,我已行走自如,痊愈了。而此时,正是李炜婚姻纠缠、重病在身的时候。至今想起,白头人送黑头人，令人悲痛不已。

## 五

数月以来，梦魂萦绕。李炜呀李炜，你可知你父母揪心地思念你吗？你可知你的老友们盼望着和你杯盏交错吗？你可知我和师母天天等着你"汇报"吗？作为唯物主义者，我不信神也不信鬼，可我多希望你能够重现人间啊。我禁不住大叫一声：魂兮，归来！归来！！归来！！！

2019 年 10 月 23 日于广州中山大学

（唐钰明，广东新会人，中文系 1962 级本科、1978 级硕士、1984 级博士）

# 文人风骨的传承

谢 华

20世纪60年代，我在广州白云区的大同中学读高中。当年我用单车运载青瓜、白菜、荷兰豆等蔬菜到东山市场售卖，以换取生活和学习费用，因而有机会转到文明路的广东省立中山图书馆去看书。近旁的一座米黄色的钟楼引起我的好奇心——原来这就是鲁迅纪念馆。

中学时，课文中便有鲁迅的《祝福》《故乡》《社戏》《药》《孔乙己》《阿Q正传》《狂人日记》《为了忘却的纪念》等名篇。鲁迅先生以如椽巨笔，反映当时中国底层人民的悲惨生活和社会矛盾；也揭示了旧中国的黑暗现实和人性的悲剧。鲁迅以其对世事的洞察力、想象力、幽默感和卓越的语言艺术，对中国传统文化进行了深刻的反思。作为斗士，鲁迅以热烈的爱，给民众以光和力量。鲁迅是中华民族精神的表征，是中国现代知识分子的楷模。

1927年1月18日，鲁迅从厦门来广州，受聘为中山大学教导主任兼中文系主任。鲁迅纪念馆中曾复原鲁迅当年的居住环境，即中山大学校务会议室和鲁迅先生卧室兼工作室。我在鲁迅纪念馆流连良久，自始，鲁迅先生的形象便时时萦绕于脑际。我找到了在乡村中所能搜罗的中国四大名著和鲁迅著作《呐喊》《朝花夕拾》《华盖集》等文学作品，孜孜不倦地苦读，并渴望着能考上近在咫尺的中山大学中文系。1965年，我参加了全国高考。上天不负有心人，我终于踏进了康乐园的大门。

大学，不在于高楼大厦，而在于大师。在中山大学中文系，古文字学家容庚教授和商承祚教授便是我崇拜的偶像。当他们穿着白色的唐装衫站上了讲台，或漫步在古朴幽雅的林荫道上，我心中高山仰止之感油然而生。我感佩出身于东莞的容庚先生写出蜚声学界的《金文编》，《商周彝器通考》亦是成就斐然，还有《丛帖目》《颂斋书画小记》等颇具影响力的著作。我同样感佩商老能传承其父亲、清朝最后一位探花商衍鎏的文采风流，成为一代古文字巨擘。而容、商二老60多年的共事，相互切磋提携，探求中华古文字的真谛，更是文坛佳话。记得我从惠州罗浮山返回康乐园求教时，首先就到马岗顶的有"三百年来第一学者"之称的陈寅恪先生的故居，探望居住在这里的古文字学家容庚教授和商承祚教授。

在"文革"的岁月，正直而博学的知识分子受到了冲击。自谓"野马"与"鬼锁"的容庚教授遭挂牌批斗。但他告诉我——杀了野马就没有坐骑，砸了鬼锁就不能把关，体现了他狂放不羁、铮铮铁骨的文人风骨，以及另类学者的独立精神、自由思想和高尚人格。容庚先生的言行风骨深深地铭刻在我心中。

学到用时方恨少。大学毕业后，我来到了惠州罗浮山从事宣传文化工作。这里可是晋代炼丹家葛洪采药行医和宋代大诗人苏东坡品荔吟诗的风水宝地。冲虚古观旁古篆体的石刻"丹以祈寿世"，当初我怎么也揣摩不出是什么字、什么意思。1980年7月，我带了些罗浮山百草油、甜茶、酥醪菜干之类特产，回到康乐园寻师问道。

"杯水之恩，涌泉相报。"说起我是"文革"时为落难的大学者送上一杯温水的后生时，十年光阴多少事，容老却即时想起了刻骨铭心的一幕，赞誉我在危难时尚未完全泯灭人性与良知。他不但解答了我的工作存疑，还让我第二天到他的办公室畅谈。就这样，容庚教授赠予了我极其难得的书法墨宝——苏轼的《寄邓道士》。如今，时隔40余载，我还珍藏着容老馈赠的瑰宝。

人与人之间，也讲缘分。商承祚教授说我们是番禺同乡。是的，我走访过原属广东番禺县的花东镇水口营村，这里有清代光绪年间科举考试探花商衍鎏的故居。村后有一片有数百年历史的格木树林；中山大学书法家陈永正教授曾书写"水口营格木林"，刻于天然黄蜡石之上。1984年初，我受深圳蛇口工业区袁庚董事长的邀请，为赤湾的宋少帝陵墓撰写了碑文，并极力推荐商老挥毫。于是，我有了和古文字学家、金石篆刻家商承祚教授合作的机会。碑文如下。

宋少帝陵墓碑记

宋少帝讳昺（1271—1279），度宗庶子，端宗弟，母俞氏，初为永国公，历封信王、广王、卫王。临安陷，忠义豪杰之士誓师抗元，拥王转战浙闽粤赣诸省。景炎三年四月端宗崩，群臣奉帝即位于硇洲。方登坛礼毕，有龙腾空而上，遂改元祥兴，迁新会厓山。张世杰以身师碇海。居帝其中，时年八岁，杨太后垂帘听政，左丞相陆秀夫日书大学章句训导。祥兴二年二月初六日，厓山破，陆秀夫束练负帝赴海殉国。臣民效节尽忠从死者甚众。传闻帝骸飘泊赤湾，群鸟飞遮，义民礼葬于南山太子峰下。

陵墓历经赵族宗人修建，春秋祭扫。癸亥年南山开发，陵墓重现。深圳市人民政府公布此为重点文物保护单位，协议修葺，以添历史名胜。赵族宗亲捐资叁拾万港元，招商局蛇口工业区董其事，建筑师梁应添设计主理工程。甲子年春竣工，爰志始末，勒之贞珉，用垂久远。

香港赵族宗亲总会理事长赵泰恭识<br>中山大学中文系教授商承祚题书<br>公历一九八四年仲春毂旦

商承祚教授提出，按文坛惯例，碑文作者的署名，要排列在书法家的前面。我以自己资历尚浅为由，婉拒了商老的好意。其后，我诚邀商老到深圳迎宾馆，挥写了"深圳市地名志""今日大鹏"等题词；他还用古篆体题赠了"大鹏展翅万里程"，寄望深圳特区鹏程万里。

（谢华，广东广州人，中文系 1965 级本科）

# 难忘的汉语言学专业

1973级汉语言学专业全体学生

百年中大,中文百年。20世纪70年代,中山大学中文系经上级教育主管部门审批同意,于1973年创办了汉语言学专业,招收粤桂赣汉语方言区域的学生,为汉语的教学和研究培养人才。该唯一一届的学生毕业后,汉语专业便停办了。但她培养的学生在改革开放新时期的征程上,充分发挥了中文人应有的作用。

## 赓 续

1946年,著名的语言学家王力出任中大文学院院长。他上任伊始,求贤若渴,广揽人才,勇于创新,把中国语言文学系分为中国语言学系和中国文学系,在国内大学中成立了第一个语言学系,并聘请在法国巴黎大学留学归国的岑麒祥教授任系主任,杨树达、谭戒甫、方光焘等讲授语言学科的课程。这一创举不仅使中大成为中国语言学科的基地,而且培养出一批语言学的专门人才,促进了中国语言学的发展。

1952年,全国高等院校进行院校调整,实行校系两级管理体制,王力改任语言学系主任。他主讲语言学课程,开设了"古代汉语""现代汉语""语言学概论""汉语语音史""汉语语法史""汉语词汇史"和"方言研究"等专业课。1954年秋,教育部决定将中大语言学系合并到北京大学中文系。王力先生和当时的学生一并调入北大中文系。王力先生出任北大中文系汉语教研室主任,主讲汉语言学理论和进行研究,中西融会,龙虫并雕,成为中国近百年来的一代语言学大师。

时光流转,到了20世纪70年代初,我国恢复了大学招生。时任国务院总理周恩来发出大学要加强基础理论研究和教学的指示。1973年,中大贯彻党的教育方针,中文系弘扬传统,赓续文脉,经申报上级主管部门同意,创办了汉语言学专业。汉语言学专业在隐藏着丰富粤方言、赣方言、客家方言资源的粤桂赣三省区域的有关县市招收了 25 名学生，其中，广东籍 5 人、广西籍 10 人、江西籍 10 人，为国家培养急需的语言学人才。

## 名　师

1946 年，中山大学设立语言学系后，先后有王力、岑麒祥、杨树达、容庚、商承祚、高华年等著名教授从事语言教学和研究工作，奠定了语言学科的教学和学术基础。其中，王力教授在汉语语法学、词汇学、语音史、汉语史、音韵学等方面精深研究，造诣深邃，做出了开创性的贡献。容庚、商承祚二老同为中国古文字学的泰斗，是金文、甲骨文研究的最高权威，《金文编》《殷虚文字类编》蜚声海内外。高华年教授在西南联大任教时，撰写的《彝语语法研究》曾获国民政府教育部嘉奖；受聘中大时，时年 37 岁，成为最年轻的正教授。

时至创办汉语言学专业时，有李新魁、曾宪通、黄家教、赵仲邑、潘允中、张维耿、罗伟豪、傅雨贤、余伟文、叶国泉等教授或讲师。其中，李新魁以音韵学研究为方向，博而专精，创见颇多。他编写的《汉语音韵学》等教材，旁征博引，深入浅出，让这门"绝学"古韵新生，深受师生的喜爱。潘允中、赵仲邑、罗伟豪教授讲授古代汉语，传承王力《古代汉语》文脉精华，古为今用，时常唤来师生的掌声。讲授现代汉语的张维耿、傅雨贤、余伟文、冯志白、叶国泉等教授，把现代汉语语音、语法、词汇、修辞等课程，娓娓道来，如数家珍。如何注意卷舌音，讲好普通话；修改作文要分清"主谓宾、定状补"，较快地提高了同学们的写作水平，使人终身受用。从事汉语方言教学的黄家教教授，授课时抑扬顿挫，充满激情，将汉语八大方言尤其是粤、赣、闽和客家方言的调查研究细细叙述，把同学们带进汉语方言的大观园。从事古文字研究的容、商两位大师，指导带出的高足是古文字学的博士。曾宪通、陈炜湛、孙稚雏、张振林等教授，把汉语古文字悠久历史和流变描绘得妙趣横生。课余，同学们踏进中国古文字研究室，捧起厚重的《金文编》，仰望着大师书写的甲骨文、篆书条幅，似乎走进了几千年古文字神秘的王国。

在 20 多位语言学教师的辛勤努力下，一本本散发着油墨芳香的汉语专业教材出版了，其中有《古代汉语》（印刷后还在全国各高校发行了几百册），以及《语言学概论》《古代汉语基础知识》《现代汉语语音》《现代汉语法》《现代汉语词汇》《现代汉语修辞》《汉语语音发展史》《汉语语法发展史》《汉字和汉字改革》《汉语方言调查》《汉语方言调查手册》等。同学们都十分珍惜来之不易的学习机会，响应时任校长李嘉人提出的"要在康乐园用麻包袋装知识"的号召，如饥似渴地学习，虚心向老师求教，游曳在汉语言学的园地之中。

## 笃　行

民主革命先驱孙中山在中大毕业生训词中教诲："学海汪洋，毓仁作圣"。20 世纪 70 年代初期、中期入学的学生，都是在特殊历史条件下走进校园的。他们政治素质较好，事业心强，为人朴实，吃苦耐劳，都是百里挑一，千里挑一，层层推荐、选拔，经审查才得以上大学的。同学们怀着对党、对人民强烈的感恩之情，刻苦学习，多读诗书。每天，除了吃饭睡觉，同学们基本上都是在教室或图书馆里度过。中区图书馆、中文系图书资料室阅览厅，常常是需要排队等候，学生爆满。

"博学、审问、慎思、明辨、笃行"，是中山先生所题的中大校训。各位恩师在传授知识的同时，注重教诲我们要注意学习技巧，掌握自学方法。既要博学、慎思、明辨，又要苦练基本功。课前，同学们认真阅读专业讲义；课时，同学们认真听课，做好笔记；课后，复习笔记，完成作业练习。对前辈公开出版的《古代汉语》《语言学概论》《马氏文通》《说文解字》《中国音韵学》《汉语修辞学》等书籍，也是轮流借阅，爱不释手。

笃行就是学以致用，不息自强，坚持理论与实践相统一。中文系注重开门办学，经常组织师生参加各种社会实践，增长知识。汉语言学专业的师生，也经常走出校门，到群众中进行方言调查的训练；收集民间俗语，编写了《谚语选编》等书稿；还分为四五个教学小组，分别到广州市区、肇庆、佛山、顺德等市县，举办了多期以中小学教师为对象的汉语拼音学习辅导班。同学们自编讲稿，登台上课，讲授语言学理论知识，促进了普通话的普及和教学。

1976 年 8 月，汉语言学专业 25 名学生毕业走向社会。有的到边疆奋斗，有的进地方党政机关工作，更多的是从事教育事业。适逢盛世，改革中兴。大家以母校为荣光，以中文人为骄傲，在改革开放大潮中，勤勤恳恳，开拓创新，取得了卓越的成绩。其中，产生了副省军级干部 1 人，厅级干部 1 人，县处级干部 8 人，副教授或中学高级以上职称教师 10 人。据不完全统计，编写出版各类论著、作品共有百余部,有数十人次荣获省部(军)级以上先进个人称号。五十多年来,大家为祖国的繁荣富强作出了中大人应有的贡献。

2024 年 2 月 28 日

(1973 级汉语言学专业全体学生:邹腊生 莫树吉 康家珑 赵彦行 黄泳清 卢盛犀 傅晓榕 黄宝算 王慧民 胡丽萍 刘宝珊 杨自英 蒙永康 梁秀英 梁雄 徐慧莲 刘白英 李纪华 席信昌 郭礼富等,由赵彦行执笔)

# 岁月匆匆,师恩绵绵

黄泳清

忆当年,青葱岁月感慨万千。1973 年 8 月底,我有幸进入中大中文系学习,真正是走进知识海洋,踏入文化殿堂。当时中大给我的第一印象是老师个个才高八斗,学富五车,能说会写,能文能书。刚开始时我们是与文学班同学一起上大课,邓炳坤老师、黄天骥老师、陆一帆老师讲授文学课,他们的语言风趣幽默,许多知识信手拈来,妙语连珠。每一堂课都赢得同学们热烈的掌声。老师们用知识沐浴我们,滋润我们当时文学干枯的心灵。我们一年级共一百多人,大家团结友爱,和谐相处,共同学习,一起劳动。到郊区参加农田水利工作,到农场插秧收割,还在校园挖防空洞。年少轻狂,欢歌笑语。

开始学习专业课程后,汉语专业的老师们更是对我们关爱有加,傅雨贤老师、罗伟豪老师、李新魁老师、高华年老师、余伟文老师,还有黄家教老师等,把枯燥乏味的现代汉语、古代汉语和语言学概论等知识深入浅出地娓娓道来。就这样开启了我们三年专业知识的探讨与学习,也让我们享受到了人生最快乐的学习阶段——"与书本为友,与大师对话"。

记得第一次上古文字课,我早早到了教室坐下,看着印满密密麻麻文字、仿如天书的那本教材发呆。一个穿白色唐装衣服,满面笑容的老先生走到我桌子前,指着我桌子上的书说:"读书吧!读书有饭吃的!"我马上站起来向老师鞠躬问好,他坐下来问我是哪里人,叫什么名字等几个简单问题,我一一回答,然后他返回离教室很近的办公室,把我的名字用甲骨文字体写在一个小纸条上拿给我看,我很高兴并且感谢了他。开始上课了,他也坐在我们旁边认真听课——是张振林老师的课。我后来才知道他是大名鼎鼎的容庚先生,融学者、专家、教授于一身的高级知识分子,那么平易近人。据说他自称是"野马",是"鬼锁",那铮铮铁骨正是他文人特有的骨气。"读书吧!读书有饭吃的!"这句话一直鼓励着我从青年到晚年都努力读书,努力充实和提升自己。

我们当时除了学习专业课程，还要走出校门实践，体现"开门办学"。我们到顺德糖厂各车间跟师傅学习劳动技能，到火车站客运车厢当乘务员学习普通话，体验生活，增加人生阅历。

记忆最深的是去罗定县（1993年后改为罗定市）举办小学教师学习汉语拼音方案培训班，帮助小学教师学习汉语拼音，提高他们的普通话水平。我是来自讲白话地区的学生，对于汉语拼音中的舌齿音和卷舌音、舌面音，我分不清，也读不准，闹出了不少笑话，而叶国泉老师、高华年老师刚好和我一组，他们不知疲倦地反复纠正我的发音，见一次就检查、纠正一次，有一点进步就表扬鼓励我。他们的细心、耐心，以及满腔热血的负责精神令我感动不已，也让我明白，只有付出精力和汗水，才有收获的喜悦！人生也如此吧。

我们汉语专业的师生感情特别好。那时候寒暑假我们很少回家，都留在学校看书学习。老师就借此机会带我们参观黄埔军校、中山先生故居、清晖园、佛山古庙等，让我们拓展视野，了解历史，增加知识，提高个人综合素质。

过年时老师们最记得我们这一群穷学生，傅雨贤老师把我们请到他家里一起煮汤圆、吃饺子，冯志白老师知道了也把家里的饺子端过来给我们吃，其他老师知道了也把家里好吃的美食都拿来给我们品尝。班主任余伟文老师还特意把我们带到他老家中山石岐镇参观游览，余老师的母亲煮饭炖汤招待我们。老师对我们的爱深深烙印在大家心里。后来我们班大多数同学也走上了教书育人的道路，在自己的岗位上向老师学习，关爱学生，认真做事，踏实做人。

三年的学习转眼结束了，毕业时老师给我们馈书、题辞、赠墨宝，鼓励我们继续努力工作，陈炜湛老师送我的墨宝是"十年树木，百年树人"，我至今珍藏。

古人云：经师易得，人师难求。值中文系百年大庆之际，我感恩中文系的全体老师。真诚祝福他们健康长寿！

师恩似海深沉，师恩如山厚重。

2024年2月29日

（黄泳清，广西灵山人，中文系1973级本科）

# 到西藏当农民是我人生的大幸

莫树吉

我是个特别喜欢念旧、怀旧的人。

在中山大学百年校庆和中大中文系百年系庆喜庆日快要到来的时候,我想回味回味自己到西藏当农民的往事,借以感恩母校,祈愿母校越办越好。

我是广西桂林市兴安县人,是1973年在县外贸公司的工作岗位上,通过自愿报名、单位推荐、文化考试、学校复核等程序,入学中山大学中国语言文学系汉语专业的,是个不带薪上学的"工农兵学员"(后称为"工农兵大学生")。

因此,我深知这个学习机会来之不易。在大学三年里,我们在学校党组织和老师们的教育培养下,时刻牢记"人民送我上大学,我上大学为人民"的谆谆教导,校园内外都留下了我们如饥似渴、惜时如金、刻苦攻读的身影和足迹。

1976年3月到6月,我们1973级百余名学生进入毕业实习阶段。我等19名同学在儒雅帅气的汉语专业党支部书记、辅导员余伟文老师的带领下前往广西南宁,在《广西日报》报社和广西人民广播电台进行实习。我和韦国庆、黄保算实习的部门是广西人民广播电台的对农村广播科。

一天,我在1976年5月4日的《人民日报》上读到一篇重要言论《走同工农相结合的道路,做反修防修的先锋》。该文明确指出,大学毕业当农民,限制了资产阶级法权,推进了反修防修的伟大斗争,强化了对资产阶级的全面专政,加速了社会主义新农村的建设,也锻炼了为共产主义奋斗的一代新人。

紧接着,又在同一天的《广西日报》上读到一篇长通讯《顶着风浪上不开顺水船——记在金秀瑶族自治县农村落户的大学毕业生吴朝阳》。我读完通讯又读言论,看罢言论再看通讯,就这样颠来倒去地读,越读越激动,思来想去,一连好多天都吃不香、睡不宁。本来,我们几个男生挤住在临时腾出来的车库里就闷热难挡了,再加上头脑里不为人知的"斗私批修"和

"内化"来"内化"去，真是含泪带血、苦不堪言！

怎么办？大学毕业当农民的意义如此重大，身为中文系团总支副书记（当时的书记是张育新老师），岂能等闲视之、袖手旁观？我不当农民谁当？我不带头谁带头？最后，"大我"战胜了"小我"，我终于在5月23日"外化"出《立志务农决心书》寄回学校，要求毕业后回乡当农民。并且，很快得到了学校的支持。

5月28日，中文系党总支复信，对我的行动给了高度评价。

6月4日，校党委下发了《关于组织全校应届毕业生向中文系马明伟、莫树吉同志学习的通知》。

随后，校团委和学生会也根据校党委的通知精神，及时做出了开展学习活动的决定。

可是，当学习活动正在进行时，刚刚结束实习返回学校的我，由于读了《新中国的新西藏》一书，了解到西藏比我家乡的条件更差、更艰苦，也更加需要人才，我很快改变了主意，坚决要求到西藏当农民。而且，再一次得到了学校和有关方面的大力支持。

7月28日，我在《高等学校毕业生立志当农民、到边疆呈报表》里写道：请党批准我到西藏最艰苦、最需要的地方去当一名新农（牧）民。我决心把自己的一切直至生命最有意义地献给西藏百万翻身农奴，献给无产阶级革命事业。

填写呈报表前后，各种座谈会、汇报会和集体接见活动等，应接不暇。就连在回乡探亲期间，我还应兴安县文教局的邀请，在全县教师代表大会上做了一场进藏务农思想汇报，结果大受欢迎和好评。

10月4日，我们中大几位同学胸佩大红花、在响亮的掌声中跨出康乐园，乘车前往广州火车站，与省内其他院校的"同路人"汇合。在火车站，我们受到了广东省、广州市相关负责同志和2000多名群众的热烈欢送。

次日，广东当地新闻媒体进行了浓墨重彩的宣传报道。譬如，《南方日报》报道，这一批有19人到西藏参加社会主义革命和建设，"其中莫树吉、吴建新要求到西藏当农民"。吴建新同学（以下简称"小吴"）是广东佛山兽医专科学校的高材生。

12月4日，也就是离开广州正好两个月的那天，我和小吴终于来到了安家落户的拉萨市工布江达县峡龙区章马公社第二生产队，受到区、社干部和第二生产队全体社员的夹道欢迎。就这样，我成了中山大学毕业生到西藏当农民第一人。

工布江达县地处念青唐古拉山南侧，当时全县有 1 万多人，占地面积 11650 平方公里。全县有 32 个人民公社，129 个生产队。章马公社共有 4 个生产队。在我们到来之前两个多月，已有来自辽宁的 5 位支边青年在紧邻的第三生产队当农民。他们是二男三女，我因进藏失恋后，"藏友"任建华跟我组成了小家庭。小吴则跟同车进藏、分配到西藏农牧学院任教的刘锋涛老师成为革命伴侣。

特别值得一提的是，不知道是谁跟我们开了一个天大的"玩笑"。就在我们务农学农、爱农像农的第三个年头，组织突然把我们 7 名"知青"都抽调到了县里工作。害得我们一个个笑着进村、哭着离开。不仅如此，在县里工作连板凳还没坐热，除了小吴继续留在县兽医站工作，我们又都"一窝蜂"调到了拉萨市工作。

我先是在拉萨市有线广播站当记者，后被选调到中央人民广播电台、中国国际广播电台西藏记者站当记者。当我在记者站正干得起劲、雄心勃勃地企图跑遍西藏各个县和办事处采访的时候，台里又以工作需要以及关心我爱人和孩子为由，一纸调令把我调离西藏，到上述两台大连记者站任职。想在西藏多干几年也未能如愿，真让我欲哭无泪。

众所周知，大连是个花园般的城市，有"北方香港"的美名。可我在那里，竟然一天都不愿呆，连做梦都想重返西藏工作，直到 2001 年 7 月才如愿以偿——作为中直机关的一名对口援藏干部，在西藏人民广播电台和西藏广电局一鼓作气干了两届共 6 年。两进两出西藏，两次在西藏工作正好凑拢了 18 年。这次援藏的头三四个月，我担任西藏人民广播电台副台长。接着，在再三推脱不了的情况下，西藏广电局党委研究决定让我全面主持西藏人民广播电台的工作，即台长、书记、总编辑的工作"一肩挑"。后来，我被任命为台长、副书记（书记空缺），总编辑也依然是我。到本次援藏结束时，我已"船到码头车到站"。在退休时，台里又送给我一个热乎乎的结论，为中央人民广播电台做出了"突出贡献"。

呵呵，凡是过往，皆为序章。

回过头来看，我，一个越城岭下长大的山里娃，能一步一步走到今天、走向更加美好的未来，与母校、与父老乡亲、与西藏第二故乡人民的哺育分不开，与早期进藏解放军干部战士和工作人员所弘扬的"特别能吃苦、特别能战斗、特别能忍耐、特别能团结、特别能奉献"的"老西藏精神"的感化分不开。

2023年元月中旬，扎玛村①一对老年夫妇次旦扎西和其米吉宗，首次来到北京观光。用他俩的话说，来北京主要是想瞻仰毛主席遗容、观看升国旗仪式和看望我与我的家人。我们见面的那一刻，彼此的高兴喜悦之情，真是无法用言语表达。他们除了带来家乡的一个个喜讯，还带来了我最爱吃的糌粑。

事后，我在网上分享了陪同他们参观的情况，我女儿因担心他们观看升国旗时冻着而预备了"暖宝宝"，以及准备献给他们的洁白哈达等。这引起了众多藏、汉族网友的兴趣，他们或关注或点赞，或留言评论，譬如，"真正体现了藏汉一家亲""这种友谊纯洁永久，真的就像陈年老酒！难得呀！""贵居'皇城'，却从未忘记西域。资深文化人，却与藏民一往情深！敬佩！""藏汉同胞心连心！""树吉哥佬，你赴藏当农民的勇气和爱国情怀，当时很让我们几个部队老乡感动。这次藏族同胞到北京看望你们，一样使我们感动和高兴！"……

我已经跟扎玛村五代藏族同胞有来往或联系。哈哈，就这么件小事，让我这个喜欢念旧、怀旧的人高兴了一整年！

我挂一漏万地回味这些，除了前面说的借以感恩母校，还想说，我能有今天真是人生大幸！

2024年3月1日

（莫树吉，广西桂林人，中文系1973级本科）

---

① 西藏自治区林芝市工布江达县工布江达镇辖行政村。当时章马公社第二生产队有两个自然村，扎玛村就是其中之一，现已升格为行政村。

# 我与中大中文系的别样奇缘

李飞平

1974年金秋时节一个阳光明媚的早晨,我怀揣着中山大学中文系文学专业的录取通知书,走进了向往已久的康乐园。在报名册上,我看到同学们的名字都是铅印好的,而我的名字则是用钢笔手写填上去的,心里自嘲:"我是候补工农兵学员。"

此前,我在湛江地区广播电台任编辑记者已有三年。当年,中山大学中文系文学专业在湛江地区直属机关宣传只招收一名新生,经过一番筛选,最后确定三人参加笔试。除我之外,另两人中,一位是时任地区行署专员的女儿,还有一位是原省文化厅副厅长的女儿。考试之后,第一轮被涮下来的是行署专员的女儿,第二轮被淘汰的是我。正当将要曲终人散,事情出现了戏剧性的变化,副厅长女儿的录取被取消,我作为"候补队员"被顶替上来。这个结果令我大跌眼镜。我不清楚事情的来龙去脉,但对中山大学前来招生的同志,对中山大学,忽然肃然起敬。

我们年级当年只招文学专业一个班,共90多人,其中有共产党员50多人,共青团员30多人。入学前,大家都是单位的骨干,政治素质、工作能力毋庸置疑,能被群众推荐出来并得到组织的认可,没有点本事是绝对不可能的。但也无庸讳言,不少人的文化基础知识并不牢靠。这是摆在教与学两方面前都必须认真对待的问题。

入学伊始,学校就动员大家拿出主人翁的精神,为教学改革建言献策。我是个认真的人,也是个听话的人,马上写了一份书面建议。其核心内容是——又红又专,当务之急是补齐"专"的短板。

可能正是因为这份书面建议,改变了此后三年我在中大中文系的人生轨迹。

第一个征兆,是团支部的组建。支部筹备组有我,但正式选举时我的名字被移除了。

第二个征兆,是我的入党问题遭遇了令我绝望的严重挫折。说学校组织部曾派人查阅过我父亲的档案，有人检举我父亲临解放时在高中读书期间"可能"参加过国民党的一个外围组织，但无法定论，所以我的入党问题需要暂时搁置。这个解释让我啼笑皆非。我的父亲解放初期就已经成为共产党员，难道连有"可能"有"历史问题"的人都入了党，儿子却因此不能入党？

我明白，这都是托词。真正的原因可能是那份书面建议"不合时宜"。

我曾经有过失落和彷徨，但很快就被校园中浓重的学习氛围冲击得烟消云散。同学们肩负着父老乡亲的嘱托和原单位组织的殷切期望，如饥似渴地吮吸文化科学知识，个个都不甘人后。悬梁刺股、凿壁偷光并不仅仅是古人的故事。位于中区的学校图书馆几乎永远都座无虚席，特别是晚自修，不提前一个钟头早早过去排队，你根本找不到位子。

在中大中文系，我遇到了许多令人终生难忘的老师。他们德高望重、学识渊博，以各自擅长的专业知识，为我们授业解惑，各有各的风格和特色，令我受益匪浅。

对我言传身教最多的是李伟江和楼栖两位老师。因为他们都先后单独带过我数月之久。

李伟江老师带我从事《鲁迅全集》中《而已集》部分作品的注释工作。《而已集》创作时代久远，绝大多数当事人已经故去，即使大海捞针能查找到健在的，也大多记忆模糊甚至不愿重提旧事。仅查找和造访当年广州知用中学的老校长我们就先后登了三次门。李老师治学严谨，办事细心，不放过任何一个蛛丝马迹，只要他认为有价值的线索必定寻根问底。我们回到学校时常常已过饭堂开饭时间，为此，他多次让我去他在西区的家中吃饭。

楼栖老师则是带我毕业实习的老师。他在20世纪30年代读大学时就开始参加革命，先后从事文艺创作、报刊编辑、大学教学和学术研究数十年，1957年曾被派往民主德国柏林洪堡大学讲授中国现代文学，还曾担任中大中文系副主任。他阅历丰富，学术精湛。他带领我实习的单位是《广东文艺》（现在叫《作品》）编辑部。在那里，他指导我干了一件别人都不愿干的"大事"。

一天，编辑部突然收到长篇小说《上海的早晨》作者周而复的一篇文学理论方面长达万言的来稿。这事引起了编辑部的高度重视。主编萧殷及欧阳山、秦牧、陈残云、吴有恒等一应文学大伽齐集，共同讨论如何处理此事。最后的结果是：作者周而复是重量级人物，来稿一定要用；其文章政治内容多于艺术成分，可读性不够，删减到4000字以下再发。

谁来完成这个任务？大家面面相觑，最后竟然把这千斤重担交给了我。

楼栖老师鼓励我大胆去干，不要迷信名人。在他的指导下，我完成了这个艰难的任务。他亲自带我前往梅花村——萧殷的家，当面让萧殷签字发表。

毕业后，我和楼栖老师仍有一段时间的书信往来。他鼓励我多写作，还帮忙修改我的文章推荐到《中山大学学报》和《学术研究》期刊上发表。

话说回来，繁忙而充实的学习生活冲淡了我对个人政治前途的担忧。但事情总是那样具有戏剧性。当我"不问政治"的时候，"政治"却找上门来。不知是哪位掌管大权的人翻出或记起我入学之初那份书面建议，突然发现，那个曾被学校认为思想"不合时宜"的学生原来没有错！

就这样，学校对我的态度出现了180度的大转弯。我从一个"边缘人"瞬间成了焦点。系里推荐我参加新成立的全校学生写作组，而且是中文系唯一的代表。我的入党问题也重新被提上议事日程，我父亲的"历史问题"已经不再是问题。尤其令我感动的是，在表决我的入党申请时，年级党支部包括老师共60名党员，全部举手通过！我是我们年级学生在校入党的第四人，也是最后一人。

毕业离校的日子越来越临近，我已经做好了回到原单位"重操旧业"的准备。一天，系里突然通知我，说让我留校任教，业务方向是教写作。

又一次令我意想不到。留校任教，是很多毕业生梦寐以求的事，而此刻，我却感到为难。因为原单位的领导已经提前和我打招呼，希望我毕业后能够回去。故我委婉地谢绝了系里的安排。

原单位得知消息，分管人事的领导十万火急赶来学校要人。最终，学校作出了让步，尘埃终于落定。

我与中大中文系的别样奇缘，是我人生旅途中的宝贵经历，令我终生难忘。几十年来，虽然离开了母校，但对母校的情怀始终不减。一回回梦回康乐园，重现火热的青春年华，续听老师的殷殷教诲，再叙浓厚的师生情谊。

在中山大学百年校庆、中文系百年系庆即将到来之际，特写此文，追忆那段难忘的时光，并祝福母校、祝福我们的中文系薪火永传、续创辉煌！

（李飞平，广东湛江人，中文系1974级本科）

# 浩浩大江流

姚泽源

记得当年在康乐园读书时,我会到珠江边散步。北校门外,两排夹道的千层桉树,高耸葱郁,浓荫匝地,夏日尤觉清凉。道路的尽头,便是宽阔的珠江,碧波荡漾,浩浩向东……毕业离校多年,江水仍在我的眼前晃动。逝者如斯,有时我会问,在康乐园求学的往事,也会像江水一样流去吗?

常常记起殿堂般的教室。当年中文系的教学楼,就在中区大草坪的旁边。西南联大中文系毕业生、闻一多先生的学生吴宏聪老师,苏寰中、吴文辉、刘烈茂、李新魁、郭正元等老师都给我们上过课。上文学理论课的楼栖老师是著名教授,我读过他写的专著《论郭沫若的诗》,很是敬佩。他身子虽较瘦小,但目光炯炯,授课时深入浅出,引人入胜。我和同学拜访楼栖老师,见其家中有一间大房,像图书馆那样摆放着一排排的书,让我们惊叹不已。刘孟宇老师教我们文学创作。他写的《勇往直前》,是第一本反映新中国大学生生活的长篇小说。听完他的课,我即跑到图书馆借阅该书,边看边回忆他授课的内容,颇有启发。刘老师讲课时眼睛常常望着窗外,我总感觉他的思维如窗外的小鸟在枝头上跳跃。王起老师是当代中国最有影响的戏曲家之一。他与北京大学中文系游国恩教授等多个高校名教授共同编著的《中国文学史》是各大学中文系学生的必读之书。王起老师也给我们上课,他的江浙口音很重,听起来很费力,但我们都认真听,认真记,唯恐漏掉一句。王起老师住在校园内一栋绿树掩映的小别墅里,离我们的宿舍不远,早晨他常到附近的一块空地上练太极剑。我和班里的三两位同学随其后,也学之舞之,间或请教他一些问题,王起老师总是热情解答,使我们感觉如迷雾中射进一道亮光。

我的同班同学,著述颇丰的袁鼎生博士回忆当年曾说过:那时学校还没有招收硕士、博士生,我们就享受了宝贵的教育资源,殊为难得。

上面提到的老师,虽然均先后离我们而去,但至今仍活在我们的心中。我们为当年能得到泰斗级老师的教导而深感幸运。

  难忘的还有班级的墙报，一般贴在中文系教学楼的墙上。班里有几位在县文化馆工作过的同学，能写会画，每期总是图文并茂，甚至吸引外系的同学来看。我作为练笔的一些散文、诗歌，也常在这块园地发表。

  梦中曾回到东四宿舍——这其实也是一个课堂。同学们平时读到的书，以及读到书中一些新颖的观点，常在宿舍中交流、争论，碰撞出思想的火花。之前在惠阳地区文工团任演员兼创作员的张炯光同学，有着诗人气质，课余及晚饭后，不时在宿舍朗诵诗词和他创作的自称"未入流"的诗，竟把宿舍当作演出的舞台。睡在我对面铺的阮立威同学，上大学前是番禺县文化馆的创作员。20世纪70年代初，广东人民出版社出版了一本名为《禾苗正绿》的小说集，收入了他写的一篇短篇小说，之前我在家乡公社报道组当"土记者"时看过。入学进宿舍见其名，验明正身，我连连揖手："久仰，久仰。"于是课后我多与他在一起读书或切磋创作。晚上宿舍关灯后，郭精锐同学惯用报纸遮住手电筒看书，对此我写了一篇短文《深夜灯光》，登在墙报上，编者按内容配插图，增色不少。郭精锐同学毕业后留校任教，评上了副高级职称，后又到澳大利亚留学取得博士学位，出版了好几本书，题签后均送了我。其中有一本英文著作，他还写了一行字：谨以此书换取兄之散文集。我心头为之一颤。

  深深怀念学校天堂般的图书馆。课余时间，图书馆是我的好去处。《牛虻》《复活》《茶花女》等一本本外国名著，是我当年在图书馆看完的。我喜欢散文和诗歌，在中区图书馆，我几乎翻遍了（只是翻，不求甚解）中国现当代散文家和诗人的作品。东区图书馆藏有旧报刊，我时常会翻阅从新中国成立至1966年期间大报的副刊。只可惜我离校参加工作后，没有写出多少东西。较之我们同时代入学的中文系学子，如复旦大学的梁晓声、西北大学的贾平凹、延安大学的路遥，其作品均获茅盾文学奖。特别是路遥的《平凡的世界》，独享"茅盾文学奖皇冠上的明珠"这一称号，多年来一直居众多高校图书馆借阅量的前列。想想学校及中文系为我创造了好的学习条件，我竟未能为母校、母系争光，心中充满了愧怍。

  由于在学校图书馆养成了读书、写作的习惯，我后来有机会到外地深造，亦依然如故。1991一年我到天津南开大学学习，住的芝琴楼离图书馆不远，课余和晚上常走去图书馆。图书馆有暖气，便记起开学时学院院长对我们说的话，"进了南开的门，就是南开的人"，心扉顿暖，又令我的思绪回到了红墙绿瓦、鸟语花香、春光融融的康乐园。南开大学图书馆正门面对新开湖，湖边遍植花木。看书倦了，我也会抬头望望窗外。从雪花飘飘、天地迷蒙，到桃红柳绿、碧空如洗，我感受到大自然生命的律动和春天的美好。于是在那个图书馆，我欣然写下了散文《北国之春》。散文从贴上邮票寄出到在《羊城晚报》副刊发表，仅用了16天，看来编辑也喜欢北国的春色。有一年，我到延安干部学院学习，为了写好《回延安》这篇散文，课余我将图书馆里有关延安的书都浏览了。2014年初夏，我带队到北京大学参加短期培训，住在学校的勺园宾馆，很想办一张借书证，见识一下这最高学府的图书馆，可惜被告知短期培训人员不能办借书证。倒是校内有几家书店，特别是博雅堂书店，有不少品位较高的书，于是我课余常去，离校时带回沉甸甸的一箱书。

  毕业后我被分配在省直机关工作，一直与文字打交道，也一直保持与中大中文系老师的联系，继续当学生。在广西壮族自治区成立四十周年时，广东省政府要送一面锦旗以表祝贺。而写在锦旗上的两行字，就由我负责。我拟好贺联向著名学者黄天骥老师请教，得到指正后呈批。有人看后说，贺联文雅且有情。中学时我读过吕叔湘、朱德熙教授著的《语法修辞讲话》，因此听张维耿老师上语法修辞课时很愉悦。张老师是现代汉语研究专家。为了用词、用字的准确、鲜明、生动，我常打电话给张老师。有一次正巧同事送文件给我，站在旁边听了一会说："你也有一定年纪了，还有老师可以请教、可以探讨问题，真是太幸福了。"

  老师出版了新著，也送我，使我又有了学习的机会。王起先生的高足、给我们上元代戏曲课的吴国钦老师，先后送了我《西厢记艺术谈》和《潮剧史》。一卷在手，眼界顿开。金钦俊老师赠我专著《新诗三十年》、诗集《市楼的野唱》、散文集《记忆树上的杂花》等，我都珍藏着。金老师不仅是中国现代文学研究的专家，还是诗人，很荣幸多年来与金老师时有见面。对于当代一些著名散文家创作的成果和不足，金老师都会讲述他的看法，学者兼诗人，见地自不同，使我受益匪浅。

  总有一些感动，萦绕心头。2004年初夏，我们班的同学回母校聚会，也邀请了部分老师参加。那天先开了个座谈会，中午在学校的酒店聚餐，同学们把新出版的书送老师，很是热闹。后来组织者拿出了通讯录送给聚会的老师和同学，通讯录前面印了我写的纪实散文《一篇冰心在玉壶》。有一次陈培湛老师特意谈到这篇文章，还说：搬了几次家，不少东西都扔掉了，但这本通讯录，我一直保留着。陈颂声老师除送我书外，还一直嘱我出一本散文集，甚至说要为我联系出版社。加上郭精锐同学一再催促，终拗不过，我便将发表在《散文》月刊及其他报刊的散文收集起来，挑选了一部分，又补写了若干，以人民日报副刊发表的散文《荔枝红了就回来》的标题作书名，交由花城出版社出版。

这些年，我们在微信上建立了同学群。陈朝行、谢燕玉、陈志杰、陈玉莲、李飞平、林慧泉、陈雄昌、黄宝、古建新、孙永刚、张解、胡先林、周本意等同学，常常在群里发表诗歌、散文等作品。一班"老学生"，乐此不疲，直把微信平台当墙报。这一切，都是因为中大中文系！

如今，站在珠江岸边，望着滔滔江水，我恍若看见一条大江也在浩浩流淌。她流淌着百年名校的钟灵毓秀，流淌着中文系的日月光华，流淌着鸿儒硕学的博爱风范，流淌着学子对母校、母系和老师的眷恋、感恩，流淌着同学之间的纯真情谊，流淌着康乐园的树影花香……这条大江源远流长、奔腾不息，在每个学子的心头潺潺流过，滋润、升华着每个学子的人生。

白云山高，珠江水长。广州城内，浩浩大江流……

（姚泽源，广东广州人，中文系1974级本科）

# 从中山大学中文系走出的学术人生

袁鼎生

1974年9月,19岁的我经过考试,告别小学讲坛,被推荐进入中山大学中文系文学专业学习。三年中,数十位老师的教诲,奠定了我其后学习和工作的基础。在那个特殊的年代里,中文系特殊的培养方式,于我的学术人生来说,有着开启与奠基的意义,有着塑身、铸魂、植入基因的价值。

## 一、为学术人生塑身

老师们采用参与式、讨论式的教育教学方式,培养我们学习的自主性与自立性,为我们的学术人生塑身。

还记得第一学期,现代文学课采用参与式教学方式,上得很别致。金钦俊等老师讲授之余,还指导学生备课,让学生讲授小部分课时。看到同班同学给自己授课,同学们一是觉得新鲜,二是很受鼓舞,不仅增加了同学们学习的主动性与教学活动的参与性,还提高了同学们学习的自信心,可谓一举而多得。

三年的学习,方式多种多样,小组讨论是最活跃的方式之一。在我的记忆中,讨论的地点多半安排在宿舍。印象最深刻的是,有两次中国古典文学的课余讨论,是在我所住的七人间宿舍进行的。晚上7点半开始,9点半结束。讨论开始前10分钟,王起先生来了,亲自参加我们的讨论。按照授课老师布置的讨论题目,同组的十余位同学先后发言。最后,我们请王老师评点,并发表他对所讨论问题的看法。当时,"四人帮"已倒台,"文革"结束了,王老师也敢于讲自己的治学理论与方法了。如今,时间过去40多年,许多记忆已然模糊,但有两点我还记得很清楚。一是王老师让我们互相学习,指出同学的发言讲得好的地方以及不足之处,提出改正的建议。二是学习中国古代文学,要熟读与背诵经典作品。王老师这些指导学生的方法,于我有启蒙的意义,并在我之后的学术人生中得到了印证。1977年8月,我走出中大校门,到广西师范学院(现广西师范大学)中文系工作。系领导安排我和7位年轻老师组成助教进修班,脱产学习两年的本科课程。班主任贺祥麟教授是留美硕士,少时读过私塾。他要求我们在现有基础上,再背诵300首古诗和60篇古代散文,并时常在课堂上抽查。一年过去了,大家感到难以坚持下去,陆续放弃时,我想起了王起老师的教诲,咬咬牙完成了贺老师布置的任务,具备了一个中文系的学生应有的修养。1979年从进修班结业后,我被分配到广西师范学院文艺理论教研室,较好地适应了下班辅导的工作。我时常回想,如果没有当年王起老师的提点与要求,我可能不会清早6时起床背诵古诗文,能否站稳大学讲台也就很难说了。1994年,我考入山东大学中文系,跟随周来祥先生攻读文艺学专业文艺美学方向博士学位。第一学期学习"美学方法论"课程,周先生讲了辩证思维,让我们师兄弟三人阅读黑格尔的《小逻辑》等文献,写出课程论文,然后进行讨论。讨论时,大家在谈了各自的课程论文后,周先生让我们互相评点与论辩。这让我想起当年王起先生指导我们进行小组讨论的情景,顿觉学术大师之间培养学生的方法有着相通处。我很自然地按周先生的要求评点了两位同门论文的优缺点,并思考了他俩对我论文的评说,进一步修改了论文。最后,我的这篇课程论文在《中国人民大学学报》发表,并被《中国人民大学复印报刊资料·美学》转载。

## 二、为学术人生铸魂

为我们授课的老师,运用研究性与实践性的方法,培养我们协同创作的学术伦理与实事求是的学术精神,为我们的学术人生铸魂。

按照教学计划,第二学年由陈颂声老师指导我们第三组写作《洪宣娇主考女状元》。他带我们到读图书馆,手把手地教大家查阅资料,让每个人列出写作提纲,再一起讨论,整合出一个总提纲。每个同学都据此提纲先写出初稿,再集中讨论。然后,他让两个同学分别整合各位同学的初稿,交由全组讨论。最后形成一份稿子,由他亲自修改并定稿。经过这种研究性的教学,每个学生都参与了研究性学习,懂得了研究的规程与研究性学习的方式和方法。于我来讲,更有了三方面的受益:一是和大家一样,有了研究性学习的经历,把握了研究性学习的要素与步骤;二是在我1997年任广西师范大学教务处处长及2003年任广西民族大学副校长时,我把陈老师研究性教学的经验和我们组研究性学习的经历融合起来,作为一个案例,向有关的教学管理人员做了介绍，说明研究性教学与研究性学习应该一体化；三是当年由陈老师精心指导与亲笔修改的一篇文章，在《中山大学学报》发表时，署名是中山大学中文系1974级第三组工农兵学员。我曾比较过小组交给陈老师的稿子与发表的文章，其实绝大部分的文字是他重写的。陈老师崇高的师德与纯正的学风，给了我极大的震撼与教育。回顾我几十年来的学术生涯，陈老师一直是我遵守学术伦理与处理学术名利的榜样。自2005年以来，我在云南大学和广西民族大学指导了20多位博士生，坚持不在他们写的文章上挂名。虽然这些文章是经我指导、修改与推荐才得以发表的，学生也愿意与我共同署名，但一想到当年陈老师无私地指导与帮助我们，我就谢绝了学生和刊物编辑让我与执笔者共同署名的建议。近年来，因适应培养的需要，我也和学生共同发表文章，但坚持与他们一起撰写，绝不挂虚名。通过这种实际的科研合作，达到教学相长的目的，培养学生协同创新的能力，并使陈老师对我们的言教身授，得以薪火相传。

结合人文学科的特点，中大中文系安排了丰富的实践性教学活动，广东的东莞与四会都留下了我们年级开放性小学的踪迹，《作品》杂志编辑室和《南方日报》编辑部都留下了我们实习的身影。这使文学专业学生提高了观察社会与体验生活的能力，培养了理论与实践结合的学风，形成了实事求是的科学精神。毕业后，我坚持向自然与社会学习，用了8年的时间考察与研究桂林的山水和人文，比较了春夏秋冬、阴晴雨雪、晨昏昼夜背景下的景观特征，形成了学术根据地，并出版了3本桂林景观研究的专集，形成了从山水美学研究走向生态美学研究的进路，显现了从实践研究走向学理研究的学术规程。从1997年始，至2021年止，我在人民出版社、商务印书馆、科学出版社等出版了10部生态美学理论与方法研究的独著，在《文学批评》《哲学动态》《新华文摘》（转载）等发表了50多篇生态美学文章，初步形成了一个以自旋生为元道、以整生为元范式、以美生为元范畴的生态美学体系，初步形成了中国生态美学的元理论——美生学[①]。这其中很多重要的理论范畴，都有实践研究的模型。像自旋生的大自然运动观，是我从桂林山环水绕的结构中升华出来的，生态中和也有桂林景观动态平衡的影子。承接当年楼栖教授和肖德明教授等指导老师在实践性教学期间，与学生同吃同行同实践的优良教风，我与所指导的中国少数民族艺术专业及生态美学专业的博士生

---

[①] 参见龚丽娟《当代中国生态美学的理论模型及生长路向》，载《贵州社会科学》2023年第12期。

深入田野点,做足民族志、环境志、生态志方面的工作,要求学生的博士论文论从事出与论从史出。我的这些实事求是的学术思想,得益于当年中山大学中文系老师实践性教学的指导,得益于当年在广东实践性学习的训练。结合实践性教学活动,我还向学生传递黄天骥、吴宏聪等中文系大师的治学经验,以及容庚、商承祚等学术泰斗耿介而儒雅的学术风采,以求学术人生的生生不息,代代演化,以成道统与谱系。

## 三、赋予学术人生的基因

学术人生的身、魂与基因有互文性,前两者也是学术人生基因的重要部分。学术人生基因的核心是创新创造。我的学术创新意识,是在楼栖教授等老师的提点中萌生的,是在耳濡目染中山大学中文系众多名家的学术风采中初长的。

我在一个特殊的时期,进入中山大学中文系学习,形成了其后学术生态的始基。我很幸运,当年,绝大部分的同龄人无缘踏入大学之门,我和极少数青年被一个特殊的时代选中,进入名校名系学习,身处名师荟萃的学术生境,有着丰厚而优质的学习资源,有着形成学术人生优良基因的条件。放在今天,很难想象,像王起先生这样的学术泰斗,会深入宿舍指导本科生的课余讨论;很难想象,像楼栖先生这样的学术大师会指导普通大学生的毕业实习。正是有了一大批名师面对面的教诲,有了大家巨子在参与式、讨论式、研究式、实践式的教学中手把手地提点,我们才形成了持续学习与终身学习的习惯,并在与时俱进中发展;形成了学术人生的基因,得以在学术实践中可持续实现。在与大师的相处中,他们几句点拨性的话,虽然朴实无华,但凝聚着经典性的学术经验与学术规范,会为学子的学术人生导航与定向,会为他们的学术人生植入创新创造的基因。1977年8月,离校前的一天,我向实习时的指导教师楼栖先生告别,听取他的毕业赠言,聆听他给我上的最后一课。他知道我被分配在广西师范学院中文系工作,十分高兴,让我做到四条:教学与科研结合;创作与学术相进;哲学与文学统一;人民性与创造性一致。几十年来,楼先生的这四句话,成了我的座右铭,时时刻刻在校准我的学术人生。记得1981年,系里安排我给中国左翼作家联盟(以下简称"左联")老作家林焕平先生做学术助手,老先生是广东潮汕人,知道我得到过王起先生、楼栖先生醍醐灌顶般的启迪,十分高兴,让我继续按他们说的做。他还强调,要做文艺理论家必须先做哲学家,创新既是创作,也是学术的生命。初涉学术时，得到大师们的点拨，学术人生的起点也就成了学术人生的基点，学术人生的发端也被赋了了优异的基因，自可在学术全程中开新花结新果，自可在学术通程中贯穿创新创造的学术自觉，特别是独创与原创的学术自觉。2021年，我在人民出版社出版了《美生学——生态美学元理论》，在该书"后记"里，我写道："涉足生态美学有年，我将范式与范畴的借用与改造，转为独创元创。生态审美场，从柏林特的审美场变来，我做了生态化拓进，成为《审美生态学》的核心范畴。该书的共生范式，也在借用中做了提升。这就初步有了学术个性。走出共生研究，我独创了整生范式，首创了美生场范畴，有了自身徽记的方法与理论。整生范式中的理式部分，源自艾根生物大分子超循环的科学理论，我使之哲理化，然非原创。写《天生论美学》时，我发现了大自然的自旋生，以之为整生范式的理式，更可显学术个性。元范畴与元范式自出机杼，可元创理论与方法，可成学科新原理。"这段话，可视为我尝试建构自主知识体系的向性，可视为对楼先生给我上最后一课的回应，可听出我走出中山大学中文系后学术人生的足音。

（袁鼎生，广西全州人，中文系1974级本科）

# 鲁迅身边扛大旗的人

## ——康乐园访冯乃超

张炯光

刚入学那阵子,课目不多,主要是"现代文学"和"文艺评论"两门课。这两门课的主要内容就是"读鲁",即以鲁迅的著作和文艺思想为统领。于是,接下来的好几个月里,低头(看书)"读鲁",抬头(上课)"读鲁",读得两眼直冒金星!同学们都说,鲁迅的文章太难懂了,比看文言文还费劲。这其中的原因,除了文字深奥,还有大家对鲁迅著文时的历史背景知之甚少,而文章又多半是针砭那个年代的时事时人,所以特别难理解。令我们难上加难的,是我们年级当时接了一个据说是中央下达的任务——为《鲁迅全集》的重新出版、重新编写注释!这可是一项非常浩繁巨大的出版工程。该出版工程由国家教育部和国家文化部牵头组织,调动全国的重点大学中文系师生参与,各负责一部分。同学们头疼极了,都说自己没看明白书本就参与编书,实在有点"牵牛上树"的感觉。好在每个小组都有一名辅导老师担纲,才不致找不到北。辅导我们六组的是吴绮婷老师。她说,通过编写注释,可以对20世纪30年代上海文坛有个通盘了解,也能读到一些经典作家的作品,这实际上是最生动、深刻的现代文学课。我一听深觉有理,领受了《而已集》中的"反漫谈"篇目后,很快便投入查找资料的工作。系里也专门给我们开"绿灯",开放了平时不外借的禁书,从不让学生进的资料室书库居然也让我进去翻,但有个条件——无关注释的书刊概不能动。我口里应承着,但一进到里头,巴不得两只眼睛当十双用,尽情地翻找浏览,如同饿狼觅食,早把老师交代过的话忘到九霄云外去了,也顾不得这些读物里散发出来的一阵阵霉味。资料室里面的旧书刊实在太丰富了,从"五四"时期到20世纪三四十年代,北京、上海、广州各大城市的刊物都应有尽有。各种风格、各种形式,从题材到封面设计、装帧都让人眼花缭乱,一个个熟悉的历史文化名人的名字跃入眼帘。我深深被中国现代文学史中这段风起云涌、潮急浪高的时期震撼到了!最令我印象深刻的,还是这些杂志办得各具特色,很是夺人眼球，诗文斑斓丰富、自由多彩。在当时的环境下，这无疑给我打开了一片神秘且从未接触过的文学天地。在所有的作品作者和文艺信息中，我留意到一个出现频次颇多、能诗能文，又让我们感到非常熟悉和亲切的名字——冯乃超！

冯乃超正是我们学校的主要领导人之一。我们刚入学不久，便恰逢他退休，"交棒"给了当时的广东副省长李嘉人。冯乃超不但是个文化名人，而且还可能创造了中国甚至全世界担任同一所大学主要领导人时间最长的纪录。他担任领导时从1951年中到1975年初，整整四分之一个世纪。据说解放初期，考虑到中山大学这所华南地区最高学府的特殊地位，当时主政广东的叶剑英当面征得毛泽东同意后把他调来。他当时正担任中央人事部的第一副部长，周总理亲自向他传达了中央的决定，可见托付之重。更难得的是，他虽然生在日本，但老家就在咫尺之近的佛山市南海盐步镇，是地道的"广府人"。但这些经历，在我看来，都远不如他在20世纪30年代上海文坛上那样熠熠生辉、令人目眩！著名的左联就是由他和鲁迅领头成立的，左联的宣言《理论纲领》，也由他执笔写就。他担任了首任党团书记兼宣传部部长，实际上包括"四条汉子"①在内的众多党内进步作家都归他领导。在他的艰苦奔走和组织下，一个群星璀璨、菁英荟萃的文学繁荣时期应世而生。令人钦佩的是，他本身就是一名出色的文学家。早在日本留学期间，他就是"创造社"②的骨干成员，曾主编过《创造月刊》③。他写的诗集《红纱灯》、文集《傀儡美人》曾红极一时，深受青年读者喜爱。在翻找的资料中，我看到过他与众作家的一张合照，西装革履，英俊潇洒，一副"气恃风雷，挥笔写天下"的样子。但他后来主要投身党内高层文化部门的领导工作去了。手捧着他当年的作品，当时的我多想见见他，何况他就居住在康乐园，能说上几句话，感受一下他当年的意气风发，听听一个老人的文学指点，该是件多美妙的事啊！我把想法告诉同组的阮立威，他立即表示赞成，说正好借这次编写

---

① "四条汉子"的称谓，出自鲁迅的《答徐懋庸并关于抗日统一战线问题》一文，指阳翰笙、田汉、夏衍、周扬四人。

② 创造社是1921年6月8日由一群赴日留学的中国新文化运动的健将在上海和日本协商后成立的文学团体。骨干成员包括郭沫若、郁达夫、成仿吾、张资平、田汉、郑伯奇。这些骨干成员不仅在文学领域有着显著的贡献，还在反帝反封建和积极的浪漫主义创作倾向上展现了共同的基本倾向。

③ 《创造月刊》是创造社主要文学刊物之一，1926年3月在上海创刊，1929年1月停刊。

注释的机会向他请教，但我们担心冯老不会那么轻易接受访问。

五组的辅导老师饶鸿竟，是冯乃超多年的秘书，他看起来就是个厚道人，客家口音，热情健谈，丝毫没有现下常见的首长秘书的臭架子。最难得的是，他本身就是一个研究鲁迅的专家，对鲁迅熟得很，对学生几乎有问必答，答则很细、很准。他辅导五组以"武佐"的笔名在《人民日报》上发表了一篇学习鲁迅的文章，这在当时是件相当了不起的事。我和立威专门找了他，请他帮忙牵线访问冯老，他毫不犹豫就答应了。隔天还专门来我宿舍通知我，让我欣喜万分。但他再三敦嘱我们，要我们掌握好时间，不可太久，因为冯老毕竟是个74岁的老人了，满身是病，身体已大不如前了！

冯老的家离我们东四宿舍其实很近。我们一日三餐去中区饭堂有两条路，一条是水泥便道，另一条是翻过栖霞山抄近路，但这条路泥泞得很。冯老的家就在这条小路旁靠边坡的松树林中，平时谁都没留意过这是校领导的家。这是一幢典型的美式别墅，暗红色的砖墙掩映在斑驳的树影中，很美。带三角门檐的柚木门前，是一个两丈余见方的小院落，异常宁静，寒风萧瑟，落叶飘飞。我们俩的心情都有点紧张，站在门前轻叩。等了许久，才见到木门"吱呀"一声打开了，一个中老年模样的女士浅笑着把我们迎进客厅，径直让我们坐在厅中间一张八仙桌边的无靠背红木凳上。问明我们的来意后，她随即转身走进里屋招唤冯老。屋很黑，没开灯，墙壁都是褐色护板，中间还有个壁炉，也是暗沉色的，有点像个古堡的一角。客厅边上有两张破旧的沙发，但显然没有用来坐，上面堆放了不少书报杂物。大概过了一刻钟光景吧，传来一阵咳喘声，从黑暗的里屋走来了一位颤颤巍巍的老人。宽脸庞，头发很稀，脸色青黄，但两眼很大，尚有神，笑容中充满着慈爱。落座后，他话也不多，声音很微弱，咳得很厉害，还伴着呸呸喘声。问了我们是哪个班级后，连说了几声"好"，之后便很少说话。我的心开始提起来了，与立威交换了一下眼色，便把准备好的一大堆问题一条接一条地提出来。诸如徐懋庸为什么与鲁迅矛盾这么大，"四条汉子"为什么令鲁迅厌恶等，但冯老的回答总是模棱两可、含混不清，甚至答非所问。我们提到的人他几乎都不作任何评论，或故意岔开话题。见我们沉不住气问急了，他略带歉意地笑着说自己年纪大记不住了。见我们问不下去了，有点冷场，他则不断地说，鲁迅是革命文学的一面大旗，毛主席说他骨头最硬，你们要认真学、好好领会。这段话他至少重复了三四遍。约莫过了半个小时吧，见实在问不出多少有价值的东西，我们只好告辞，他又是满脸歉意地欠起身来，一边咳嗽着一边叫我们慢走，腿没动，两眼却一直注视着我们走向门口，我们回过头挥着双手向他告别，黑暗中他的明亮眼神是他留给我最后的印象……

　　回来的路上，我没有感到失望，也大致理解他的心境，但无论如何也很难把眼前这个逐渐步入凋零的老人，与当年那个英姿勃发、叱咤风云的文化战将联系起来！

　　这是 1975 年的初春，天气还很寒冷。我思忖，等过些日子，天气暖和些，他的身体兴许会好起来吧！

（张炯光，广东东莞人，中文系 1974 级本科）

# 小姜老师

张炯光

中文系办公室设在二楼,是同学们平常都喜欢去的地方。课前、课后到这里走走瞧瞧,看有没有自己的邮件或别的什么。有时碰上自己很崇拜但平时很少有机会见到的名教授、名老师,虽搭不上话,也会有种莫名的欢喜。渐渐地同学们也跟办公室的人熟悉了。印象中办公室只有两人,对桌而坐。一个是比我们大不了几年,估计是近年毕业留校的男生;另外一个就是女老师姜海燕,三十来岁,瘦削脸庞,藤条身材,椰壳发型,戴着一副高度近视眼镜,眼镜片一圈一圈的像两个凸透镜。只要她正面对着看你,总给人"怒目而视"的感觉,带着几分威严。她说话时则更加威严,典型的女中音,带点烟酒嗓的味道,音量很大且具指挥口气。记得我每月初的五六号都会准时收到原单位寄来的工资单——那可是供我上学和寄回老家作补贴用的唯一经济来源。姜老师总是将其亲手交给我,然后指着登记册命令式地说了两个字:"签名!"她说话干脆利落,声音的宏亮程度像响起两记鼓声。

我老家在东莞,离广州其实很近,但回去一趟很不容易,要凭单位证明买车船票方能起行。学校是不会轻易开这种证明的。我有一次想回去一趟,硬着头皮找到姜老师,诉说原委。但我的话刚说完即被姜老师一口回绝:"系里有规定,不行!"我满脸失望地扭头离开,但临走到门边又听到她在后面一声喝令:"你回来!"只见她欠起身走向我,刚才紧绷的脸舒缓了些,然后压低声音轻轻对着我耳朵说:"你下午来吧,我和系领导商量一下。"下午我应约再去,喜悉领导已同意。她亲手把事先写好盖上印的一纸证明交到我手上,然后又是一声命令式口吻:"签名。"我千恩万谢,她挥了挥手,还是只说了两个字:"没事。"

当然,她也有不怎么威严的时候。好几次,我们在办公室里听到一些年纪较大的老师当着我们学生的面叫她"海燕"或是"小姜",这时她的威风自然是没有那么"凛凛"了。平时爱开玩笑的同学听得多了,也时不时恶作剧地学着逗她一声"小姜",等她把"凸透镜"怼过来时,又赶紧补上两字"老师",她才撇了撇嘴,敲了敲手指轻骂一句"没大没小的",笑笑饶过我们。系里的大事小情,让她忙得团团转。每天同学们去饭堂吃早餐,准能看到她拿着好几个暖水瓶打开水,然后放在筐子里,敏捷地跨上自行车,像个运动员般踩得飞快,好让老师上课前有口热茶喝。

打倒"四人帮"时,我为学校文工团编了一个活报剧,以中文系为演出骨干,不想竟一下子轰动全校以至广州全城,成了当时广州文化及新闻界的一件应景大事,《广州日报》还对此作了报道。剧里有一个情节是"四人帮"边打扑克牌边共商窃国大计,舞台中心需要布置一套沙发道具。我首先想到去学校的小礼堂借,学校却不肯,说那是用来接待外宾的。最后我只能打中文系办公室的主意了,但整个中文系就只有办公室有唯一一套沙发,料想借用有一定难度,不免带点怯地找到姜老师。谁知姜老师这次的反应令我大感意外,她非常爽快,还两手高高扬起,敲鼓般大声地说:"没问题!打倒'四人帮'我高兴得几夜没睡好。你们为中文系争光理当支持,拿去吧,爱用多久用多久!"我自然是欣喜若狂了。结果因为应广州市革委会的邀请该剧要在全市巡演,所以沙发一借就借了多个月,害得办公室没个招待客人的地方。有一次我去办公室,身子刚进门口,就听到一个老师问姜老师那套沙发何以失踪了,姜老师大声回答说:"都让张炯光他们扛去演戏了!"吓得我大气都不敢出。

入学好久后,在一次大家偶然谈到王起(王季思)教授的时候,我才第一次知道姜老师竟是他的妻子。我当时的反应很是惊讶,觉得他们俩的年龄差异实在太大了,是两代人,起码相差两三旬的岁数。王起是我入学前就崇拜的著名教授,在民国时已声名显赫,是在全国都数得上名字的中国古代文学史家,在古代戏曲尤其是元曲杂剧方面的研究更是拥有泰斗级的地位。他曾给我们讲过难得的一堂课。为了听他这堂课,我提前20分钟进课室并占了个最佳位置。他是个典型的国宝级学者,但他全无半点架子。从他踏上讲台的那一秒钟开始,我的目光就一直紧盯不舍。可能是几年前因被批斗并被打断几根肋骨,他本属高大的身躯略显佝偻,声音也不大,带点嘶哑,但精神尚好,一讲起来便全情投入。他全程一直站立着,站累了就把两个手肘往讲台上撂了撂。讲课内容与印发的讲义差不多,但从他口里说出来总有一种说不出的厚重踏实感。可惜的是他江浙口音太重了,我没听懂几句,但他的举止、姿态和无比认真的面部表情,还是深深地打动了我,给我留下一生难忘的印象。把这样一个厚重年迈的老教授与年轻泼辣、风风火火的姜海燕老师联系起来，实在是始料不及。后来陆续听说他们各自都曾经有过带血泪的坎坷经历，命运使然加上良好的互补关系，终于促成了这桩令人瞩目的忘年婚姻。我当时想，王教授应是幸福的，虽很快就进入迟暮之年了，但有个年轻且精明能干的妻子一直在身边照顾，安然度过晚年，这该是一件多么美好又令人欣慰的事啊！

转眼到了1994年，中大举行了建校70周年庆典，我与深圳和广州的同学都相约回到康乐园，看到了久违的美丽绝伦的校园和众多老师的亲切面容，内心充满了激动。中文系办公楼也从中轴线的东面搬到了西面。老师们在这幢更显沧桑古旧特色的红墙绿瓦建筑物前，接待着来自国内外四方八面的当年学子，共话欢欣，把臂揽肩。突然，我发现在密匝的人群中有一个凹陷处，忙踮起脚尖一看，一个熟悉的面容遽然涌入眼帘。啊！王起先生，我们的老教授。他坐在轮椅上，满脸笑容，不停地与来人打招呼、握手，他身边被围了好几层。我挤上前，握着他衰老但温暖的手，眼眶有点湿润。但两秒不到，他的手又被别的手握住了。我突然想起了什么，想再回身问他姜老师怎么没陪他来？身旁一个同学猛地一下搂挡着我的臂膀，悄声在我耳边说了句："姜老师她……她去世了……"

啊！——

（张炯光，广东东莞人，中文系1974级本科）

# 住在我心中的明师

## ——忆王起教授

黄 宝

20世纪50年代至90年代初，中大人尤其是中文系的学生无不熟悉王起教授。

70年代，中文系的男生都住在东四宿舍，从宿舍到学生第四膳堂，走的是一条自东向北的"之"字形的林荫小道。王起老师住的东北区32号那栋红墙绿瓦小洋楼就在小道旁。我们每次经过，目光无不自觉地投向那栋小洋楼。那时，凡住进康乐园这等小洋楼的，准是国内外有名气的学问大师如商承祚、容庚、杨荣国、梁方仲、许崇清、陈心陶等，"教授中的教授"陈寅恪1969年前一直住在麻金墨屋一号。

初入学时，老师便给我们介绍了文学专业课程的主讲人，如"古代文学"主讲人王起，"现代文学"吴宏聪，"近代文学"金钦俊，"文学评论"楼栖，"唐诗宋词元曲"主讲人黄天骥、吴国钦、陈培湛等。

王起老师是我国著名的戏曲研究专家，尤其对元曲的研究有很深的造诣。他的老家浙江温州市，是宋元南戏的发源地，这使他有机会经常看昆腔、高腔等戏曲。他读中学时，受到五四运动的影响，从《新潮》《新青年》等刊物接受了平民文学的观点，觉得宋元以来的《窦娥冤》《西厢记》《琵琶记》等戏曲小说，比较投合城市平民的胃口，与封建士大夫的诗文不同。大学毕业后从教不久，他就完成了《西厢记》的校注，翻阅了大量通俗文学作品和宋元笔记小说，着手写元人百种曲的笔记。《西厢记》校注本是王起老师的成名作之一，他是在抗日战争后期完成此书的，但当时的国民党官方出版社不肯承印这种"闲书"，后通过朋友帮助此书才在一家私营书店出版了，但那时的校注未能摆脱繁琐的考证和文言用语，不适合一般读者。新中国成立后，他对《西厢记》作了多次增订校注，在书的前言和补记中力图用历史唯物主义的观点去分析《西厢记》的成就，对其中张生、崔莺莺、红娘描写得成功的社会背景作了客观、全面而具体的分析。在国内，尤其是在高等院校的古代文学领域影响广泛而深远。他主编的《中国文学史话》更是独树一格，为国内三大文学史话之一。

我认识王起老师并与之交往有一个过程，当时在班级里鲜为人知。大学一年级暑假，一位中学语文老师要我带他的一本《读宋词笔记》去请教王起老师。虽是受人之托，但总觉自己才疏学浅，一直不敢去敲王起老师的门。大学二年级新学期始，王起老师给我们上"古代文学"课，我有意识挑些问题在课间请教他，好引起他的注意。如果直接找他，我仍有几分胆怯，我后来想出个"曲线救国"的办法。王老师的夫人姜海燕老师在系办公室搞行政工作，她年轻，相对容易沟通，我不时找些事儿与姜老师打招呼，想先和姜老师熟悉后再登门请教王老师。第一次去王老师家，我还找同学唐和平作伴，好壮壮胆。出乎意料的是，王老师原来很随和，更使我感动的是他竟然知道我。他称呼我姓名时，主动把手向我伸了过来，当我握住他的大手时，听见自己内心深处"咯噔"一下，不禁落了滴眼泪。于是，诸如年龄差异、时代相隔，还有其他一些莫可名状的与老师之间筑起的无形高墙一下子烟消云散了。

过了两周，姜海燕老师将那本《读宋词笔记》还给我。我翻开看，页面有不少眉批，也画有许多许多的小圈圈，王起老师对一位陌生的宋词爱好者的热情、用心赐教跃然纸上，令我感动不已。

从那次上门请教后，我才发现王老师十分纯朴。他目光沉静，宛如淙淙清泉，言谈举止平易而亲切，说起话来机智幽默，让人感受到有一种坦荡如砥的心胸。他不会让人感到他在特别教导你什么，却让人获益匪浅，真所谓"与君一席谈，胜读十年书"。一次，我向他讨教雷剧唱腔改造问题。雷剧历史剧的传统唱腔本很经典，20世纪70年代受京腔改革的影响（如当时的样板戏），有人将其进行改造，引起不小的争议。据我所知，王老师对粤剧、潮剧比较熟悉，真想不到他对雷剧知道之深，更想不到他对历史唱腔和现代唱腔之区别了如指掌。他提出以人为本，尊重历史，不轻易改造成熟雷腔的观点，迄今仍有指导意义。

经几次接触，我们彼此从相识到相知。但王老师毕竟是名人，平时科研、写作忙碌，有时想找他，却不敢随便打扰。我注意到老师每天早上7时准时在距他住处不远处校园内一间早年停产工厂围墙边绿荫道上练太极剑，那地离东四宿舍也近。逢周日，我偶尔跟着他学剑，歇息时问候几句，或讨教学习中某个问题。迄今，他的警世良言，还在我耳边回响。

有关王起老师的平生遭际,我是从报刊上获得一鳞半爪的。他在战争时期,对如何救国救学曾一度陷入迷茫。他对《南方日报》记者说过:"老知识分子追求真理,大多走过一条曲折的路。孙中山逝世时,他的秘书在追悼大会上说,中山先生死前反复念着和平奋斗救中国,这使我印象很深。但谁能领导救中国呢?中国应往哪里去?我还没有信心,抗日战争结束,我希望国共合作,使中国富强起来。但国民党挑起内战,使我失望愤恨。1946年,我曾吃斋半年,追求儒家的'至善',佛家的'真如',企图从宗教哲理中找到个人精神的寄托,这当然是毫无结果的。"最后,王起老师终于踏上中国共产党指引的道路,给人留下了坚如磐石的形象。

1949年10月14日前,由共产党领导的"地下学联"积极开展活动,自然引起国民党反动派的注意。1949年7月13日,大批军警包围了中山大学,把一批进步学生抓走了,其中有一名中文系学生赖春泉。"地下学联"得悉三天后赖春泉将被枪决。王老师不顾身家性命,疾步走进警备司令部,毅然为保释学生签名画押,反动派见他虎形虎威的,无奈放出赖春泉。

"文革"期间,作为中文系主任的他被揪斗,被人打断了两根肋骨,当场昏倒。不久,他被折断的肋骨把横隔膜刺开了一个小孔,日子长了,这个孔越来越大,腹腔里的肠子通过膜孔窜了出来,无奈只能动手术剖开胸膛把肠子拉回去。他身虽受伤,心却坦然。

"文革"结束后,一个崭新学者的形象,立于世人眼前,康乐园又闻王老师吟诗诵词的声音,《西厢记》《桃花扇》《琵琶记》《窦娥冤》屡有新注,研究王实甫、关汉卿,陆续有新书出版,满纸闪耀新时代的思想光辉。

耄耋之年,他主编的《全元戏曲》12卷出版,他高兴地要请吃大家螃蟹。也是那年,来康乐园参加王起老师执教70周年庆祝大会的北京大学中文系主任孙玉石教授十分感慨地说:"王老师是中大的光荣,也是北大的光荣。"

不仅在学术上,而且在思想、品德、作风上,王老师都是住在我们心上的明师。正因他是名师、明师,才这般温厚清醇、深水静流,这样关怀青年,诲人不倦。

我大学毕业回到湛江,当时很不安心,想到《湛江日报》或地区文化局去,迷茫中提笔给王老师写信征求他的看法。我总以为他会授意姜海燕老师给我复信,而我收到的却是他的墨宝,连信封上的地址、姓名都是他的亲笔,一字一句,温暖人心。

信是这样写的:

黄宝同学：看你了热情洋溢的信，深为感动。按照你目前的情况，可以要求到《湛江日报》或者地区文化局去。如果真有困难，应该服从组织安排，在搞好资料、报道等工作的同时，逐步提高你的工作能力和写作水平。你经常跟主任下乡，深入农村，熟悉情况，也将为你今后的文艺创作活动积累素材。为了搞好本职工作，首先要对本行的业务从头学起，同时也不要中断文学方面的学习，因为你主要负责文字方面的工作，继续提高文学素养，很有必要。

《中国文学史话》中下册未印出，因有十来篇没有交稿，又是"四人帮"统治文坛时的产物，现在正在改写。

祝进步！

王起<br>1983年4月11日

这封信为我拂去迷茫，成了我人生座右铭。40多年来，我正是遵循老师的谆谆教导，"对本行的业务从头学起，同时不中断文学方面的学习"，"继续提高文学素养"，不仅积累了不少素材，还先后写了几本书，包括2013年由作家出版社出版的报告文学集《缕缕情怀》和2020年由羊城晚报出版社出版的散文集《村巷声声唱乡愁》。

我只是王起老师一位普普通通的学生，甚至可以说有负老师的培养，因为我与王老师有这么一段来往，印象挥之不去，所以我写了这篇回忆文章。我才疏学浅，远远谈不上对王起老师有多少了解。我所写的是我心中的老师，也许一个更深沉、更真实、更完整、更具权威性的王起教授或学问大师，是我没能也无法把握的。谨以此拙作，真切地怀念康乐园里与我最为亲近，教我文学的明师王起教授。

（黄宝，广东湛江人，中文系1974级本科）

# 康乐园里一纸情

黄　宝

甲午年①11月3日，母校在康乐园举办建校90周年庆祝活动。我们班的同学是11月30日才回到康乐园，虽姗姗来迟，也同样获得了一份珍贵的校庆礼物——黄天骥老师的新著《中大往事》。我们拣这个时间回校，还基于一个约定，即与30年前执手授予我们文学的恩师相聚。

是日上午，深秋暖暖的阳光，从高高的白千层树树梢的空隙射到中文堂三楼会议室，照在老师们的脸上。教"现代文学"的金钦俊老师，教"汉语"的张维耿老师，教"文学创作"的陈颂声老师，还有吴国钦、陈培湛等七八位老师，他们都是逾80岁的人了，满头银发，却神采奕奕，较之昔日更沉稳，更有大师风范。

刚才在中文堂门口与陈颂声老师握手时，我的心跳得比平时要快，紧握的手久久舍不得松开。我的激动，似乎未能唤起陈老师对我的回忆。这或许也是一种常态吧，毕业后虽与他有书信来往，但我远在国尾省角大陆最南端的雷州半岛，少不了"锄禾日当午"，模样已"面目全非"了，更愧于学浅才疏，无啥成就，怯与老师谋面。

今天毕竟回到当年学堂，恩师就在跟前，30多年前的往事，顿时在大脑深处冒了出来。

那是大学二年级第一学期，陈颂声老师教我们"文学创作"。当时有一份作业叫"读史写故事"。读史，即读太平天国的历史；写故事，要求以太平天国领袖人物的事迹创作一篇故事，可以写洪秀全，也可以写杨秀清、冯云山、石达开，或洪宣娇等。作业任务落实到组。我当时在三组，与袁鼎生、唐和平几个同寝室的同学同组。一开始，哪个小组写哪个人物和哪出事件，都还没个谱。第二周的周一早晨，一辆校车把全班同学拉到广州市北郊花县（现称为花都区）新华公社，说是"体验生活"。那里是洪秀全的故乡，群山

---

①　编者按：2014年。

环抱，古木参天，紫气萦绕。我们三组的几位同学晚上都在新华中学的课室打地铺，每天拂晓准时将被盖收纳妥当。白天四处寻访村里老人，去的最多的地方是祠堂、庙宇，有时也进林子刨地寻根，爬上山岗看风又看云，到处捕捉当年洪秀全活动的踪迹，唯恐遗漏了什么蛛丝马迹。

周六的午后，当我们收拾行囊，坐上返校的车，班主任摊牌了——我们三组写作的题目是"洪宣娇主考女状元"，指导老师就是陈颂声。

回到康乐园，我们一头扎进东区图书馆，希望在一沓沓泛黄的书页里有更多的发现。功夫不负有心人，我们终于窥见一段记载：公元1853年，即太平天国建国第三年。某日，在天王府的朝天楼里，天王洪秀全与丞相何震川在阔谈将举行科举考试之事。端坐于丞相下手的洪宣娇向天王大胆进言，"天国才女不乏，应该开科考取女状元"。天王不加思索朗声应许："好啊，天朝举才男女平等！"就凭这一鳞半爪，我们搜肠刮肚，煞费苦心，终于写出第一稿。同一题目，各写一篇，可谓"八仙过海，各显神通"。

"丑媳妇总得见公婆"，一个下午课后，我和袁鼎生、唐和平同学揣着初稿，战战兢兢地敲响了陈颂声老师的家门。那时，陈老师住在康乐园的西南区。进了门，老师先让我们坐下来，然后不徐不疾地向我们叙说洪秀全的妹妹洪宣娇的身世、才华。还有正史里，野史中，记载她受天王洪秀全委托主考女状元的一段又一段的故事。

老师或是从稿中看出我们的肤浅、浮躁，顿了一下，像想到什么，随后一字一顿地说：写作宛如"炊之巧妇"，需先找到米，再学会淘米、生火、添柴、杀火。

交二稿的那个晚上，还是在陈老师的家里，我们毕恭毕敬地递上稿后，自觉端坐一排。老师一一翻阅，又不停地在页面画圈圈。过了一会儿，手执一把纸扇的他，一板一眼地细说文学创作之手法：故事要峰回路转，场景可移花接木，情节细致生动之处需动静结合……还有，用材要学"韩信用兵，以一当十"，谋篇布局，犹如楼堂建筑。

我忽然觉得，如果说老师上次像个给儿孙讲家史的奶奶，今次又似一位讲戏的导演。每一句，都是那么精准，那样直截了当，又语重心长。

是啊，文学创作源于生活，又高于生活。创作一篇作品，犹如演好一场戏剧，做到声情并茂，需要毕其所功。

几经修改，反复推敲，最后我那篇经陈老师修正的历史故事《洪宣娇主考女状元》，刊登在当年的《中山大学学报（哲学社会科学版）》第一期。

这期学报，我一直让它"站"在我书柜的显要位置。毕业后参加工作40

多年来，我到哪里，它就跟随我到哪里。我每次看见它，仿佛见到治学严谨、师德高尚的陈颂声老师，因为它凝聚着他对学子的满腔热情和谆谆不倦，因为它的背后是一个刻骨铭心的教与学的故事，我要讲给一些学习文学创作的人听。

中文堂的大钟响了 12 声，座谈会才迟迟结束。电梯间，我与陈颂声老师面对面，不料他已回忆起我，才由衷地握着我的手。

"你是那位到过我家的同学？"陈老师轻轻问道。相信我们对《洪宣娇主考女状元》的回忆连接在一起了。

"是的，陈老师，我是黄宝"，我赶快回答。

此刻，我不由得指向康乐园西南方，"陈老师，您那时住在西南区生物系教学楼附近"。我又跟上一句，意在加深他对我的印象。

从中文堂出来，我和陈老师一起，慢慢地走过红墙绿瓦古朴典雅的怀士堂，走过绿茵茵、软茸茸的芳草地，一直走到西区桃园酒家。一路上，我们谈了许多，许多。老师早蜚声海外，如今已八十有加，仍受聘澳门大学叙说中国文学。陈老师啊，您是"蚕丝吐尽春未老，烛泪成灰秋更稠"！

在桃园酒家落座片刻，我将自己 2014 年在作家出版社出版的一本报告文学集《缕缕情怀》，怯生生地递给陈老师。

"陈老师，我又给您交作业了。"我这样说，正是因为这真是一本匆匆而作，很不成熟的作品，恳请老师指正。

仅两个星期后，陈颂声老师就从康乐园给我寄来一幅书法作品。打开沾有墨香的宣纸，"世事洞明皆学问，人情练达即文章"，亮在眼前。

好书法啊，清秀而遒劲。如果我没有猜错，这诗句出自曹雪芹的《红楼梦》。

"秀才人情纸半张"，这薄薄的一张纸啊！似醍醐，厚重黏稠，凝结着老师对我的浓浓之情。当今，在人被纷至沓来的信息和事务碾扁熨平的时代，难得一纸人情啊！

每次回到康乐园，每次想到陈颂声老师，不免时时溢出一丝一丝的、一缕一缕的与老师的沟通欲望，然后化为思念，化为莫可名状的思绪。

（黄宝，广东湛江人，中文系 1974 级本科）

# 康乐园记忆

陈雄昌

中学时代是半开的花,到了大学时代才会怒放。走进大学校园后的这时光真美,梦就在中大康乐园起飞,这是"梦开始的地方"。那时的我们,有着对知识的渴望,有着对青春梦想的追求,有着对未来世界的憧憬。

如果说人生是一本书,那么大学生活便是书中最美丽的彩页,书中的故事是人生的旅程中看到最灿烂的风景。我们班的同学来自全国各地,东南西北中,都是有丰富过经历的人,知识面广,进入校园后,充满精神,发奋读书,潜心研究学问。

中大的校训:博学、审问、慎思、明辨、笃行。康乐园一年四季都十分美丽,是让人向往的"万物园"。古柏苍苍,根深叶茂的大树掩映着幢幢红砖楼房。徜徉在校园中,沐浴康乐园的微风,中央大草坪、孙中山铜像、大钟楼、怀士堂、陈寅恪故居、黑石屋、惺亭……都能感受到她深厚的历史底蕴和文化脉络。

每天蒙蒙亮,康乐园里就有同学、校友在晨练,进行各种活动。有的在跑步,有的坐在树下看书、晨读……早晨,康乐园就热闹了。

我们的课程有"写作""中国现代文学""文学概论""古代汉语""现代汉语""语法修辞""中国古代文学""中国近代文学史"……

听老师讲完课后,我们就分组讨论,时有同学在课堂上讲体会、谈感受,收获不浅。

每当夜幕降临的时候,班里的同学与往常一样,有的在宿舍自习,有的去图书馆,康乐园又是一片灯火通明。甚至到了星期六、星期日,很多人白天和夜晚都是一样的勤学苦读。

毕业后,同学们各奔前程。多年后,有的在省、市、县任职,有的在地方各级部门工作,有的在高等院校任校长(院长)和教授,还有作家和资深记者、企业家等。

时间久了,大家都想见面,曾多次举办同学聚会,分散到全国各地的同学们又回到康乐园，与老师在一起，有同学深有感触地说："（感觉）自己还是和当年一样在康乐园读书呢！"聚的时候，像是在课堂上听着老师授课；散的时候，好似刚下课与老师一起走出课室，同学们都感到幸福和满足。那情景，很动情，让大家的眼角湿润了。

饶鸿竞是我们班"研究鲁迅先生"课题第五小组的指导老师，经常与我们一起讨论鲁迅《而已集》的注释。经过多次讨论，由我们五组的同学执笔写了一篇文章，经饶鸿竞老师修改，以"武佐"（五组的谐音）的署名发表在《人民日报》上，同学们十分高兴。后来，饶老师告诉我们，学校领导看到文章后，打电话到系里表示祝贺。

吴宏聪是令人敬重的优秀教育家、著名的中国现代文学研究专家、中文系教授兼中文系主任。我们听过吴宏聪老师的课，在系办公室或在校园里也与吴宏聪教授时有见面。记得有一天，我们班里的几个同学就有关鲁迅的研究（鲁迅先生在1927年1月出任中山大学教务长和中文系主任，留下了"读书不忘革命，革命不忘读书"的谆谆教诲）拜访吴宏聪教授。毕业后20多年，次回校聚会，吴宏聪教授见到我，他竟还记得我的名字。当时我马上想，中大中文系每年毕业生这么多，吴宏聪教授桃李满门，还能叫出我这个学生的名字，我颇为感动，高兴得我浑身发热。

毕业那天，我们全班同学与学校领导、老师在学校的中央大草坪拍大合照，留下了大学时代永恒的纪念。我们在康乐园求学，作为中大的学子，我们有共同的身份，共同的记忆。岁月虽已过去很久，校园的四季怎能遗忘？我们仍然想念康乐园的时光！

在中大康乐园汲取红色基因，不负青春韶华！

（陈雄昌，广东南海人，中文系1974级本科）

# 格外"讲礼"的吴宏聪老师（节选）

陈平原

当代中国，对上讲礼容易，对下讲礼难；策略性讲礼容易，习惯成自然的讲礼难；未出名时讲礼容易，德高望重还对年轻人讲礼，那就更难了。吴老师难能可贵之处在于，其"讲礼"不分对象，且水到渠成，没有夸张或做作的成分。

有两件小事，很见吴老师的性情。20世纪90年代，连续好几年，每到中秋节，吴老师都给我寄来荣华月饼，那是他家二公子专门从香港带回来的。我再三谢绝，说北京也有好月饼，但他就是不信，直到身体实在不好，这寄月饼的"项目"才告一段落。吴老师最后一次进京是2000年，那时他已年过八旬，还非来我家看看不可。理由竟然是我常到广州拜访他，他还没有回访过。那时我家住在北京郊区西三旗，他竟自己搭乘出租车找来了，害得我多日惴惴不安。可这并非特例，中大的老师告诉我，每年春节同事前来拜年，吴老师都要回访——看着老先生吭哧吭哧爬五六楼，敲同事或弟子家的门，大家都不知道说什么好。

因长期担任中大中文系主任，上至20世纪50年代下至90年代，很多老学生他都认识，起码在广东，吴老师真的是"桃李满天下"。也正因如此，吴老师晚年最大的乐趣，就是扳着手指头，数说弟子们在各行各业做出的成绩。

2008年初春，我陪已做过九十大寿、精神依旧矍铄的吴老师散步，在图书馆旁的杜鹃花前合影时，吴老师突然问起："这两年没见你寄新书，是不是碰到了什么困难？"我赶紧解释，书仍旧在出，只是不太理想，不值得老师费神。实际情况是，我每次寄书，他都认真阅读，然后写信或打电话谈感想。随着视力下降，吴老师只能拿放大镜看目录，再挑若干章节请人读给他听。知道这一情况后，我就不再寄送新书了。真没想到，这也让老师牵挂！

都说"可怜天下父母心"，其实，"讲礼"的师长何尝不是如此。

2011年7月31日于香港中文大学客舍

**附记：**

终于还是没能抗住病魔的摧压，吴老师于 2011 年 8 月 17 日离开人间。特发此文，以表悼念。

（陈平原，广东潮州人，中文系 1977 级本科、1982 级硕士）

# 怀想三十年前的"读书"

陈平原

最近几年，关于1977级大学生的校园生活，或者恢复高考30周年的历史意义，俨然成了热门话题。每当有人追问，我总是如此回应：我们这一代人的"求学"，真可谓"先天不足，后天失调"。唯一可以告慰的是，九曲十八弯，我们终于走过来了；而且，见证了改革开放30年的成就。从那么低的地起步，能走到今天，已经很不容易。当然，青春是美好的，校园生活也确实值得迷恋与追怀。之所以如此"低调"，是担心在怀旧风潮的驱使下，我们这一代人的"讲古"，会日趋"高调"与"时尚"，最后沉湎其中，以为自己真的"伟大"起来了。

考上大学的15年后，我为即将出版的自选集写序，题为《四十而惑》，其中有这么一段："作为恢复高考后招收的第一届大学生，'七七级'有它的光荣，也有它的苦恼。图书教材、课程设置、学术氛围等，大都不尽如人意。后人很难想象，我们学了一年的文艺理论课程，竟是以《在延安文艺座谈会上的讲话》为中心。同学不满，可教师的辩解也很有力：谁说毛泽东文艺思想不是文艺理论？幸亏有那么多好玩的事，方才足以弥补'文革'刚结束大学校园里百废待举的缺陷。比如，半夜里到书店门口排长队等待《安娜·卡列尼娜》、大白天在闹市区高声叫卖自己编印的文学刊物《红豆》、吃狗肉煲时为约翰·克利斯朵夫的命运争得更加'脸红耳赤'……所有这些只能属于我们这代人的小情景，回忆起来还挺温馨的。"

不知不觉中，又是一个15年过去了。这回迎面碰上的是命题作文"谈读书"——不是辨析今天我们该如何读书，而是追怀30年前大学校园里的读书生活。稍有理性的人都明白，这样的追忆，其实是很不可靠的。即便我信守承诺，不刻意夸饰或伪造；可是，能经过时间这个大筛子的，都是"过去的好时光"。如此温柔的"反思"，能有多大的批判力度，我很怀疑。

所有的追忆，都是事后诸葛亮，也都有腾挪趋避的特权。一旦进入游戏，你能越过虚荣心这个巨大的陷阱吗？所谓的"个人阅读史"，会不会变成

"成功人士"的另一种自我吹嘘？决定一个人的读书生活的，有时势，有机遇，有心境，有能力，其中任何一个因素的微妙调整，都可以变幻出另一个世界。在这个意义上，30年前的万花筒，不见得就能摇出今日的"五彩缤纷"。

至于后来者，在仔细辨认那些因岁月流逝而变得日益依稀的足迹时，能做到不卑不亢，且具"了解之同情"吗？

真的是"知我者谓我心忧，不知我者谓我何求"。

都说1977级学生读书很刻苦，那是真的。因为，搁下锄头，洗净泥腿，重新进入阔别多年的校园，大家都很珍惜这个来之不易的机会。至于怎么"读"，那就看各人的造化了。进的是中山大学，念的是中文系，课程的设计、教师的趣味、同学的意气，还有广州的生活环境等，都制约着我的阅读。

回想起来，我属于比较规矩的学生，既尊重指定书目，也发展自己的阅读兴趣；而不是撇开课业，另起炉灶。能"天马行空"者，大都（或自认为）才华盖世，我不属于那样的人，只能在半自愿、半强制的状态中，展开我的"阅读之旅"。

对于受过正规训练的大学生来说，课程学习很重要，但因其"身不由己"，故印象不深，追忆时不太涉及。反而是那些漫无边际的课外阅读，更能体现一己之趣味，也容易有刻骨铭心的体会。因此，单看回忆文章，很容易产生错觉，以为大学四年，大家读的都是课外书。我也未能免俗，一说起校园生活，浮上脑海的"读书"，不是背英语单词，也不是记中国共产党历史上有多少次路线斗争，而是悠闲地躺在草地上，读那些无关考试成绩的"闲书"。

我这种"自我感觉"良好的阅读状态，记得是进入大学三年级以后才逐渐形成的。刚进康乐园，我感觉一切都很新鲜；上课时，恨不得把老师讲的每句话都记下来。除了"家事国事天下事事事关心"的求知欲，还有拿高分的虚荣心——那时没有"全国统编教材"，一切以课堂上老师的话为准。进入大学三年级，也就是1980年前后，我一方面是摸索出一套对付考试的"行之有效"的方法，另一方面则是大量"文革"前的书籍重刊，加上新翻译出版的，每天都有激动人心的"图书情报"传来，于是，改为以自由阅读为主。

不是说"自由阅读"就一定好，中间也有走弯路的。我们这一代，进大学时年纪偏大，不免有点着急，老想"把'四人帮'造成的损失加倍夺回来"。站在图书馆前，幻想着能一口把它吞下去。经过一番狼吞虎咽，自以为有点基础了,于是开始上路,尝试着"做点学问"。这样"带着问题学",有好也有坏——当选题切合自己的趣味和能力时,确实事半功倍;否则可就乱套了。我曾经围绕"悲剧人物""晚明文学思潮"等专题读书,效果还可以。但不知道为什么,我突然对美国作家马克·吐温感兴趣,花了好多时间读《汤姆·索亚历险记》《哈克贝利·费恩历险记》《镀金时代》《百万英镑》《在亚瑟王朝廷里的康涅狄克州美国人》《马克·吐温自传》等,还有能找到的一切有关马克·吐温的"只言片语"。

阅读"悲剧"或谈论"晚明",除了受时代思潮的影响,多少还有点自己的问题意识;可"专攻"马克·吐温,几乎是毫无道理的。我的英语本来就不好,对美国历史文化也没什么特殊兴趣,要说"讽刺"与"幽默",更非我的特长,但鬼使神差,我竟选择了这么个题目,折腾了好长一段时间。大概是小时候背治学格言的缘故,以为真的"只要功夫深,铁杵磨成针"。如此"为论文而读书",毫无乐趣可言;文章写不好不说,以后一见到马克·吐温的名字或书籍,就感到头疼。明知这种心理乃至生理的反应不对,可就是无法静下来,以平常心面对汤姆·索亚的神奇历险。

念大学三四年级时,我的读书,终于读出点自己的味道来了。记忆所及,有两类书影响了我日后的精神成长以及学术道路,一是美学著作,一是小说及传记。

我之开始"寻寻觅觅"的求学路程,恰逢"美学热"起步。因此,宗白华的《美学散步》(上海人民出版社,1981年)、朱光潜的《西方美学史》(人民文学出版社,1979年)以及李泽厚的《美的历程》(文物出版社,1981年),都曾是我朝夕相处的"枕中秘笈"。除此之外,还有一位现在不常被提及的王朝闻,他的《一以当十》(作家出版社,1962年)、《喜闻乐见》(作家出版社,1963年)以及《论凤姐》(百花文艺出版社,1980年)等,对各种艺术形式有精微的鉴赏,我也很喜欢。换句话说,我之接触"美学",多从文学艺术入手,而缺乏哲学思辨的兴致与能力。

李泽厚是我们那一代大学生的"偶像",一本《美的历程》,一本《中国近代思想史论》(人民出版社,1979年),几乎是"人见人爱"。也正因此,有现炒现卖,撷取若干皮毛,就开始"走江湖"的。那上下两卷的《西方美学史》,博大精深,像我这样的"美学业余爱好者",读起来似懂非懂。当初引领诸多大学生入美学之门的,其实是朱先生的另外两本小书:《谈美书简》(上海文艺出版社,1980年)和《美学拾穗集》(百花文艺出版社,1980年)。朱先生擅长与青年对话,这点,从其早年的《给青年的十二封信》《谈美》《谈文学》就可以看得很清楚。既能作高头讲章，又不薄通俗小品，这是一种很高的境界，别人很难学得来。宗先生的书，很多人一看就喜欢，尤其是"美学散步"这个词，太可爱了，一下子就变成了"流行语"。初读宗先生的书，以为平常，因极少艰涩的专门术语；随着年龄的增长，书读多了，方才明白此等月白风清，得来不易，乃"绚烂之极"后的"复归于平淡"。

跟我日后的研究工作毫无关系，纯属特定时期的特殊爱好的，是法国作家罗曼·罗兰著、傅雷译的《约翰·克利斯朵夫》。此书最早由人民文学出版社1957年出版，我买的是1980年重印本。如此"雄文四卷"，就堆放在床头，晚上睡觉前，不时翻阅，而且是跟《贝多芬传》对照阅读。还记得《约翰·克利斯朵夫》扉页上的题词："献给各国的受苦、奋斗，而必战胜的自由灵魂。"不用说，这话特别适合于有理想主义倾向的大学生。主人公如何克服内心的敌人，反抗虚伪的社会，排斥病态的艺术，这一"精神历险"，对于成长中的年轻人来说，无疑有巨大的鼓舞作用。

激赏这种有着强大的个人意志以及奋斗精神，渴望成为"必战胜的自由灵魂"，不仅仅属于小说人物约翰·克利斯朵夫，也同样属于青年马克思。我如痴如醉地阅读尼·拉宾著的《马克思的青年时代》（南京大学外文系俄罗斯语言文学教研室翻译组译，生活·读书·新知三联书店，1982年），关注的是其精神历险与人格力量，而不是具体的理论主张。记得还有另一本《马克思的青年时代》，也是苏联人写的，由中国青年出版社出版，那本书厚得多，但思想太正统，且文字不好，我不喜欢。

注重精神力量，同时兼及文章风采，这种阅读口味，让我迷上了一册小书——苏联作家格拉宁所撰"文献小说"《奇特的一生》（侯焕闳等译，外国文学出版社，1979年）。这是一本小册子，共168页，一个晚上就能读完，可却让我的心情久久不能平静。除了感慨主人公柳比歇夫献身科学的巨大热情，更关注其神奇的"时间统计法"。传主之别出心裁，加上作家的妙笔生花，居然让繁忙的例行公事、杂乱的饮食起居，还有枯燥的科学实验，不说全都变得充满诗意，起码也是可以轻松地、宽宏大度地去忍受。"时间统计法为他创造了高度理智和健康的生活"（第十五章），这点，着实让既贪玩又想出成果、总是感叹时间不够的我辈歆羡不已。

30年前如饥似渴的自由阅读，有刻骨铭心的感受，也有惘然若失的遗憾。举个例子，我读了许多俄国作家如托尔斯泰、契诃夫、莱蒙托夫、屠格涅夫等人的作品，可回避了鲁迅所说的"人的灵魂的伟大审问者"陀思妥耶夫斯基的作品，实在是个无可弥补的损失。那时存在主义思潮已经开始涌进来,"他人就是地狱"成了喜欢"扮酷""做深沉状"的大学生的口头禅。于是,我跳过了陀翁,一转而阅读卡夫卡的《城堡》、贝克特的《等待戈多》、萨特的《呕吐》、加缪的《局外人》以及《西西弗的神话》去了。

我所就读的中山大学,位于改革开放的"前线"——广州,校园里流行阅读港台书。手持一册港台版的萨特或加缪的书,那可是一种重要的"象征资本"——既代表眼界开阔、思想深邃,也暗示着某种社会地位。此类书,图书馆偶有收藏,但不出借,只限馆内阅读;因此,若想看,得排长队。回想起来,我当初为何热衷于此,除了"思想的魅力",还有金圣叹所说的"雪夜读禁书,不亦快哉"——可惜广州没"雪"。

到什么山头唱什么歌,在什么季节吃什么果,是什么年龄说什么话。阅读也一样,错过了"时令",日后再补,感觉很不一样——理解或许深刻些,可少了当初的"沉醉"与"痴迷",还是很可惜的。

2008年4月16日于香港中文大学客舍
(陈平原,广东潮州人,中文系1977级本科、1982级硕士)

# 那些失落在康乐园的记忆

陈平原

南国多雨，再深刻的脚印，也都不能长久存留。好处是，风疾雨骤，转眼间又是蓝天白云；于是乎，这里的读书人，普遍相信"苟日新，日日新"。不好的地方呢，若你想怀旧，很难找到确凿的证据。就说康乐园吧，当初大草坪上、老榕树下、图书馆边、杜鹃花前，那么多有趣的故事，不也早就随风飘去？

十年前答记者问，我曾提及："逐渐远去了的大学生活，确实该写点东西来纪念。包括对老师、对同学的追忆，还有参与办刊物等校园生活的很多细节，都值得好好记取与珍藏。"[①] 可实际上，"追忆往事"需要契机，也需要氛围。我所在的中山大学中文系1977级，没能像北京大学的同学那样，推出自己的"集体记忆"[②]，也就难怪我的懒散及懈怠了。

相对来说，我还算是"有心人"，30年间，不断回望康乐园，直接或间接提及自己大学生活的文章不下十来篇。可说实话，昔日的印象越来越模糊，回声也越来越遥远。趁着这回纪念毕业30年，拾取若干记忆，免得我的"康乐园"彻底消逝。

校园生活值得怀念，可同学间并非全都是友情——其中不乏误解与猜忌，甚至还有拿不到台面上的钩心斗角、造谣诽谤。好在时间是个好东西，轻松地抹平了你我间不太愉快的记忆。几十年后见面，都说"同学一场"不容易，彼此握握手，互道安康。因当初不是风云人物，没有多少激动人心的故事，我的诸多文章或答问（如《永远的"高考作文"》《从中大到北大》《从〈红豆〉到"学刊"》《怀想三十年前的"读书"》《1977恢复高考，我的命运我做主》《陈平原："一生而历二世"》），基本上只谈自己的事。一怕见识

---

[①] 《中大学生、北大教授陈平原谈77、78级现象：我们的苦与乐》，载《南方日报》2002年5月5日。

[②] 岑献青：《文学七七级的北大岁月》，新华出版社2009年版。

有限，二怕记忆不确，三怕误伤同学……只有自己那点陈芝麻烂谷子，既无关大局，也无伤大雅，自信还能拿捏得住。

我谈中大的文章，到目前为止，最有价值的，还属那些怀念老师之作，如《此声真合静中听——怀念陈则光先生》（1992 年）、《花开花落浑闲事——怀念黄海章先生》（1993 年）、《为人师者——在吴宏聪教授从教55 周年纪念会上的发言》（1998 年）、《不该消失的校园风景》（1999 年）、《吴宏聪与西南联大的故事》（2002 年）、《六位师长和一所大学——我所知道的西南联大》（2007 年）、《格外"讲礼"的吴宏聪老师》（2011 年），以及《〈董每戡集〉序》（2011 年）等。最后一文，乃《中国戏剧研究的三种路向》（《中山大学学报》2010 年第 3 期）中的一节，应岳麓书社的编辑之邀，改写成五卷本《董每戡集》的序言。

大学四年，我多少有过接触的中大中文系教授，除了上面提及的黄海章（1897—1989）、董每戡（1907—1980）、陈则光（1917—1992）、吴宏聪（1918—2011），还有好几位。比如，曾宪通老师曾带我去拜访过容庚先生（1894—1983），听他教导年轻人如何立志读书，以及讲述自己"课越上越少，薪水却越来越高"的奇妙变化；因参与编辑校园文学刊物《红豆》，也曾登门向楼栖先生（1912—1997）请教。至于王起先生（1906—1996），我在读书时听过他演讲，毕业后多次拜访，受益匪浅；虽曾在专业论文中阐述王先生的学术贡献，却没能呈现其日常生活以及课堂上的风采，深感惋惜。

从 15 年前与夏晓虹合编《北大旧事》（生活·读书·新知三联书店，1998 年），到为吴定宇主编的《走近中大》（四川人民出版社，2000 年）作序，再到撰写专业著作《作为学科的文学史》（北京大学出版社，2011 年），我发现一个小小的秘密：校友之追怀大学生活，不是老师风采，就是同窗情谊，再有就是演戏、出游、办杂志、谈恋爱等；大学四年的主体——上课、讨论、复习、考试等，反而基本上被遗忘了。阅读此类怀旧文章，不见"读书"这一主角，以致没上过大学的人，会误认为大学校园生活就是这么清风明月，浪漫无边。那些"枯燥无味"的苦读场面，日后逐渐隐去；同学们追怀不已的，全都是"充满戏剧性"的逸闻琐事。

其实，如着眼于教育史、学术史或思想史，课程安排与课堂实践，即便不说"格外重要"，起码也是"不能忽略"。我在《作为学科的文学史》第四章特别提及，"后人论及某某教授，只谈'学问'大小，而不关心其'教学'好坏，这其实是偏颇的"；"对于学生来说，直接面对、且日后追怀不已的，并非那些枯燥无味的'章程'或'课程表'（尽管这很重要），而是曾生气勃勃地活跃在讲台上的教授们"。我就读中山大学那 4 年（1978 年 2 月至 1982 年 1 月），恰好是中国改革开放刚刚起步、思想解放运动风起云涌、整个中国社会发生翻天覆地变化的时代。毫无疑问，我们的校园生活——无论"课内"还是"课外"，都深受这大思潮的影响。有感于怀旧文章多谈"课外生活"，我想反过来强调：描述改革开放初期中国大学的教学状态，比起那些私人化的"情绪"与"轶事"，更耐人寻味，也更有史的意义。

没有当年日记，也不知课堂笔记搁在何处，我只好请中大中文系李炜教授帮忙，复印了我的学籍表及课程表。说实话，面对这些斑驳的纸片，我好几天睡不着觉，觉得自己确实有责任把 30 年前的校园风景与青春记忆写下来，留作当代中国学术史或教育史资料。先抄下我学籍表上的课程，至于各科成绩，跟论题相关的则提及，否则隐去。以下各门课程的排列，依照学籍表上的顺序，别无深意：

第一学年：写作、中国现代文学、文学概论、现代汉语、英语、政治经济学、体育；

第二学年：英语、体育、古代汉语、马克思主义哲学、语言学概论、中国当代文学、中国古代文学（一）、文艺创作；

第三学年：外国文学、英语、中共党史、中国古代文学（二）、马克思主义文艺理论经典著作选读、民间文学（选）、宋元文学史、艺术辩证法（选）；

第四学年：明清文学史、国际共运史、中国近代文学史、美学（选）、曹禺研究（选）。

第一学年的 7 门课，修业时限均为两学期；第二学年 8 门课，前 4 门两学期，后 4 门一学期；第三学年 8 门课，"外国文学"两学期，其余的一学期；第四学年因撰写毕业论文，课程较少，只有 5 门课，且均为一学期。按每学期每门课程 2 个学分计算，共 80 学分，加上实习和毕业论文，一共约 90 学分。与目前北京大学中文系本科生毕业需修满 145 学分相比，当年中大的课程不算多，但基本框架都在，没有大的纰漏。

唯一的遗憾是缺少古文献方面的课程（如文字、音韵、训诂以及版本、目录学），但那是当年中国高校的普遍现象（北京大学中文系有古文献专业，是特例）；1981 年 9 月 17 日中共中央发出《关于整理我国古籍的指示》，决定成立直属国务院的古籍整理出版规划小组后，各高校才纷纷开设此类课程。

至于"中国通史"，我记得自己上了两学期，就在教学楼的阶梯教室，与 1978 级同学合上的。为何学籍表上没有这门课的成绩？估计当时这门课只要求听讲，不用考试。

1977 级学生年龄普遍偏大，好处是阅历丰富，学习认真，缺点则是冒进与急躁，不愿意也不屑于"按部就班"，总想找方法，抄捷径，尽量往前赶，"把'四人帮'造成的损失加倍夺回来"。别的好说，轮到学英语，问题可就大了——这么学，必定根基不牢，日后不断补课，越补窟窿越大。一开始，学校对于给不给中文系学生开外语课有些犹豫，除了缺少教师，更因对我们这个年纪才学外语，有没有必要以及能否学好，实在缺乏信心。记得我们第一学期上英语课，不断调换时间、地点，大概属于"见缝插针"。

老师对我们这些"老童生"另眼相看，说是因材施教，"以阅读为主"，主要讲语法，再就是多记单词。有一段时间，我拿一本小辞典，从第一页开始往下背。如此学外语，自觉进步很快，可实际上只适合于上考场——我的硕士及博士入学考全都"一路畅通"，"诀窍"就在这儿。可当我进入研究生课程，第一次在英语课上高声朗读，老师连说听不懂，那一瞬间我几乎崩溃了。这"哑巴英语"的尴尬，有学生天赋问题，但主要还是教学观念及方法的失误。

与英语同属公共课的，还有体育。开设两年四学期的体育课，主要不是为了培养某种技能，而是逼着我们走出教室，不要只是闷头读书。1977 级同学大都经过上山下乡的锻炼，"风里来雨里去"，身体素质本不错，可这么一头扎进图书馆，容易出问题。同学们不太能体会校方的苦心，对于大太阳底下跑来跑去，实在不感兴趣。学校于是规定，某些项目若不达标就不能毕业。这一下麻烦了，有的跳马闪了腰，有的长跑扭了脚，有的百米跑无论如何过不了关。我跳高、跳远、跑步、投掷全都没问题，就是游泳有点吃力，训练一下也可将就过去（此游泳课日后发挥很大作用，暂且按下不表），唯一让我头痛不已的是单杠上空翻。看别人做很轻松，我头一朝下就觉得晕。考试的时候，我闭着眼睛，请同学帮着托住屁股，硬推过去，这才勉强及格。

几年后，我在五台山爬坡，快到山顶时，蓦然回首，就再也走不动了。这才知道，我有恐高症。

在《四十而惑》一文中，我曾称："作为恢复高考后招收的第一届大学生，'七七级'有它的光荣，也有它的苦恼。图书教材、课程设置、学术氛围等，大都不尽如人意。后人很难想象，我们学了一年的文艺理论课程，竟是以《在延安文艺座谈会上的讲话》为中心。同学不满，可教师的辩解也很有力：谁说毛泽东文艺思想不是文艺理论？"（《十月》1995 年第 5 期）如此窘境，我至今念念不忘。四年前撰《怀想三十年前的"读书"》，重提此事："我们这一代人的'求学'，真可谓'先天不足，后天失调'。唯一可以告慰的是，九曲十八弯，我们终于走过来了；而且，见证了改革开放三十年的成就。从那么低的地方起步，能走到今天，已经很不容易。"（《出版人》2008年第12期；《深圳商报》2008年10月30日）这回翻看课程表，心里稍微释然。因为，学籍表上原本列的就是"毛泽东文艺思想"，那"文学概论"的印章是后盖上去的。再往前翻查，中大中文系1977级第一学期课程表，手写版是"马克思主义文艺理论"，印刷版才改为"毛泽东文艺思想"。同一门课程，从"马克思主义文艺理论"到"毛泽东文艺思想"再到"文学概论"，可见风云变幻。

身处大变动时代，不知道风从哪个方向吹，也拿不定主意该往何处去，于是只好"穿新鞋，走老路"。课名改成"文学概论"，内容则依旧还是"毛泽东文艺思想"。须知，中山大学中文系文艺理论组1965年编印过《毛泽东文艺思想学习资料》，1972年更推出了《毛泽东文艺思想学习辅导教材》，这就难怪当文艺理论组几位老师合开"文学概论"课时，会讲成以《在延安文艺座谈会上的讲话》为中心。

我能体会授课教师的难处，只是感叹其不该为了压制学生的不满情绪，期末考试这么命题："对于文艺工作者来说，第一位的工作是什么？请论述。"若你不记得毛泽东"讲话"中有一句"我们的文艺工作者需要做自己的文艺工作，但是这个了解人熟悉人的工作却是第一位的工作"，那你怎么回答都是错的。这明摆着是在惩罚学生，且鼓励死记硬背。多少年后，我也成了"大权在握"的教授，但凡关键性的考试，命题时常想起这件事，于是告诫自己，要让学生有选择性，这一道题不行，可回答别的题，关键是展现自家才华。在我看来，当老师的最大乐趣，是选拔英才，而不是教训学生。

说到"教训学生"，我想起大学二年级的"马克思主义哲学"课。此课程安排了两学期，第一学期某男老师上，效果很好；第二学期某女老师上，效果极差。正因为上课效果欠佳，学生啧有怨言，期末复习时，这位女老师竟开列十道复习题，还给出答案，说记牢了就行了。有同学欢天喜地，我则对此刻意讨好学生的举措颇为鄙夷。上辅导课时，我对这位女老师的"标准答案"提出质疑——那时我正读马克思《1844年经济学-哲学手稿》，对老师拿着旧教材照本宣科很不以为然。虽说是"讨教"，言谈中必定流露出不满或轻视，老师因此很不愉快。

我这门课的成绩，上学期极高，下学期很低，平均下来83分，在我四年课程中"叨陪末座"。接到成绩的那一周,我很愤怒,路遇那位女老师时还曾与之争辩。事后想想,是我不对。这门课本就不受重视,逃课者比比皆是;而老师水平越低,对学生的反应必定越敏感。一般情况下,学问好的老师不怕挑战,且喜欢特立独行的学生;学问差的老师则深恐被看不起,容易将"提问"解读为"刁难"。

此后几年,我学乖了,不再向任课教师请教任何问题——问浅了,人家笑你没学问;问深了,人家嫌你爱炫耀。等到自己走上讲台,遇学生"挑刺"甚至"挑衅"时,我一再提醒自己,要平心静气,尽可能以理服人;万一是我错了,道个歉也没什么了不起。

我念书的时候,大学教师的权威还在,板着面孔"教训学生",乃天经地义的事。也没见哪个学生跑去告状,说某某老师"态度不好"。就拿"写作"课来说吧,考虑到不少学生入学前发表过作品,任课老师制定了一整套策略:第一、第二次作文分数普遍很低,目的是打掉我们的"傲气";日后分数逐渐提升,让同学们感觉到自己"进步神速",且深刻体会这门课的"好处"。

这么说,没有任何挖苦的意味。当老师的都明白,作文课不好教——尤其是写评语。你随手写下来的几句话,哪经得起学生前后左右仔细琢磨?比如,那位女老师知道我的高考作文登在《人民日报》上,评语中谆谆告诫我不能骄傲,这话我铭刻在心;可说我的文章"立意不高",则我不太能接受。记得那次作文是写"文革"中自己印象最深的事,我讲述父亲被关押在韩江边的师范学校,自己前去探监的经过及感受。当时的我对"文革"最深刻的印象,确实是探监归来,在湘子桥上回望韩山那一刻所感受到的荒谬、痛苦与无助。

不过,我承认,只感动自己的文章,不是好文章。这也是我放弃"作家梦",改走学术道路的重要契机。

怎么看待大学中文系的"写作"课,学界颇多争议。20世纪二三十年代,很多大学中文系开设"各体文写作"课程;五六十年代更设立了专门的写作教研室。可进入新时期以后,此教研室逐渐消亡,"写作"课也日渐没落。决定这一大趋势的,并非"写作"不能教,而是在"论文至上"的时代,专教这门课的老师,既吃力,又不讨好。如此说来,中大中文系自1986年开启"百篇"作文写作计划,至今已坚持了26年,非常不容易。今年夏天,我为中大中文系申请国家级精品课程撰写推荐信:"用不着'高瞻远瞩',当老师的都明白,写作能力的提升,对学生极为重要。可能力的培养,单靠课堂讲授是不够的,必须配合具体的写作实践。所谓'因材施教',没有比教授认真批改学生作文更能落实、有效的了。如今中国各大学中文系，大都将训练、指导的责任推给了中学语文教师，或期待学生自己去摸索；这就难怪，很多名牌大学中文系的毕业生写作能力欠佳。而中山大学中文系的教授们勇敢地直面此困境，左冲右突，上下求索，'杀出一条血路来'，且形成常规化的制度，持之以恒，坚持不息，实在令人钦佩。"

在"写作"课以及"文学创作"课上没有上乘表现的我，因参加《红豆》的编辑工作，所以依旧将"文学"而非"语言"作为自己的主攻方向。第二学年开设的"语言学概论"与"古代汉语"，都是必修课；授课教师分别是高华年（1916—2011）和李新魁（1935—1997）。作为"热爱文学"的中文系大二学生，我既没读过高先生的《彝语语法研究》（科学出版社，1958年），也不知道李先生的《古音概说》（广东人民出版社，1979年），只是凭听课感觉，知道这两位先生"很有学问"。最明确无误的证据是，两位先生居然能将在我看来"相当枯燥"的课程，讲得如此生动且有趣，以致全班同学不管喜欢不喜欢，都能听得下去。

日后到北京大学读博士，听西南联大时期的前后同学王瑶（1914—1989）、季镇淮（1913—1997）、朱德熙（1920—1992）三位先生说起，才知道高华年的学术背景及深厚功力。至于李新魁，因其和我同属潮州人，我在中大念书时，对其英姿勃发以及坎坷的学术生涯多有听闻。我到北京大学后，方才了解李先生在音韵学和方言学方面造诣极深，在中国学界享有很高声誉。可惜的是，李先生62岁便英年早逝，真应了那句古话——"千古文章未尽才"。

自"五四"新文化运动时期北京大学厉行改革，为中国文学门（系）学生开设"外国文学"课程，以后便成为通例——学文学的，必须兼及古今中外。区别在于，有的大学（如北京大学以及受北京大学影响的台湾大学等）是中文系与外文系互开"文学史"课程，有的大学则是在中文系内部设立外国文学教研室。中山大学属于后一类，两个学期的"外国文学史"课程，由中文系教师承担。上学期由易新农主讲欧美文学，下学期由吴文辉主讲东方文学。

易老师讲课中规中矩，没有什么瑕疵，可也说不上精彩。吴老师则很不一样，才气横溢，论述时斩钉截铁，一看就是很有主见的人。至于不看讲稿，随手在黑板上写下作家的外文名字以及生卒年月，今天看来不无炫耀的成分。易老师在我上硕士研究生时多有指教，且我们合作撰写了《〈玩偶之家〉在中国的回响》（《中山大学学报》1984年第2期）；反而是当初同学们十分佩服的吴老师，没能做出更大的学术贡献，殊为可惜。

日后我才知道，开"外国文学史"课程的大学很多，但绝少像中大这么注重"东方文学"的。我之所以能较早关注中国现代作家与印度文化的联系，① 与中大的这一学术训练有关。至于课时少而范围广，中文系的"外国文学"课堂，很容易演变成"录鬼簿"，那是整个文学史课程设计的问题，怨不得中大老师。

中文系的所有课程中，最为吃重的当属"中国古代文学史"。我的课程表及学籍表上都是"中国古代文学史（一）（二）"，加上"宋元文学史"和"明清文学史"。其实，这四学期的课，应该统称"中国古代文学史"。授课教师是：第一学期卢叔度、曾扬华，第二学期黄天骥，第三学期吴国钦，第四学期刘烈茂。毕业后同学聚会，最常提及的是黄老师的课，因他学问好，讲课很投入，声情并茂，当初就有很多粉丝。这回阅读课程表，我有个"重大发现"——黄老师对自己的"讲课魅力"很自信，居然将为中文系1977级讲授的"中国古代文学史（二）"，排在星期六上午第一二节！今天谁要是这么排课，那准是疯了。可在当初没有任何问题，我们都起得来，未见有人抱怨或抗争。

谁接黄老师的课谁倒霉，可想而知，学生们必定会拿他跟前任作对比，然后胡乱褒贬。与黄老师性格迥异的吴国钦老师，接着讲"宋元文学史"，不用说，压力很大。吴老师专攻中国戏曲，是"文革"前王起教授带出来的研究生，且刚刚在上海文艺出版社刊行《中国戏曲史漫话》（那时教授出书可是大事），让他讲这一段文学史，可谓"本色当行"。吴老师讲课清晰、冷静、平淡，可谓"也无风雨也无晴"。这样的讲授风格，课堂必定比较沉闷，我却公开为其叫好。因为，到了期末复习，我发现黄老师课上有很多精彩发挥，可讲着讲着就不知道到哪里去了；吴老师则不枝不蔓，长驱直入，复习时特别好掌握。我甚至这么总结，黄老师的课好听不好记，吴老师的课好记不好听——只能说是"各有千秋"。

课讲得既不好听、也不好记的，是卢叔度老师（1915—1996）。反右运动中被错划为右派，而后长期在中文系资料室工作的卢老师，给1977级讲先秦文学，是他时隔20年后重上讲台。这门课本就有难度，加上卢老师口音很重，同学们根本听不懂，纷纷到系里告状。

---

① 参见陈平原《论苏曼殊、许地山小说的宗教色彩》，载《中国现代文学研究丛刊》，1984年第3期；《许地山：饮过恒河圣水的奇人》，见《走向世界文学》，湖南人民出版社1985年版。

忘记是上第二次课还是第三次课,中文系著名教授王起先生前来听讲,且起身为卢老师擦黑板。同学们很感动,从此不再提换教师的事。此事好几位同学在其所写文章中提及,但多从王先生如何尊老敬贤的角度立论。读黄天骥老师《余霞尚满天——记王季思老师》,对如何理解此一动人场景会很有帮助。文中有这么一段:"王老师停了一停,双手按着椅背,禁不住微微颤抖:'那时,我担任系主任,也做了违心的事,实在不堪回首。'他的声音很低,但发自肺腑之言,大家都听到了。"(《人物》1993 年第 1 期)这段王先生"自述",我很认可,但可能并不存在——因为,那更像是当事人的心理活动,或旁观者的揣测。"此时无声胜有声",我们当学生的,都能心领神会。

师生和解后,还有一个后续故事:因教师积极性很高,学生也希望补课,于是,1980 年上半年的课程表上,出现了一门没有学分的课——卢叔度讲授"楚辞等"(补课),周五下午,309 教室。

翻查学籍表,发现一个有趣的现象:四年本科课程,我成绩最好的科目是"中国现代文学"(97 分)和"中国当代文学"(100 分)。我有点怀疑,日后自己之所以选取"中国现代文学"作为研究方向,是不是受此成绩的诱惑?

1979 年讲"中国当代文学",必定偏于文学运动,更多地强调记忆而不是作品分析。陆一帆(1932—1995)、陈衡两位老师讲课很卖力,我复习也很认真;可期末考试判我满分,效果并不好。有同学在背后嘀咕,说老师事先透题给我,这让我感觉很委屈。

给我们上了两学期"中国现代文学"课的,除了课程表上注明的陈则光、饶鸿竞(1921—1999),我记得还有金钦俊老师。当然,讲得最多且给我印象最深的,是陈则光老师。原因是,他备课极为认真,讲稿写得密密麻麻,上课基本照念,不看学生,也没有什么精彩的"即席发挥"。

大学毕业后,我在中大读"中国现代文学"专业研究生,指导教师正是吴宏聪、陈则光、饶鸿竞三位。陈、吴两位教授去世,我都写了悼念文章;唯独饶先生,因心情、资料及感觉不配合,迟迟未能落笔。此事让我很牵挂,且惭愧不已。吴老师生前曾问我,念书时你跟饶老师走得很近,也常听他提起你,为何他去世后未见你的追忆文章?说完,吴老师随手将他自己撰写的《心香一瓣,聊寄哀思——悼念饶鸿竞同志》递给我,供我写作时参考。

我曾在一篇文章中提及,自己的表演舞台在未名湖畔,可完成精神蜕变,却是在康乐园中。在这方面,饶老师曾给我很大帮助。正因感觉恩重如山,反而不敢轻易落笔;深怕仓促成事,分寸把握不好,留下终生遗憾。到目前为止，我只是在《"爱书成癖"乃书生本色》（《中华读书报》2008年9月24日；《鲁迅研究月刊》2008年第11期）中，略为提及饶先生那宽厚的身影："我在中山大学念硕士时，有三位导师：近代文学方面我受教于陈则光先生，现代文学则以吴宏聪先生为主，至于新文学书籍以及鲁迅著作版本等，这方面的兴趣与能力，主要得益于饶鸿竞先生。饶教授曾任创造社主将、中大党委书记冯乃超的秘书，参与注释鲁迅的《而已集》，当过中大图书馆副馆长，编有《创造社资料》（福建人民出版社，1985年）、《亿兆心香荐巨人——鲁迅纪念诗词集》（中山大学出版社，1986年）等。依我的观察，他有'把玩书籍'的兴趣，每回见面，总是侃侃而谈，然后不无炫耀地亮出某本好书。80年代后期，我开始出书，他叮嘱，凡是论述的，不必送；若是史料或谈论书籍的，一定要寄来，因为他喜欢。我知道，现代文学界有不少像饶先生这样因'书籍'而与作家（比如鲁迅）结下深情厚谊的。现在不一样了，发表的压力越来越大，学者们只顾写书，而不再爱书、藏书、赏书、玩书了，这很可惜。"真希望哪一天我才思泉涌，为饶老师写一篇好文章，讲述康乐园里师生互相激励、其乐融融的故事。

查中大中文系1977级本科生课程表，除了必修课，第三、第四学年共开设了12门选修课：金钦俊的"新诗与民歌"、叶春生的"民间文学"、高华年的"普通语言学"、卢叔度的"《楚辞·天问》研究"、黄伟宗的"艺术辩证法"、王起的"诗词曲欣赏"、封祖盛的"港台文学研究"、曾扬华的"《红楼梦》研究"、潘允中的"汉语语法词汇发展概要"、陆一帆的"美学"、傅雨贤的"语法学专题"、黄家教的"汉语方言调查"。此外，还漏记了刘孟宇的"曹禺研究"（我选修此课程且有成绩）等。

30年后审读自己的选课表，感叹当初不该如此短视。到了大学三、四年级，有了大致的专业方向，放弃语言学方面的选修课，这可以理解。只是不该漏了"《楚辞·天问》研究""诗词曲欣赏"以及"新诗与民歌"。中国乃"诗的国度"，对中国文学的了解，不能缺了诗歌这一环。偏重小说、散文，而相对忽略诗词曲，这是我作为文学史家的"短板"。当初若修习这三门课程（时间上并未重叠），我日后出任北京大学中国诗歌研究院执行院长，当更为从容。

四年本科课程，许多我已经完全忘记了；可一读课名，马上意识到其对于我日后学术发展的影响。如必修课"中国近代文学史"（张正吾）、选修课"曹禺研究"和"民间文学"，当年上课的情景以及讲授的内容，我没有任何印象;但一想到我的大学毕业论文是《论曹禺戏剧的民族特色》①,我的博士论文题为《中国小说叙事模式的转变》(上海人民出版社,1988年),论述范围兼及晚清与"五四",等于把"近代文学"与"现代文学"打通;还有,从2000年起,我一直担任中国俗文学学会会长……似乎冥冥之中,命运自有安排,不少当初看似无关紧要的课程,最后也都发挥了作用。

念及此,对于30年前郁郁葱葱的康乐园,以及诸多培育我们的老师,充满敬意。

2012年9月22日至30日于香港中文大学客舍

**附记:**

此文写成后,收到了中大中文系办公室发来的我读硕士期间的课程表及答辩记录。同学四人,分属"中国现代文学"和"中国古代文学批评史"两个专业;我因报考北大博士生,须提前半年毕业,实际修课不多,乏善可陈。倒是那写在普通笔记本上的"答辩记录",让我得以穿越时空,重返现场——我的硕士论文答辩时间是1984年7月4日;题目为《论四十年代国统区、沦陷区讽刺文学》;答辩委员包括杨嘉(暨南大学中文系教授)、廖子东(华南师院中文系教授)、陈则光、吴宏聪、金钦俊五位先生;答辩秘书是邓国伟。我终于想起来了,那场提前举行的答辩会,是在中大中区的黑石屋举行的。答辩后,几位先生勉励有加,且祝福我北上"一路顺风"。

20年后,我回来参加中大80周年校庆并在"文明的对话"论坛上做主旨演说,就住在已成贵宾招待所的黑石屋。那时陈则光、饶鸿竞两位导师已先后仙逝,吴宏聪老师身体还好,秋日的午后,我们师徒二人绕着大草坪散步,沿马丁堂(老图书馆)、黑石屋、怀士堂(小礼堂)、孙中山铜像、惺亭等,一路上指指点点,有说不完的话。如今,吴先生也去世一年多了。思及往事,感慨万千。

我撰写此文的初衷有四:第一,毕业30周年,自觉有必要给自己一个交代,更何况1977级大学生身处大转折时代,因缘际会,好多故事颇具"历史意义"。第二,阅读近年刊发的有关"八十年代"的文章及著作,勾起我无限遐思,昔日的风雨雷电、辛酸苦辣一并涌上心头,欣慰之余,又担心其过

---

① 此文下编《论曹禺戏剧人物的民族性格》初刊于《中国现代文学研究丛刊》1983年第1期,后收入浙江文艺出版社1985年版《全国大学生毕业论文选编》。

分渲染"激情""责任"与"理想主义",会误导后世的读者,忽略当初我们这一代人的困境。第三,如今的追忆文字,大都偏向于"宏大叙事",而真正的日常生活,本是琐琐碎碎,只不过经由叙述者的一番剪裁与修饰,变得前呼后应,很具"可读性"。第四,具体到大学生活,"课堂"本是主要场景,但因缺乏"戏剧性"而常被叙述者忽略,以致你单看追忆文字,"会误认为校园生活就是这么清风明月,浪漫无边"。我之所以扣紧当年的课程表,讲述一大堆关于读书生活的"陈年往事",而不涉及演戏、郊游、办刊物、谈恋爱等更有趣的场面,既是对历史负责,也是为了给大学生活"去魅"。

此文初稿给了《南方都市报》,分两次刊载,已经算是优待。只是第二次刊出时,因广告挤占版面,编辑无奈,多有删节。我知道报纸中文学性或学术性的"专栏"地位江河日下,编辑也自有其不得已的苦衷。

说到专栏文字,不能不涉及今日中国报纸的转向。政治家办报、企业家办报、文人办报,三者各有其长短;但如今最不合时宜的,莫过于"文人办报"了。因为,"报刊文章"早已不再被当作"文章"看待了。我属于老派人物,还是习惯于在网上浏览"新闻",在纸媒上阅读"文章"。平日里经常翻阅的若干日报,只有《文汇报》还保存一点"文人办报"的遗响,各式专栏及副刊上,不时有好文章发表。很多原先办得不错的报纸,如今满眼看过去,全是夹杂着真相与谎言的"信息"。报纸上的文字,变得越来越不讲究,文从字顺就算不错了,哪敢奢谈什么"文体"或"美感"。我相信,报纸越办越粗糙,与国人普遍认定这是一种"看过就丢"的东西有关。

具体到我的文章,之所以需要大加删节,除了版面问题,还因其谈到的多是"不著名的人物"以及"不好玩的细节"。而我如此行文,除了才华限制,更希望忠实于自己的记忆,拒绝"伟大"或"有趣"的诱惑。对于有机会且有权力发表回忆文字的人来说,除了战胜自家的虚荣心,还得抵御公众的好奇心——后者的"殷切期待",本身就是一种巨大的压力。钱锺书撰《〈写在人生边上〉重印本序》,有如此妙语:"我们在创作中,想象力常常贫薄可怜,而一到回忆时,不论是几天还是几十年前、是自己还是旁人的事,想象力忽然丰富得可惊可喜以至可怕。"钱先生自称"意志软弱,经受不起这种创造性记忆的诱惑,干脆不来什么缅怀和回想";我则一边追忆一边告诫自己,辞达而已,求真为本,限制想象力的过度发挥。

2012 年 12 月 21 日补记于香港

(陈平原,广东潮州人,中文系 1977 级本科、1982 级硕士)

# 我的大学第一课[1]

陈平原

写下题目，当即自我解构：到底想写小说、散文还是回忆录？40多年前的陈年往事，你还记得清楚吗？记忆力本就欠佳，加上"天增岁月人增寿"，更是江河日下。当年没写日记，凭什么敢这么答题？记得钱锺书有一妙语："我们在创作中，想象力常常贫薄可怜，而一到回忆时，不论是几天还是几十年前、是自己还是旁人的事，想象力忽然丰富得可惊可喜以至可怕。"（《〈写在人生边上〉重印本序》）生怕被钱老在天之灵嘲笑，忆旧时我总是小心翼翼，不敢随便发挥，依稀记得的，须找到佐证才敢下笔。

真是天助我也！前年夏天回潮州，母亲交给我一包东西，那是我出外念书期间寄回来的家书，父亲装订成册，上面还有不少圈点。最早一封写于1978年3月11日，正是我进中山大学校园的第二天，主要内容是报平安。最晚一封则写于1989年10月30日，信中提及刚写完一篇谈武侠小说的文章。

我是1977级大学生，1978年3月10日清晨从潮州乘长途汽车，傍晚到达广州，入住康乐园的中山大学学生宿舍。第二天报到、体检、领餐券，紧接着是好几天的入学教育，再就是3周的军训，真正上课已经到了4月中旬。翻阅家信，3月10日汇报中文系四年总的课程安排，包括"第三年下半年专业化，语言跟文学分，现没招语言专业，第四年写毕业论文"；4月4日谈系里评生活补助，班里有十几位同学带薪上学，还有两位家境很好的主动放弃，其余的按家庭收入确定补助金额，我因如实申报，得到了最低档每月4元；到了4月26日的家信，方才正式介绍上课情形："我们的功课是，上午上课（2至4节），下午跑图书馆或自学，晚上也自学。星期四下午、星期五晚上开会，星期六（单周）下午劳动。图书馆学习环境好，我常去，不过得

---

[1] 初刊于《中国科学报》2021年9月14日，刊出时改题为《大学家书中的"陈年往事"》。收录时略有删改。

'抢'位。报纸也常看,每个宿舍一份,或'南方',或'人民',或'光明',轮流看。同学学习很认真,吃过晚饭不休息,继续念书。我和(吴)承学坚持每天晚饭后散步,因怕身体累垮。我想,要提高学习效率,不要延长学习时间。"

信上没说到底上的是哪些课,好在几年前我为了撰写《失落在康乐园的那些记忆》(《同舟共进》2013年第2期),曾从中大复印了学籍卡及课程表,因此可以很笃定地"昭告天下":我第一学年的课程包括"写作""中国现代文学""文学概论""现代汉语""英语""政治经济学""体育",7门课的修业时限均为两学期。可惜学籍卡上只记每门功课成绩,而被我寄予厚望的"中山大学中文系文学专业七七级一学期开设课程表",包含学习人数、考核方式、教学时数以及任课教师,就是没有每周上课的具体时间。我们是恢复高考后第一届大学生,课程表经过再三调整,半年后才上轨道。我手头的第二学期课程表写得清清楚楚:周一上午一、二节写作课,三、四节英语课。就因这最初的匆促上阵,导致我至今无法确定哪个是我就读中山大学中文系的"第一课"。

大凡从小地方来的,刚进大学时都有点胆怯。同宿舍以及同班级的同学,好像都很厉害的样子,相形之下我自惭形秽。刚开始几周,同学聊天时互相试探,大都倾向于高估对方而贬抑自己。因觉得自己不够优秀,知识底子太薄,不免有点着急。加上十年"文革",大家多有耽搁,而那时的口号又是"把'四人帮'造成的损失加倍夺回来"。几乎所有同学,一入学就不分昼夜地拼命读书,似乎想一口吃成大胖子。如此用力过度,弄得校方很着急,下令12点后学生宿舍统一熄灯,只保留浴室和厕所的灯。大概正是有感于此,才有我信上说的,"要提高学习效率,不要延长学习时间"。

至于图书馆抢位,那是一个全国性现象。一直到20世纪90年代末,中国大学图书馆设施严重不足,始终是个难题。其实,这跟学生宿舍过分拥挤有直接关系,我在中大念书时,12平方米的宿舍住了7个人,好在大家互相体贴,没闹大矛盾。如今的大学校园,学生住宿条件已大为改善,加上电子设备以及网络使用方便,不再有清晨图书馆前排长队的现象——复习考试期间除外。

2021年9月2日于京西圆明园花园

(陈平原,广东潮州人,中文系1977级本科、1982级硕士)

# 我回母校讨诗笺[①]

陈平原

读过我的书的人，大都记得鄙人的一件糗事——《千古文人侠客梦》的初稿在广州火车站被小偷抢走。这事在此书初版（1992年）的"代序"中披露，故广为传扬，被很多人引为谈资。对于作者和小偷来说，这都太有戏剧性了，且极具反讽意味。当然，也让我深切体会到"救人于厄"的游侠之所以万古流芳的缘故。

不久前老同学见面，还拿这事打趣，说我中大毕业，居然在广州遭抢，实在太没本事了。因为，随便给哪个同学打通电话，都会开车来接，怎么会凌晨在广州火车站外等公交车呢？说这话的，很可能忘了20世纪90年代初我国的实际情况。那时的交通状况、通信设备、社会风气等，都是今天所不能想象的。当然，也怨我书生气十足，不想麻烦别人。

事情发生在1990年，查当年日记：1月9日"听说要解除戒严令，大喜"；10日"晚饭时，看电视新闻，李鹏讲话谈解除戒严令的伟大意义：中国稳定的标志"；11日"上午去《读书》开会，题目是'八十年代学术研究回顾'，到者十二人"；13日"写完'快意恩仇'第四节"；18日晚十点半乘15次特快列车赴穗，返乡探亲。刚经历过一场大的政治风波，且本人也颇受牵连（1月16日得到通知，取消原本评上的副教授职称），这个时候回潮州，不是衣锦还乡，而是希望给父母，也给自己"压压惊"。

大概也是这个信念，促使我突发奇想，带上若干诗笺，回母校中山大学，请自己熟悉且敬佩的师长题诗或题词。时间很确定，有日记为证：1月21日分别拜访了吴宏聪、陈则光、饶鸿竞、王季思、卢叔度等诸位先生，除了请安、叙旧，再就是恭请题诗；2月5日探亲归来，重回中大，拜见这几位先生，收获五张精美的题赠诗笺。此前一天，我在广州火车站遭劫；此后一天，乘坐16次特快列车返京。揣着这轻飘飘、但又仿佛沉甸甸的诗笺，我满心欢

---

[①] 本文初刊于《书城》2014年第6期。收录时略有删改。

喜，回家后第一时间与妻子坐下来仔细观赏，然后就珍藏起来了。前些天我为编《怀想中大》而翻箱倒柜，重睹这五张诗笺，实在感慨万千。

我这才明白，为什么说纸墨寿于金石。随着岁月流逝，这五位先生都已仙逝，可一见诗笺，先生们的音容笑貌马上浮现眼前。我不是收藏家，也不追星，平时不会请人写字、题诗、作序，只是在某种特定状态下，才有此举措。最初是受鲁迅、郑振铎编《北平笺谱》的启发，在琉璃厂买了各种各样的诗笺，当工艺品欣赏。刚博士毕业那阵子，也曾恭请若干北京大学师长及在京学者、作家题字。当时收藏热还没兴起，此举属于"风雅"，众多师长饶有兴致，一说就通。以致日后程道德主编《二十世纪北京大学著名学者手迹》（北京图书馆出版社，2003年），还得从我这里借用吴组缃、季镇淮、朱德熙等人的墨宝。

至于中大，我原本只有大学毕业时同学间的相互题词。那时年少气盛，且在本校念研究生，相信来日方长，就不麻烦老师们了。只是在1984年初夏，我硕士研究生毕业，即将去北京大学求学，方才请黄海章先生（1897—1989）为我书写那首收录在《苏曼殊全集》中的《展曼殊大师墓塔》，作为我们师生一场的纪念。没想到黄先生悔其少作，可又不忘故情，提笔书成《重题燕子龛遗诗》三章。此事我在《花开花落浑闲事——怀念黄海章先生》（1993年）中曾提及，不过文中仅录最后一章，如今补上前两章，以成完璧。

    萧疏画笔绝尘氛，逸艳诗编荡客魂。
    一衲飘然东海去，袈裟泪点尚留痕。

    残照荒烟吊五天，神州光复意欣然。
    兴亡历历萦心曲，热血何曾逊昔年。

    五十年来绝赏音，山僧遗墨又重寻。
    花开花落浑闲事，流水高山自写心。

这里的"五天"指古印度，即东天竺、南天竺、西天竺、北天竺、中天竺五大部分。黄先生字挽波，又名黄叶，广东梅县人，有《中国文学批评简史》（1962年）、《中国文学批评论文集》（1983年）、《明末广东抗清诗人评传》（1987年）等著作传世，这首《重题燕子龛遗诗》，日后收录于旅港梅州中学校友会为先生刊印的《黄叶楼诗》（香港，1986年，共75页）。

黄先生带的是中国文学批评史专业的研究生，而我读的则是中国现代文学专业；纯粹因为苏曼殊，才有此私淑弟子的再三请教。这次我回母校讨诗笺，也是限制在我熟悉且尊敬的师长中。比如吴宏聪、陈则光、饶鸿竞三位先生，是我读硕士期间的指导教师。那时中国的研究生制度刚创立不久，管理很严格，三位教授共同指导两名硕士生，很正常。我曾在文章中提及，三位先生的学问及性情不同，分别影响我的现代文学思路、近代文学观念以及把玩书籍的兴趣。

我在中大的三位导师中，吴宏聪先生（1918—2011）最长寿，我与其接触也最多。《怀想中大》中有四篇是谈吴先生的，这里就不多说了，仅引录其题词：

> 在学习和追求真与美的领域里，我们可以永葆赤子之心。

吴先生一直从事中国现代文学研究，在西南联大念书时，曾以曹禺戏剧为毕业论文题目，这就难怪其题词与众不同——录爱因斯坦句，而不是吴宏聪先生手迹"旧作一首"。因民国年间的教学体制及社会风气，老一辈学者不管日后从事什么研究，早年都曾学写旧体诗词。

陈则光先生（1917—1992）去世很早，故《此声真合静中听——怀念陈则光先生》（1992年）是我撰写的第一篇怀念师长的文章。文中引录了这首题赠的诗：

> 月沉柳岸隐吹笙，
> 何处朱楼酒未醒。
> 莫道绿窗人寂寞，
> 此声真合静中听。

我猜想此诗背后有"本事"，文章发表后，陈师母瑶君来信解说因缘，甚是有趣。因已抄录在《此声真合静中听》文后，不赘。

在中大念书期间，我经常到访位于西区体育场旁的饶鸿竞先生（1921—1999）家。有时心血来潮，没有预约就登门，先生也不以为忤。饶先生世事洞明，且善解人意，与之聊天非常愉快。我拜访过中大诸多老师，与饶先生聊天时最放松，也最为坦诚。在我最困难的时候，饶先生的笃定与平静，让我明白很多书本上没有的事理。先生录赠的这首旧作，不知作于何时、有无深意，我只是读后心旷神怡：

> 雨后千峰碧，
> 桃花照眼新。
> 偷闲山里去，
> 折取一枝春。

先生去世后，我几次提笔，想写怀念文章，不知为什么，老是觉得词不达意。因此，只在《"爱书成癖"乃书生本色》（2008 年）和《失落在康乐园的那些记忆》（2012 年）中略为涉及。

也是在《失落在康乐园的那些记忆》中，我提及反右运动时被错划为右派的卢叔度先生（1915—1996）为我们七七级讲先秦文学的故事。卢先生博学多才，主要讲授《诗经》《楚辞》以及先秦诸子课程，据说还精研易学，不过我请教的是他辑注晚清小说家吴趼人的《俏皮话》。卢先生曾主编《我佛山人文集》（花城出版社，1988 年），其长篇序言写得很不错。正因学术背景及饱经沧桑，卢先生题赠的"旧作"，意境幽深外，更见作者性情之狂放与兀傲：

半生煮字难为米，
铁笔雕虫昼夜磨。
狂慧每随惊梦断，
庭西处士落秋河。

此绝句无论用典还是意境，依稀可见龚自珍的影子。

与卢先生因被打成右派而长期沉沦不同，20 世纪五六十年代的王季思先生（1906—1996），基本上是一帆风顺的。作为著名戏曲史家，王起先生对于中大中文系的学术声誉有很大贡献。至于他在历次政治运动中的表现，以及在中文系教师间的恩怨得失，不是本文所能涉及的。我读大学时，王先生曾开课讲授旧体诗词写作，那时我正沉湎于西方文学及文艺理论，对此类"古董"不感兴趣。只是课程结束时，王先生送每位同学一册自著诗集，让我很歆羡。这回的题赠，依旧清新浅白，一看就懂：

一榻度昏朝，浓情闲里消。
群书束高阁，清梦出重霄。
魏玛何须羡，濠梁倘可邀。
殷勤谢歌德，知足自逍遥。

（自注：卧病经旬，以歌德谈话录自遣。）

毕业后，我多次回中大拜访师长，王季思先生与吴宏聪先生的住处相去不远，故经常"古今兼顾"。至于相关文字，除了 1988 年我撰"学术随感录"时，曾提及王先生名言"做学问不靠拼命靠长命"，再就是 2004 年 11 月我在中山大学 80 周年校庆论坛做专题演讲，刻意选择《中国戏剧研究的三种路向》这一题目，向王季思、董每戡两位先生致敬。此文日后刊于《中山大学学报》2010年第3期，被《新华文摘》《高等学校文科学术文摘》《中国社会科学文摘》等转载，且获教育部颁发的第六届高等学校科学研究优秀成果奖（人文社会科学）论文二等奖（2013）。文章谈及王先生的学术贡献，至于怀念之情，因体例限制，只能在注释中略为提及。

20世纪80年代的大学校园，学生人数少，师生关系比较密切。即便不是同一个专业，或毕业后联系不多，也都互相挂念。正因此，我回母校讨要诗笺，才会如此顺利。老师们不仅不推脱，还有开玩笑的，说这下子春节有事做了，因为得练习书法。

"乍暖还寒"时节，老师们借题诗给学生"压惊"，至今想起，仍是很感动。此后，也偶有师友馈赠，但因整个社会向市场经济转型，字画有价，且水涨船高，我也就不再敢开口索要了。

闲来翻阅早年师友书赠的诗笺，感觉很温馨，也很忧伤——那个时代，那种风雅，那份师生情谊，今天大概很难存在了。

2014年2月23日草于京西圆明园花园

（陈平原，广东潮州人，中文系1977级本科、1982级硕士）

# 求学途中的路标

吴承学

我从中文系的学生到中文系的老师,至今刚好40年。其间所读的书自然难以尽述,但回想起来,在人生各个阶段中,曾经阅读的一些书,的确产生了独特而深刻的感受。

## 一、李泽厚:《美的历程》(文物出版社1981年版)

20世纪80年代的读书记忆是温馨的。那个时代百废待兴,一切都是开放而自由的。我们正当年轻,如饥似渴,对于各种书籍、各方面的知识,有强烈的求知欲和消化力,就像大旱之后干裂的田地,突然遇到充沛的时雨。当时,陈景润因为徐迟的一篇报告文学《哥德巴赫猜想》而成为全国人民的偶像,而李泽厚则是许多大学文科生的崇拜对象。《美的历程》初版是1981年,出版后洛阳纸贵,居然成为一版再版的畅销书。这不仅是一种学术现象,也是一种社会现象。人们从长期压抑中解放出来,表现出对美的强烈诉求,这也是思想解放运动思潮中的一朵浪花。那时,李泽厚是50岁上下的学者,许多大学生如痴如醉地赏读、讨论这本书,给人的感觉就像一班去春游的小孩,尾随着老师,在鲜花怒放的郊外,观察姹紫嫣红的春天。那种兴奋和激动,实在难以言传。

这是一本充满激情与想象的艺术随笔。书中有很多"也许……也许"这样的推测之言,它不严谨,但充满灵气与感悟,给人以想象与启迪。这本不足20万字的书,从中华文明的源头一直讲到清代,涉及哲学、艺术、美学、文学等诸多问题。你可以说它是蜻蜓点水,也可以说是画龙点睛。现在重读此书,觉得它对中国古代艺术的许多评点,仍是不可移易的。比如李泽厚把"杜诗颜字韩文"作为盛中唐之交的艺术典范,"它们一个共同的特征是,把盛唐那种雄豪壮伟的气势情绪纳入规范",这种总结相当有见地和功力。

从学术研究的角度看,《美的历程》并不是李泽厚的代表作。奇怪的是,此后他出版了不少思想精深的著作,读起来却没有了当年的感动。细细一想并不奇怪,《美的历程》刚好是年轻作者、年轻读者相聚在激情燃烧的 20 世纪 80 年代。现在,李先生老矣,他的读者也在慢慢老去。提起李泽厚和他的书,不少年轻人茫然如闻开天遗事。

再见,那个已经遥远但在我们心中仍然浪漫而自由的时代。

## 二、钱锺书《旧文四篇》(上海古籍出版社 1979 年版)

我上大学之后,最早接触到的经典学术论文,就是钱锺书先生的《旧文四篇》。这是一册书页极薄而分量厚重的学术著作,全书共 6 万字,收入钱先生 30 年间所写的四篇论文:《中国诗与中国画》《读〈拉奥孔〉》《通感》《林纾的翻译》。首次阅读我就被其神奇的学术魔力所震撼了,后来又读到他的《诗可以怨》(1981)、《也是集》(1984)、《七级集》(1985)以及《谈艺录》《管锥编》等论著,对其愈发敬佩。《旧文四篇》可以说是我走向学术研究的导师,读研究生时,我反复阅读、揣摩《旧文四篇》,乃至像学书临帖那样模仿。我最早发表在《文学评论》上的论文《江山之助》《生命之喻》等文章之选题、立意与行文,深受其影响,后来才慢慢形成自己的特点。

钱先生学术论文的写作,可谓远超凡俗,达到极致。把义理与文章、智慧与美感完美结合起来,是其论文写作的显著特点:深刻精当,闪耀着学术智慧,而且文采斐然、可读可品,迥异于学院派的高头讲章。这在当代,罕有其匹。他善于把古今中外许多零散材料,经过不断淘洗、选择与提炼,将之串成学术的珍珠之链。他写论文讲究章法结构、用语修辞,喜欢用机智而令人解颐的博喻妙喻,语言轻松风趣,虽有时不免博炫才学,但实在让人喜欢和佩服。

钱先生在学术上精益求精,我注意到钱先生论著的一个细节,就是每次再版,必有许多改动之处。《谈艺录》《管锥编》如此,论文也是如此。

钱先生积数十年所写的学术论文,寥寥数篇而已,而皆为可传世之作。经常听到一些人批评其学术零碎没有体系云云,我就想起杜诗:"尔曹身与名俱灭,不废江河万古流。"是的,许多学者出版了一大套甚至一大柜的书,价值却远不如钱先生的一篇论文,甚至不如《谈艺录》《管锥编》中的寥寥几句断语。漫山砂砾,难比半颗钻石;满车鱼目,不如一粒珍珠。在这个学术 GDP 不断创新高的年代,令人长忆钱锺书。

### 三、王运熙《王运熙文集》（上海古籍出版社2012年版）

20世纪80年代我开始读王运熙先生的书，开始并没能领略其妙处，但越读越有味道，慢慢体会到有一种叫返璞归真的学术境界。后来随王先生读书，益发体会到这不但是当代学术中的清流，也是古人所倡的高尚人品与文品合一的典范。

陈尚君先生曾撰《学问是天下最老实的事情》一文以纪念王先生，其文甚佳。我接着这句话：好学问应该是聪慧之人所做的老实之事。王先生天分极高，二十多岁时，就以汉魏六朝乐府研究蜚声学界，一举奠定了学术地位，至今难以超越。此后他在汉魏六朝、唐代文学和中国文学批评史的研究，也都成为高峰与经典。

王先生给我最深的印象是他的境界，而非方法。其治学方法倒是很"简单"，就是"实事求是"。从文献出发，细读文本，将之放到具体的历史环境与文体体制中去考虑，从而得出独到之见。比如，历来认为六朝孔稚珪《北山移文》是讽刺"假名上作伪君子"的作品，王先生则通过对周颙与孔稚珪所处的时代、交游关系及其生活方式的考据，认为"《北山移文》只是文人故弄笔墨、发挥风趣、对朋友开开玩笑、谑而不虐的文章"。他把原先的"讽刺说"变为"调侃说"，淡化了意识形态的色彩，似乎降低了《北山移文》的批判性，却还原了其真实面目。结合六朝盛行的游戏文学，更觉此说之有理。又如陈寅恪先生说过，唐传奇兴起是受古文运动影响所致的。王先生《试论唐传奇与古文运动的关系》一文则认为唐传奇与汉魏六朝的小说、杂传类作品一脉相承，同时受到当时俗文学的影响，并非古文运动的产物。后来，很多学者认为王先生的结论更为真实可信。

我经常在思考，王先生之难及之处，就在于他坚守学术良知与学术理性。其研究不预设立场、不为理论所羁缚，不受时势所影响。他有极强的学术分寸感，对历史的把握总能那么不偏不倚，不高不低，恰到好处。其文章平和却另有一种特殊的魅力，非常耐读，经得起时间的淘洗，就像一块宝玉，越磨越有光辉。初次读王先生的文章，你可能会觉得过于平淡无奇。若干年后再读，你会发现，王先生的观点仍显得准确而精当。读他的论著，可以领略到好的学术确实具有超越性。曹丕《典论·论文》说文章是"不朽之盛事"，所以古之作者把生命寄托在翰墨书籍之中："不假良史之辞，不托飞驰之势，而声名自传于后。"每读王先生的著作，我就想起这句话。王先生不过是一个纯粹的读书人，一位无权无势的布衣教授，但他的文章足以使其"声名自传于后"。

## 四、饶宗颐《饶宗颐二十世纪学术文集》（新文丰出版有限公司 2003 年版）

这是我近年读得比较多的书。我不敢妄评饶宗颐先生，不仅因为他离我们太近，光芒过于耀眼，更是因为像我们这些按分科培养的现代学者，只能理解饶公某一方面，这种瞎子摸象式的片面研究，对饶公这样的通人难以作整体把握和准确评价。我只谈在读饶公著作过程中的一点强烈感受，那就是饶公"命好"。有人说，做学问，拼命不如长命。这是有道理的。饶公 62 岁退休，那时成果虽不错，但如果没有后来 40 年的工作和滚雪球式的名誉积聚，肯定没有那么大的成就，那么高的地位，那么大的影响。饶公自己说："龚自珍只活到四十九岁，王国维五十岁。以他们五十岁的成绩，和我八九十岁的成绩比较，是不够公平的。"饶公的寿命，比龚自珍和王国维两人合起来都要长。对于人文学者来说，长寿的确重要，但"命好"比长寿更重要。

饶公"命好"，首先是他的天分极高，天生做学问的命。饶公学术一个显著的特点便是"博"，其研究范围基本上覆盖了人文科学的各个学科领域。他有一种远远超乎常人的极强求知欲，一种孩子般的好奇心和求知欲，他显得很"任性"。这也是他的天性，是"命"。饶先生打通专业和学科的"博"，不是刻意去追求的，而是率性而为，跟着兴趣走的。比如，喜欢诗文写作，所以研究楚辞学、文选学、赋学、诗学、词学。其次，就是他遇到治学的好时代，这是天时。饶公说："上天不仅给我高寿，而且，我这一辈子，亦特别幸运。20 世纪中国学术史上的一些重大事件，当代学术之显学——甲骨学、简帛学、敦煌学，皆有幸参预其事。"第三，得治学之地利。饶公学术的崛起是在 20 世纪 50 年代以后，他恰好在香港，这是当时中外文化交流最为方便、频繁的地方，且经济发达，生活宁静，没有什么动荡和干扰，所以他在治学上显得特别从容和自由。这是饶公的幸运。对于学者而言，天时、地利、人和很不容易兼备，而饶公兼备了，这些综合因素成就了 20 世纪学术史上的一个奇迹。

每个时代人类的智力水平都是类似的，但能否出现大人物，就不仅靠个体的努力，还要看时代的造化了。

写于 2018 年

（吴承学，广东潮州人，中文系 1977 级本科、1982 级硕士）

# 学术的尊严与快乐①

吴承学

同学们,很高兴见到大家,并且和大家有一个交流的机会。我想谈的内容是关于学术的尊严与学术的快乐。

作为研究生,我觉得首先对学术要有一种敬畏之心,能感受到学术的召唤,感受到学术的神圣。我们所面临的高校的现状是什么?相信大家都有所了解。现在媒体上对于教育,尤其是高等教育的批评非常激烈,大家最不满意的就是学术腐败。我们每一个人作为个体力量而言,是很渺小的,我们无法改变世界,我们无法去改变体制,我们无法去改变其他人,但是作为一个有学术良知的人,可以独善其身,或者尽可能地独善其身。假如大多数学者,大多数学生都有一颗敬畏学术的心灵,中国的学术就有希望了。

我们要保持学术的尊严,首先就要保持学术本身的圣洁。为什么现在中国学术没有尊严,就是因为出现太多的学术腐败与学术堕落的事情。我们已无法一一去列举。本来"学术腐败"这样的提法本身就很成问题。因为只有权力才能产生腐败,学术本来是无权无势的领域,怎么能腐败呢?但事实就是这样。在这里提出这个学术腐败的话题,不是为了激起大家的义愤,而是为了激起大家的良知。光有义愤是不够的,不少人实际上义愤很多而良知太少,他们骂学术腐败,但等到自己身临其境的时候,也可能参与学术堕落。这几年,我们已发现不止一起论文抄袭。其中有学术论文的,也有学位论文的。这些人平常也在骂学术腐败。所以我们每一个研究生,首先要确立学术良知。我们所缺乏的不是学术规范,而是学术良知。

要有学术良知,就要确立以学术为本位的价值理念。我们现在许多问题,就出现在价值观上。在高校,是学术本位还是官本位?这是现有的中国大学与真正的大学精神的明显差距。我们要树立学术本位来代替官本位。想想,当中国的大学被强行分为省部级、厅处级的时候,当一些大学争先恐后地录

---

① 本文为作者在中山大学中文系2006级研究生新生欢迎会上的讲话。收录时有删改。

取那些不来读书就能获得学位的高官们为博士生的时候，当教授在大学里为了一个处长、副处长的职位而去激烈竞争的时候，当某些人津津乐道的是大学出了几位省长、几位厅长的时候，大家可以想象，这样所谓的大学离真正的大学精神有多遥远了。在这种情况下，提出创建世界一流的大学显得多么滑稽而胆大。我想，如果哪一天，当一个学校不是以它出了多少官员，建了多少座大楼，而是以对中国与世界的进步和文化的积累做出什么而自豪的时候，我们就可以为这样的学校脱帽敬礼了。

当我们进入学术研究时，要有思想准备，这是一条非常孤独的道路，层次越高的研究，真正能懂、能准确判断的人越少。学术研究的基本素质，除了智力之外，恒心、定力与淡泊名利之心非常重要，有时甚至比智力还重要。理想的学者兼有聪明与执着，如果不能得兼，则起码应该有执着的精神。我接触过一些聪明过人的学者，但终于没有做成学问；而有些资质平平的学者朝着一个目标，钻研不辍，持之以恒，最终却取得令人叹服的成就。

说到学术研究的方法。要说的太多，无法一一说来。在我们选择研究对象的时候，要有一种清晰的学术意识。哪些选题是有价值的？价值如何？通常我们说，大家都站在同一起跑线上。一旦进入研究的时候，情况就不同了。学术研究如登山，选择合适的起点是相当重要的。有些起点很高，就像在珠峰大本营，还没有登山已是海拔5000多米！我们心中也要有一个"学术海拔"的观念。我们了解学术史，了解海内外学术界现状，就是要尽可能站在前人的基础上，更快进入学术前沿，在更高的"学术海拔"开始进取。

我们现在与前人处于完全不同的知识背景。随着网络与电子文献的出现，我们在文献的收集与检索方面，要比前人方便得多。比如说《四库全书》，在古代是极少人有资格可看到的，但现在，只要你需要，你的电脑就可以装下一部《四库全书》。除此之外，比如《四库全书存目丛书》《续修四库全书》《四库禁毁书丛刊》《四库未收书辑刊》等，大量前人很难接触到的文献我们都可以轻而易举地得到。强大的检索手段也使我们的研究比前人省力。所以我们要很清楚这一点，随着电子时代的到来，整个学术研究的价值观将出现重大改变。这方面许多学者还没有意识到。我们看有些博士论文，排列了许多材料，好像显得很有学问，好像很规范，其实在当今电子文献时代这是最容易的。现在的学术研究，创见、见识、真知灼见、研究者的思想观念、研究者的学术个性越来越显得重要。

一方面，我觉得，研究生应该迅速掌握电子文献和相关的检索手段。现在如果没有掌握这个手段，就可能落后了。但另一方面，我又强调回归到传统的读书方式。在这个信息爆炸的时代，我们要回归到更为原始的阅读方式。这是个矛盾的统一。细读，细读，再细读。对于我们这个基础学科来说，这是学术研究之本。考察一下人类阅读史的进展，是很有意思的。在古代，书籍是很稀缺的资源，多数人的读书是靠抄的。一个字、一个字地抄，读书就是这样开始的。从读书形态来看，古人最早是吟诵，虽然不必有固定的曲谱，但是有低回有节奏有自然音律的吟唱，不但诗词可以吟诵，古文也可以吟诵，不但便于记忆，也可以直接感受语言的节奏韵律与语感。近代以后，不再吟诵了，成为读书，再后来，不再是读书，成为看书。从一个字、一个字抄，到一个字、一个字吟，到一个字、一个字读，到一个字、一个字看。现在，随着信息时代的到来，我们已无法一个字、一个字地抄，一个字、一个字地看，我们在网络上是整页整页、整本整本地翻，我们现在既不是抄书、吟书，也不是读书，甚至不是看书，而是翻书。古人一辈子苦读才可能读书破万卷，我们现在在超星图书馆上，可能一两天就翻书过万卷。我这样讲，不是要大家回归到古代去一个字、一个字地抄书刻书，也不是要大家都去吟唱。我的意思是在信息爆炸的时代，我们既要充分利用大量的文献资料，也要保持细读文献的传统。可以肯定，在信息时代，学术研究不是以文献的丰富来取胜的，而是以对文献的分辨、选择与解释最为关键。所以对于研究者来说，细读，细读，再细读，永远是必不可少的。

说到学术的快乐。如果一位研究者，只觉得他的工作苦不堪言，体会不到乐趣，可以肯定这是一位失败的学者。如果一位研究生整天愁眉苦脸，读三年书，好像被判了三年徒刑，体会不到学术的快乐，可以肯定这是一位失败的学生。

这个暑假，我到了四川、西藏和青海。在拉萨的大昭寺、小昭寺和青海的塔尔寺附近，可以看到有许多藏传佛教的信徒，他们在烈日之下，一步一跪地磕着长头。据说他们一辈子要磕十万个长头。有些人是从青海磕着长头去朝圣的。身体强壮的年轻人要走几个月，老年人要走上一年。这当然是很苦的事，但他们心里很快乐、很充实。在西藏的时候，看着澄净无云的天空，看着这些虔诚的信徒，心中不免有所感触，那就是有精神寄托的人是快乐的。尽管信仰有所不同，但是藏民那种神圣的、虔诚的信念和为了这种信念执着地追求，这种精神太值得我们敬佩了。我们太缺乏这种精神了，我们都太聪明，太功利，太浮躁了。

我想，在信仰和理想欠缺的时代，我们不妨把学术当作我们的精神寄托。在我们的观念中也有一片澄净无云之处，那就是学术的天空；在我们的心目中也有神圣之处，那就是学术的殿堂。如果我们带着虔诚之心，像朝圣那样一步步地向神圣的学术殿堂迈进，总有一天我们一定会登堂、我们一定会入室。

我想我必须结束今天的讲话了。希望大家充分利用这两三年时光，好好体验学术的尊严，品味学术的快乐！

（吴承学，广东潮州人，中文系1977级本科、1982级硕士）

# 容庚先生的爱国情怀

陈初生

容庚先生毕生从事教学与学术研究，不仅赢得了学术界的高度评价，在为人道德上也做出了表率，为世人景仰。

日本发动侵华"九·一八"事变时，容庚先生正在燕京大学（以下简称"燕大"）。当时日寇侵略我国东北，而当局又采取不抵抗政策，节节败退，他感到非常气愤。他积极支持燕大学生组织的抗日救国委员会，并被聘为该委员会顾问（同受聘者还有郑振铎教授）。在他的指导下，抗日救国委员会编写了一本小册子宣传品《九一八事变记》，分送海内外同胞以激发华侨的爱国热忱。他又发起成立抗日十人团，联合十大教授宣传抗日，并主编《火把》白话小报。据《火把》第7期（1931年10月13日）刊《抗日十人团消息》报道：

> 抗日十人团，系本校容庚教授所发起，已于昨日下午八时在东大地容宅召集第一团成员，讨论进行办法，尚决定誓词，由团员签名，兹照录如下：
>
> 余等誓以至诚拥护中国国土之完整，故有抗日十人团之组织。在日本军队未离中国疆土、赔偿其所给予我国一切损失以前，凡我团员绝对不为日人利用，不应日人要求，不买卖日人货物，并各自努力于抗日有效之种种工作。如违背此誓，甘受其他团员之严厉制裁，作人格破产之宣告。谨誓。
>
> 中华民国二十年十月十二日<br>抗日十人团第一团
>
> 签名（以笔画多寡为次）
> 吴文藻　吴世昌　余瑞尧　洪业　容庚
> 容媛　郭绍虞　蒋焕章　顾颉刚　黄子通

又据《火把》第 10 期报道：

> 容庚自组织抗日十人团，成立第一团以来，电询此项消息，继续成立者甚多。皆由容庚给以第几团号码，以资统一。

至《火把》第 16 期报道，已成立第十团。

1936 年 9 月，燕大中国教职员抗日会成立。容庚先生与顾颉刚先生被推起草该会章程。顾颉刚先生担任理事长，容庚先生与雷洁琼等当选为理事。该抗日会在抗日救亡运动中起了很大的作用。

据燕大学生周振光的回忆，当时燕大学生抗日救国委员会举办政治周会，师生均可自由参加，每周一次，聘请校内外的热心爱国人士在礼堂做公开演讲。一向很少在公开场所做与自己研究工作无关，尤其是政治性演讲的容庚老师，激于爱国义愤，应邀出席做了一次振奋人心的演讲，激励大家读书不忘抗日救国。当容庚教授演讲之日，适轮到周振光主持周会。当年容庚先生既有雍容的学者风度，又有激昂慷慨的气魄，令周振光记忆犹新。

1950 年，容庚先生在一次会议上发言，说："我是个研究中国古铜器和文字的人，埋头工作，对于政治方面不大过问。但我爱我的民族，我爱我的国家，遇到日本帝国主义的侵略，使我热血沸腾起来，也曾做过几次摇旗呐喊的抗日工作……试拿十年前的日本和今日的美国来比较，其挑拨内战，阻碍统一，推销陈旧的军械和奢侈的商品，更是一模一样。"

先生在大是大非面前是从不含糊的。20 世纪 50 年代，以美国为首的反共势力，筹备组织一个在印度加尔各答召开的"国际学术会议"，主题即攻击新中国，并邀请当时任香港新亚书院院长的钱穆先生代表中国撰写反共论文出席该会。周恩来总理嘱咐任中南局书记的陶铸在广州找人去香港劝说钱穆不要参与。陶铸即请容庚先生负责此事。钱穆是容先生在燕大的同事，又是容先生女儿的老师。先生到香港后，由女儿出面宴请钱穆先生。旧友重逢，畅谈心事。钱先生从善如流，他虽然后来参加了那次"国际学术会议"，但没有发表攻击新中国的言论。容先生完成了国家交给的政治任务。

"文革"十年动乱，"言不违心，行不悖理、耿介刚直"的容庚先生自然倍受冲击。开始有人想利用他的招牌，拉他来批判孔子，问他看到《光明日报》上冯友兰的文章没有，说连冯都批孔了，你也应该这样。容先生严正回答："冯文不像冯的手笔，论点也极谬误，我不会与他同流合污。孔子死了两千多年，他有什么不好？批孔不如批我。"有人还不死心，想威逼他写批孔的文章，容先生愤怒地说："民不畏死，再这样逼我，我就跳珠江去！"在那个时代，在威逼之下，说违心话、做违心事的知识分子并不罕见，像先生这样铮铮硬骨、浩然正气，始终心、口、行如一者是不多的。

他尊重事实，对一些有恶行的人也不枉贬。"文革"后期，"四人帮"倒台后，有文章说康生盗窃故宫文物。先生以他曾任故宫古物陈列所鉴定委员的经历来看，认为故宫的文物管理是有十分严格的规章制度的，不可能随便被盗。果然后来有文件对此作了说明，原是康生曾将自己收藏的砚台存放在故宫而已。先生的老友于省吾教授曾说："余与希白相识十载，其为人质直无城府。人有过失，每面折之……诚余之益友也。"确为知人之言。

先生在学术研究中也洋溢着爱国的激情。由于中国的落后，受人欺侮，造成大量古物外流，容庚先生这样描述：

> 海通以来，我国古物多增一厄。异邦豪商达官，附庸风雅，斗夸鉴藏，挟其多金，来我中土，背我法禁，蔑我舆情，巧取豪夺，拥载以去。凡名家私藏之散落者，地下故墟之发现者，岁岁流出，永不复归。……遂使嗜古之士，于宗邦重器，希（稀）世遗珍，欲一望影迹而不可得。

为了阻止古物外流和推进我国的文物考古工作，容庚先生倡导成立了第一个考古学社。

"九·一八"事变两个月后，先生《秦汉金文录》一书完成，他在序言中说：

> 此书成，继之而作《续金文编》，乃吾志也，不敢告劳。然吾之生正当甲午中日之战，黄海海军相遇之前，先子赋诗云："时局正需才，生男亦壮哉。高轩一再遇，都为试啼来。"今者岛夷肆虐，再入国门，余不能执干戈，卫社稷，有负祖若父之期许。"国耻未雪，何由成名"，诵李白《独漉篇》，不知涕之何从也。"雄剑挂壁，时时龙鸣"，余宁将挟毛锥以终老邪？

先生为一介书生，不能亲赴疆场与日寇作战，但将国家的命运时刻铭刻在心头，他除呐喊外，更以学术为武器，振我民族精神。当时，日本学者滨田耕作在《泉屋清赏·总说》中嘲笑中国的学者研究青铜器只是"依自来之传说，比图录，信款识，依习惯而定其时代"。容庚先生乃愤而为编《海外吉金图录》，从流落到海外的铜器中，选取若干重器重加研究，以确凿的证据，针锋相对地指出滨田"将多数之周器属之于汉"，把《者钟》的"隹戊十有九年"读为"惟岁十有口昹"，反讥其识乃在"比图录、信款识之下"。

先生以学术研究为武器，为中国人争了口气。先生在《海外吉金图录》的序言中还说：

> 民国以来，故家零落殆尽……军阀构祸，国无宁岁。关洛之民，因于饥饿，或掘墟墓，取所藏以救死，政府莫能禁，异邦之有力者，挟其多金，来相购取。于是古器外流，遂如水之就壑……"九一八"之难作，乃蹶然起曰："宗邦重器，希（稀）世遗文，欲求印本而不得。人方劫掠我文物，倾覆我国家。吾不学为耻耳，乃效尾生之信，以翻印为耻乎？"

先生的慷慨激昂之言，对我们今天仍有警示的作用。

在爱国者的行列中，先生也曾蒙受委屈。1937年，卢沟桥事变发生后，身为燕京大学教职员抗日委员会主席的容先生也曾考虑撤往大西南，但因一家八口，《商周彝器通考》一书著述甫半，书籍资料又多，以致欲行而未果。1941年12月8日，日本宪兵接收燕大，先生处境危殆。1942年4月，先生离开燕大，由北京大学聘为教授。是时北京大学的部分师生转移到西南，加入西南联大继续学习，而北平的北京大学继续在日伪统治下运作。等到抗日战争胜利，西南联大的北京大学人员复员回京，校方便以生活在日伪统治下为由，不承认留在北平的学生的学籍，污称学生为"伪学生"，老师为"伪教授"。先生乃仗义执言，写了一封给北京大学校长傅斯年的公开信，信中称在此期间，除增加日文以外，其余课程一仍其旧，并未进行奴化教育，沦陷区的人也是中国人。这封"万言书"，杂用骈俪，陈辞慷慨，颇有骆宾王讨武氏檄文的气势。然而先生也终因此得罪了校方，在北京大学不好待了，于1946年应聘回到南方，直至终老。对此，先生是一直心存耿耿的。

（陈初生，湖南涟源人，中文系1978级硕士）

# 大学寻梦

陈小奇

1978年,我终于考上了梦寐以求的中山大学中文系。

我住在东四楼的104室,同室的七位同学包括有后来的广东省委常委、宣传部部长林雄,"钱最多"的华尔街华人精英、也是被称为"中国证券第一人"的方风雷,广东省文联专职副主席洪楚平,还有后来成为珠海校友会会长的老大哥、甲班党支部书记的骆驰,原广交会纪检书记周达德,以及成为职业出版人的李江南等。

大学最后一年,我们都搬到新的学生宿舍,房间大了很多,室友又增加了后来成为商业精英的欧小卫和后来的《中国青年报》总编辑李学谦。也都是牛人。

我的宿舍后来被同学们笑称为"风水最好"的宿舍。

而我在这里感受最深的却是另外一种巨大的差异。

来自不同的大城市和小城市,决定了大家起点和视野的高低。我们这些小城市来的,尽管也都是各市县的精英,但与来自北京、广州等大城市的同学相比,似乎在见识与视野上天生就缺了些什么,听着他们的高谈阔论时常有一种插不上话的自卑感油然而生。

人的见识和视野都是由生存环境决定的。

由于自小喜欢古典文学,我在大学主修的是文学与写作。

入学后第一次作文测试,我的作文就被选入中文系主编的《学生作文选》。后来的写作课,我的作文也经常被选作范文。

有一天又上写作课,教我们甲班写作课的萧德明老师又在课堂上点评了我的作文。下课时遇上了倾盆大雨,萧老师一时走不了,就在走廊上和我们聊了一会。她很认真地对我说:你的创作很有灵性,应该重点写诗和短文,这是你最大的优势,要有为有不为,就算周身都是刀,也先要有一把利的。

她说的这番话让我想了很久,也让我在迷茫之中清晰和明确了自己的创作定位及发展方向。

大雨来得正是时候，因为那天的这阵及时雨，因为萧老师对我说出的那番话，最终让我选择了诗歌与歌词创作，成就了我的今天。

后来跟萧老师谈起此事，她说她记不起了。学生太多，老师记不起很正常，可我不会忘记。

我的文学创作之路就在这里开始。

当时中大中文系办了一本学生社团文学刊物《红豆》，这是"文革"后最早出现的大学学生文学社团刊物之一，主编是1977级的学兄——后来任美国耶鲁大学中文部负责人的苏炜。这本学生刊物尽管只办了8期，却从中走出了著名作家苏炜、著名诗人马莉（原名马红卫）、辛磊以及著名学者陈平原、吴承学等。我在上面开始发表自由诗并担任了诗歌组编辑。

后来我又和辛磊一起创建了此后延续了许多年的中大"紫荆诗社"，辛磊为社长，我是副社长。当时我还斗胆为低年级的同学们讲过诗歌创作。那时我的梦想就是成为一名真正的诗人。

1980年，我在广东省作家协会的专业杂志《作品》和《羊城晚报》发表了现代诗歌，这两个省级刊物让我从此正式开始了我的作家梦。

让我始料不及的是，在我确定报考中文专业时被放弃了的音乐竟又鬼使神差地回到我的生活之中。

来中大报到之前，我把手抄的几百首歌曲和乐谱全部束之高阁，只将那把陪伴我多年的小提琴带在身边，不是为了音乐，只为了一段难以忘却的青春岁月。

但该来的终究要来，或许这就是宿命吧。

入学军训结束时，各年级要出节目参加联欢，我一时兴起，找了8个啤酒瓶，灌上不同量的水以调节音高，在许鸿基及1977级的余瑞金同学等组成的一支小乐队的伴奏下，用两根捡来的铝条以滑奏手法演奏了《我是一个兵》等曲子，并起了一个雅号叫"青瓶乐"。一曲奏罢，竟掌声雷动。

此后，我便有了一个绰号叫"敲瓶子的陈小奇"。

此后，我便加入了中大民乐团，一开始拉大提琴、拉高胡，后又负责扬琴演奏，成了民乐队的主力。

大学三年级的时候，我自己作词作曲创作了一首三拍子的校园歌曲《我爱这金色的校园》，获得了学校的三等奖。这首歌后来竟然在广东省音乐家协会的机关刊物《岭南音乐》发表了，这也成了我第一首公开发表的词曲作品，只不过不是流行歌曲。

大学四年的光阴，便在诗歌与音乐的交错中度过了。

临走之前的那个晚上，我在中大北门久久徘徊，那里曾经是一个渡口，我曾经多次乘坐轮渡，在珠江的波涛中穿过彼岸。这段难忘的情景和感受后来被我写进了我的歌曲《涛声依旧》之中，写出了"这一张旧船票能否登上你的客船"的歌词。

此后几十年的创作，我从不敢懈怠，从不敢轻率地写出每一个字、每一个音符。每一首歌，我都会反复推敲、反复修改，甚至多次半夜醒来，想到一些更好的构思，马上起床用笔记下，只怕第二天会被遗忘。我无时无刻都在提醒着自己：你是中大人，你是中文系毕业的学生，你必须对得起这张沉甸甸的大学毕业证。

每逢入学或毕业的逢五、逢十周年庆，同学们都会自发组织聚会。聚会的内容中一定有一项是回到母校，回到中文系，和老师们一起座谈、聊天，一起到校园餐厅吃一顿饺子。

最让我们惊讶和感动的，是早已年过花甲的老师们，竟然还能叫出大部分同学的名字，而且还能准确地说出这些同学在校时的各类趣闻轶事，就像家里的长辈和老人在谈着孩子们童年时的故事一般。尤其是黄天骥老师，他并没有给1978级上过课，但却成为最熟悉1978级的人。

而我们就像漂泊多年的游子归乡，沉浸在家园的感觉中竟久久无法自拔。

同学记住老师的名字很容易，而老师还能记住这么多学生的名字，这确实匪夷所思。是什么样的力量能够穿越时空，在几十年的岁月光阴中，依然保存住了这份浓浓的师生之情？

我想，这应该就是一种爱，一种在校园中生长出的爱，一种家园特有的深沉的爱。

人散了，家还在，亲人般的同学们几十年来依然保持着密切的联系。尽管天各一方，工作性质不同，但无论是工作或生活上，同窗学友们都一如既往，互相帮助、互相扶持、互相关心。

"来世还要做同学"，这是同学之间说得最多的一句话，这句话也成了中大中文系1978级最煽情的名言。

不是亲人，胜似亲人，同窗之谊如陈年老酒，愈久弥香。

1999年，我应母校之约，为中山大学75周年校庆的纪录片创作了主题歌《山高水长》，5年后，这首歌被校友会确定为"中山大学校友之歌"。

24岁到28岁，4年的大学生活，改变了我的命运。我们不仅学会了学习的方式与方法，更学会了独立思考，学会了对所学知识的融会贯通，学会了不同文化背景下的相处与相生。

虽然性格未能改变,但气质与视野及格局却真切地改变了。

"博学、审问、慎思、明辨、笃行"这一中山大学校训从此影响了我的一生并塑造了我的价值观。

至今,校园的钟声仍会在每个清晨前来寻我。

(陈小奇,广东普宁人,中文系1978级本科)

# 启蒙老师《红豆》

黄晓东

母校百年华诞之际，中文系《红豆》编委会诸学长云集中文堂举办纪念活动。王春芙学兄嘱我写篇有关《红豆》的回忆文章。我是《红豆》创刊一年后才进中大的，那时还不满16周岁。

一位从潮汕闭塞小镇到了康乐园这个知识海洋的懵懂少年，求知欲望正熊熊燃烧，《红豆》中那些激情澎湃的文字，深深地打动了我。那时"文革"刚结束，国门刚打开，一方面，批判"文革"的伤痕文学大行其道；另一方面，西方各种文艺流派广为传播。《红豆》兼容并蓄，作品选题独特、思想深刻、文风泼辣，令人耳目一新。陈海鹰学兄以1969年汕头牛田洋大海潮事件为背景写的短篇小说《黑海潮》，被国内诸多刊物转载，影响巨大。苏炜兄的小说，英男兄的评论，马莉学姐、辛磊兄的诗歌，都让我留下深刻印象。《红豆》1981年被迫停刊，陪伴我只有短短一年多时间，却在我生命中留下了深深的烙印。《红豆》是我的启蒙老师之一！

1995年，我为诗集《康乐园之梦》写的后记中有一段文字回忆了我在康乐园求学的种种经历。《红豆》成了我记忆中最深刻的片段。

我很怀念1980年至1982年那段激情澎湃的短暂岁月。那时，不知名利为何物，不知衣食之艰难，只知思想有翅膀可以自由地翱翔；那时，可以逃避不爱听的课程，躲进图书馆某个角落，或者挤上14路公交车到北京路逛书店；那时，长头发、喇叭裤、黑墨镜成为广州的一道新风景。邓丽君、徐小凤的"靡靡之音"令我们如痴如醉；那时，可以结伴逛越秀公园、爬白云山，或者一个人穿街过巷看城市居民烧煤做饭，听听那些地道的粤语；那时，可以看到形形色色墙报刊物，可以肆无忌惮地将大字报贴在饭堂门口；那时，可以自己编印《红豆》，然后到南方大厦、中山五路叫卖"四毛钱一斤"；那时，可以看《啊！海军》《山本五十六》等电影，可以在课堂争论禁演话剧《假如我是真的》；那时，可以倾慕某个系某个班的女孩，可以躺在康乐园中区宽阔的草坪上任思绪在晚风中飞扬；那时，没有卡拉OK，没有舞会，可以与下过乡、当过兵、招过工、结了婚、生了娃的老大哥共饮一杯清茶，在走廊聊个通宵达旦；那时，不懂得商品经济、生意交易，只有指点江山、激扬文字的书卷气和豪情；那时，可以读《老子》《庄子》，可以借图书馆仅存的一本40年前出版的戴望舒、徐志摩的诗集，可以大侃萨特、弗洛伊德，还有一本印象特深的美国现代史书《光荣与梦想》；那时，可以为中国足球队的胜利敲盆打桶，在深夜的羊城街头横冲直撞……

那时，我们拥有许多令人目眩的头衔："垮掉的一代""迷惘的一代""思考的一代""觉醒的一代"……

恢复高考后，1977级、1978级、1979级同学大多是从工厂、农村、学校、军队考进来的。不少同学比我大十多岁，我有幸与这些阅历丰富、才华横溢的同学一起，也变得"早熟"了。20世纪80年代是中国思想解放的黄金时代，康乐园里各种文化交流、思想碰撞十分活跃。中大的《红豆》与北京大学的《未名湖》、武汉大学的《珞珈山》并列为中国最有影响力的校园文学刊物。编辑部苏炜、王培楠、陈平原、王春芙、林英男、辛磊诸君都是我膜拜的偶像。刚入学时，喜欢上北岛、舒婷的朦胧诗，我也尝试写新体诗，有几首小诗竟然被《红豆》选上刊登。平生第一次看到自己写的文字印在刊物上，激动了好几天。因此我也成为《红豆》义工，一到周末就到广州街头叫卖《红豆》。记得有一次我和董文同学在北京路叫卖《红豆》，还与警察叔叔玩起了"猫捉老鼠"的游戏。

中山先生教育学生要"立志做大事，不可要当大官"，要"以国家为己任，把建设将来社会事业的责任担负起来"。立志做大事是中大独特的文化底蕴与精神标杆。陈寅恪先生的"自由之思想，独立之精神"的教诲更深深烙印在我们这一代人的灵魂深处。当年容庚、商承祚、王季思、黄天骥等先生严谨的治学态度、刚正不阿的处世风范无一不深深印记在我们的脑海中。《红豆》成了我们那三届传承这些理想、精神、信仰的明证！四年光阴，太多故事，永生难忘。中文系永远是我们的精神支柱、心灵港湾。四载中大人，一生中大情。

毕业40周年重返母校，当年青涩少年，而今两鬓风霜。回首往昔，感慨万千，写下一首《西江月》：

梦绕魂萦母校，倏然已是卌年。南粤风雨正斑斓，云山珠水未变。
世事沉浮已惯，此心到处悠然。长怀康乐学子园，听取鸟鸣一片。

谨以此文，纪念那段激情燃烧的岁月。

2024年夏至于莲花山畔
（黄晓东，广东惠来人，中文系1979级本科）

# 我的大学：青春万岁

谭军波

2024年是中山大学建校一百周年，42年前，我幸运地走进这所南国一流学府。

## 改革开放

1982年是恢复高考的第6年。这一年发生了许多大事：计划生育成为基本国策；邓小平首次提出"建设有中国特色的社会主义"；中央开始探索机构精简、国企整顿方案；新宪法获得通过；第六个五年计划开始实施；中共中央发出《关于检查一次知识分子工作的通知》，专门肯定了我国知识分子在革命和建设中所发挥的巨大作用，要求进一步消除对知识分子的偏见，真正做到政治上一视同仁，工作上放手使用，生活上关心照顾。"臭老九"受到重视，说明教育越来越重要。

这一年对外形势一片大好，中美两国政府就分步骤直到最后彻底解决美国向中国台湾地区出售武器问题达成协议；邓小平会见英国首相撒切尔夫人，阐述中国政府对香港的"一国两制"政策。

体育战线捷报频传：中国队第一次获得汤姆斯杯；李宁创造了世界体操史上的神话，被誉为"体操王子"；在印度新德里举办的亚运会上，中国队金牌总数首次碾压日本队位居第一……

20世纪80年代是美好的年代，拨乱反正，改革开放，平反昭雪，落实政策，发展经济，安定团结，百业待兴，万物复苏，一片生机勃勃，人人春风拂面。

*所有的日子，*
*所有的日子/都来吧，*
*让我/编织你们，*
*用/青春的金线，*

> 和幸福的璎珞，
>
> 编织你们。
>
> ……

王蒙的小说《青春万岁》女主人公的一首诗代表着我们的心声。

## "天之骄子"

充满希望的年代造就了我们那一代大学生的阳光与活力，我们富有理想而朝气蓬勃。我们是幸运的，是真正的"天之骄子"。

那时候再穷的学生也能读得起书，物质贫乏的80年代，大学没有"贫困生"这一说法，越穷的学生得到的学校补助越多，记得最多的每月能拿到23元（我家境好，竟也有最低的13元的补贴）。当时物价便宜，别看只有这点钱，不仅够吃够喝，还能买几本书。

学校风气很正，我们一门心思学习知识，立志未来要报效祖国，振兴中华。

那时候普遍重视人才，倡导年轻化、知识化、专业化，各行各业人才匮乏，求贤若渴。那时候的大学生机会多多，走上社会即受重用，后来普遍成为社会的中流砥柱。

## 大学恋情

当时的社会刚从情感封闭走向开放，因此校园情侣随处可见。校园适合"拍拖（谈恋爱）"，感情单纯，不带杂质，知根知底，又有时间。我在大学里没有恋爱实为最大遗憾！这主要"怪"大一、大二班主任高鹤佳老师把我们当中学生管，有意识地压制同学们的情感苗头，美其名曰"专注学习"。

当然，这还要怪自己太老实、太傻了，其实我知道有女同学喜欢我、暗恋我，刻意接近我，但我或没感觉，或不喜欢，或信息不对称。我曾邀请有意向的女同学一起散步，却稀里糊涂谈的都是学习，没触及感情，爱在心中口难开。

记得我们年级108人，毕业时成了七八对，但步入社会后大都劳燕分飞，校园鸳鸯所剩无几。若自己掉进爱情陷阱，会不会也这样？想到这，我又有点"幸灾乐祸"。

## 生活多彩

虽然没有女朋友,但我喜欢参加各式各样的文体活动:演讲、唱歌、话剧、相声、交谊舞、足球、篮球、排球、乒乓球,啥都感兴趣。

别看我个子矮,因为爱运动,身体好,胳膊腿协调,什么运动都喜欢。我是年级足球队的后卫,年级排球队二传,班篮球队后卫,并且我的乒乓球水平应为年级之冠。我还喜欢每天下午运动完,与哥们儿外出吃宵夜(AA制),喝啤酒,吸田螺,不亦乐乎。

小学自由,中学紧张,大学轻松,属于普遍规律,大学课程压力不大,主要靠自觉。我们有更多时间组织和参加课外活动,比如郊游踏青、社团活动等,耗费了不少宝贵时光。

记得一位叫周继圣的老师教艺术语言课,娱乐性强,大家都很喜欢。我还参与策划组织了一场艺术语言专场晚会。将几位男女同学配对表演一些电影的经典对白。刘同学、彭同学(本年级最具金童玉女气质的组合)配音的《简爱》片段最为精彩,其他的基本是"瞎胡闹"。

记得毕业时从珠江影城借来一批戏服,大家欢天喜地,换了一套又一套,摆各种 pose 拍照,着实过了一把瘾。后来每每翻看这些照片,我都大笑不已。

我所在的 208 宿舍男生曾一起骑单车到离广州 100 多公里的中山市(孙中山家乡)进行长途跋涉游,取名"208 行动"。其间有许多趣事发生,如由于舟车劳顿,饥肠辘辘,开饭时我们专门点肥猪肉吃。黄某同学老说吃不饱,从此他便拥有了"漏斗"的绰号。

我们宿舍还办了文学"内刊"。来自江西的陈同学写过一篇描述其初恋故事的《淡蓝色的连衣裙》,我现在还有点印象。来自海南的黄同学以"含羞草"的笔名发表了不少爱情诗。

## 影评小组

大学四年我干得"最正经"的课外活动即参加了"画外音"小组,看电影,写影评,并在公开出版的影视报刊上发表,受益无穷。工作后,我在《南方周末》做过一段时间的娱乐记者,还在《南方都市报》《重庆商报》《东莞时报》《文化周末》《中国周刊》上开辟过《波记话碟》《波记观影》

专栏，出版影评专著《2016年中国电影市场观察》《东莞影视大观》，看电影、写影评的兴趣一直保持至今。

感谢李以庄老师！她是"画外音"小组的领头羊，也是我的论文指导老师。犹记得当年我的毕业论文是评电影《似水流年》。该片由珠江电影制片厂与香港合拍，编剧孔良还来校与我一起去水上餐厅吃饺子，还将我的论文推荐给专业杂志。

李以庄老师对学生真好，带我们走出校园接触社会，开眼界、见世面。我们常去珠江电影制片厂、广州市电影公司试映厅观看新电影，参加新片发布会，珠江电影制片厂的导演也会带剧本找"画外音"小组的同学一起座谈。我读大学时已经在报纸上发表豆腐块大小的影评文章，收到几元钱稿费就请同学喝啤酒。

中文系教学经常放一些未公映的内参片，如《红与黑》《来自莫斯科的爱情》等，让我们了解外面的世界。

改革开放初期，国产电影复苏，一批优秀电影吸睛，如《牧马人》《人到中年》《咱们的牛百岁》《垂帘听政》《没有航标的河流》《女大学生宿舍》《包氏父子》《我们的田野》《喋血黑谷》《黄山来的姑娘》《今夜有暴风雪》《雅马哈鱼档》《一个和八个》《黑炮事件》《良家妇女》《猎场札撒》《青春祭》《少年犯》，等等。当时第四代导演风头正劲，第五代导演刚刚崭露头角。

那个年代文学繁荣，诗歌受宠，西学东进。我喜欢新现实主义作家的作品，余华、刘震云、刘恒等人的《活着》《许三观卖血记》《塔铺》《新兵连》《头人》《单位》《官场》《一地鸡毛》《官人》《狗日的粮食》很吸引我。

那时候大学里流行读汪国真、席慕容的诗。那时候，萨特、尼采的书很畅销。

## 勤工俭学

在大学二年级放假期间，我和王同学勤工俭学，拿一叠小报混迹于报贩之中，在广州火车站叫卖。两天下来赚了十多块钱，我欣喜若狂（当时的生活费每月也就二十几块）。没想到我后来进入报社这一行，并与卖报纸结缘。1997年，干了11年采编的我"转型"做报纸发行，并从中找到了乐趣，收获着幸福。2006年，记录我转战南北的《发行中国》由南方日报出版社正式出版发行，成为很多大学新闻教学的重要参考书。

  2001年我进京创办《京华时报》获得成功，接着西下重庆（《重庆商报》），东进上海（《上海证券报》），南下广州（《南方工报》），再入长沙（《三湘都市报》），后落定东莞，白手起家创办《东莞时报》。东西南北中打拼，体制内外腾挪，我完成了一个职业经理人光荣与梦想的轮回，成为业界知名传媒人。这与本人在大学里获得的滋养绝对分不开，包括理想主义教育与专业技能的培养。我要感谢班主任高鹤佳老师，他力主我加盟南方日报社。

  除了无忧无虑的快意，兴趣泛滥的幸福、多彩的生活、迷茫的憧憬、糊涂的情感、淡淡的哀愁都构成校园生活的多色调。

  我们是幸运的，大学校园留给我们太多的感动与回味。所以我们要感恩，感恩我们的老师和所有使我们青春快乐的人们。

  光荣属于中山大学中文系！

（谭军波，湖南花垣人，中文系1982级本科）

# 那些年，我们一起追随过的中大老师

潘新潮

## 一、序言

正值中大百年校庆筹备之际，2024年5月16日许桂燊老师仙逝。回顾往事、撰文悼念之时，联想起曾经教过我们的中大中文系老师，还有陆一帆（1932—1995）、刘孟宇（1930—1999）、吴宏聪（1918—2011）、李炜（1960—2019）、罗锡诗（1937—2022）、张国培（1933—2023）、叶春生（1939—2023）、黄伟宗（1935—2024）、潘翠菁（1934—2017）等人，这些老师中，多数只留下一纸黑色讣告和一张残缺不全的百度百科名片，或者加多一篇新闻报道而已，少有如李炜老师之病逝，引发省内外众多师生为他撰文和编书纪念。于是乎，多数良师的学养学术、师德师风、师恩师泽未能广泛流传，逐渐湮没无闻，令人深感痛惜！

回想当年在中大康乐园，年轻的我们一起追随老师学习，经常沐其恩泽。在老师们看来，那些教学和助人之言行，可能是重复了一次又一次、平淡如流水之举措；但在我们学生看来则不同，那些一言一行可能是第一次接触，可能仅仅其中一个小小的细节，就让我们终身受益、毕生难忘……

幸有那段岁月可回首，且以深情共白头！著名作家秦兆阳的长篇小说《大地》卷首序诗曾说："最应该记住的最易忘记，谁记得母乳的甜美滋味！最应该感激的最易忘记，谁诚心亲吻过亲爱的土地！"老师，也是最应该感激却最易忘记的，他们的言行教育了我们，融进了我们的血液，我们日用而不觉，经常把他们忘记。当此百年校庆征文之际，我们何不静心回忆往昔，记录下来，传之于世？特别是对于如今健在的老师，感念其恩，趁早表达，更有意义！

愿有更多岁月可回首，且以深情共白头！多年以后的某天夕阳西下之际，也许我们会回想起此年、此月、此日共同回忆那些年我们一起追随过的中大老师……

## 二、恩深难报——许桂燊

记得大一那年初见许老师,他正40多岁,个子高大,身材匀称,前额秃亮,上门牙微凸,普通话相对较准,脸上常挂着亲切的笑容。

他出生于1936年9月,籍贯广东罗定,少年时随其父亲到广州生活。1958年9月至1963年8月,就读于中山大学中文系。1963年10月至1978年8月,先后任包头师范学院、包头市第四中学、广州市第二中学、广州市第十中学的教师,广州市政府文教办、越秀区政府文教办干部。1971年9月加入中国共产党。1978年9月起到中山大学中文系任教,1997年退休。之后,受聘担任中山大学新华学院中文系教师。曾任广东省写作学会副会长、广东省作家协会会员。

细看他的经历,可以发现一个非凡之处:作为名牌大学毕业生,他先后在广州市、区两级政府部门从政,且已加入了中共党组织,前程理应不错,却改行从教,终生不渝。自20世纪80年代邓小平同志提出干部队伍革命化、年轻化、知识化、专业化的组织路线之后,大批的教育科技文化卫生领域人才转入政界,干得风生水起,很少有人从政界转入教育界。对于许老师弃政从教,我们虽然不能想当然断定他是在坚定贯彻孙中山先生在中大演讲时要求的"学生要立志做大事,不可做大官"精神,但至少可以肯定,他是一个具有陈寅恪大师所谓"独立之精神,自由之思想",追求满足兴趣爱好,不随波逐流的人。

许老师给我们讲写作课,虽然也是满脸自信,声情并茂,但是相对于激情澎湃、且讲且演的"猛人教授"刘孟宇,他的讲课显得中规中矩,但是也有几次出人意料,让同学们刮目相看。

且说某次许老师给我们讲新闻写作课,讲到新闻稿的倒金字塔结构模式,特意列举毛主席亲笔写成的名篇《人民解放军百万大军横渡长江》作为经典案例,并斩钉截铁地指出:"有人说,这篇新闻的导语写得不合规范。这个说法,显然不对!"此言一出,坐有一百多名学生的大教室,一片静寂。因为,就在前不久,就在这课室,就是许老师所在的教研室某领导认为这篇新闻的导语写得不合规范。许老师这样公开反驳自己顶头上司的学术观点,充分说明了孙中山先生题写的中大校训"博学、审问、慎思、明辨、笃行"精神已内化于其心、外化于其行,也充分体现了许老师忠于学术、坚持原则的宝贵人格,让同学们十分佩服!

1984年，全国第一部以个体户为主角，呈现广州改革开放后市井新风情的电影《雅马哈鱼档》风靡全国，获1984年中国广播电影电视部优秀影片奖，并入选1984年柏林国际电影节，1985年又获第五届中国电影金鸡奖最佳美术奖。电影的编剧兼小说原作者章以武先生，红极一时，忙得不可开交。许老师虽不主讲小说和影视文学课程，却主动组织我们中文系1984级同学阅读原著小说并观看改编电影，然后邀请难以请到的章以武先生，按约定时间来到中文系学生课堂做小范围专题讲座，还引导学生与主讲人互动，让我们得以从现实到小说、从小说到电影、从电影到课堂、从课堂到人生、从人生到社会等众多角度增加了对该作品和广州市的了解，让我们第一次感受到大学学习方式与中学的巨大不同，也让我们看到了许老师超强的策划组织协调能力。

　　到了大学三年级，开始写学年论文。当时，众多著名记者写出很多影响重大的新闻报道和报告文学，引发我强烈的学习兴趣，而许老师正是主要教研新闻写作和报告文学写作的，我就报选了许老师做我的学年论文导师。他多次约我到他家以聊天的方式指导我，从家庭状况、学校生活聊到读书爱好，再聊到选题方向。在他的指导下，我的学年论文集中研究《羊城晚报》的《花地》文艺专栏发表的报告文学作品，避开了与其他名作名评的重复，得到他的好评；我还加入中大康乐新闻社并担任记者，在校内积极采写新闻，在《中山大学校报》发表多篇稿子。

　　他了解到我来自湖北省农村，家庭经济困难，又很想通过勤工助学减轻家庭经济负担，就积极帮助联系，推荐我1987年1月寒假到《羊城晚报》当实习记者，1987年7月暑假到广东广播电台当实习记者。通过这些实习活动，既增进了对校外社会的了解，锻炼了写作能力和交际能力，增强了自信，又得以发表了十多篇消息、通讯稿，增加了稿费收入补贴生活。记得我人生第一套西装，就是大四那年用几十元稿费买回来的，一直穿了近十年。

　　毕业以后多年，我们之间还保持着联系。他在1993年创作出版了报告文学《农军大转移》，寄给我学习。我虽人微言轻，仍然尽力联系东莞新华书店，促成代售此书。

　　2004年，我到广州拜访许老师，谈及我有一个关于机关讲话稿写作的讲座纲要，看能否修改出版。他以他丰富的写作和出版经验，给了我多方具体指导。正是在他的鼓励和指导下，我的第一本专著《讲话稿写作入门》在2005年3月由广东经济出版社出版，并且出乎预料，该书受到了市场欢迎，头三个月就加印了两次。我在该书《后记》当中专门写道："我要感谢我所有的老师！……尤其是湖北省应山一中的吴怀古老师、中山大学的陆一帆、许桂燊等教授。"

最近一次见到许老师，是在 2018 年 11 月 24 日，我们 1984 级同学毕业 30 周年回校团聚，他与另外 20 多位老师应邀出席了庆典。会后我向他汇报了出版第二本图书的情况和工作新变动情况，并感谢他的多年培养，祝愿他身体健康，他握住我的手连说"好！好！"

今年，中大正在筹备百年校庆大典。我原本计划参加校庆时再去拜见许老师的，哪想到他遽然辞世……

恩师虽然仙逝，愚生感念无尽！

老去师恩未报，空回首，弹铗悲歌！

## 三、"中大长青树"——黄天骥

黄天骥老师，中山大学中文系教授、著名古典文学和古代戏曲研究专家，后学多亲昵地称他为"黄天师"，我则尊号他为"中大长青树"。

他在中大学习、工作、生活时间悠长。他 1935 年出生于广州市，1952 年入读中山大学中文系，1956 年毕业留校任教，之后一直工作、生活在康乐园，至今已经七十又二年，他恰如康乐园中一棵幼苗，历经风雨，长成了参天大树！

他在中大一直很活跃，绽放精彩，长青不老。学生时代，大三就写作发表了学年论文《陶潜作品的人民性特征》。青年教师时代，讲课又演戏。20 世纪 80 年代担任中文系主任，大刀阔斧改革创新，主持制定全程导师制培养模式。对学生的要求，在过去大学三年级写学年论文、大学四年级写毕业论文的基础上，新增大学一年级写作文 100 篇、大学二年级写评论 8 篇，每人有指定教师辅导，计入学分考核。该项改革获得省级优秀教学成果二等奖。20 世纪 90 年代担任中大研究生院院长，做科研带硕士、博士。退休之后，人与文俱健，笔耕不辍，著述丰厚。2022 年出版了 500 万字的《黄天骥文集》十五卷。他写《中大往事》，对中山大学老校长、老教师、同龄人等，如数家珍，使中大丰富多彩的故事广泛传播。他写《岭南感旧》《岭南新语》，把广州乃至广东的旧貌新颜传神写照，广播四方。

他如一棵大树，枝繁叶茂，花香果硕，荫泽哺育了众多后学。他善于治学育人，桃李满天下，比如，1977 级校友陈平原成长为北京大学中文系教授、主任，1978 级校友陈小奇成长为中国著名流行音乐创作人，1999 级校友李炜成长为中大中文系主任，还有蔡东士、林雄、程学源等多人，位居省部级要职。试看他纪念中文系原主任李炜的文章，就知道他很为培养了这样优秀的学生而感到多么高兴，又为失去他而感到多么痛心！他还多次在出版自己专著的时候，有意让自己的学生来写序，充分表明他对学生的信任和扶持。

在中大那四年，我由于资质平平，而且兴趣不在古典文学，就没有选修黄天师的课程。但他是系主任，又长于文学研究、文学创作、音乐指挥、行政协调等，出席各种公共活动甚多，我们经常见到他潇洒的身影。他身材欣长，身形流畅（缘于常年坚持游泳），戴着眼镜，衣着入时，多才多艺，气质优雅，温润如玉，和蔼可亲，普通话略带广州口音，真是一个"腹有诗书气自华"、人见人爱的好老师。我们毕业之际，他题写的赠言是："临歧一语叮咛，博学精思力行。此去雄飞千里，毋忘师友深情。"短短四句，充分体现了他深厚的古诗词功底和对学生的深切期望，令人过目不忘！

毕业之后，我有幸多次与他接触，受益甚多。我出版两本小书之后，都及时向他汇报、请教。他也及时赐赠他的大作《周易辨源》《西厢记创作论》《中人往事》等给我学习，让我颇有"回南大过西北"之感。

在他和丘国新老师的鼓励与协调下，2008年我曾应邀回中文系做了一次讲话稿写作的讲座，与师弟师妹们交流，给了我毕业之后首次登上母校讲坛的荣耀。

2010年左右，他专门为我撰写了一副对联，形神俱佳，且期待甚高，让愧不相符的我不敢拿出来示人。

有一年，鉴于某名作家仅写了几篇碑铭就"翻车"被嘲，而黄天师为校内外各地写了50多篇碑铭，都十分精彩，我就请他到东莞的一个偏僻水库边上聚会，讨论能否专门讲授如何写好碑铭的课程。那天晚饭后，他与我们几个后学席地而坐，漫无边际，畅聊至深夜。当时背山面水，披星戴月，清风徐来，虫鸣声声，听其高论，如闻仙乐，此生难忘。

2011年12月31日，中大中文系政务学院与东莞莞城合作项目签约仪式暨《容庚学术著作全集》赠书仪式在中大中文系举行。这是前一天才就任东莞市委常委、市委宣传部部长的我，参加的第一个政务活动。面对中大副校长、中文系党政负责人、黄天师等当年的老师、在校的学生、东莞市有关部门和莞城的领导，我如同应对毕业论文答辩一般忐忑不安。我沉住气，道出心中所想："我既是中大人，也是东莞人。今天看到中大人与东莞人合作双赢，我感到自己两面受益，双重开心……今天我来参加这个活动的一个重要目的，就是要推介东莞文化名城，诚挚地邀请更多的中大师生光临东莞，让知识创新的种子在东莞这片沃土开花结果,让中大与东莞一起,每天绽放新精彩!"黄天师听罢此言,热烈鼓掌,并转头与中文系负责人相对而笑:"好!这个学生的宣传部部长,当得不错!"能得到他如此评价,我信心大增,为后来做好宣传工作打下了良好基础!

2018年11月,中文系1984级学生回母校举行毕业30周年纪念活动,其中一个重头戏,就是"重温名师名课",请黄天师为大家再次讲解孤篇横绝的唐诗《春江花月夜》。已经83岁高龄的黄师,且讲且吟且演,宝刀未老,风采不减。同学们听得如痴如醉、欲罢不能。我更是深有电影《大话西游》主角至尊宝同样的悔恨之感:曾经有一堂美好的课程摆在我面前,我没有珍惜,直到失去了我才后悔莫及!幸好上天再给了我一次机会,我自当百倍珍惜!当即拍下多段视频和大批照片保存。

在我心目中,黄天师就是"中大长青树",就是中大最佳形象代言人!无论为人为师为友,治研治教治文,他都堪称楷模,真是"高山仰止,景行行止"!

## 四、中大猛人——刘孟宇

所谓"猛人",鲁迅先生曾经解释说,这是广州人常用的话,指的是名人,或能人,或阔人。

窃以为,除此之外,它还有勇猛无畏、富有生气和活力之意。

我们很多同学都称刘孟宇教授(1930—1999)是中山大学的猛人,因为他既很有能力,又很有名望,还超有活力。

1984年秋天,我们入读中山大学之时,学校名师众多,但第一个给我们新生留下深刻印象的,就是刘孟宇教授。

他当年身为中文系写作学教授,受邀在新生入学庆典上做主题演讲。他矮小而精瘦,但双眼炯炯有神,声音洪亮,全程脱稿演讲,观点鲜明,条理清晰,普通话和广州话都标准,声情并茂,绘声绘色,生动幽默,赢得阵阵掌声。比如,他说新生坐绿皮火车上学,本来很辛苦,但想到考上大学,前程无限,一路上兴奋激动,把那"吭哧—吭哧—吭哧"的车轮声,都听成了"快去—快去—快去!",模仿得惟妙惟肖;他又引用社会上的顺口溜,调侃有的大学生"一年土,二年洋,三年不认爹和娘,四年不愿回家乡"。如此风格鲜明、引人入胜的演讲,我们新生多是首次听到,深为刘教授所折服,深感中大高人会聚,深感自己没有报错大学!

1984年的中秋节后不久，他很快又让我们见识了他的广泛人脉和改革创新。他联系了某单位安排一只船，从中大北门码头载上1984级学生，一路顺珠江而下，到东莞市虎门镇威远岛和番禺县莲花山游览，要求我们回来后写作文。他亲自带队讲解引导，把课堂搬到鸦片战争遗址和优美的公园，让新生们倍感新鲜和兴奋。

当天下午4点左右登船返校，刘老师站在船舱前部，身背一顶大草帽，手拿一瓶橘子汽水，边喝边与围着的同学们交流。我当时站在外围较远的地方，啃着一块月饼当午餐。那年入中大之后不久，迎来第一个中秋节，学校发给我们每个学生4种风味月饼共8块。我人生第一次得到这么多、这么美味的月饼，幸福至极，舍不得一次吃完，留下慢慢品尝。恰遇班委会通知大家，刘老师组织同学们外出游览，当天早、晚餐在学校食堂吃，午餐在途中各自解决。我就按外出自带干粮的农村生活习惯，把两块月饼放在书包里带去。没想到，月饼虽然美味，但我没有备水又不舍得花钱买水，当时饥肠辘辘，大咬一口，干吃起来，实在咽不下去，举头四望，刚好看到了刘老师手中那瓶鲜黄诱人的橘子汽水。刘老师再次举瓶欲饮的时候，无意中看到了我那饥渴的眼神，当即放平瓶子，举向我这边，笑着招呼我："来，来，一起喝！"我迅即如梦初醒，摇头拒绝，慌忙转身走向船尾，避开他们。我为自己刚才那饥渴、贪婪、丝毫不加掩饰的目光和表情而感到羞愧！刘老师"推食食我"，是他心善口快、关心学生的自然之举，理当感恩。我并没有穷到买不起饭买不起水的境地，只是粗生粗养、节俭生活惯了，被人无意拆破，就心生羞愧自卑，又没能大方机智应对、一笑带过，反倒弄得大家尴尬，因此更加感到羞愧！

毕业之后，多少次中秋节吃月饼的时候，我都会默默回想起这个外人并不介意而我从未释怀的故事。直到有一天，全家人欢聚庆中秋，就着香茶吃月饼，我才第一次开口讲述这个看似情节简单，实则饱含着月饼与汽水、老师与学生、好心与无意等丰富内涵的故事，不料说着说着就哭了，哽咽难语，弄得家人不明就里、不知所措……

刘老师每次上课都激情澎湃，全情投入。听众反应越热情，他讲得越起劲。有一次他讲课当中，有学生不专心、开小会，他当即发飙："我都早就成名、成家了，如今须发皆白，仍然满腔热情、声嘶力竭为你们讲课，你们竟然不知珍惜……"他心直口快，敢于直言，经常针对社会现象"放炮"，自称曾因此惹祸上身，但终不悔改。他经常联系其生活、创作实际讲课，深受学生欢迎。比如，他每次讲到自己的经历，都抑扬顿挫地说："生在湖北，长在四川，广东成家立业，走遍全国二十多个省市……"讲到"走遍全国"一句，他必会辅以右手食指上翘，在空中绕出多个圆圈。他还经常朗诵其诗作："……走遍那五洲四洋，独爱祖国美无双！"

透过他的课，加上我们的八卦，大家了解到，他出生于湖北汉川，抗日战争时逃难至重庆，读完小学、初中。1951年发表处女作短篇小说《新路》。1954年从中山大学外语系毕业留校。1958年发表中篇叙事诗《苦炼成材》。1961年出版第一部反映新中国大学生生活的长篇小说《勇往直前》，并由日本纳入《中国现代革命文学选集》翻译出版，即他所谓早年成名、成家。1972年由"五七干校"调回中大转入中文系任教。1978年起任写作教研室主任。出版专著《文学创作基础》和《曹禺戏剧艺术研究》等，主编《写作大要》《基础写作》《现代秘书学》等书。当选中国写作学会副会长、广东省写作学会会长、广东省社会科学界联合会委员。

他长于交际，上可同高官巨贾、下可同平民百姓来往。他曾在课堂上讲述他几天几夜连轴转，高效完成霍英东传记采访写作任务的全过程，我们听得津津有味。由于20世纪60年代曾赴东莞参加农村劳动，他与当地一批镇村干部结下友谊，多年保持来往。我们在莞工作的几个同学，在参与接待作陪中，亲眼见他操着纯正流利的广州话，与镇村干部打成一片、亲密无间。记得他当时还特别问我们有没有学会讲广州话。中国加入世界贸易组织之前，各级政府部门干部要接受全面培训考核，转为公务员。东莞市人事部门素闻刘教授之大名，就请他来讲课。我们很高兴地再次聆听他的激情讲课，亲见他下课之后与普通干部谈笑风生。由此也可见，他的能力之强、名气之大，已经超出了中山大学的围墙。

只可惜，天不假年，他于1999年离世，享年69岁。更可惜的是，由于他去世较早，当年网络不发达，后来学生四散，无人系统整理其生前资料，至今其百度百科名片资料残缺不全。

现在回头看来，刘老师是我所有老师当中最会演讲的。正是他的言传身教，我才能够较好地应付各种演讲场合。

## 五、青春似火——陆一帆

陆一帆教授（1932—1995）是我的本科毕业论文导师，是一位虽年逾半百却仍青春似火、激情拼搏的老师。

他于1932年出生于广西钦州，1955年毕业于中山大学中文系，后留校任教。1959—1962年在中国人民大学参加文艺学研究班学习，之后回到中大，长期从事美学、文艺心理学的研究和教学工作。出版有《新美学原理》《人的美学》《青年美学向导》《文艺心理学》《观众心理学》《文艺学新论》等著作。

其专著《文艺心理学》1985年出版，迅即在全国学界引起强烈反响，奠定了他作为我国当代著名美学家、文艺心理学家的地位。正是在该书的影响下，他召集一批中青年学者，用极短的时间撰写出版了一套"文艺心理学丛书"，从而形成了在全国有广泛影响的广东文艺心理学学派。

1987—1988年，我正读大学四年级，要写毕业论文，而我对于当时热门的文艺心理学研究感兴趣，就选了陆一帆教授做我的毕业论文导师。

陆老师那时正处于研究和写作的高峰期，在指导我写毕业论文的过程中，曾经豪情万丈地说，他计划至少写作出版10部专著。那时，他一边要给我们上大课、指导学生写论文，一边忙着研究写作专著，还要组织协调广东文艺心理学研究会和广东省美学学会的工作，主编出版"文艺心理学丛书"及"美育丛书"，只能经常加班加点，熬夜赶工。尽管他尽量挤时间去系办公楼内的乒乓球室运动，但还是积劳成疾，进了医院ICU抢救。我们三个由他指导写毕业论文的同学闻讯，立即带了鲜花去医院探望他，却只能隔着玻璃门打招呼。他吃力地比划出"V"字形手势，表达出他的坚强和自信，令我们十分感动。

我常想，他比我更聪慧，比我起点高，比我年纪大，却依然如此勤奋刻苦，我如不努力，岂不汗颜？

在他的指导下，我的毕业论文顺利完成，获得了优等评价，经他推荐，于1989年4月发表于《中山大学学报（哲学社会科学版）》，给我平淡的大学生活增添了一个鲜亮的结尾。

陆一帆老师出院之后，依旧不顾体弱多病，十分拼搏地工作，才63岁就永远倒下了！以他的聪明智慧，他理应知道"拼学术拼命长"的道理，但他依旧飞蛾扑火、蜡炬成灰，正所谓孔子所云"斯人也而有斯疾，命也欤！"

陆一帆老师虽然过早离世，但他在学术上勇于开拓的精神、善于跨界研究的智慧、虽年逾半百却仍青春似火的奋斗精神，长久地激励着学生们。2005年我出版第一本专著，在该书"后记"当中深情写道：

> 我要感谢我所有的老师！过去18年，在这个变革开放的时代，在这个机会遍地的城市，在这个灯红酒绿的社会，我牢记老师们的教导，做到了独沽一味，心无旁骛，耐得寂寞，守得清贫，忍得辛

苦，自得其乐。现在终有此书出版，聊以告慰各位教我育我的老师，尤其是湖北省应山一中的吴怀古老师，以及中山大学的陆一帆、许桂燊等教授。犹记得当年陆老师写给我的毕业赠言是：青春似火！

## 六、亦师亦友——丘国新

丘国新副教授，当年担任我们1984级学生辅导员，是我们大学四年接触最多、最为熟悉的老师。他身不高而敦实，脸微胖而肤白，眼近视而戴镜，口才佳而少言，年少老成，讲话稳重，从未疾言厉色对学生，因为与我们年龄相仿，又善于跨界发展，成为我们亦师亦友的好老师。

他1964年出生于广东省阳山县，1984年毕业于中山大学中文系，留校任中文系辅导员。他认为，"如果教书、管理和服务三者都能起到育人的作用，大学校园就会洋溢着一种温暖。无论对宿管阿姨，还是食堂的工作人员，都能充满尊敬，这是大学行政文化应有之义"。他满怀热情投身辅导员工作，住在男生宿舍楼的一楼楼梯边房间，几乎是与我们学生同吃、同住、同活动，从刚毕业的小师兄，变成亦师亦友的优秀辅导员。1993年他被授予广东省"南粤教书育人优秀教师"称号。他与同学们相处融洽，同学们毕业后仍与他来往密切。他多次应邀到东莞参加同学们的公私活动。20世纪90年代中期，他还曾深入我这个毕业多年学生的寒舍，考察普通东莞人家的生活现状。

1997年开始，他升任中文系党总支书记、人文科学学院党委书记。在从事高等教育管理、高校党建工作之余，他还研究公文写作，2003年出版《会议文书写作》（中山大学出版社），2008年又出版《应用写作教程》（中山大学出版社），此书连出7版，畅销多年。

2013年他又升任中山大学党委宣传部部长。在宣传部部长任上，他广泛联系中文系校友，上下左右合作，共同宣传中大，取得明显成效。印象最深的是某次校庆，他巧妙地把中大师生践行"博学、审问、慎思、明辨、笃行"校训的故事推上央视新闻联播，引发领导和校友纷纷点赞。他还组织出品了系列微电影《中大——你我的家》《山高水长中大缘》、校园宣传片《让梦飞翔》。

他和我都在业余研究讲话稿等应用文的写作，也都担任过宣传部部长，共同之处不少，因而交往较多。我出了两本小书后，都及时送他审阅，他也回赠他的著作。他专门协调，让我这个毕业学生回中文系做了一次讲话稿写作的讲座，还全程协调跟进，从主题确定到海报宣传，从亲自主持到事后发新闻，令我十分感动！还有一次，他请到他的同班同学、某著名新闻机构的负责人来中大相聚，就主动及时告知我，让我前去对接，以利今后我的宣传工作的开展，贴心之至。

2019年他转任中大附属第三医院党委书记后，兼任中大附属第三医院神经语言临床研究室主任，他便组织中文系与中大附属第三医院医生合作，从事应用语言学、汉语语言障碍等研究，发表或申请多项语言障碍领域论文、专利、软件著作成果，如《汉语语言障碍研究与矫正实践》《汉语儿童语言障碍的筛查》。

2021年他转入中大组织部工作，业余继续从事应用写作和汉语言学的研究，为我们在党政机关工作的学生树立了从政不忘治学的良好榜样。

### 七、一言之师——黄伟宗

黄伟宗老师（1935—2024），是"读万卷书，行万里路，成一家言"的著名学者，而不是那种待在书斋之中或游走于高校围墙之内做学问的学者。我在参加工作多年之后，有幸听进黄伟宗老师一席经典之言，深受教益，自此认他为"一言之师"。

黄伟宗老师，1959年毕业于中山大学中文系，历任《羊城晚报》副刊《花地》编辑、广东省作家协会评论委员会委员兼《作品》杂志编辑等职，1979年起任中山大学中文系教师，主要讲授中国现当代文学。1984—1988年，我读大学期间，与黄伟宗老师无缘深交。

2000年，他发起成立了广东省珠江文化研究会，担任首任会长。他率领一批学者不畏山高路远，探访秦汉古道，追溯珠江源流，把大块文章写在穷村僻寨与海岛古港。2010年，他主编出版了300万字的《中国珠江文化史》，指出珠江是中国的第三大河，珠江文化有着自己明显的特征，包括多元性、兼容性、海洋性、开放性、前瞻性等，在中华民族历史和现代文化史上有重大贡献和重要地位，从而填补了中国珠江流域文化史的空白，得到时任中共中央政治局委员、广东省委书记汪洋同志的高度肯定。同年，他还出版了《黄伟宗文存》，该书被文化学术界公认为荟萃了黄伟宗半个世纪文学生涯和文化学术成果。

2012年我开始主管东莞市委宣传工作，关注到黄老师作为中国珠江文化理论的首创者和倡导者、当代中国珠江文化工程的实践者，与我的工作密切相关，就联系他来莞调研指导宣传文化工作。

2014年10月，他应邀走访了东莞多个镇村之后，形成了一篇详细调研报告，并以《当今世界文化与东莞文化的来龙去脉》为题，给东莞全市宣传文化干部讲了一课，既对东莞文化品牌提出了独特见解，又教给我们做宣传文化工作的总体方向和方法。他说："打造文化品牌，宣传地方文化，关键是抓好'三个一'，首先是要挖掘提炼宣传好'唯一'，其次是要挖掘提炼宣传好'第一'，再次是挖掘提炼宣传好'之一'。"

听完此精辟、精准之指导，我如醍醐灌顶，大彻大悟。回想我当初上任之初，立即展开东莞文化调研，用半年左右时间写成了《加快文化名城建设 促进高水平崛起》，梳理出东莞八大历史文化资源、八大当代文化资源，建议抓好"五大工程"，打造"中国近代史开篇地、改革创新文化、篮球城市、名人文化、莞香文化、时尚文化"等品牌，大体方向是准的，但在如何指导全市各镇街各部门结合实际打造文化品牌方面，没有黄老师如此明确、如此精辟的见解。

后来根据黄老师的指导，我们进一步概括了东莞市情的"四个特殊""四大文化品牌"，完善了东莞宣传文化工作思路方向，集中精力在打造宣传东莞名人名史文化品牌方面推出了十二大举措、在打造宣传改革创新文化品牌方面推出了十大举措等，在面对东莞被媒体曝光、极为不利的舆论环境下，及时推出"不一样的东莞"的宣传主题等，取得较好的成绩。每思至此，十分感恩黄伟宗老师！

黄老师后来还多次来莞，深度参与莞香文化、小城大爱文化、陶瓷与海上丝绸之路文化等方面的建设。特别是对莞香文化博物馆，大到策展思路方向，小到标点符号，他都细心指导。博物馆建成之后再次相聚，他笑着对我说："我死之后，你可写文章，记下我与东莞的故事……"当时只道是玩笑，如今天人竟永隔，学生不才，含泪谨录，永志纪念！

## 八、一课之师——夏书章

夏书章（1919—2024），中山大学公共管理学系教授、博士生导师。虽然我只听了他一堂讲课，却深为佩服，从此极力学习、模仿他。

我在康乐园读书的那四年，已经听闻夏老先生的大名。他早年毕业于原国立中央大学（1949年改名南京大学）法学院政治学系，后留学美国哈佛大学管理学院，1947年起任中山大学教授。他是中国公共管理学、中国当代行政学的主要奠基人，在政治学、行政学恢复重建，构建中国特色社会主义行政管理学、引领当代中国公共管理学学科建设方面发挥了非常重要的作用。虽然久闻其大名，却因专业不同、兴趣不同，我并未刻意找机会去听其讲课。

大学毕业第一年，我在东莞市政府经济研究室信息科工作，职责之一是协助领导组织一个党政机关信息工作专题培训班，于是有机会听到了夏老先生的一堂课。我大胆坐到第一排，近距离专心听讲。

他梳着大背头，戴着大眼镜，身穿唐装衣，端坐讲桌后。最吸引我的，不是他的内容，而是他的备课讲课方式：他面前放一摞讲课提纲，全部用"观点＋剪报＋圈点批示"模式，并且用不同颜色笔标注，然后手持折叠纸扇，现场发挥，侃侃而谈，观点突出，条理清晰，不枝不蔓。这与我过去喜欢的中文系教师激情澎湃的演讲式授课大为不同，夏老先生的课似乎更学术、更专业。

多年以后，等到我积累了一定资料并有了一些思考领悟之后，也经常采用这种方式备课讲课，取得了不错的效果。每念及此，我都十分感激夏老先生的那一堂课！

## 九、一书之师——何博传

在我的人生当中，有一位老师，虽从未听过他的讲课，甚至从未见过其面，但因为读了他的一部大作，所以始终认为他是对我影响重大的良师之一，他就是中大哲学系的何博传教授。

1988年6月，有位中新社记者在《羊城晚报》上发表《山坳上的奇人》一文，说中共中央"人手一册"《山坳上的中国》（何博传，贵州人民出版社1989年版），《人民日报》《中国青年报》《光明日报》记者也跟着"人手一册"。于是，在中大校园，在广州城内，甚至在全国众多地方，《山坳上的中国》一时间洛阳纸贵。

好在我动作迅速，掏出6元稿费，抢购到这部38万字的奇书。一经捧读，爱不释手，震撼再三。

一是震撼于作者深沉的忧国忧民精神。《山坳上的中国》对中国现代化进程中存在的和可能出现的问题做了全景式的描述，有关的现实问题、疑难、困境和危机尽在其中。该书责编许医农在"编者心声"里写道："这是第一部对现实中国做描述性研究的书……是不甘落伍沉沦的炎黄子孙书写的并非危言耸听的《盛世危言》。"在那个改革开放、百废俱兴、高歌猛进的时代，何老师是少有的能够如此清醒、如此忧患、如此专注收集分析中国问题的良心人士！

二是震撼于作者敢为人先、敢冒风险公开说出中国的问题。何老师自述这本书的目的"不在于叙述那些众所周知的成功经验，而是热切期盼书中所指出的中国现实和未来的种种问题、疑难、困境和可能碰到的危机，得以促进国人奋起，上下一心，共闯难关，走出困境，走向胜利。这既是笔者的初衷，也是最高目的所在"。事实上，这种写法，对于当时流行的报喜不报忧的习惯做法，是一次巨大的冲击。

能看出中国的问题已经不简单，勇于率先公开说出中国问题就更不简单。没有强烈的国家与民族忧患意识、问题意识，就不可能去尽心竭力找准中国问题！没有强烈的忧患意识、牺牲精神，就不可能冒着风险喊出中国问题！

三是震撼于作者以"笨功夫"做学术的工匠精神。何博传，1962 年毕业于广东师范学院数学系，后执教于某中学，因写出文章《三分世界》，在广东学界为人瞩目，后被调入中山大学哲学系任教。1981—1988 年在国内外发表文章 60 余篇、合作专著 3 本。应重庆出版社约稿，1986 年写出《山坳上的中国》，编者以忤逆时局为由退稿。1988 年得编辑许医农协调，才在贵州人民出版社付印，引起轰动。作者在"代跋·中国问题学"中自谦说："我不知道这本书是否会被视为过激的言论，其实书中所涉及的种种问题与事实，绝大部分来自众多学者的研究，我不过是做了些收集整理和解说的工作，且不顾学识浅陋，喤喤一鸣罢了。"实际上，该书虽然是从社会学、未来学、问题学角度研究中国的理论性著述，但写得文采飞扬、激情澎湃，又能列举大量详实数据，感染力极强。该书分十八章，内容庞杂，比如其中一章就涉及"十大危机"。如非长年累月收集分析各方面信息，断然写不成如此巨著。该书对信息的收集—整理—再输出的方法和能力，所提出问题的敏锐性、前瞻性，都令人震撼。

后来，互联网发达了，我得以在网上长期追踪何博传老师的信息。他是中国未来研究会学术组与预测咨询委员会成员，中国未来学首批研究者之一，"营运学"学科概念的提出者；2005 年，其所著《山坳上的中国》被生活·读书·新知三联书店推荐为对中国近 20 年影响最大的图书之一，后来又被称为近 30 年来社会学、未来学领域里最具公众影响力的作品。

我毕业之后，被分配到东莞市政府经济研究室工作，主要职责是通过调研分析东莞经济社会发展情况，为市政府领导提供参考信息、讲话参考稿等。当时我意识到，一个中文系毕业的学生，要在经济研究室立足，必须迅速转行跨界，掌握经济学、社会学等方面的基本知识。我就边干边学，模仿何博传老师，广泛而系统地收集上下左右经济、社会等方面的资料，加以整理分析，逐步写些调研报告。1993年初，我写成《1992：中国房地产热》长篇回顾展望文章，发表于《东莞调研》之后，颇有洛阳纸贵之势，很多机关单位的同志索要此文。《东莞日报》从1993年3月10日到6月9日，也连续4期转载此文章。1993年8月3日，我又在《东莞日报》发表了《东莞未来新兴热门行业预测》。2004年，我还写了《东莞"八化"的历史回顾与现状评估》，受到东莞市委、市政府多位领导的肯定。

现在回想起来，我能写出这些虽然肤浅却也受到关注的文章，我能够在东莞市政府办公室、市委办公室的文秘岗位工作22年，实在是要感谢何博传老师《山坳上的中国》一书示范、教会我信息收集加工整理输出的方法！

## 十、一事之师——李宗桂

李宗桂老师，中山大学哲学系教授、博士生导师，主要研究中国文化与现代化、中国古代哲学、现代新儒学，我称之为我的"一事之师"。

他出生于1952年9月，1985年中山大学哲学系哲学硕士毕业，1986年开设了供全校同学选修的通释性课程"中国文化概论"，受到同学们的欢迎。1988年出版国内第一部总体探讨中国文化的论著《中国文化概论》，该书荣获第三届（1988年度）"中国图书奖"，由此在传统文化研究中崭露头角，为学术界所关注。

李宗桂老师的"中国文化概论课"很受学生欢迎，全校文理科共有20个学系，其中有17个学系的学生选修此课。他趁势在校内办讲座，我追风赶潮去听了他的一堂课。

他当时所讲内容我大都忘记了，至今仅记得的是他写作过程当中的一件事。当时国内流行文化反思热潮，他在哲学系边讲授"中国文化概论"课，边研究和写作，博采诸家之长，寻找独得之论，力求与出一部既有较高学术价值，又有较强可读性的著作。为了尽快出成果，曾经有一次在寒假，他把自己反锁在宿舍当中，一连十几日，足不出户，加班加点，专心研究和写作！

这种勤奋刻苦、拼搏进取的精神，令我大为震动！原来，还有如此拼搏的"狠人"！理工科的同学多以为文科专业同学的学业轻轻松松，哪里会想到若真想要成就一番学术事业，文科生也必须如此埋头苦干啊！

很多年后，当我在机关赶写公私文稿之时，经常在周末或节日，一早出发去办公室，带着一份简便午饭，一直研究写作到晚上9点多才回家吃晚饭。当时办公室狭窄，没有休息的地方，我就专门找来一个旧纸箱拆解折叠放在门背后，当写稿太累了就摊开旧纸箱作席子，垫在办公桌下面的水泥地板上，躺在上面迷糊一会儿，醒来继续加班。

在东莞市机关办公室系统，很多人知道我的这个"纸箱席子"故事。但是，他们不知道，那是我在以实际行动向中大"狠人"李宗桂老师学习和致敬，也是在践行"人一能之，己百之；人十能之，己千之"的古训！

## 十一、启示

难以忘记的恩师，还有叶春生、陈大海、潘翠菁、李廷锦……正所谓师恩如海，难以尽道。

走笔至此，联想到古今中外师生交往的著名故事，初步归纳出以下启示：

老师其实是我们人生成才成功不可或缺的高人、贵人。社会流行语云："人生成功，需要四人：高人指路，贵人相助，个人奋斗，小人监督。"问题是，我们有没有这样的意识，有没有去重视老师。

要得到老师作为高人来指路、贵人来相助，需要学生主动去寻找好老师，拜其为师，争取登其堂入其室，得其耳提面命，则更易成才成功。

想学善学的大学生，会充分利用大学之名师荟萃优势，跨院系跨专业旁听名师名课，从而开阔眼界、启迪思维。

把传统的大学三四年级才实行的导师制，延申到大一就开始，十分必要和重要。因为从高中到大学，是一个重大转变，急需导师指导；有了导师针对性指导，才能做到因材施教、个性化发展。

向老师学习，不能满足止步于在学校期间，毕业之后也要继续向老师学习。在校期间的学习，多是泛泛而学，漫无目的，不容易直接见效。毕业之后，面对工作上的、生活上的问题，再去请教老师解决它，则更容易直接见效。

值此中大百年校庆之际，谨以此篇怀念我的大学，怀念我的恩师们，并附诗一首：

> 杜鹃花发，常忆惺亭。
> 山高水长，恩师情深。

文笔平平,难以道尽。

锦绣文章,尚待诸君。

2024 年 5 月 27 日

(潘新潮,湖北广水人,中文系 1984 级本科)

# 终生难忘的教诲

## ——纪念王季思先生诞辰110周年

薛瑞兆

近日,我的中山大学的同门师弟康保成与黄仕忠两位教授提醒我,2016年是王季思老师(1906—1996)诞辰110周年,也是老师离开我们的第20个年头,希望我写点什么,以示纪念。我立即从书柜里取出珍藏已久的书序,思绪仿佛重新回到30年前的校园。那是1987年,我在即将离校之际,请王老师为我在中山大学完成的两部书稿写序,他慨然允诺。从此这两篇书序与我相伴,成为王老师留给我的永久教诲与纪念,激励我不断向前奋进。现将两篇书序录下。

《马致远曲集校注》序

中国古代戏曲遗产极为丰富,有选择地加以整理,对于研究戏曲史和文学史是必要的,而且,也为历史、语言、宗教、民俗等方面问题的研究提供重要参考。因此,这样的工作是严肃而有意义的。

以往,由于封建传统观念的制约,不少高雅之士视戏曲为小道末技,不屑一顾。其实,个中学问不亚于治经史。例如,一部《元曲选》不啻为一部元代社会生活史,而时至今日,尚有不少语词令人似懂非懂。所谓元杂剧,实际是发源于北方的文艺样式,后来传入南方。就整体而言,那些作品更多地反映了北方的风俗、语言,并杂有女真语、蒙古语的汉语音译,而要完全读懂,不是一件容易的事情。

薛瑞兆的《马致远曲集校注》是他读博士学位时的一项作业。为完成这项工作,他从千余种史志、笔记及诗文总集与别集中搜集笺证资料;几次远赴冀、豫、秦、晋诸省,进行文物与方言调查;同时还注意从前辈与时贤的研究心得中汲取营养,而又不囿于既有结论。因此,我在仔细批阅后感到满意。

学术研究是以勤奋为基础的。虽然,这样的工作常常与故纸堆打交道，而它的本质不是读死书或死读书。一个优秀的学者必须钻入那些故纸堆，全面了解其中蕴藏的种种故事，然后跳出来，用先进的思想加以总结，使自己的研究成果贴近现实社会生活。文学遗产只有经过这样整理，才有可能还历史以真实面貌，实现古为今用，达到前人未曾达到的境界。

　　瑞兆在即将走向新的工作岗位之际，请我为他的这部书稿写几句话，故勉为此序以勉之。

一九八七年五月于中山大学　王季思

## 《宋金戏剧史稿》序

　　自王国维《宋元戏曲考》问世后，一些前辈时贤以自己的创造性劳动建立起中国戏曲学。时至今日，这个领域依然面临许多悬而未决的问题，如戏曲究竟形成于何时，它的特征怎样？这些看似平常而又不易解释清楚的问题构成戏曲学的基础，也诱发一代又一代学术工作者的兴趣。学术研究的任务就是要对类似问题给予科学解释。

　　一九八四年春，薛瑞兆同学从哈尔滨考入中山大学，经我们师生共同商定，以宋金戏剧为研究对象撰写博士论文。这项课题的难度大，一是有关资料匮乏，不易搜求；二是理论上需要有所突破。以往从事戏曲研究的学者大都致力于具体问题的考证辨源、辑佚勾沉，功不可没，不足之处是疏于宏观把握。进入新的历史时期，这方面的问题得以改进，却又产生忽视基础研究的倾向。其实，无论宏观概括，或是微观判析，都是治学的基本方法。就个人而言，可以有所侧重；从学术研究的全域看，必须把二者结合起来，既要加强理论修养，使自己站得高些、看得远些，同时，也要一点点收集资料、一个个攻克问题。唯有如此，才能避免谬误，靠近事实。

　　学术研究没有捷径可走。研究什么可以有所选择，使用的方法也不尽一致，然而，必须具备执着追求的精神。追求什么？对于学术工作者来说，就是在各自的专业领域拿出无愧于时代的精神产品，有助于继承和发扬中华民族的优秀文化传统。实践中有没有这样的目标，成效是不一样的。

　　我已经老了。我们这一代人经历的坎坷不算少，成果也就有限。因此，我由衷希望新的学人尽快成长起来，不断有所超越。这是自然规律使然，也是事业发展的要求。三年来，瑞兆在我们共同认识的原则指导下，比较全面地考察了宋金戏剧形态，思路清晰，资料详实，论证严谨，取得了令人满意的成果。尤其是研究过程中，三赴秦晋进行社会与文物考察，四上京津访书，体现出一种锲而不舍的求实精神，我以为值得称道。至于对这部《宋金戏剧史稿》的具体评价，臧否得失，可以仁者见仁。

瑞兆行将离校之际请我写序，因此说了这些以资勉励的话。

一九八七年五月　中山大学玉轮轩　王季思

我是在 1984 年春与保成弟一同考入中山大学中文系王季思、黄天骥两位先生门下读博士学位的。那时，王老师年近 78 岁，身板硬朗，神情矍铄，在学界已被尊为泰斗；黄先生正值壮年，主持中文系工作，同时还兼任学校研究生院领导。王先生嘱咐我与保成："天骥那里很忙，今后学习上的事可以与我联系。"于是，我与保成弟相约，一定抓住机会，从老师那里多学些本事。

入学前，我已完成关于《马致远曲集校注》这部书稿的基础工作，入学后边修订边誊清，费时数月，编为九卷，三十万字，半尺多厚。交给先生时，我斟酌词句，小心翼翼地说："老师，这是我的作业，请您方便时批阅。"老师询问了我编纂起因与过程，然后缓缓打开包装，用双手掂了掂书稿，笑着说："哦，不轻。这样的作业我愿意看。"先生略带幽默的话，顿时化解了我的紧张情绪。岭南的 6 月，天气既热又潮，我以为一学期内先生看不完这本书稿，于是就忙其他事情了。

那年 6 月末，老师约我去他家里谈书稿。他说："我看完了，意见都在书稿里。"令我震惊的是，书稿的每一页几乎都粘有数目不等的纸条，上面写满了工整的小字批注，或质疑，要求重新考虑；或补充，并提示文献出处。总之，先生的评点如高屋建瓴，往往一言中的，是老人家深厚学养的自然流露。我自以为细枝末节而未能尽心之处，老师也都一一指出，且评曰："古籍整理讲究细致，不应忽略细微之处，越是细微，越要悉心。"那些字条近二百张，字数约六千。我揣度，纸条上的每个字都是先生有感而发，经思考写成，并同步粘到合适地方，以避免破坏书稿。如此算来，那得耗费多少功夫啊！先生以自己的方式诠释了诲人不倦的内涵，也体现了对他人劳动的尊重，即使是自己的学生也不例外。

第二学期，我将修订稿再报先生，他说："不用看了，相信会有进步。"

然后拿出一封写好的推荐信，让我借赴京访书之机，将信与书稿交给中华书局。半年后，中华书局就书稿提出若干修改意见，希望尽快完成。

当时，我从这件事悟出一条从师学习的经验，那就是多写文章，争取让老师批阅，以便将自己学业的优劣全部暴露出来，通过老师指点，发扬其中那些"优"，克服其中那些"劣"。前四个学期提交的论文，老师从篇章到结论，逐字逐句批阅，我经反复体会，再次修订，然后拿出去发表。第五学期，我一次性送去两篇文章，向老师解释说："下学期事多，修订毕业论文、列印、校对，所以提前交稿。"老师没说什么，此后就再无音讯了，我也不好催问。事隔约半年，那两篇文章竟然发表了，这才知道老师将其直接推荐给学术期刊，一篇发表在《中山大学学报（社会科学版）》，一篇发表在《文学遗产》。

《宋金戏剧史稿》是我的博士学位论文，老师在通过论文答辩后将其推荐给人民文学出版社，经责编审阅提出若干修改意见后，准备印行。

由于我自身的原因，以上两部书稿都未能完成修订，一拖再拖，说起来十分惭愧。

回到家乡后，我先是受命在宣传部门任秘书长，继而自愿接手一家资不抵债的国有企业，甚至需要自筹启动资金。一些亲友、同事对此很不理解，为什么放着已有的岗位不要，而去一家亏损企业折腾？那段时间，我同母校老师与同学的联系也中断了。工作忙、压力大是一方面，另一方面是我不知如何解释这些变化——这些变化不是几句话能够说清楚的。传统观念中的"学而优则仕"，尽管是封建时代的说法，但当时的人们都比较认同。其实，我是个要强的人，喜欢具有挑战性的工作。同改革开放前沿的广东相比，家乡的不少人仍沉浸在清谈生活加日常牢骚之中。当时，我刚四十出头，正处在人生的最好阶段，不想浪费时间。我给自己定下的目标是，以三年为限，如不能实现使该国有企业扭亏为盈、彻底翻身，就重回院校教书搞研究。俗话说：功夫不负有心人。由于众志成城，运气不错，这个企业经过整顿，发展一年比一年好。它所形成的企业文化、管理模式以及创造的效益已在社会上引起轰动。因此，1993年春，广东省为王季思老师举办从教70年庆祝活动，我才从容应邀，重回母校。

那次见老师，我的心情比入学初交作业时还要忐忑，原因一是"下海"从事企业经营管理，似乎有些"离经叛道"；二是虽未放弃研究，却已偏离既有方向。在学校读书时，我的研究重点在金曲，也就检阅了当时所能见到的金代文献，因而发现关于金代历史、文化与文学方面的研究几乎处于空白状态，加之金源文化与黑龙江联系紧密，如将精力放在这里，效果可能会更好些。而囿于既有研究方向，困难重重，况且单枪匹马，又是利用工作之余进行研究，毫无优势可言。因此，经审时度势，我调整了研究方向，并在重回母校前完成了《全金诗》的辑校。

我向老师扼要汇报了这两方面工作，最后自责说："我辜负了老师的期望，是个不孝弟子。"而老师却说："学校培养学生的初衷就是要满足社会多方面的需求。从事什么工作，应当根据需要与可能来确定，只要是为国家服务，并能取得成绩，就是好样的。你在学校读书时，学生工作搞得有声有色，我曾表扬你有办事能力，这说明我没有看错。"说到这里，他老人家笑了，我也如释重负，开心地笑了。他还说："至于研究金源文化，既然已经确定，而且有所成就，就要坚持搞下去，只要持之以恒，总会搞出名堂。我相信，你会成为金源文化的开拓者。"当时，老师年近九十，而思维依然清晰、深刻，特别是老人家的开明与豁达，使我倍感温暖。他对我在事关人生大事问题上的转向之举，给予了充分的理解和鼓励，这不仅扫除了我心中积存已久的负疚之感，还给了我继续前行的信心和力量。我想，自己所能回报的，也就是在自己的岗位上多做些老师所强调的——有益于国家的事情吧。

在这方面，留校工作的王门弟子做得很好。例如保成师弟，虽历经坎坷，却能在逆境中奋力作为，他利用"下放"图书馆之机，以书为伴，苦读数年，重回中文系执教后，遂将自己积蓄的能量逐步释放出来，脱颖而出，成为老师学术事业的卓越继承者。仕忠比我入学晚，年龄小许多，他在多年研究戏曲文献的基础上，另辟蹊径，在俗文学文献的整理方面取得重要突破。令我特别感动的是，在老师晚年丧失了生活自理能力后，黄天骥先生带领保成、欧阳等师弟共同料理老师的生活，轮流值守，请医送药，侍奉吃喝，以及每天为老师洗澡洁身，等等。可以说，这些王门弟子努力践行了中华民族传统孝道的美德。而且，这支自发组成的群体，在经历种种风雨后，炼就了一种自觉精神：和谐与奋进。正是有了这种精神，老师开创的学术事业才得以不断创新和发展，形成国内罕见其比、经久不衰的学术影响。如今重读老师的书序，令我百感交集。《宋金戏剧史稿》于 2005 年由生活·读书·新知三联书店出版。卷首载序三篇，首篇为老师所写，自序一写于 1986 年，自序二写于出版前夕，记录了我对老师终生难忘的感恩之情，兹附录如下。

自序二

学界有句老话：十年磨一剑。而我这部书稿竟历时十八个春秋才问世，够矜持的了。实际不是这样。1978 年，我走向新的岗位后，曾应某出版社之约，做过一次修订。由于自己不甚满意，又缺乏继续深入研究的时间与条件，一晃几年过去了。

1993年，我回母校参加广东省为王季思先生举办的从教70周年庆祝活动。当时，先生寿届87，精神依然不错，而面容却苍老许多，坐在轮椅上，行动不能自如了。那是我最后一次见老师，也是最后一次聆听老人家的教诲。先生说，无论在哪里、干什么，只要努力为国家服务，都可以干出成绩；工作再忙，也要抽时间完成书稿修订，那是一段重要经历，应该善始善终。不久，先生去世了。这促使我决心再次修订，但是，几乎出于同样的原因，仍辜负了先生的期望。

其实，在学校读书时，我是个用功的学生，古籍阅览室几乎是我每天必到的地方，偌大的房间常常就一个读者，安静极了。南方天热，室内没有空调，一坐半天，全身浸在汗水里。那段时间读了些书，也做了些事：整理曲家文集约30万字；发表文章6篇共计5万余字；写出学位论文近20万字；协助先生编撰《全元戏曲》。而所有这些工作，先生都是一字一句校阅，写出眉批，或订正谬误，或提出新的研究思路与线索，或表扬精彩之处。应该说，那段学习生活紧张而充实，收获颇丰。

令我难忘的是先生博识宽厚的师长风范。先生是著名学者，桃李满天下，却乐于与后辈晚进商量问题，从不把自己的意见强加于人。不仅如此，我在先生身边三年多，深切感受到老人家的关爱。我从塞外到南国读书，已有家室，老的老，小的小，我的"助学金"不仅助学，还要养家，难处不少，而先生竟想得周全，"聘"我做他的"秘书"，每月增加些收入。那在当时的确帮助我解决了实际问题。每逢年节，先生还把弟子请到家里吃饭。有时与师母相携，把节令食品送到学生宿舍。1987年6月，我辞别先生时，老人家艰难地从座位站起身，执意送到门口。望着先生动情的面容，我再也抑制不住自己，热泪夺眶而出。我赶紧跪下，给先生磕头……

自今年春节至五一，我沉下心，集中精力，终于完成修订工作。这部书稿是我从先生问学的结果，或好或差，都是那段逝去光阴的见证。也许现在可以告慰九泉之下的先生吧。

2004年5月9日　哈尔滨　薛瑞兆

至于《马致远曲集校注》，迄今仍尘封于书柜中。这部校注是我步入学术生涯的处女作，其中还处处浸透着老师的心血，应当倍加珍惜才是。因此，我准备在完成《金代文学文献集成》之后，再对其做最后修订，那也许是始于此而终于此的收官之作了。

（薛瑞兆，山东海阳人，中文系1984级博士）

# 感谢大学

陈望南

我已远离我的大学生活整整十年了。在习惯中，十年之期总似乎有着一些意义，于是我的大学生活也就开始回到了我的记忆中。以下就是32岁的我在一个夜阑人静的晚上，想起的我的大学生活。虽然它们很琐碎，而且已经颇为遥远，但在我闭上眼睛的时候它们却是这样的清晰，这不能不让我相信，康乐园中的这四年光阴，真是我这一生中无法复制的最可珍视的时光。

十分奇怪，回忆14年前刚入大学时的生活，最先跳入我脑海中的，竟是蓝天、阳光和草地。

从高中进入大学，重负一旦卸下，少男少女们都无一例外地开始善感起来，更何况是身在中文系中的我们。大学刚开始，军训快结束的那段时间，是广州最好的十月份的秋高气爽的天气，我们这些少男少女们经常会躺在怀士堂前的大草坪上，嘴里嚼着草根，苦涩中带着些甜，头上是高远的蓝天，和煦的阳光照着我们的脸。我们开始谈理想，互相说一说自己并不算长的历史，我第一次感到真正的放松，也是第一次觉得未来的路是这样的宽广，充满着可能性。在中文系读了四年，我一直都不是一个才子，吟不得诗，写不得小说，更看不懂哲学书（当时正是尼采、叔本华、康德、萨特、海德格尔盛行的时候），而且身子出奇的瘦，于是也就出奇的自卑，但我终于健康地"活"了下来，这真要感谢这个阳光明媚的大学生的开始，是大学，使我的心中充满了希望。

现在，当我看到从我身边走过的，和当时的我一样年轻的大学生的时候，总不自觉地心生羡意。人不断老去的过程，就是各种可能性不断消失的过程。现在的我，对于将来的可能性，已经只能是小心求证，而不能再大胆假设了。但他们还可以，他们还可以躺在草地上，嚼着草根，让和煦的阳光照着他们的脸。他们的大学与我们的大学，在本质上其实是一样的，一样可以激扬文字，一样可以粪土王侯，一样可以大声地笑、尽情地哭，一样可以目中无人、我行我素。大学就是这样，在榕荫青草之间，在蓝天白云之下，无论如何，它都是庇护青年的一方净土。

后来当然开始上课了。记得我们是在新教楼6楼上课（我们1986级都将现在的第一教学楼叫作"新教楼"，因为我们入学的时候，它刚落成不久；将现在的第二教学楼叫作"管理楼"，因为它是管理学院的所在地，我们的专业课几乎都是在管理楼202上的；第三教学楼则称为"电教楼"，因为它是电教课室的所在地，我们在那里上英语课，并经常可以在那里看一些文学名著改编的电影录像，这是当时中文系的"专利"，也是我们足堪自豪的地方。）上午，课间休息，我心情出奇的好，于是靠着走廊的墙壁，大着胆子，不咸不淡地与来自北京的高考状元赵勇说起了英语。看着蓝天，我说"The sky is blue, and my heart is blue too."（天空是蓝色的，我的心是忧郁的）这是我第一次知道忧郁的英文说法，觉得它很美，后来附庸风雅看芭蕾，每当有凄宛的独舞时，背景一般都会是蓝色的，我就会想起赵勇君跟我说的这句"love is blue"（爱是蓝色的/忧郁的）。再后来，随着年龄的增长，忧郁成了经常的事情，而书上说忧郁是一种高贵的情感，于是我也就由着性子忧郁了，现在想起来，那个时候真的很奢侈，还有时间忧郁，在十年后重聚的时候，我们中还有多少人有那闲工夫去忧郁呢？

阳光并不仅仅与蓝天与草地同在，在我的记忆中，还有一缕阳光印象深刻。

那大概是在大二吧，我深感世界名著读得少，于是下定决心要认真地开始读小说，那时候读了托尔斯泰读巴尔扎克，然后就被雨果深深吸引了。那个下午，在管理楼读《九三年》，傍晚来临的时候，课室开始空旷起来，同学们都回去吃饭了，这时候有一缕阳光从窗户射进来，笼在我的周围，当时我的心境出奇的平和，那一缕阳光也就深深地印在了我的记忆中，它是金黄色的，透过树叶，有些斑驳，但十分的纯净，后来我好像再也没有见过这样纯净的阳光了。我想，或许这就是大学吧，它可以让你这样毫无压力地去感受，大学毕业以后，压力无处不在，这种纯粹的心灵体验，也就只能留存在记忆之中了。

所以我要感谢我的大学，在现在越来越平淡的生活之中，我会经常地忆及十多年前康乐园里的阳光、蓝天和草地，当然，还有音乐。

那时我们中文系1986级的男生住在"东13"，我住205，一个宿舍6张上下铺的铁架床，住12个人。北京来的张扬能弹吉他，还会唱歌，后来他转学到了中央戏剧学院，现在则做了导演。夏天的宿舍当然很热，因此我们一般是穿着裤衩，光着膀子，在傍晚的时候，张扬就经常弹着吉他给我们唱一些经典名曲。现在想起来，我或者竟就是在那些夏日的傍晚开始了我的音乐启蒙。至今我还时常唱起那首《鸽子》，它唱的是辽远的、不渝的爱情，曲调悠扬："亲爱的小鸽子，我要回到你身旁，我要飞过蓝色的海洋，到那遥远地方。"张扬的声音是清亮的，他唱着的时候，眼中似乎有着泪意。据说，音乐其实是人类最原始的艺术样式，是人类抒发情感最近的渠道，当我们放声歌唱的时候，我才知道，音乐原来真的可以与心灵这样的契合，用心歌唱，竟然会把眼泪也唱下来。那个时候我18岁，善感的心还能让自己流下眼泪，我真的很年轻。

印象最深的，还是一次交响乐的讲座。那是在1987年的一个秋天的晚上，地点在电教楼的阶梯课室，主讲人是著名指挥家李德伦先生。那时，他正在全国各大高校巡回讲演，普及交响乐，中山大学是其中的一站。名为讲座，其实是扫盲，李先生教我们如何听交响乐，向我们介绍贝多芬的《田园》《英雄》《命运》《欢乐颂》。记得那天我很激动，早早地吃完了饭，占到第一排位置，想要近距离地感受当时中国最著名指挥家的风采。李先生很高大，是不怒而威的那种相貌，他的讲演激情澎湃，不时走下讲台，两只有力的手就撑在我的桌上，然后不时地挥动，他的声音翻滚在我的头顶、他的面孔则须仰视才能见。讲座快到尾声的时候，李先生叫我们站起来，说要指挥我们唱《国际歌》，于是我们在他的指挥下开始唱。刚唱了几句，李先生大手一挥，叫我们停，说："你们唱得像哀乐，《国际歌》要雄壮、有力，应该这么唱。"然后他舞着双手，唱了起来，我们跟上，唱得声震屋宇。这是我有生以来唱得最痛快的一首歌，这样的淋漓尽致，这样的血脉贲张，那一刻，我才知道音乐的力量，才知道为什么会有这么多的人唱着这首歌去赴汤蹈火，义无反顾，这真是一首好歌，"从来就没有什么救世主，也没有神仙皇帝，要创造人类的幸福，全靠我们自己"。之后每当我觉得没劲的时候，我都会找个地方，独自扯着嗓子吼上两句。

后来我开始喜欢摇滚，崔健和黑豹乐队陪伴了我的整个大学时代，我经常会被其中理想主义的激情所感动，这种感动直接参与了我人格的塑造，而且也影响着我的一生。

感谢我的大学，它给了我一颗可以去感受崇高的心灵。

感谢我的大学，它让我在物欲横流的俗世之中仍存留着理想和希望。

2000年7月12日凌晨

（陈望南，江苏常熟人，中文系1986级本科）

# 长留双眼看春星

## ——回忆晚年的王季思先生

黄仕忠

我是王季思先生带的最后一届博士学生，从1986年秋到1996年春，我自读博士到留校工作，追随先生度过他人生最后的十年。如今，先生离去已将近30年，近来读亲朋所写忆念先生的文章，恍然间觉得先生那蹒跚的身影似乎并未远去，令我有重闻謦欬的感觉。于是掇拾思绪，写下我的忆念。

## 一

我读博士时，先生已年过80，但他仍然写了多篇超过一万字的论文：大多是自己列出提纲，然后通过讲述，与助手、学生合作撰写。我也曾根据先生的提纲与讲述，为他整理过两篇论文。1993年，先生与郑尚宪、我合作编集《中国当代十大悲剧集》《喜剧集》《正剧集》，选目都是先生在反复征求意见之后确定的；每集都有一篇超万字的序言，虽是由我和尚宪起稿的，但都经过先生的悉心指导和最后审定。

年过85，先生还通过口述写了一些短篇论文。先生生命最后的两年，则是在家人和学生陪伴下，写一些随笔和回忆文字，从千余字到数千字不等。这些随笔中，我印象最深的有两篇，一篇是《我的老年心境》，另一篇是《祸福交乘 冤亲平等》。后一篇，看题目，我以为会讲"宽恕"，或是像鲁迅那样的"一个也不宽恕"，先生却说："我感激那些信任我赞助我的同志，也不忘记那些从反面激励我前进的朋友们。"

至于诗词短章，是先生一直都在写作的。在生命的最后几年，他连口述散文也变得艰难，但每年春节仍然自拟春联，在元旦时吟咏新篇。例如1994年的春联：

放眼东方　万里晴光来晚岁
托身南国　一生学术有传人

1995年的春联：

> 薪火相传一生无大憾
> 中兴在望双眼盼长青

从这些春联中，可见他心心念念所想的，一是对学术的薪火相传，欣慰已得传人；二是对国家兴盛的期盼，泰然面对自己离去那一刻的到来。

甚至当他只能卧床，连翻身也不方便时，仍在床榻上吟咏诗句，让守护在身边的儿女记录下来。他有时候也寄诗作给朋友看，如林芷茵先生就收到过"半章"诗篇："世味尝来惯，浮生认不真；药医不死病，佛渡有情人。"虽谈不上是华美的辞章，却依然可见不老的心声。

所以，先生的小女儿小雷说："爸爸的最后几年，有意识地用诗词文章来证明他的生存。"

小雷说的是"最后几年"，这是女儿对父亲晚年心态的解读；长子兆凯是《王季思全集》的整理者，他的回答，已转换到对先生一生写作的评说，其实并无矛盾。

我对小雷的说法深有同感。记得有一次我陪侍先生散步，他说，脑子要经常用，如果晚年不写文章，脑子很快就退化了；他因为经常写些小文章和诗词，所以现在脑子还能转动。而且他在晚年仍然努力吸收新的思想与知识，十分乐意与年轻人交往，感受那些勃郁的生气，因而在暮年也仍焕发着生命的活力。

1989年6月，我们三名博士生毕业。一个月后，先生"自愿退休"，从此不再招学生，但黄天骥老师仍然恭请先生来指导学生。那时先生行动已经不便，说话方音更重，写字手抖，但他不仅继续校读完成了《全元戏曲》十二卷的编纂，而且对学生、对来访的年轻学者、对于团队建设，都是认真地提出指导意见，并一直保持着写作状态。先生在给20世纪40年代一同参与抗日演剧的林芷茵的信中说："我去年（1989）暑假后也已退休，但《全元戏曲》有待完工，同时也还写点小诗短文。我以三句话自约：退而不休，动而不劳，衰而不落。偶然写点东西，可以克服老年人的失落感。"（据林芷茵《一个人的世界》，宁波出版社1997年版）

系友许石林记录的1994年6月的一次拜访，也可作印证：

> 我对先生说："您的徒子徒孙们目前只有一个愿望：祝您健康长寿！"
>
> 先生嘀嘀大笑。他说："我每天坚持工作，现在手抖得厉害，

不好写字。但是每个月至少写一篇文章、写一首诗或填一首词。发表出来，让中文系毕了业的学生看了，知道我还活着，还能思考，还能写。"（《玉轮轩写意》，《东方文化》1995年第1期）

活着，便要活出意义，而不是畏惧死亡。他在《我的老年心境》中说："相信在我生命终止的最后一天，亦将含笑赴长眠。"

在这位耄耋老人看来，如果单纯只是肉体存在而没有思想，"生存"便失去了意义。所以在那"最后几年"，即使行走不便，甚至都不能下床了，他仍努力通过诗词文章来证明自身生命的存在，而不是"行尸走肉"。这便是先生晚年的心境。

我是在跟随先生学习的这段时间，逐渐明悟一个合格的学者应当如何自处。我十分幸运，在学术起步的阶段，跟随徐朔方先生和王季思先生学习。当时他们虽然都已功成名就，但依然孜孜不倦，勤于写作，他们完全不需要用学术来作稻粱谋，也不需要再向世人证明什么，纯粹是出于内心的需要，寻求生命价值的自我实现；他们把学术内化为生命的组成部分，用写作来证明自身"存在"的价值，体现生命的意义。这让我深刻地认识到学术和人生的关系，从而能摆脱世俗功利的桎梏，克服浮躁的心态。

## 二

王先生对学生的关心爱护，对后学的奖掖扶助，更是众所周知、众口一词的。

我曾以跟随徐朔方（硕士导师）、王季思（博士导师）两位先生分别学习三年的感受为例，比较了两位先生指导研究生的异同。

徐先生其实是"自学成才"，自己悟通学术之路的，所以他主张不作干预，让研究生自己领悟；只有能领悟者，才有资格成为合格学者，否则便不当入此门。因而他表扬少，批评多。又由于他是学欧美文学出身，有着一些西方的人际观念、责任界限，见面时，他总是先问我学业方面有没有什么问题，以为这是导师的职责，而从不过问我个人和家庭的情况，也不让学生去帮他做任何家事，以致被人误解为"不近人情"。

王先生早年深深受惠于吴梅（字瞿安）先生。瞿安先生则藏书任用，悉心指导，竭力推荐。所以王先生对学生、晚辈一向宽厚，通常是先肯定鼓励，再批评建议，并且十分关心学生的生活，逢年过节时经常请学生到家里吃饭。王先生表扬多而批评少，似乎是只说好话而不作批评。王先生说，学生资质有高低，老师的责任，是让学生有所进步，不必要求皆有成就。——我现在对学生，更倾向于王先生的做法，但也会直言不讳地指出问题所在，所以实际上是对两位先生的做法做了折衷。

有一次，上海戏剧学院召开会议，寄函给先生，请他推荐人参加。由于当时中大的老师们都有事不能去，先生说：那就让仕忠去吧，他还可以顺便回家探望父母。我听到先生此言，当时眼睛就湿润了。这就是我的老师呵，他对学生的关心就是这样细心周到！

康保成师兄是1984年入学的，他回忆当时的情况，说："不断有人问我：'王先生已80高龄，他还能带你们么？'言外之意是很明白的。是啊，文科研究生以自学为主，何况是博士生！北京某名流的研究生告诉我说，他们平均每年和导师见面三到四次。毕业时，除班长外，有些导师竟叫不出学生的名字！"（《我的导师王起先生二三事》，《文教资料》1990年第2期）说起来，博士制度设立后，第一批、第二批导师是由国务院学科组评出的，大都是泰斗级学者，但其中不少老先生年事太高，已无力指导，学生便处于"放羊（放养）"状态。有的先生因记忆力严重衰退，已认不出自己的学生。王先生年事虽高，事务繁忙，门下学生众多，但头脑清晰，依然能为学生周到考虑，怎能不让人感动万分呢！我们想要对先生有所报答，也是发自内心的。但先生只说：你们若有所成就，便是最好的回报。

师生情如父子情，而又异于父子情。学生深感机会难得，求知若渴，虽片言只语，也视若拱璧，回味再三，犹恐愚钝，未解真意；偶得长者之赐，常怀涌泉相报之念。而儿辈则不同，或许会烦厌于父母的唠叨，以为老话过时，况父子遗传，性格相近，易生排斥，沟通维艰，于是做家长的不便多说，即使是为之绸缪，大多是悄然以行，儿女或不知，或当时并不理解。——当然，学生多了，分润多了，儿女所得便显得少了；当无数学生、晚辈一次又一次地感念老师的恩泽，仿佛老师那里有一个取之不尽的宝库似的。

《南方日报》记者问先生长子王兆凯："王季思非常爱护学生，人所共知，不知道他对家庭的态度怎样？"王兆凯说："他把大部分的精力放在学问和教学上，放在扶助青年上。受过他提携的学生、年轻学者不少。他是个很有成就的学者，这是无可否认的。对子女的话，他没有花很多的精力去扶助或者引导。我们的专业是自己选择的，他从来没有建议。"

黄天骥老师说，王先生的女儿曾经埋怨："爸爸就是爱学生，不爱子女。"先生嘿嘿一笑，不作辩解。（《余霞尚满天》）

我想起1990年秋，姜师母因患急病去世，有一天晚上我和先生的三公子则柯值班照看先生，有过长谈。则柯说，他初中就住校，直到上大学，遇到问题都是自己想办法解决，在成长过程中好像没有得到过父亲的关心。我读到则柯最近写的《与父亲在北大》，回忆起那些往事，可见父爱如山，舐犊情深，只是他当时年少，略不以为意。

我阅读先生哲嗣们的回忆文章，发现他们都曾一度感觉到爱的缺失。因为就在那个特殊的时段，悲痛的事件接踵而至：1957年初，师母徐碧霞被查出患有胃癌，先生带着她四处求医，忧心如焚。6月间，先生被教育部请到青岛讨论文学史编写，几乎是破天荒可以携带家属，先生高兴地安排在北京的长子、长媳到青岛来举行婚礼，证婚人都请好了，长子却在出行前被划为右派，婚礼自然也吹了；幸而在艰难中，先生长媳始终不离不弃，宁可被开除团籍也不肯离婚。1958年秋，碧霞师母在重病一年多后，带着对长子的无比挂念，因疾病与操劳而不幸去世。离去前，师母坚持将家里的手表留给长子兆凯。这年则柯16岁，则楚13岁。持家的母亲原是维系这个大家庭的内在支柱，一朝倾折，仿佛天崩地塌。失去母爱的庇护，孩子们对父爱的渴求会变得特别强烈。而先生向来是"甩手掌柜"，家务事全都交托给妻子，一旦痛失"会持家"（先生语）的爱妻，又要当爹又要当妈，那种"不知所措"的窘状，不知有几人有过理解，有过同情？

另外，这个时间点，正是反右运动如火如荼的时候。1957年5月的反右运动，系主任王起教授在座谈会上的发言，就已经被划到右派边缘，受到有关方面的警示。根据反右运动结束后党组织所做出的鉴定：王起"在反右初期，对运动的重要性认识不足，一段时间扭不过来。曾认为……对董每戡'两副面孔，两种做法，两种法律'的谬论的批驳，有点过火。后来经党的教育和帮助，迅速地端正了态度，积极地参加了反右斗争，态度较坚决"（《王起的表现材料》，1960年7月）。后人已经无从知道当时他被给予了怎样的"教育和帮助"；眼前病重的妻子、一大家子的生存，是沦为右派而家破人亡还是保全自己和家庭，这残酷的现实，是否对他"迅速地端正了态度"起到了决定性的影响？而"积极地参加"，并表现出"态度较坚决"，这期间是否也曾承受内心的煎熬？往事似乎已经成为云烟，后人只知晓结果如此，至于那过程中必然存在的痛苦心绪，无人在意。

先生的二女儿美娜回忆说："妈妈病危像晴天霹雳，爸爸甚至不能自已，一次骑车回家撞到了树上。"骑着单车，眼前行进的道路一片迷茫，恍惚之中，车不由己，一头直接撞到了大树上——可以说给那个时候王起教授的状况，从一个侧面留下一份写照。

王先生的小儿子则楚说:"母亲的五个孩子都读了大学:大哥王兆凯考上北京钢铁学院,二姐王美娜考上清华大学,三姐王丽娜考上上海戏剧学院,三哥王则柯和我考上北京大学数学力学系。"(《我的母亲徐碧霞》)是先生遮风挡雨,为儿女们提供了保障。

## 三

20 世纪 80 年代后期,我去北京访书,拜见师友时,有师长对我说:"你们王先生是圣之时者。"黄天骥老师也在文章中记述了他曾听到同样的话——"圣之时者"。这原是孟子评价孔子的话,说他是圣人中最识时务的,意思是批评王先生跟时代跟得太紧。

先生年轻时就接受"五四"新思想,勇于抗争,有叛逆的精神。他以注五经的方式注《西厢》,关注底层的通俗文学,本身就是这种新思想的体现。所以,跟上时代,与时俱进,是他毕生的追求。

20 世纪 50 年代初,中山大学编纂了全国第一本以马列主义思想为指导的《中国文学史》,教授们为学习新思想,倡言"三年不看线装书"。广东毗邻香港,面向海外,易于接受新思想,勇于改变旧面貌。在我看来,先生南下广州后的作为,有其个性的因素,也有区域人文环境的影响。

先生一生都在努力进步。因为历经山河破碎,对国民党极其失望,对共产党充满向往。20 世纪 30 年代他在松江中学执教时的学生严慰冰,她是陆定一的妻子,师生在新中国成立后恢复了联系。陆与先生同岁,毕业于南洋公学,新中国成立前后担任中宣部部长达 20 年之久。一次我们散步时,先生说,他那时读陆定一的文章,觉得这些共产党人真有水平,比较之下,自己的思想水平很是不够,所以凡是自己的想法与政策、思想相左时,就习惯性地检讨自己,努力改变自己。

先生的反思与自我批判,大量散见于其晚年的文章与交谈中。

先生说:"我当时以'听毛主席的话,跟共产党走'作为自己前进的方向。但是,在极"左"的思想和政策影响下,自己的思想也越来越"左",甚至对自己解放前后的有些基本正确的做法,如独立思考、自由争论,也不能坚持。"(方小宁《王季思:经受思想炼狱的洗礼》,载《百年风铃与世纪老人聊天》,广东人民出版社,2000 年版)

先生还说:"我一生做过许多错事,有些事想改也来不及了。"(黄天骥《余霞尚满天》)

又如 1981 年 9 月，先生请助手根据他提供的资料完成了一篇《王季思自传》，经过先生审订，发表在《文献》1982 年总第十二辑。文后，先生对此书特别加了一段附记："……问题是传文对我过去走过的弯路，如学术工作中的贪多务博，主次不分；在十年浩劫中的随风俯仰，缺乏定见等，没有指出。"这篇自传随后收录到《中国当代社会科学家（传记丛书）第六辑》（书目文献出版社 1983 年版），先生又将"在十年浩劫中"改为"在历次运动中"。1988 年 3 月 28 日，先生再次做了大幅度的修订，完全重写了结尾部分，在列出自己的著作之后，他写道："在这些著作中，可以看到在我的前进过程中不免有迷失方向的时候和不切实际的想法。解放后的新形势，对知识分子追求人生理想、搞好专业工作是比较有利的，但由于教育、文化领域时'左'时右，特别是 1957 年以后愈来愈'左'的思潮，使我有时只能左右摇摆、跌跌撞撞地前进。……"

我们可以看到，王先生在晚年对自己的过往，是不停地检讨自责，不断地自我批判，反复地声称"过去走过弯路""我一生做过许多错事""失去了独立思考"，每每表示忏悔。他其实"毕竟是书生"，我们却从来不见他有过一丝一毫的自我辩解，也从来不曾有推诿于时代、潮流的话语。

王先生是一位优秀的戏曲专家、文学史家，但并不是一个思想家。黄天骥老师在不同场合（包括与先生当面时）多次说："王先生在政治上是很幼稚的。"这是弟子们都认同的事实。先生的哲嗣们曾多次提醒我们要看到先生的不足，其实学生们敬重王先生，并非看不到他的不足，也不是讳言其事，而是看问题的角度有所不同。世上从无"完人"，作为一个纯粹的学者，王先生一生在学术研究和教书育人方面所做出的成绩，就已经非常了不起。

《南方日报》记者曾问王兆凯："你最想让人记住王季思的是什么？"他回答说："最想让人记住的，他是一个人、一个平凡的人、一个学者、一个出色的学者。凡人有的欲望他都有。他在学术上确实是下了功夫的，研究问题很透。他研究元曲的时候，会去研究《元典章》，就是元朝的法律。研究中国古典戏曲的现实意义是什么，研究古典戏曲，对我们研究今天的社会是有意义的，它在今天是有投影的，或者说是有影响在的。"

这说明大家对先生的理解与评价已经基本一致。

## 四

王季思与陈寅恪走的是不同的道路，王兆凯更直言："就我来说，陈寅恪的形象远比王季思的高大。现在，就是要用'独立之精神，自由之思想'这两句话来挽救中国的知识分子，中国的知识界。"

1954年秋天，王家搬至东南区一号的一楼，与二楼的陈寅恪成为邻居。这是一栋独立的别墅，旧称"麻金墨屋"，原住一户，后加墙作隔分，住两户。陈家住二楼，从北面大门出，出门左转有一条白水泥路，东至大路。王家住一楼，从南面的原后门出，另有一条小道出行（今已去掉，连成草坪），接南侧小道，经小道折往东，才能至大路。

2011年时，记者问王兆凯："两家关系怎么样？"时年87岁的兆凯答道：两家关系，《陈寅恪的最后二十年》一书的作者不是写了嘛，"鸡犬相闻，老死不相往来"。

记者说：黄天骥教授回忆说，"当年，我去拜访他，他常提醒我说话声音要轻一点，以免影响楼上的陈老先生。我知道，他对陈寅恪教授由衷地敬佩"。兆凯答：这个没有问题。但是王季思走的是和陈寅恪走的是不同的路。

兆凯大哥不幸被划为右派后，二十多年间经历了非人的遭遇，父子之间的政治观点有着很大的差异。陈寅恪先生当然是令人高山仰止，可是，不仅在中大只有一位陈先生，连整个中国也只有这一位呵！而拥有王季思同样想法与做法的，在那一代知识分子中，大概是属于多数吧。

则柯记：因"院系调整"，以原中大医学院和原岭南大学医学院为班底组建了中山医学院，陈家的原邻居周寿恺教授迁居东山。他家迁来楼下，与陈家上下为邻，直到"文革"期间相继被逼迁出。（《与陈寅恪先生做邻居》）

陆键东兄在《陈寅恪的最后二十年》中这样写道：

> 王与陈素昧平生。王起第一次接触陈寅恪是在1953年，那次学校专门组织中文、历史等文科数系的老师去听陈寅恪讲课，题目是"桃花源记"。陈、王两家来往不多。1957年之前陈、王两人偶尔有诗词唱和，之后则极少交往。王季思比喻为"鸡犬之声可闻，而老死不相往来"（据王起回忆，1993年10月7日），这大概也是当年知识分子身处的一种环境。（生活·读书·新知三联书店，1995年版，第68页）

陆兄所记，都是事实。组合在一起，则给人许多想象的空间。

一方面，当时，陈寅恪失去周寿恺这位朝夕交往的好友，更显孤独。新搬来者，原本"素昧平生"，后来两家也"来往不多"。据王先生本人所说及后人所记，作为邻居的两家不是很亲近，应是事实。

另一方面，陈比王大16岁，王尊陈为"教授中的教授"，敬而不近，也属正常。陆键东根据1993年10月7日对王起的采访，这样写道：1958年，"与陈寅恪共居一幢楼房的王起，不同意陈寅恪对《莺莺传》的一些解释，某日得允登门与陈寅恪切磋"，30多年后，"王季思依然清晰地记得：陈寅恪听完他的说话之后没有表态"。这"得允登门"的场面，可见王起"政治上的幼稚"，因为他认真地想做一次"正常"的学术交流，却在不正常的时代里选错了时间；而陈寅恪，感受到的可能是另一层意思，所以保持了沉默。

兆凯直接引用了陆键东书中记录的话，来说明两家关系，作为直系子女，能够毫不讳言，十分可敬。但事情有时候可能不是那么简单。可能王先生的回答，也包含着些许微妙的意思。两家虽然居相邻，但要得到陈寅恪先生的认可，并非容易，当时在整个中大，能得以与其近距离交往的，不过冼玉清等二三人而已。

王季思先生在年轻时关注国家前途、民族沦亡、民生疾苦。他性情刚烈，也因这种性格，一度入狱、失学，1948年因与当局冲突，被迫离开浙江，远赴岭南。他的这种性格也遗传给了子女并影响了他们。长女田蓝受父亲影响，1948年从上海奔赴华北解放区投身革命。长子兆凯被打成"极右分子"，一生坎坷。则柯中年之后从研究数学转向研究经济学，在专业上独树一帜，被称为中国经济学的岭南一家，还写了大量经济学随笔，并撰文议论时事，可见其对父亲的文脉传承。则楚调回广东后，在20多年中，不断提出议案，为民生疾呼，受人关注。他们的身上，不仅流淌着先生的血脉，并且隐约可见先生言传身教的痕迹，只是他们自己反而可能没有太多感觉。

## 五

到了20世纪90年代，我去北京，拜见师友，他们纷纷向我表达对王先生的问候和敬意。

小雷那时已经旅居美国，在父亲生命的最后时刻，专程回来陪伴。她后来在文章中这样记录先生的最后那些时日：

> 让我更惊讶的是，那几天他常常望着天花板吃力地说："有风暴……你快走。斗你的时候……别说话。让他们……斗我。风暴……来了，你快走……"
>
> 爸爸一生历尽沧桑，一生中最黑暗的日子恐怕要数几乎置他于

死地的"文革"。终日卧床,难免浮想"文革"恶梦。他一直盼我回家,希望我留在他身边,此时却耽心得让我早走。这荒唐的耽心让我流泪。

王先生晚年所写《自题玉轮轩》二首,其二曰:

> 人生有限而无限,历史无情而有情。
> 薪尽火传光不绝,长留双眼看春星。

这是一个睿智的老人对于人生与历史的感悟,也是一个从教70余年的老师,对于学术薪尽火传的期待。

我想,一个人的人生,漫长而又曲折;一个人的思想,若是经历过动荡岁月,必会如过山车那样高低跌宕。个人的命运,在时代的大浪中,是如此的卑微与渺小,如果我们不能看到人生的起伏波动与特定时代的关系,如果我们不能完整地看到全过程,恐怕都不免会失去真实。

(黄仕忠,浙江诸暨人,中文系1986级博士)

# 失东隅而收桑榆

李亚养

我是中大中文刊授中心的第一期学员,从 1984 年开始刊授学习,到 1988 年 4 月才全部通过汉语言专业的自学考试,获得大专毕业文凭。我觉得,一纸鲜红的文凭,不仅是自己几年苦学的见证,更是中文系教师们心血的结晶。

人们都说:"文革"耽误了整整一代人。我也是被耽误的其中一个。1970 年,我糊里糊涂地在高中毕业后,即被分配到了粤北山区的"三线工厂",在荒僻的山沟里一蹲就是十年。在那"以阶级斗争为纲"的年代里,我每天例行着人生的三部曲"做工、吃饭、睡觉",空闲时间除了玩牌,就是瞎聊,日子就这样浑浑噩噩地过去了。人生有多少个十年啊!现在回想起来,我的心仍阵阵作痛,可是在那个年代,又有谁能改变这种命运。党的十一届三中全会后,改革开放政策,给我们带来了新的希望。1981 年我调回家乡湛江吴川县工作,开始体会到知识的重要性。我在县总工会办公室负责秘书工作,由于没有接受过系统的写作训练和理论学习,无论是起草文件或是写工作报告,都感到很吃力,文笔呆滞,词汇贫乏。每年例行的工作年终总结报告只是一本"流水账",不懂得材料的浓缩和提炼,啰啰嗦嗦一大篇,领导在会上一念就是两个小时。1984 年下半年因工作需要,我被调到总工会属下的职工文化技术学校任教导主任,负责青年职工的文化技术教育。在这个岗位上,我更加体会到知识的重要性。身为教导主任,却没有比职工高一层的学历和知识。按规定,教导主任要担任一门课程的教学工作,而我由于知识基础差,没有胆量站到神圣的讲台上去。

恰在这时,中山大学中文刊授中心开始招生,给我们这被耽误的一代带来了福音。我迫不及待地报了名,开始了刊授学习。在工作中坚持自学的确不易!当时的我离广州有 400 千米之遥,不能经常听中文系老师的面授辅导,只能依靠教材自己进行摸索,一月一期的《刊授指导》成了我学习中必不可少的良师益友。工作的繁忙,烦琐的家务,使我放弃了《古代汉语》和《现代汉语》的第一次考试机会,《文学概论》考试的失败,又使我产生了不小的自卑感。面对困难,我屡屡产生放弃坚持刊授学习和参加自学考试的念头,不少朋友也劝我报读其他学校的函授学习。感谢尊敬的中文刊授老师,经常通过多种渠道鼓励我们学员要知难而上,锲而不舍,排除一切困难坚持苦学,不要抱任何侥幸的心理。正是老师们的金玉良言,坚定了我坚持学习的意志和决心。我第二次参加《古代汉语》和《现代汉语》的考试,仅分别得36分和34分。为了攻下这一关,1987年8月我专程到广州参加了《古代汉语》的辅导班,对教材真正做到融会贯通,终于顺利通过考试。

几年来,我牺牲了多少休息时间,放弃了多少娱乐活动,付出了多少代价,真是无法计算。但我心里是充实的和快乐的,因为我获得了知识上的满足。自学考试是艰难的,它需要真正地掌握知识,才能通过严格的考试,完全不能靠侥幸过关。信心、决心、恒心是我几年来坚持学习的支柱。几年来系统的刊授学习,不但使我知识上有了长进,更使我的工作能力有了明显提高。学习期间,我被广东省授予"振兴中华读书活动优秀组织者"的称号,两次被评为广东省工会系统的优秀教师。

1988年9月,经过考试,我荣幸地被中山大学录取为中文系语言专业的本科插班生,进入了梦寐以求的高等学府。虽然在入学前我就参加了中文刊授本科阶段的学习,但从入学的那天起,我原来沾沾自喜的心情一扫而光。我觉得,取得大专文凭仅是登上了知识高峰的一个台阶。中文刊授大专阶段的课程,专业课仅八门,基础课占主要部分,对汉语言文学专业知识很多只是粗略了解,如果没能全部按照刊授要求的内容去全面认真地学习,所获得的知识就会更少。而中大中文系学生每学期的必修课程和可供选修的课程都在十门以上,特别是强化写作训练的课比较多,这也是中文系学生写作能力高的重要原因。大学里不仅注重打好扎实的知识基础,更注重理论研究的系统性,尤其注重研究的深度与广度。譬如刊授学员对古代文学的学习,只要求对作者和他的一些重要著作作一般了解,有不少只限于"蜻蜓点水"。大学的课程更注重对作家和作品进行综合研究,如卢叔度教授开设的"楚辞研究"、苏寰中副教授开设的"苏轼研究"和罗锡诗副教授开设的"唐诗研究"等,就是为了指导学生对作家和作品进行系统的、全面的分析研究。

中大中文系开设的课程层次多、类型广,不但有古代文学、现代文学、文艺理论、语言研究等方面的传统课程,近年来还为适应社会的需要,大胆改革,开拓了新的课程。中文系特别侧重理论方面的研究,着重培养学生独立的意识和能力。教学上克服"满堂灌"的倾向,活跃课堂气氛,让学生各抒己见，启迪学生的思想。我觉得大学课堂不同于刊授学习的最大特点是，老师能更及时地介绍学科的理论研究、最新成果和动态给学生，通过不同学术观点的比较和分析，加深学生的学习体会和感受，培养学生的鉴赏和审美能力。

入学以来，我深深地感到自己同在校学生在专业知识与文学素养上存在着明显的差距。我们刊授学员，大都缺乏充裕的学习时间和便利条件，很难进行系统性的知识学习和积累。"勤能补拙"，为了缩小这个差距，我在大学里强化自己的专业知识积累，每个学期都比学校规定的学习科目多选修三至四科。我特别珍惜自己这一次的学习机会，课余时间多往图书馆去，有时星期天也不休息。一年来，我从没有缺过一节课，因为听老师授课不仅是学习的机会，也是尊重老师的体现。我觉得，过去失去的时光已经失去了，现在再不认真努力学习，更待何时！

放下已经熟悉的工作，离开温暖的小家庭生活，承受较大的经济负担，来到高校求学，有些朋友可能对此不太理解。而我觉得，我们生活在一个科学技术带动生产力高速发展的现代世界中，从落后走向先进，不可能光靠体力劳动的拼搏，发达国家的经验已经证明，先进的科学技术是促进生产力和国民经济发展的强大推动力。由于现阶段我国处于社会主义初级阶段，旧的经济体制正向新的体制过渡，一些生产者和经营者靠一般经验，靠胆量就能取得经济效益；更由于市场和竞争机制还很不完善，依靠大量消耗人力物力的粗放式经营和生产仍能维持，甚至取得超额利润。这是不正常的，这的确容易使人们产生一种短视，对知识价值产生怀疑和否定。毋庸置疑，我国同发达国家的科学技术先进水平存在着巨大的差距，而这个差距，每年都在递增。据1987年统计，我国具有大学文化程度的知识分子、现代管理人员才2000万人，占总人口的2%，若要达到比较合理的30%的比例，还需要84年时间；在美国，受过高等教育的人占其从业人员的50%。很明显，知识分子不是多了，也不是社会不需要了，而是少得可怜。

科学家巴斯德说过："立志是事业的大门。"但个人的理想必须同现实结合起来，否则便是无源之水。大学毕业后，我希望在新闻出版事业方面有自己施展才干的机会。中文系培养的学生都是"笔杆子"，但要真正成为一个好的新闻编辑人员，却不是容易的事。它需要扎实的写作基本功，拥有覆盖面广的知识基础，捕捉新闻信息的灵活性，敏锐的思考和分析能力。为此，在校期间我很注意加强这方面的学习和训练。我也愿意把知识献给大专和中学的教育事业。教育是振兴民族的基础。特别是像我这样在宝贵的年纪失去上大学机会的人,更感到教育的重要。我还希望在文学创作的园地里开拓自己的天地。党的改革开放政策,给我国文坛的"百花齐放、百家争鸣"开辟了道路。特别是近年,文学的审美价值,作家的创作手法,题材的丰富多彩,形式的多样化都有拓展。大学期间,文学创作理论的熏陶,已经为我们打下了基础。

"任重而道远",经过大学学习,我相信,今后无论在哪一个工作岗位上,我都会在"四个现代化"建设上做出比过去更大的贡献。

(李亚养,广东吴川人,中文系1986级本科)

# 树康花乐草木深

沈胜衣

## 一、草木前缘

我高考志愿填报中山大学，是因为康乐园那片标志性的大草坪。

中学时我成绩平平，按照20世纪80年代的制度，高考前填志愿只敢报二类大学，且已从中选了心仪的学校；但班主任却很看好我以及成绩相近几位的同学好友，坚持要我们同时填报一类重点大学；我们觉得反正不可能考上，对此的选择就有点无所谓了。记得当时收到了一些重点大学的资料，我看到中大招生简章上的校园照片，那片巨大的草坪令人怦然心动，于是抱着这份好感，以"就是它了"的随意心态，填报了中山大学。没想到那年高考，我们几个老友都超水准发挥，一齐被中大录取。这是幸运的，也是命定的结缘，而这场缘分，是由一片青草催生的，中大丰盛美好的草木，遂成为我此后的宿命记忆。

在中山大学（这里特指笔者1986—1990年读中文系时的中大本部，今称南校园的康乐园），我度过了如花一样自由盛开、像树一般恣纵成长的四年，留下了永久的生命财富，当中既包括师长、同学、诗歌、书籍、写作、足球、思想、感情等，也包括校园的植物。毕业以来，我多次撰文怀念，"用纸笔回报花木"，仅举其中几个标题：杜鹃花下曾读诗，杜鹃亲爱亦伤怀；虽说凤凰是心爱的花；后来再也没有栀子花；紫荆寂寞红，羊蹄踪迹（按：紫荆的学名是羊蹄甲）；夹在书中的故园花言草语……

如今，中山大学和中文系均迎来百年华诞，我不想再重复事后忆述，而是翻出在校时的笔记、作文、诗歌等，"上有中大旧花痕"，从中摘取部分，回看曾经的草色树荫。这些少年文字虽然稚嫩，却是现场第一手的原生记录，以此向母校、母系献呈个人的微薄花束（有些内容以前撰文时采用过，现整理原则是旧文详则本篇略，旧文未尽者本篇稍补充）。

## 二、朝花夕拾

大一和大二时，我曾两次集中记下中大的植物名录。"校园里有很多花木：木棉，紫荆，杜鹃，象牙红，樟树，柠檬桉，千层桉，扶桑，牵牛花，黄金间碧竹，佛肚竹，鱼尾葵，蒲葵，罗汉松，木麻黄……""各种绿树：清绿的凤凰树，浓绿的榕树，深绿的柠檬桉，墨绿的小叶相思，翠绿的竹子……还有凤凰树红红的花朵，在一片绿荫中分外醒目。"

上面第一次记录的内容，出自当时中文系所创的"一百五"（新生第一学期写一百五十篇作文）中的一篇《栀子花》。该文为一封写给家乡朋友的信，主要是细细述说在校园春夜薄雾中，图书馆院里一排洁白的栀子花，弥漫四溢的芳香，如何令我迷醉。

这花香随后赋予我更多的个人意义。大四时我所写的《五月忆》曾忆记：大一的五月的夜晚，在图书馆栀子花暗香浮动中等人的情形……

当时我的另一篇笔记，写在路边采来带雨的栀子花，回宿舍放在床铺旁自己做的书架上，花掉落到桌子上，正好跌在刚临摹好的比亚兹莱《蓝披肩》那女子头上，彷如为美人簪花，从而又想起在中大的第一个夏天，关于此花的少年情怀……我赞美这"肥大而洁白，朴素又妩媚，惹人怜惹人宠的心爱的栀子花"，在花香中抄录相关诗词资料。其中一则诗词，出自在中大最后之夏买的周瘦鹃《花木丛中》，文中他写道，为避日寇而逃奔异乡，思念故园的山栀，到抗日战争胜利后回家，栀子已枯死，惋惜久之。

现在重睹《栀子花》，仿佛注定了自己之于中大栀子。因为，我毕业离校时在宿舍楼前偷折过栀子带回家种，却没有种活。这遂成为一个惆怅的私人象征，自此后三十多年我再也没种过栀子花了，让那甜香永远封存在康乐园的记忆中。

从中大携回而得以留存至今的花痕，是夹在两本书中的紫荆与杜鹃。

紫荆，是"在我精神成长过程中不断出现"的树，从童年到中学都留下深刻印象。而在中大，我住了四年的东区男生宿舍楼前庭院，就有一排紫荆，在门前走廊甚至在床铺上与之朝夕相对，反复记写。我有一篇专门描述紫荆的文章《紫荆》，记录我无论是在自己的精神黑暗时期，还是走出那种形而上的自我魔怔后；无论是阳光寂寞、月色苍凉、雨天愁怅，还是雨后树叶上明亮的水迹有如神迹之时；无论是深宵抽烟静立，听树影后不远处珠江的夜航船汽笛鸣响，还是白昼风轻云淡，搬张凳子凭栏读书……面对这些紫荆花叶，能感受到的不同的心境。它们是我的中大岁月里最贴身相伴的植物，同忧共乐的"爱的纠缠"，并让我参悟"我的前生是一棵树"。

又有大四夏天的一次写记：周末阳光正好，在走廊看紫荆斑驳的光影，水洗般的明净；看有人在树下喝茶，静静地交谈；看蝴蝶从枝叶间翻飞到树冠上的蓝天，平和淡静，"有一种不真实，又恍惚太真实的感觉"。——这种感觉源于即将毕业告别，"中大，仅仅是这样一个夏日午后的小景，就叫人难舍，相见时难，别亦难……"这篇写记的题目，取自对应那一年罗大佑的《恋曲1990》中的歌词："终究难舍蓝蓝的白云天。"

除了宿舍，康乐园处处都有紫荆（甚至我当时参加的诗社也叫"紫荆诗社"）。大四的春天，有一回想起要看紫荆落花，便当即冒雨漫步几条紫荆小道，最后在图书馆旁（那里的一排紫荆，也曾伴我馆中窗下读书），遇到一朵紫荆花犹如天赐般自空中飘落眼前，拾回夹入《诗经今译今注》。

记录此事的《做一回世说中人》还载："杜鹃花也开了，一簇簇沾满水珠，有一种辉煌的楚楚可怜。"我徜徉花间欣赏，不忍摘取，最后捡了一朵落在地上的，回去后夹入《古文小品咀华》。——那是在图书馆侧、立有廖承志像的一个小草坡上，是比较显眼的杜鹃观赏地，那些粉红清艳的杜鹃花，无数次走过看过。毕业后我也曾回中大探望此地的杜鹃以及紫荆，但长伴身边的唯有书中那两朵了，虽早已枯干，却承载着鲜活的回忆。

康乐园值得记取的花还有很多，比如前述"各种绿树……还有凤凰树红红的花朵"。那篇大二之夏所写的《看看自己》写道："顶喜欢许多人目之为俗的凤凰树。"在中大的最后一篇笔记《夏天，再见》，以流水账形式简记了自己四年露水生涯的种种，除了有"夜里的栀子花香"等，亦有"火红的凤凰花"。而离校后不久，因为一封来信谈凤凰花之于校园记忆，感慨万千，遂令此花也成为我的中大青春意象了。

又如茉莉，"在中区草坪花坛前，就着隐隐的茉莉花香坐到夜深"；白兰，"夜里深呼吸漆黑中的白兰花香"；扶桑，大四的秋天，我拿着一朵这大红花，穿着白衣黑裤，拍下"风流总被雨打风吹去"的照片。

再如，一种不知名的野花，是大四的《五月忆》所忆：大一时到西区，"去班主任家，两个人走在无人的校园，我摘一串紫色花的萌动情怀……"

所以，是中大康乐园，成全了这个"爱花的少年"。毕业前的回顾，我用了一个滥俗但真诚的自喻："大学四年是我的花季。"而临别前的最后一晚、在酒意中写至深夜的那篇《夏天，再见》，则引用何其芳的诗比喻这四年，是"像花一样无顾忌地开着"的时光，并写记："黑夜里，有人在对面楼上，轻吹一首《光阴的故事》。独坐沉吟，怅惘不能自已，那是海一般深的爱，花一般美的青春……"

### 三、青园留青

除了花朵的五彩缤纷，草和树之绿，更是校园植物的主调，大学岁月的基调。中大遍布的青葱草木，滋润着学子的青春岁月——尤其是春天里草和树青得滴翠的日子，才叫真正的青春。我将此故园私下称为"青园"，毕生留情——青青子衿，悠悠我心，染在"心"上的"青"，便是难以忘怀的"情"。后来整理大学相册，便将相册命名为《留青集》。这一内容就专谈谈康乐园的树和草。

当年笔记诗文，我多次写到对树的迷恋。大一的《树的提醒》，记从图书馆借到一本好书，在回宿舍的林荫小道边走边读，几乎撞到一棵从路旁斜生出来的树，这才忽然醒觉周围丛林是那样美：静谧中的微风，轻摇枝叶作响；一棵开白花的树，飘落朵朵如雪……遂感到不应只埋头书堆，辜负身边大自然的美好，为此感激那棵树沉默的提醒。

自此而下，大二的《看看自己》，"愿来生做一棵树"；大三的《心情Ⅱ》，是"下雨的黄昏/我坐在一棵叶子宽大的树下……空空的咀嚼/盈盈的回忆/叫我终此一生/无法言传"；大四的《雨后便这么……》，"相看两不厌的，是树"。多年对树的种种赞颂、感悟，不胜枚举，这里只记一些具体的树种：

记得从南门到中区沿路两边的白千层大树，还有北门一带的大王椰，我都曾借"泰戈尔的树荫"作为照片赞词。

记得图书馆后马岗顶，山坡小路两旁光滑洁白的柠檬桉，照片上有自己题记："我怎能拒绝这些桉树/长久的静候，夹道的欢迎。"

记得图书馆后的荔枝林，路灯明灭，幽影憧憧，缭绕湿雾掩藏着的春梦痕。

记得从图书馆到宿舍的小径竹林，临别校园的暮春，我想到钱起《暮春归故山草堂》的："独怜幽竹山窗下，不改清阴待我归。"从而想象今后回归、回顾的心情。

记得中区原来的邮局书店储蓄所一带，有一小片小树林，树叶是三角形的，我曾捡拾一片夹入萧白《风吹响一树叶子》，带回留念至今。

更记得的是樟树和榕树。

中大的樟树，与草坡上的红砖绿瓦老房子在一起，很有电影感，是我梦中的美好家园。因樟与我本姓同音，遂我写过《致与我同姓的树》：倚靠着这兄弟之树，感觉春天的气息从土地传入，自脚而上盈贯全身，仿佛我也拥有了一样的汁液，又仿佛双脚扎了根，我成了樟树的一员。

榕树，那些有须根的细叶榕自不必说（尤其中区大草坪两旁的老榕树，环绕草地长髯飘飘，一如守护学子的师长），要特别一提的是大叶榕。从东门到宿舍的林荫道，两边的大叶榕枝叶在空中交织，春来新叶簇簇，鲜嫩碧翠，绿到透明，绿到把阳光都染绿，我私下给它取名为"青玻璃隧道"。它们陪伴着同学们每天的出入，"无尽新绿如少年时不忍深尝之／爱怜；碧酿初成／青玻璃的隧道通向幽幻或淡远"（《绝句13》）。

樟和榕，有岭南独特的春季落叶现象。有时一片叶飘到肩上，令我思索人与自然的微妙关联，为与春天默契的缘分而微笑；有时满树的新叶与满天飞扬的落叶并存，又令我产生拥有与逝去的双重惊悸。为此我写过忧伤的小说《春天的落叶》，也写过欢悦的《绝句12》："我与春天初有约／小小的约会／在落叶与新绿之间……爱人啊在路上到处都有／像春天一样。"

难忘的落叶景象，还有《绝句1》："星期天的下午／有风微微／有寂静沁人肺腑／我们坐在浓荫下／不发一言／这是学期里最后一个星期天／我心盈盈，又空空／我们看见两三细叶／在阳光中／轻轻／飘落。"

最后，回到最初，关于导引我来到中大的那片草坪和不限于此的校园处处青草。

康乐园之草，同样惠我甚多。如同样是即事实录的《绝句2》："在寂静的午后／我躺入深深的青草地／品尝一种心境／我想思索又怕自劳心绪／我想入眠又怕在不知不觉中错过这美好辰光／我觉得怎样都是和自己过不去啊／这时／我便听到枝间小鸟／几声无意之啼。"

又如《画》："曾向伊说的／有长长的一列新绿小榕／（有风）／有榕后独立的一棵小小洋紫荆／（有雨）／有中午伊独自穿过的草坪／（有阳光）……"该诗的结句，被我用作最后一个中大春天的草坪留影之自题："谁知一别／一个透明的邂逅竟成了画框外的初约／而伊已舍身化作了春天。"

这片大草坪（及其旁边半连半分的小草坪），就是中大的画框，见证的故事太多了。因为它的核心位置，每个人都会留下铭心的画面。在我，记得晴雨昼夜无数的草坪时光，曾与此相伴的那清亮笑容，像阳光一样，像春天一样……也记得自己独行的悠然心会，尤其是一篇《野人生计之偶然的福祉》所述：

一个新晴天，买了本《读书》，经过中区草坪，临时兴起，就在路边树荫中坐一会，看远处绿油油茂密的大片大片草地，看身旁肥大苗壮的草叶（还采了一叶夹在《读书》中），听小鸟清啼不断，仰头看看树冠，清凉的阳光便洒到脸上。——"如果要问我一生中的幸福时刻，那么这个上午，偶然第一次独自一人在路边享受清风，看阳光中的草坪，这一个小时，必是少数的其中之一幸福时光。"

如此太多的踏青印记，有一样比较特别。我曾经历精神上的深重困顿，自我挣扎走出黑色深渊的心路上，最终启迪我打通灵魂关口的，是因惠特曼《草叶集》而关注的校园草叶。它们生死相融的境界，让我豁然领悟，化解精神危机。大四之冬，我写下《草叶的欢歌》《如今我也是一株小草》："以死后的悠然心态，单纯地去生，像草叶一样，做一个纯粹的人。"毕业前的夏天我又写下《六月风凉》："我爱这些草/苗壮、丰腴的草叶/午后的凉风吹过/它们溢出绿油油的汁液/溢出朴素的欢歌。"还自取过"草叶"的名号，以志这份安详欣悦。

——青青草木，便如此垂青我的青葱生涯，让我毕生染上中大的青绿底色，从而感恩命运的青睐。

## 四、花树康乐

以上只是一个中文系旧生，在20世纪80年代后期的校园花木心迹。跳出个人的小视野，还有很多师生，对中大植物投入了更大、更深的心力，或调查鉴定，或文史记述，从科学和文学等不同角度结出累累成果，仅近十年来的专著就有：《康乐芳草——中山大学校园植物图谱》（出过不同的两版。第1版：齐瑢等，中山大学出版社2014年版。第2版：赵芷郁，中山大学出版社2018年版），《一路花开》（徐思敏等，中山大学出版社2015年版），《印象·中大草木》（李庆双、吴丹，中山大学出版社2019年版），据闻还有一个项目将结集为《康乐园木本植物图鉴》。——康乐园这个花木宝库，足以供众手纷呈，抒写无尽。

《印象·中大草木》收有黄天骥老师写中区草坪的《芳草年年绿》。黄先生是我读书时的中文系主任，是堪称"中大世家"的老中大人，该文原载于他的《中大往事》，该书多次赞美那片大草坪，"中大的草地可是全国高校校园最漂亮的"。最近，黄先生又写出更长的一篇《悠悠寸草心》，再三歌咏，深情相系。二文盛赞大草坪的壮观之美，写尽草色变化的细微之美；细说草坪本身的变迁，详道草坪上发生过的故事（这些变迁与故事折射着历史时局的翻覆变化），更通过"芳草""寸草"意象，寄寓对校友的感情，是不可多得的康乐园风物之力作、中山大学校史之佳篇。我尤其赞同黄先生从这一坪空翠中深挖的内涵：比起草坪之美，更重要的是它"包含着丰厚的人文精神"。

推而广之，中大的其他花木也是如此，校园植物不仅关乎环境绿化美化，还是历史的见证，是校友往事心情的寄托，是大学精神氛围、文化底蕴的组成部分。每一代学子领受过的林荫花风，都传递着前人的荫蔽和风采，潜移默化了后人的品格，草木绵延，精神传承。

即使不说得这么玄虚，仅植物本身，便可永供回味。我毕业后多次回校访树探花，总引发对故园的依恋。本文提到的种种旧时花木，虽有所变改，很欣慰大多数仍在，且有新的认识。如有两次与当年同窗知己重游，一回是"幽林淡酿桂花香"，另一趟获告知红花酢浆草，都是我当初未曾在意的，情景回环。

再举两个花和树的例子，可见校园植物印象的前溯后延代代相传。

杜鹃花，20世纪五六十年代陈寅恪先生夫妇居康乐园时曾多次吟咏。80年代前期陈平原先生求学中大，也在《我的读书生活》写到，春晨雾中图书馆前"一大片杜鹃花开得正艳"。随后我于同一所在（陈寅恪故居就对着图书馆不远），领略了同一片杜鹃之美，之后读到两位陈先生的文字，甚为亲切。再后来有人剽窃陈平原那篇文章在杂志发表，就凭这个杜鹃细节被我一眼认出抄袭，还去信向杂志社反映。

大叶榕"青玻璃隧道"，离开中大20年后，我写《养叶天的南国花讯》，记听老同学谈经过母校，看到那些路边路树长得更加高大，从而起岁月感怀，我很欣慰有此心情的不止我一个。又过了十多年，最近，则有在我入读中大那年才出生的校友，谈因我该文而唤起对那"青玻璃隧道"的深刻印象，其在这树下路上也有故事心事……此又多一位"同道中人"了。

——花忆前身，树拂后人，中大草木就这样宛转流传，绵延长在。

毕业十周年聚会的征文，我曾有一个形容：中大岁月如天女散花。这是上天播下的缤纷花雨，落在康乐园中，滋养我们的成长，芳香沾身，倩影入心，终生受用。对此唯有如礼佛者那样，合十感激和祝愿故园：

树长康，花永乐。

2024年6月中旬，生日前后。

（沈胜衣，广东东莞人，中文系1986级本科）

# 文心如水明，风骨化梅菊

## ——再忆邱世友先生

沈胜衣

"念中文的，就要像梅花一样高洁——起码也要像菊花！"邱世友先生这一警句，是我在中山大学"念"中文系时，从师长处所得最掷地有声的教诲，曾撰文记述过具体情形：

> 那是毕业前（编者按：1990年），在系办小楼举行用人单位招聘见面会……就在这一片集市般的喧闹中，忽见邱先生面带不悦排众而出……他全没了讲坛上时常绽现的佛祖般憨厚的笑容，边走边愤愤地说："商业交易我们应该绝缘，念中文的，就要像梅花一样高洁！"我正好要走，就跟在他后面。他在那道狭窄、陈旧的铁楼梯走下了一半，似乎意犹未尽，立在转角处抬起头，认真地用略带口吃和地方口音的普通话扬声补充说："起码也要像菊花！"

就凭那句话，他成为我最怀念的师长。

邱世友先生1925年出生，1944年考入中山大学师范学院国文系，毕业后短暂在他处工作，1950年起到中大中文系任教，直至1991年退休（并受返聘），2014年逝世。亦即，他在中大20周年时入读，与中文系相守近70年；今年是中大建校、中文系建系的百年华诞，同时又为先生去世10周年，在此背景下，他更是值得我再度怀念的师长。

邱师精研词学、文论，成果卓著，并栽培出一批学生成为专业名家。我并非他严格意义上的门下弟子，在校时只上过他讲授的"中国文学批评史"等课程，请教过他纳兰词的问题，以及上述那番精彩训示，我碰巧成为唯一的领受者。在进入社会前夕的特殊背景下，有幸遇到这样的夫子口吻、赤子之心，是对修身立德的最好教导，那份震动多年难忘。"起码也要像菊花"，虽无法时时事事做到，但至少在内心保持那样一份情怀，一个标尺，或曰一条底线吧。

2002年7月,我为此写了一篇文章《起码也要像菊花》(顺记邱师当时出版的《词论史论稿》),在网络贴出后,颇产生了点反响。很多网友读了都感慨世上有这样好的老师、我有这样好的机缘。中大中文系内部网也转载此文,后来邱师的几位门人还多次引用,使那句名言流传更广,如彭玉平《邱世友教授〈词论史论稿〉初探》之"余论:像菊花一样的词学老人",吴承学《"念中文的,就要像梅花一样高洁"——追忆邱世友师》等,后者还将标题该语视为"先生遗训"。

可是,撰文时我却误信传言,在初稿中写到邱师已然故去。到得知其时先生仍健在,不巧收入此文的拙著《你的红颜,我们的手》已进了印刷厂,谬误流布,无可挽回。惊惭之下,打听得地址,修书向邱师请罪。先生秉仁人之心,于2005年5月的回信中称拙篇"精诚可感","汝之感受深且挚也";于文中误记不多责备:"不知不罚也……唯有相聚时,执手言欢……惟祈抹彼旧痕,勿以为念。"

为了"抹彼旧痕",2006年9月我作小文《秋菊犹在,秋水犹明》(顺记邱师旧著《水明楼小集》),发表在报纸的个人专栏,公开澄清致歉。

至于"执手言欢",则是在2007年的秋冬。久居中大、与中文系老先生们熟稔的旧同学望南兄转达,说邱先生新书《水明楼续集》出版,托他转送一本给我;遂请他导引,终得于毕业十多年后才上门拜望邱师,再聆立身为学之教。

先是11月初,我来到邱师在中大的简朴家中,他正在翻看中大出版社出版的《水明楼续集》,那么巧,刚好就翻到附录的我《起码也要像菊花》、《秋菊犹在,秋水犹明》二文,真是妙缘。——该书编辑吴承学先生,通过网络辗转向我索去拙作,遂得附骥;而孔丽红设计的封面,乃一丛亮丽的黄菊,后经邱师确认,就是因我文章而生的构思。种种俱属旧缘圆满,可为欣感。

我再为旧作向邱师当面致歉,先生再度说不必,谓该文对其感悟甚深,并将新书和我带去的其旧著签名钤印留念。邱师当时已体衰,但言谈间仍让我忆起当年校园所接的风仪。印象最深的是他对我说:不管工作如何,都不要把本行的学业放下。此语遥接"起码也要像菊花",貌似一股迂劲,但由他口中道来,自自然然,毫无做作的道学气。我很喜欢这种诚朴、本色的老学人。

于是在12月初我再度登门拜访,又是一番怡然晤谈。这回邱师略谈了自己的经历,对古词人的评价等。我问中大所在的康乐村,是否真如有人说的那样,与南朝著名诗人、被贬于且死于广州的谢康乐(谢灵运)有关。他说非也,没有证据。那个传说本属美谈,然而邱师不肯为自身所处之地附会沾光,于斯可见其学风与个性。关于《水明楼续集》,我拜读了其中诗词与书信部分,前者情意深浓而意韵幽约,后者对学生际遇的关心等,让我感到先生乃是一个"真"人。

顺此概括一下我对邱师人品的印象:他是一位专心学术的传统型老先生,有老一辈治学的严谨,不肯阿世;却又有待人接物的宽厚,真挚诚恳。他尤其注重为人为学的本真本源,超脱尘俗,葆守本心,是拥有刚正灵魂的敦厚长者。

然而对邱师的渊博学问,我无力置喙,唯有不贤识小地谈一些枝节。近日偶然购得他的《文心雕龙探原》(此亦本文的起意所在),收入"中山大学中文系学术文丛"的该著,有论及《文心雕龙》的《风骨》篇。刘勰原本是述文学风格,但篇名和该篇所言的"结言端直""坚而难移""风清骨峻",实可借以形容邱师品格。正如我曾以"水明"作为他境界的象征。

因之将邱师几本旧书又翻览一下,留意到其都涉及梅、菊等传统人文花卉。其中《词论史论稿》谈前人相关作品时,多次评梅花,他用得最多的一个词是——"幽独"。《水明楼小集》之《古典文学的审美问题》篇,深入分析多种古典审美对象的植物,首先就是梅花,在不长篇幅里接连三次用了一个独特的评语:"贞丽"。——这两个词,与常见的"高洁"等,构成邱师心目中梅花的高逸格调。

后一文还谈到菊花的"孤标傲霜"。而《水明楼续集》亦多处出现梅、菊的倩影,如《教师节步季思师原韵》一诗结句:"菊花新露尽朝餐。"该书附录的张海鸥《〈水明楼诗词〉读后》指出,这是"用屈原《离骚》饮露餐菊之典以明洁身守志之意","兰幽菊淡,实乃作者生命之图腾"。

《水明楼小集》引苏轼词:"菊残犹有傲霜枝。"《词论史论稿》评朱淑真词所写前事已逝的寂寥,说:"但梅花依旧,雪枝秀劲,意深而神远。"这些也都不妨移喻邱世友先生离世后的精神遗风。至于我自己,则想起一个细节,可用另一种植物意象表达对先生的感恩——白千层树。

邱师仙逝后,我有几次重回故园,走过中大西区他旧居前的林荫道,都仍默默生感缅怀。那些高大、朴实的白千层,曾长年陪伴过先生,而我身披老树洒下的光影,走上那么一小段路,就是与这位尊敬的师长有幸结缘、得以受惠的写照了。谨此致谢,致敬。

(沈胜衣,广东东莞人,中文系 1986 级本科)

# 他们哭了……
## ——记中文系话剧团

张全欣

除了音乐，这里是静悄悄的一片。舞台上，点点红星在闪耀，在流动，牵系着台下几百双动情的眼睛。然而这只是一份短暂的宁静，当音乐飘然而逝时，由几百人汇成的感情洪流便似火山爆发一般涌溢出来，化为掌声，热烈而久久地回响在剧院之中。

面对着这从未经历过的热烈场面，中文系话剧团的同学们来不及露出喜悦的笑容，而是一个个紧紧地拥抱在一起，放声地哭了。当娄导演被同学们高高地抛起时，泪也从这位全国总工会话剧团副团长眼里洒落在舞台上……

也许人们不会想到，仅仅是在过去的十天前的一个下午，这位年轻的女导演才带着《行星启示》这个剧本来到中大，与中文系话剧团的演员们见面。面对着这一群没有受过专门训练的大学生，面对着这样一个在全国改革开放题材作品研讨会上演出的反传统剧本，导演过许多电影、话剧的娄导演犹豫了。她对同学们道出了心里话："说实话，我心里也没底。就让我们一起干吧，哥们儿！"几句朴实的话把同学们给逗乐了，但同时也让他们体会到了其中蕴含着的真诚和信赖。于是，年轻人特有的热情在一瞬间便被点燃了，从拿到剧本的那一刻起，他们便准备把自己的全部精力投入这个剧中。

这是一个寓意丰富、手法多变的话剧，它不是按传统的以时空顺序来发展故事情节，而是以未来人的眼光去回顾人类的历史。通过对一群管道工人的塑造，反映出了人与人之间的真与假、善与恶、美与丑的冲击，回答了人类凭什么生存至今的深刻问题。对这样一个难度较大的剧，要将它完全理解透是不容易的。同一个漫漫长夜里，二十几个演员各自捧着剧本，凭着多年的文学修养，凭着中文系学生的多愁善感，凭着一颗热情的心，在脑海里涌起了一个新奇的世界，在那个世界里，他们找到了各自的角色。第二天，当他们聚在一起时，大家情不自禁地谈起了自己对剧本的看法和感情。听着这群大学生的侃侃之谈，娄导演诧异了："大学生毕竟是大学生！如果让专业演员来演这个剧，恐怕还得费好大功夫才能让他们明白这个剧到底讲了什么呢!"一个演员要演好一个角色，首先就必须理解自己所演的角色。现在，这群演员已经成功地迈出了这一步，娄导演那颗一直悬着的心总算放下了。

离演出那天只有一个多星期了。在这短短的几天内，每个演员得背下各自那长长的台词，得按导演的意图去完成每一个动作，还得各自去准备服装、道具……要做好所有这一切，如果没有一股拼搏的干劲，没有一种忘我的精神，也许只是天方夜谭。而中文系话剧团的演员们用自己的汗水将这天方夜谭变成了校园美谈。彩排那天，娄导演满意地看着同学们的表演，眼里第一次流出了欣喜的眼泪。

望着导演那双带泪的眼，每一个演员都感觉到眼前的这位大姐姐是如此的可亲，是如此的可敬！她没有大人物的架子，也没有傲慢地指手画脚，她有的是一颗对人真诚的心，一种能把二十几个人连成一起的魄力和真情。

演出获得了成功，摄下的每一组镜头都闪耀着喜悦的泪花。就连话剧界的老前辈赵寰同志也激动得热泪盈眶，他称这次演出是一个奇迹。是啊，确实是一个奇迹！透过这一串串的泪珠，也许我们会明白它是如何发生的……

（张全欣，广东广州人，中文系 1986 级本科）

# 《中国戏曲史研究》序[①]

郑尚宪

我与黄仕忠忝列王季思（王起）、黄天骥先生门墙，同学三载，情如手足。近日欣闻他的新作即将出版，高兴之余，不禁想起了一些往事。

第一次认识黄仕忠，是在1984年的秋天。当时他从徐朔方教授问学，专程来南京大学访学、收集资料，顺便看看同专业的同学。那时我们仅匆匆交谈数语。他说他的硕士论文做的是元高明的《琵琶记》研究，我们都有些不以为然。因为《琵琶记》历来研究者甚多，论争纷纭，特别是经过20世纪50年代那次全国性的大讨论，似乎该说的都已说到了，而作为毕业论文，要面对多方质疑，恐怕是吃力不讨好的。不过我们对他为人的认真笃实，都很有好感。

两年后的秋天，我往中山大学读博士学位，惊喜地发现，黄仕忠也从杭州大学考来了！当我在宿舍楼前见到他时，他正满头大汗地冲洗一个沾满灰土的破书架。原来，学校分配的大书架他不够用，他不知从什么地方弄回来一个废弃多时的旧书架，正兴冲冲地拾掇呢。我帮他把书架抬上楼，看着他把一摞摞书往架上摆，不由得为他买了那么多书感到吃惊。

刚入学的那段时间，黄仕忠的信特别多，而且其中一些一望而知是出自女性手笔，于是师兄弟之间免不了一番戏谑。原来黄仕忠当年年初曾在《中国青年报》上发表了一篇随笔，颇引得一些青年朋友的共鸣，其中自然也包括一些女性。我要求"审查"这篇"招蜂引蝶"的文章。然而，读了这篇题为《书的诱惑》的文章后，我开不起他的玩笑了。文中真切地描述了他小时候僻居山乡、四处求书的经历，以及借到书后姐弟四人如何挤在一盏煤油灯下夜读的情景，还写到上大学后遨游书海的快乐和嗜书如命的心态。字里行间那种对书本、对知识的渴求和眷恋之情，深深地打动了我的心弦。

---

[①] 本文系郑尚宪为《中国戏曲史研究》（黄仕忠，中山大学出版社1997年版）写的序，收录时略有删改。

而我也慢慢地对黄仕忠有了深入的了解,体悟到在他憨厚敦实的外表下,是深沉与机敏,外犷内秀,即所谓"南人北相"者。以其江浙人本性的敏捷,却偏以木讷为表,不较一日之短长,自是志存高远。

三年的同窗生活是丰富多彩的。

入学后不久,我们就于金风送爽的清秋时节,远赴黄土高原,到《西厢记》故事发生地——蒲州普救寺,寻访当年那位多情才子跳墙的踪迹;我们也像张生一样,久久伫立黄河渡口,领略那浊浪排空的九曲风涛。归途中,我们登上华山,在西岳之巅仰天长啸,笑指日出,听野老闲话沉香太子劈山救母的传说。

第二年花果飘香的夏日,我们又与众多师友聚会在南海西樵山麓,一边啖味荔枝,一边细细探究唐明皇与杨贵妃的生死情缘,为《长生殿》扑朔迷离的主题争个不亦乐乎。为了寻觅宋元南戏的遗响,我们还曾沐着霏霏春雨,在悠扬雅丽的南音丝竹声中,流连于古城泉州的大街小巷……

康乐园的三度寒暑,更给我们留下了许多美好的回忆:绿树掩映的"玉轮轩"里,我们曾无数次围坐在两位恩师的身旁,聆听他们的谆谆教诲,感受一代大师的道德文章和崇高风范。每年初夏时分,我们趴在宿舍窗口,用细竹竿勾取洁白的玉兰花,给远方的亲友寄去缕缕芳香;秋冬时节,我们常常在江堤上漫步,看着夕阳将珠江染成一派通红,然后踏着暮色回到斗室,黄卷青灯读到深夜。元旦晚会上,我们不敷粉墨就昂然登场,在哄堂大笑声中,串演了一出"歪批三国"。我生病住院时,他每天往返十几里前去探望;他初涉爱河时,我则以过来人的身份为之出谋划策……

毕业已经八年,而这一桩桩一件件,历历如在目前,令人难以忘怀。

然而更难忘的,还是三年中那无数次竟夕长谈:在书堆纵横的桌上挪出一小块空间,摆上一把缺了嘴的茶壶,两个锈迹斑斑的小茶杯,泡上一壶他从家乡带来的大叶茶,然后就海阔天空地聊起来。我们聊人生,聊理想,聊家乡趣闻,聊往日师友。

由于我们都来自农村,思想感情上颇多共通之处;又因为以往师承不同导师,各人的知识积累、治学方法、研究重点又不尽相同,颇多互补之处。常常一聊聊到深更半夜,茶壶里倒出来的水早已淡白无味,而我们的谈兴却越来越浓。一个个想法在神聊中产生,一篇篇文章在聊天后出笼。无论我还是他,每当有了一个新的想法或读书有所得,第一个念头就是找对方聊聊,切磋切磋;每篇文章脱稿后,总要让对方第一个过目,提提意见。有时候干脆合作撰写。这种学问商量之乐,是常人难以体会的。

但生活不可能总是洒满阳光，有时难免也会碰到一些不愉快，甚至挫折磨难。不过黄仕忠却自有解脱的办法。正像他高兴时会来一段"天上掉下个林妹妹"一样，这时他通常是拉长声调，抑扬顿挫地来一段"金玉良缘将我骗"，声调从高亢激昂到低沉平和，音量越来越小，最后归于无声。不用说，此刻他将烦恼宣泄之后，又重埋头于他的书堆了。他的旷达与超脱，每每令我这位做师兄的叹服不已。许多年后，在他的文章中读到这么一段话："文学艺术本有合时与不合时之别，故其流传于后世各代，亦时见其幸与不幸。当其不合于时，则种种贬责亦自不免；而时势变换之后，观念变更，忽得其时，种种不实之辞转瞬已为陈迹，人们刮垢磨光，复得其温润之质。故幸时不必甚喜，不幸时亦不必过忧。"这里虽然谈的是文艺作品，但我想这未始不正是他对于人生的一种感悟么。

所以，即使他毕业留校后因故当了一年多"待业青年"，在收入不足糊口，前途未卜的情况下，也仍能超然物外，心平如镜，无怨无悔，一如既往地读他的书，写他的论文。又因其只能以学问消解心中之垒块，心不得旁骛，反少俗务羁绊，遂使学问精进神速。祸福得失，固相依存也。

在短短的几年时间里，他不但修订出版了博士论文，而且发表了一系列学术论文，对戏曲史上诸多重大问题，提出自己的见解，还在一些向未引起注意的领域，作出了开拓，深得学术界的好评。在去年（编者按：1996年），他更推出了洋洋三十万言的《琵琶记研究》。他从版本入手，探寻前人视焉不察的许多问题，步步深入，对作者生平、版本源流、思想内容、社会影响、文化内涵、艺术成就等诸多方面，作了全面探讨。仅猎涉明代版本就达三十余种，收罗之广，学界无出其右者。而其审视的眼光更放到整个戏曲史、文学史和文化史的高度，故由点及面，言之有据，论之成理，堪称集《琵琶记》研究之大成。

记得当年同窗之际，每当聊及《琵琶记》，他都有说不完的话语。他也自知《琵琶记》研究难搞，却偏知难而进，只为寻求一个高起点。因为突破了这一难题，也意味着学术上的登堂入室。而苦苦探寻之后，探幽索秘，豁然得解，其中之快乐，实不足与外人道也。我看他如此痴迷于《琵琶记》，曾戏称之为"琵琶独奏"，没想到十年之后，果真让他奏出一阕妙曲，着实令人叹服。

每次捧读他的新作，我仿佛又回到康乐园的斗室，听他用浙江口音侃侃而谈，既十分亲切，又十分感佩。中国知识分子自古以来就有"发愤著书"的传统，有"穷而后工"的说法，而今也在黄仕忠身上，得到了印证。

1993年春节，我回到了阔别数载的康乐园，在王季思先生的指导下，和黄仕忠一起负责《中国当代十大悲剧集》《中国当代十大喜剧集》《中国当代十大正剧集》的编选定稿工作。师兄弟再一次朝夕过从，商量学问，其快乐是难以言喻的。然而在这次合作过程中，我深切地感受到，我和黄仕忠在学业上已有了十分明显的差距。这固然是由于我自己的疏懒懈怠，但更重要的还在于他的突飞猛进。古人云：士别三日，当刮目相看。因为黄仕忠不仅对于徐朔方、王季思、黄天骥三位导师的治学风格已有比较深刻的理解和感悟，而且较好地吸收了其长处，形成了自己的特点。他本人却并不以为满足，觉得自己主要问学于江南和岭南，且学界又多有"近亲繁殖"之弊，应兼取南北学术之长，予以融会贯通，方能成就其大。所以其后又专赴北京大学任访问学者一年，以感受北方学术之氛围，体悟其间之短长。

当今之时，研究中国古典文学者，多有借出国讲学以自重，亦以缓解经济之困窘；在国内名校进修、访学者，又大都为博一文凭、资历。像黄仕忠这样获得学位和职称之后，纯以学术为念，犹然访学不辍，恐怕是很少见的。而黄仕忠在学问上的精进，便是对他最好的回报。

有位友人读了他的某篇文章后，很感慨地对我说："黄仕忠得了徐朔方先生的真传！"我告诉他：你多看他几篇文章，就能看到王先生、黄老师的影响。王先生本人在他晚年发表的《关汉卿〈玉镜台〉杂剧再评价》文末，曾特地附上一笔："这是黄仕忠同学根据我的提纲和谈话撰写的。在某些段落还融进他自己的见解，不见拼凑痕迹，这是不容易的。"身为王门弟子，我深深理解先生这段话所蕴含的分量。

有人将广州称为"文化沙漠"。这固然是不切实际的夸大之词，但与北京、上海、南京等地相比，广州的文化气息确实要薄弱一些。在广州这个商业气息极为浓厚的繁华都市里，经济大潮对知识阶层的冲击和挤兑，远远超过其他任何一座城市。毫无疑问，在这么一种充满喧嚣和躁动、充满机遇和诱惑的大环境下，要想实实在在做点学问，除了甘守清贫、耐受寂寞之外，还需要充分的自信和从容、执着的心态。

黄仕忠在《琵琶记研究》的后记中这样谈到自己的治学心得："当深入某一作家的心灵，便是得到一个永生不渝的知己，静夜之时，每可作心灵的对话；虽或偶尔相别，也必时时挂念，留意其最新消息，关心别人之议论与评价，以至于历数十载而不变，不亦宜乎？"其中便可见其心态之沉稳与从容。持了这种心态，实已不再视学术研究为苦役，为谋生手段，为进身之阶，甚至已不仅仅是一种事业追求，而是生命的一个重要组成部分。所以他又说：

"盖学问固然可以作为一生的功业待之,但本应属于兴趣,有所谓'痴'与'迷',未必尽可称'耗'。如前辈学人多已将学问变成人生乃至生命的构成部分。只有二者分离时,才有'耗'之所谓。"

在这里,治学变成了人生第一需要,学问与生命已融为一体,不可分割。在当今做学问被许多人视为"黑道",视为畏途的时代,读书问学到如此痴迷的地步,真不知是幸呢,还是不幸?

曾有一次朋友聚会,席间评论同辈学人,因系知交闲聊,褒贬从心,一无假借。言及黄仕忠时,有人用了"读书种子"四个字。一言既出,举座叹服。我想,这应该是对黄仕忠最贴切的评价了。

黄仕忠希望我能为他这部新著作序。而时下气习,多以名人作序为尚。我自忖才疏学浅,不敢作此雅事。然而黄仕忠既无意于借名人自重,而我作为同窗好友,也觉得有些话可以借此机会说一说,或许有助于读者诸君了解作者之为人为学为文,因此不避琐屑,拉杂书来,聊博一粲。其实算不得序。

1997 年 3 月记于秦淮河畔

(郑尚宪,福建仙游人,中文系 1986 级博士)

# 从体育记者到深耕舆情数据

## ——不断攀登的人生

戴学东述，马文杰、宋舒岩、代伊伊整理

戴学东是中山大学中文系的毕业生，是中山大学在新闻媒体领域的优秀校友，也是我们此次活动采访的对象。我们三个中文系 2021 级的大三学生与戴学东学长展开交谈：见证了无数中国历史性时刻的前辈与刚刚展开飞翔翅膀的学生相谈甚欢……奇妙的故事在我们之间拉开帷幕。从一名普通体育记者成长为南方舆情数据研究院院长，戴学东校友的人生经历和职业选择诠释着他不断攀登的人生。

### 一、报考中大，是从小的梦想

戴学东于 1992 年毕业于中山大学中文系，同年进入南方日报社工作，开启了逾 20 年的体育记者生涯。成为一名体育记者，是他小时候就明确的梦想。

"我来自湖南的农村，当时看了范柏祥师兄在《羊城晚报》上的体育新闻报道，心里就埋下了这颗种子。我想要来到广州，报考中大，实现我的梦想。"学长对小时候的事记忆犹新，这份信念也开启了他的人生之路。

学长跟我们反复强调，他从母校得到了很多的锻炼和成长。那些做记者需要的技能，有不少都是在学校培养而成的，因而他十分感恩和怀念母校。"那时候，我们在大一是要完成 150 篇作文的写作的，这锻炼了我的写作能力和写作速度，为以后当体育记者打下了很好的基础。"很多体育赛事都会进行到很晚，一场重大的体育赛事结束后需要马上写稿，甚至要写好几篇稿，有时要写好几千字。写出一篇又快又好的报道，既需要笔头快，又要有卓越的写作能力。

"当时军训一结束，我就向《中山大学校报》投了一篇稿，这是我第一次以自己的名字正式发表的一篇稿件。那时候还得到了八块钱的稿费，我去中大东门吃了一份豆腐鱼头汤和一盘炒河粉。"这次经历给了学长很大的鼓舞,也让他更加坚定地朝着自己梦想的媒体方向走去。他不仅继续向中大校报投稿,而且加入了社团与同学一起创办杂志,在担任杂志主编的同时,还加入了中大广播站,成为一名校园记者。学长表示,在母校得到的这些锻炼,为他以后的媒体生涯打下了坚实的基础。

从学生时期的尝试到成为真正的体育记者只有一步之遥。毕业后的学长,怀着满腔热情加入了南方日报社体育部,开启了长达二十多年的体育记者之路。路漫漫其修远兮,吾将上下而求索。

## 二、宝剑锋从磨砺出

戴学东工作后,热爱传媒事业的他在体育新闻领域耕耘颇深。他采写过世界杯、奥运会、亚运会等众多世界性大赛,获得了我国体育新闻界最高等级的中国体育新闻一等奖、全国日报体育好新闻一等奖、全国日报奥运好新闻一等奖、广东新闻奖一等奖等众多新闻奖项。此外,30多年的媒体生涯还让学长获得了许多重量级荣誉,如担任2008年北京奥运会火炬手、2011年深圳世界大学生运动会火炬手,并在2011年荣获全国五一劳动奖章,等等。

学长自初中时起便与体育新闻结下了不解之缘,后来他也向中大中文系1977级的大师兄范柏祥请教学习,足见中大人、中文人之间的精神纽带与延续传承。学长说,"20世纪80年代,全国报纸中只有《羊城晚报》有专门的体育版,在湖南,我们小县城的街头上都会贴出来,我就喜欢看这些体育新闻。《羊城晚报》在广州,《羊城晚报》的一名记者范柏祥是中大中文系毕业的。"而如今,学长也成了连接起中大人的纽带,他说,"只要是中大的,到我们这里来实习和工作,我们都很欢迎!"

"时代在变,科技在变,我们媒体要转型,个人也要转型。要跟随时代的步伐,不断学习。"学长始终不断学习,屡创新高,从一名体育记者转型至深耕舆情数据的媒体人,现任广东多所高校的客座教授、硕士生导师。他将自己在行业中耕耘多年的心血融入所授课程、讲座之中,广受好评。

学长为学弟学妹们提出了宝贵的意见。在职业成长的过程中,学长认为最关键的便是踏实,即使处在不尽如人意的起点,最终也有可能走得更高更远。"若要在职业生涯中取得一定的成绩,我认为还是要脚踏实地,一步一步来,这个很关键。"

### 三、为中山大学送上祝福

"铁肩担道义，妙手著文章"，一直以来都是中文人的精神信仰。在这一信念的感召下，中大中文系培育出了许多在媒体行业发光发热的杰出人才。中山大学即将迎来100周年校庆，学长也为中山大学送上了最诚挚的祝福，希望母校能"越办越好，名气越来越大，站稳中国前八，成为世界百强的一流大学！"

从学长的身上，我们能感受到他对新闻媒体的热忱。年少时就已经决定好自己人生的方向，哪怕山高路远，也要砥砺前行。2012年起，新媒体蓬勃发展，传统媒体也面临转型。近十年来，学长个人也积极转型，从事大数据及舆情领域的研究。他领导的南方舆情数据研究院，成为南方报业传媒集团成功转型的标杆项目，全国众多的省级媒体和地市级媒体纷纷前来南方舆情数据研究院"取经"。学长本人也成功促进了学界和业界的融合，发表了不少有实践经验的论义，成为广东多所高校的客座教授，可以说是桃李满天下。

学长坦言，中山大学中国语言文学系的培养和教育，给每一位同学都提供了大展宏图的基石和舞台。每一位毕业于康乐园的学子，都对那里的一草一木怀有深厚的感情。值此百年校庆，我们共祝母校越来越好！

（戴学东，湖南新化人，中文系1988级本科；马文杰，山东东营人，中文系2021级本科；宋舒岩，山东东营人，中文系2021级本科；代伊伊，湖南常德人，中文系2021级本科）

## 头戴朝霞,眼含海水

### ——兼忆程文超先生

曹 霞

1992年的高考季,当我在志愿书上写下"中山大学中文系"时,愚笨如我甚至不知道它在广州,也不知道它有多么的美丽,更不知道从那一刻起,我已经亲手启动了命运的齿轮,那神秘莫测的旋转将把我带到一个无法预知的所在。

30年前,康乐园又旧又美。它南临新港路,北毗珠江岸,站在北门,二沙岛在水里开出柔美的波涛。校园里,一派氤氲迷人的南国风光。棕榈树泼撒着巨掌般的叶片,凤凰木绽放着火焰似的花朵,大榕树从地下涌出一条条气根,竖琴般庄严地排列着。每当雨后,紫荆花瓣铺落在校园小道上,如梦如幻。

那时,中文系还在十友堂的南侧。三层高的红砖小楼秀雅极了,一楼挂着容庚、商承祚老先生的画像。楼上的教研室静幽幽的,桌椅凉沁而文气,俊秀的书画盈漾着丝缕古韵,密阳树影婆娑着从窗格摇进来,一地斑驳。

以中文系为轴,往东是马丁堂、大钟楼、邮局和图书馆,往北是惺亭、中山先生铜像、进士牌坊和荣光堂,往南是怀士堂、陈寅恪故居、马应彪夫人护养院、梁銶琚堂。老建筑一色儿的红砖绿窗琉璃瓦,铺展在蓊郁亮滑如绸缎的著名草坪上,煞是好看。南国阳光泼洒下来,照耀着中山先生手书的校训——"博学、审问、慎思、明辨、笃行",让人想起1927年时任中大教务主任和文学系主任的鲁迅先生在开学典礼上所说,"中山先生给后人的遗嘱上说,'革命尚未成功,同志仍须努力'。这中山大学就是'努力'的一部分"。

我每个月按时收到父母汇来的300元生活费,学校发26元补助。一收到钱,我们就去东门外的大排档"明记"或"聚丰",豪迈地蒸半条鱼,来半只白切鸡,一打蒜蓉青口,一煲老火靓汤,就着王老吉吃得欢天喜地。食堂的茄瓜、鱼付、五柳炸蛋、塘虱鱼、鲅鱼相当美味,宵夜的炒田螺、炒粉、花生、毛豆香气四溢,加料窗口的烧鹅、叉烧、炸鸡腿金黄灿烂得像一个美梦。那时,我们并不知道邓公南巡,也不知道特区的经济潮正在风起云涌,但饭堂外的宣传板上一层层地贴着招家教、推销员、派单员的广告,热火朝天地预告着经济时代的来临。

那时的生活好玩得像一个"大趴踢(party)"。"维纳斯杯"校园歌手大赛是我们的青春盛典,学生社团 Lucky boys 在 1995 年大赛上唱原创的《毕业谣》:"问一问你是否会想着过去/告诉你我永远也不会忘记/世上总不会有不散酒席/只有你我是下不完的棋……"毕业的、没毕业的都在歌声中落泪了。文艺社团全面开花:紫荆诗社、晨啸文学社、南方文学社、金字塔学社、星海爱乐协会、求进社。校园诗人层出不穷:周伟驰、单小海、杨早、莫辊、王永飚、郑启祥。我们参加广东省大学生诗歌邀请赛,拉广告印制文学期刊《新南方》,往《大学生》《珠江晚报》《广东青年报》奋力投稿,拿到微薄的稿酬如揣巨款,在北门码头坐渡轮去北京路,昂首挺胸把 Grandbuy(广百百货)来来回回逛个遍。

有月亮的晚上,我们拎着菠萝啤和珠江啤酒上到东五的顶楼天台,席地而坐,喝酒聊天。南国的郁热围裹着我们,将夜晚烧灼出一缕缕锈红与铜绿。从天台上可以看到对面的东湖。湖边的熊德龙学生活动中心盛行交谊舞,笨拙的男男女女蟹行熊抱,互相踩脚。湖边茂密的林子掩护着痴情的情侣,空阔的湖面像扩音器播送着牛蛙"咕啊——咕啊——咕啊"的叫声,盛大而洪亮。

在美丽的康乐园,我们就那么漫不经心地晃晃悠悠,兜兜转转,时间多得好像一生都用不完。

1993 年,程文超先生从北京大学来到了中大。同学们在水房里一边洗衣服一边传小话,说他是谢冕教授的第一个博士,是北京大学和美国加州大学伯克利分校联合培养的双博士,说他又忧郁又俊朗,就像普希金,说他的《意义的诱惑》是一部天书,里面充满了"播撒""范式""话语欲望""能指链上的滑动""'无垂无钓'的垂钓"等语汇,让人眩晕。

大三时,程文超先生给我们上"当代文学"课,那门课改变了我的一生。那是 1995 年,我们在旧管一楼上课,水泥地板被磨得又光又亮,水汽从墙壁里乌突突地渗出来,日光灯散发着昏黄的光。春天是如此萎靡,我们是如此无能为力,困倦得直想打瞌睡。这时,"普希金"一个箭步跨上讲台,他穿着一件米咖色提花毛衣,文艺范儿十足,头发微卷,眼睛明亮,笑容温暖。

程文超先生讲课堪称一绝，他从不照本宣科，而有独特的文本阐释路径。他讲《创业史》："在梁生宝的后面，有一双眼睛，那是谁的眼睛？是叙事者的眼睛。'他'对梁生宝的大公无私发出了赞叹，对梁三老汉的自私进行谴责。'他'对梁生宝的肯定与对梁三老汉的否定构成了一个巨大的'剪刀差'。"他讲《红岩》："小说开头，阴云密布，江波汹涌，结尾则云开雾散，阳光明媚。风景叙事始终伴随着革命进程。"先生新鲜别致的讲法消解了陈腐的观念和讲课模式，我像从冰冻层中被开凿出来，苏醒了。

先生是国内较早谈论现代性和后现代主义的批评家。早在20世纪80年代末90年代初，他便将德里达、福柯、拉康、利奥塔运用得纯熟而犀利。但他不是崇洋媚外者，他关注的是在古老大地上，中国人如何获得现世安宁的本真性伦理。为此，他执着地将"现代性"定义为"民族主义和个性主义的一体两面"，提出了"前夜的涌动""彼岸后叙事"等一系列命题。用先生的话来说，"借"他者之"火"，为的是"煮"自己的"肉"。先生那兼济天下的知识分子情怀、炽烈潇洒的艺术生命始终辐射着强有力的热度。

那时，我对文学理论一头雾水。在上"当代文学"课之前，我热爱诗歌，经常在熄灯后点着蜡烛涂抹诗句，比如"剥开尘烟中迷茫的亲情／母亲古老的呵护慢慢浮起"，"在大地深处／我反复盛开／这单调的美景令我落泪"，矫情得很。那时，我理解的文学是迢遥的形而上的浇灌，不可企及。但随着先生进入当代文学领域后，他那活泼的思想、机敏的论述和逻辑的美学深深吸引了我。他让我第一次知道，"当代文学"是如此有光、有温度、有质感的一个专业；他让我第一次知道，对文本进行阐释是一件如此深涵机锋和思辨的美好之事；也是他，让我第一次知道，文字可以赋予一个脆弱而害羞的生命以尊严，以安身立命之地。

1999年，我再回中文系跟随程文超先生读研。他每学期开学都会来宿舍看望我们。我们住在"中二"的12楼，先生弃电梯而疾行，轻盈上楼。当他出现在宿舍门口时，整层楼的女生都欢呼着拥过来。程门的开学仪式往往在紫荆园或康乐园餐厅拉开序幕，先生做东，给我们夹菜，嘱我们吃饱喝足，围护我们如小雏，既担心我们读书过于专注而瘦下去，又担心我们因不专注读书而胖乎乎。那时，我们没心没肺地逛街、喝酒、发呆、拍拖，在英东体育馆闲逛，在图书馆外的林子里晃荡，理直气壮地浪费时间，全然不知道我们已提前预支了一生中最幸福的时光。

那时，我更无从知晓，先生所从事的中国当代文学批评及其研究将成为我一生的志业。我曾经读不懂的《意义的诱惑》成了我生命中最重要的"意义"。每当困顿和乏力之时,我就会看到先生那明亮的眼睛,听到他那富有磁性的清朗的声音对我说:走下去吧,沉下去吧,沉入那个花木葳蕤、群鸥翱翔的梦幻之地,你会找到一生的幸福。

这是2024年2月,北方盛大的凛冬。从书房的窗口望出去,薄薄云层铺展在空中,丝丝浅蓝从云缝里透出来,让人感到清冷且安全。这一年,我刚过知天命之年,中文系则将迎来百年华诞。从小县城的文学少年到中大中文系之子再到从事文学教育的大学教师,我这一生,所有的充实与欢愉都与文学相关,在这个世界上,还有比这更幸福的事吗?而我,亦将一生的时光与生命都投入其中,延续先生之薪火,在这个世界上,还有比这更朴素的献祭吗?

就像埃利蒂斯《蓝色记忆的年代》所写:"我在寻觅什么呀,那时你向我走来/头戴朝霞,眼含古老的海水/浑身是太阳的热力……"

(曹霞,安徽贵池人,中文系1992级本科、1999级硕士)

# 康乐园往事

张燕明

6月底,我到广州出差,顺便回了一趟康乐园。

康乐园者,母校中山大学南校区别称也。从入住的酒店打车到东门,凭电子校友卡进入,先去看了东五宿舍、学五饭堂。然后自东区往西走,沿途经过熊德龙学生活动中心、英东体育场、图书馆,来到中区草坪、惺亭……正值毕业季,校园里三三两两,到处都是拍照的孩子们。落日的余晖,从参天的古树罅隙,投下一道道金色的光影,映照着一张张神采飞扬的面孔,上面写着两个大字——"青春"。

我的青春,从这里启航。

20世纪90年代中期,在父亲的陪同下,我坐上绿皮火车硬座,从武汉出发,经过近一天一夜的颠簸,南下广州。还来不及充分体会"独在异乡为异客"的孤单彷徨,新鲜热辣的大学生活就在我面前展开了画卷。

紧张军训之余,班主任给我们开了"入学第一课"——打"拖拉机"(注:一种扑克牌游戏)。周末午后,全班四十来号人齐聚小卖部门口,每四个人两副扑克牌,"拖拉机"大军浩浩荡荡出发了!很快大家就上手了,也有些人上了瘾。班长拿了新生奖学金,请大家伙儿一块包饺子、打"拖拉机",饺子好不好吃不记得了,只记得"拖拉机"是从下午打到晚上,从晚上又打到了早上。

大学四年,我们住的"东五"宿舍,全称"东区105",是一栋"H"型的建筑,也是当时最大的女生宿舍。六人一间宿舍,三张铁架上下床,六张桌椅,就是全部的"家当"了。住的时间长了,我们陆续添置了些东西,比如放磁带的收录机。只要人在宿舍,只要没睡着,音乐绝不停。听得最多的,是滚石的唱片——林忆莲、陈淑桦、娃娃、齐豫……当然也少不了英文歌,《Careless Whisper》、《I Swear》等。记得好几次,因为晚上睡觉前断电,灯没关收录机没关,一大早,电流送达——灯霎时大亮,音乐声爆响,大伙儿被强力从睡梦中拽回现实,毫无缓冲过渡。

洗手间、澡堂、洗衣房都是公用的。"H"中间那一杠即是。人多，公共空间少，高峰期难免拥堵。热水是没有的，我们宿舍六人，除了身高一米六多，体重约120斤的D小姐外，其余几个身高一米五上下，体重不过百的，都练就了冷水淋浴的本领，也因此常被D小姐取笑"健壮如牛"。

那是手机还未普及，甚至寻呼机还要稍晚才能登场的年代，整栋大楼近千名女生的对外联系，全赖门房里唯一一部公用电话。门房与各宿舍之间，则用对讲机。于是常见的场景，是对讲机一阵噪音，"哔哔叭叭"过后，传来阿姨的呼叫："丫丫玲（110），×××！"被叫到名字的，哪怕还穿着睡衣，亦如旋风般往外冲去，再以百米冲刺之速度，闯进门房，抓起电话。当然，电话是极难打的，也时常因为等待时间过长，跑出去只接到"嘟嘟"声。

除了打"拖拉机"，当时还颇流行交谊舞。我们先报名参加了交谊舞培训班，恰恰、快三、慢四，逐个学了一遍。到了周末，我们便去熊德龙活动中心小试身手。

三个人结伴去的，站在那里，矜持地等人来邀。不一会儿，有男生来了。先邀C小姐，不知出于何种缘由，C小姐摇头拒绝了。现在想想，换了我是男生，当然也会先邀最漂亮的女生嘛！然而，我脆弱的少女玻璃心在那一时刻遭到了一万点的暴击，待男生转而礼貌地向我伸出了手，我赌气拒绝了他。男生倒也不气馁，转向了下一位，再被拒绝。于是，三个"呆头鹅"在昏暗的角落，当了一个晚上百无聊赖的看客。

除了跳舞，学校还有别的娱乐方式。

月黑风高夜，学校北门早已关闭，然而围墙两端，并不平静。借着路灯昏暗的光，乌黢黢的围墙两侧，各倚靠着两把木梯子，梯子下的人自发扶着，梯子上的人小心翼翼爬着，从一侧梯子往上，另一侧的梯子往下，就完成了一场毫无悬疑的"越狱"。梯子窄小，是"单行道"，大家也很自觉，这边的人通过，换另一边的人通行。

引诱康乐园学子如此冒险的，是下渡村的电影。下渡村背靠珠江，紧邻中大。所谓电影，当然不是什么正规电影院的大屏幕高清或超清大片，不过是些小型放映厅的DVD投影。学校的梁銶琚堂周末有时也放电影，但场次少，票价不菲。对我们这些穷学生来说，还属阳春白雪。下渡村几块钱一场的电影，便成为我们消遣娱乐的不二选择。女生们热衷于《乱世佳人》《窈窕淑女》等经典大片，男生们除了看电影，还会去看球赛，就着啤酒一起欢呼笑骂。

有人说，大学之为大，不在大楼，而在大师。从大一开始，系里就给我们每个人配备了写作导师。回头看我的大一写的 100 篇习作，幼稚得不忍目睹，但导师仍在上面圈圈点点，作了许多批注，甚至修改了错别字。记得舍友的导师金钦俊老师，家里新添了卡拉 OK 音响设备，特地邀请我们去一试身手。时隔多年，我还记得那天晚上，金老师一直夸我，说我"声线好，对歌词的领悟力很强"，要我多唱。要知道，身在美女才女如云的中文系，我只是一朵土里土气、太不起眼的小花。来自老师的一点点赞赏，对我来说，都是莫大的鼓励。

后来，我有幸成为复旦大学博士彭玉平老师所带的第一届学生。彭老师以其翩翩风度和儒雅气质，深深俘获了我们的心。一次临近考试，舍友们相约，撺掇着打电话给彭老师，套点"复习重点"。接通电话，我开口：彭老师，我是张燕明。他假装讶异：谁？张爱玲！我不好意思地笑了。复习重点没有要到，他的课我却次次都考到 90 分以上。听彭老师说过，如果第二天有课，不要说饮酒，他是连宴会都不会赴的。自律若此，怎能不令我们钦敬有加？毕业多年，我们仍密切关注着彭老师的动向——他在"百家讲坛"讲诗词，他出了新书……每跟人聊起，语气格外骄傲：他是我老师！

此次回校，我决意召集舍友们一聚，东拉西扯，总算差不多把大伙儿凑到了一个群里，除了舍友 W 小姐。晚上，在预订的学校餐厅包房，舍友们陆续到达。席间我们说起，青春芳华的 W 小姐，早已不辞而别，永远离开了我们，离开了这个世界。

从广州回来后，我翻出当年 W 小姐写给我的唯一一封信。用铅笔写的两页纸，字迹娟秀。W 小姐啊，如果你不曾离开，那么今天晚上，你会和我们一起，在康乐园里东游西逛，看校园里新建了很多我们不认识的高楼；看"东五"换成了男生宿舍，"广寒宫"里住的，不知道还是不是女研究生。亲爱的 W 小姐，或许，我们可以坐下来慢慢聊一聊。其实，事业功成名就，生活美满幸福固然令人艳羡，但我们大多数人，也不过这样寂寂无名、平平淡淡地过着。亲爱的 W 小姐啊，其实，失恋没关系，不结婚也可以，离婚没关系，一事无成也是可以的……

（张燕明，湖北黄冈人，中文系 1994 级本科）

# 在这秋凉的北国，我想念中大的一地绿茵

龙迎春

昨日身体不适，不小心说了一句，惊动了80余岁的黄天骥师，老人一句"念念"，令我顿时泪落。去岁北归以来，一路仓皇奔走，直至此刻，也未曾妥善安置好身心。放下电话，神思飞驰，已非这微凉的北国之秋，而是那四季垂着榕丝的故城了。

## 一

大学时的我一派单纯，一点都不想踏进社会，父亲也不催我早日工作为他分忧，而是毫不犹豫支持我读研。

原想着肯定是本系保送上研究生的，却未能如愿，背后种种，自不必提。只是大三一场大病下来，加上时间紧迫，我已无精力和体力准备考试，遂将欲随北京大学乐黛云先生求学的雄心也放下了。恰巧中山大学古典文学戏曲史方向来系里要保送研究生，我原本无意南下，对中大也不了解，对于专业更是一门心思想学西方文学，但彼时我正在人民出版社实习，策划室主任方鸣先生告诉我，身为中国学子，英文如非所长，自然要以古典文学打底；班主任赵乃增老师也告诉我，王季思先生是中山大学中国戏曲史研究的学术奠基人，因而中大的戏曲史专业，在国内举足轻重。

由此，与中大结缘。

## 二

当时坐了几十个小时的火车从北京一路奔赴广州，随身带着自图书馆借出的余秋雨所著《中国戏曲史稿》。在那个没有手机干扰，没有微信的时代，我在这数十个小时里，格外专注，使出了平生的气力，生生将戏曲史自学了一个大概，为我的面试准备。现在想来十分惭愧，要知道大学所有课程中，

我的古典文学最不下功夫，先秦文学的老师授课，常常出其不意地点名叫我起来背《诗经》，我一向都是磕磕巴巴，在同学的提示下勉强哼唧应付。那时候我满脑子都是西方文学的恣意飞扬，而老祖宗的东西，却一点都记不住。

到了中大校园，我直接就迷路了。中国人民大学校园，当时不过方圆之地，东西一条大道，两旁数栋灰楼。中人校园则翠竹古榕，红楼绿茵，重重叠叠，又大又美，对我这样不辨东西南北的人来说，真是迷宫一般，加上天气燠热，所以又恼又烦。

幸运的是，欧阳光老师并未考我戏曲史的内容，大概是叫我和一同面试的李鹏同学各抽了一首未标点的词进行断句及分析词风，有意思的是，我抽的是婉约派柳永的词，李鹏则抽到了豪放派的辛弃疾。我俩的性格和后来的发展，倒也跟当初所抽到的词的词风颇为契合，那是后话了。

总之，有惊无险过了面试。入学第一天去拜访欧阳老师，那时候他被誉为"中文系首帅"，我懵懂无感，李鹏后来说起，见到老师，真是惊为天人，都不敢直视他的眼睛。我还记得老师说："广州最难熬的是二月的潮湿，只要熬得过这一关，就什么都好了。"

## 三

中大的美与好，是慢慢体味出来的。到今天，我对从小到大上学的校园的感情，仍以中大为最。

然而最好的，还要数黄天骥老师当时带学生的风范。欧阳光老师是我们的导师，他是王季思先生的关门弟子，王先生是我们的师爷。我们入校时，王先生还在世，我和李鹏去看过先生两次，如今我都还存着当时的照片，先生坐在轮椅上，我和李鹏一左一右，恭敬立在两旁。先生离世，黄天骥率苏寰中、欧阳光老师等主持后事，待之如父。

除欧阳导师的专业课之外，黄天骥老师将戏曲教研室的老师和学生，包括硕士、博士全部都聚集起来，每周集中研习"四书五经"，一本本来读，一起上课的有欧阳光老师、陈大海老师、黄仕忠老师、董上德老师，还有萧宿荣师兄、戚世隽师姐等。无论是欧阳老师的课还是黄天骥老师的课，均非师授徒听，而是要求人人都需提前准备，课上各抒己见，有时师徒激辩，久持不下，黄天骥老师总是呵呵笑着说，大家有任何见解，只要是自己所思、自己所想，都可提出。戏曲史有自己的古籍室。黄老师的课都在晚上，古老的红砖教室中唯我们一室灯火通明，一众严肃与活泼，下课后，十八先贤广场旁的大草坪寂然无声，我们却在观点的激荡里，久久不能平静。

也是因为常常一起学习，所以戏曲史的师生，比别的专业的师生，要情长得多，且无论是否为直接导师，都是业师。而这样学脉相承，却又自由自在的学术风气，到今天黄老师都坚持着。昨日电话里，我担心他年纪大了，叫他少去上课，他说那怎么可以，他一直是这样带下来的。

我在学术上一无所成，既不用功，也乏天赋，想来只有更深的惭愧。但当年做论文，却也是下了点功夫，不敢说把图书馆的古籍室坐穿了，却也做得太过用心，以致落下失眠的根子是真的。大概近一年的时间，我都泡在旧图书馆的古籍所里，孜孜不倦地在清初各种典籍里找寻着清初广东韶关的戏曲家和诗人廖燕的活动轨迹，晨至暮去，笔记做了好几大本，从各种典籍中，与其相关同代人的诗文和记载里，一点点地梳理还原他的生平轨迹。虽然第一版论文被我的散文笔调写得犹如壮志豪情的文学作品被老师否定了，但后来我下了踏踏实实的功夫写出的《廖燕评传》，也算是三年来，对老师和对自己，都有交代的作品。

## 四

南方的情感，总觉得比北方要婉转深情。

上学时，我和李鹏多少都有些淘气，我俩经常偷懒不备课，大多都临时抱佛脚，匆匆忙忙翻书浏览，临到上课前才蹬着破自行车骑到老师楼下，而后气喘吁吁地讨论元杂剧、明清传奇的种种奇妙。毕业多年，我自然早已丢了学问，只有几个问题到今天我都还记得。一个是我跟老师说，我们所看的文本，因为没有现场的演出示范，无声无息，所以无论如何，都是不能完全体会到当时人们的观剧感受的，更遑论音乐、旁白、曲调及表演的魅力；一个是《何以传奇》里大多数小姐，一见了男子，仅仅一面，那么陌生，立马就要相许私奔。前者在上学期间，受益于师爷爷设立的学术研究基金，我们可以用基金进剧场看一些重点剧目，如上海京剧院的《曹操与杨修》，北京人艺的《茶馆》，浙江小百花越剧团的《西厢记》，对剧场和表演有了不少感性理解。又因前面所说的师承原因，我跟老师们从未断过联系。毕业后跟黄天骥老师看昆剧《桃花扇》，他还教我很多。例如侯方域与李香君的爱情线与左良玉哭主、史可法殉难的历史线如何并行的巧妙；导演在舞台调度上用了话剧手段，若改作戏曲方式会有怎样的惊喜；等等。跟欧阳光老师看越剧《梁山伯与祝英台》，他也教我分辨"角儿"与小班的气场，老天爷给饭吃的好嗓子和后天修养的重要性。至于私奔，自见了越剧女小生茅威涛，我倒是觉得，要是传奇里的男子都如她一般，倒也值得奔赴。

我和李鹏闹过的一件最大的事，就是冒充校医院的医生，用处方笺给自己开了两支"皮炎平"一类的药。那都得怪医生久等不来，我们只好自己动笔，开方取药，却也天真地留下了某系某级某人的线索，结果医生一路寻来，抓个正着。欧阳老师一边吓唬我们说事儿闹大了，如此胆大妄为，开除都有可能，一边却让我们看出了他眼中的忍俊不禁——我们都知道他会护住我们。

## 五

毕业后，我们见到老师去了许多拘束，益发亲近，因为实在太念着中大，所以我后来的居所也选在中大附近。

从前，我只要穿过凤凰村，穿过那些瓜果飘香的小摊，穿过四季都开着的鲜花摊，从小西门走进去，绕过教工活动中心，再过几百米，往右，是欧阳老师家往左，是黄天骥老师家。后者怕楼道黑，总是开了门，亮着灯，喊一声我的名字，就在门口等着，将我迎进满室皆书的居室里，简单地泡杯茶，跟我谈天说地。

如今，那满校园的苍翠和老师满室的书香，虽在脑中，却千里万里了。我匆匆地写下这些文字，终究还是来得太浅，真正的深情，又如何落得了笔。

（龙迎春，湖南凤凰人，中文系1995级硕士）

# 岭南霜气水明楼

## ——记念邱世友先生

徐燕琳

邱世友先生是海内外著名的词学家,亦深于《文心雕龙》及中国古代文学理论研究,著有《词论史论稿》《文心雕龙探原》《水明楼小集》《水明楼续集》等。其人虽疏阔简淡、一心学问,然而泠泠高风,海内共仰,曾公推其为中国古代文论学会、《文心雕龙》学会常务理事、广东古代文论研究会会长。澳门大学施议对教授在其《二十世纪词学传人》中,将他与叶嘉莹教授并称"第四代词学家"的领军人物;邓国光教授尊其为"岭南大儒",认为"不论人品、器度与学问,都足以表率一代,为学者的典范"(《邱世友教授的学术风采》)。我有幸作为再传弟子受教于邱先生,被德承泽二十载,虽学有不精、力有不逮,愿尽所知记之,略表前辈学者风范之一二,或为存念。

1996年,我随吴承学、孙立两位老师读研,学习中国文学批评史。次年秋天,两位老师请动了他们的导师邱世友先生,为同级5人讲授词学。邱先生学深似海,得他亲炙,是极好的机缘和莫大的荣幸。但我当时年纪尚浅,专业不通,邱老师的讲授,对我无异于天书,一路云里雾里,过了一个学期,最深刻的记忆似乎不在词学,心中留下的主要是对他和对词学始终不渝的敬畏。

那时的邱老师确实令人生畏。虽然上课地点是在他家里,具体情形我已经不记得,但他的认真和严谨令我每次上课都很紧张,大家乖乖坐下,不敢稍动。期末论文更是惶惶焉、惴惴焉,待看到他判在卷末的数行红笔,其中有"掷还"二字,心里很是惊怕,仿佛一道森森的目光自纸上投射过来,又不敢查字典。互相打听,得知几人都在80分到85分之间,这才放下心来。

其间让我们感到不害怕的,是那位和蔼可亲的师母。一次学习时间较长,下课了,师母招呼大家坐好,挪动着不大灵便的腿脚,端来一大锅热腾腾的鸡粥,摆在茶几上。当时老师和师母已经七十多岁了,但我们全然没想到老人家的辛苦,只是快活和沉醉于这一大锅美味。也不记得老师和师母吃了没有，我们大约就笑嘻嘻地一直在旁看着。

一次课上，听说我来自桂林，邱老师破例说起题外话，说他曾经去过桂林，住在广西师范大学，早晨，学生都起来读书。这个故事，他多年后卧病、神志不清时，曾经问我是不是"桂林的学生"，又一次讲起。他还曾说起临桂词派、"重拙大"，初时我半点不知，后来才发现，家里竟然在王鹏运五美堂所在的五美路上，很是惊喜了一阵。

大约因为王鹏运、况周颐，于是我和这位可畏的老师亲切起来。以后有空我就经常去看望老人家，每次听他讲"重拙大"，讲《文心雕龙》。一开始他说什么都一样，对我而言，反正不懂。我也没什么好说的，就是看看他。看到老师，心里就感觉踏实、宁静。后来我渐渐习得皮毛，毕业前还得了一个中文系发给毕业生的奖，这是加拿大的一位老学长余景山先生用退休金办的奖，一个年级仅一名同学能获得，我马上喜滋滋地捧给邱老师看。老师大约是笑了的。一个入学时几不能认繁体字的学生，竟然也以较好的成绩毕业了，这应该是老师们共同创造的奇迹。

后来我又回中山大学读博士，见老师的机会就更多了。老师一直矍铄硬朗，高大的身躯像一株老榕树，八风吹不动。有次在校园相遇，他精精神神地踱步，见到我很高兴，立在路边交谈。恰好黄天骥老师路过，他俩交谈逸兴遄飞，我伫立一旁似乎隔在云里雾里。到两位老人家一路谈着回去的时候，大约已经过了快两个小时了。

后来师母中风，住在海员医院（现名为广州新海医院），然后回到家里休养。一次我去老师家的时候，邱老师黯然告诉我，师母不在了。再到老师家，只有墙上师母美丽的笑容望着我们。老师则继续谈词。当然，也不仅是谈词。某个夏天，蝉鸣声声，他指着房间里的新空调告诉我，是韩湖初、赵福坛、吴承学、孙立、张海鸥、彭玉平等几位弟子、旁门弟子送来安装的。有时他会问我学习情况，有时将自作诗词展示讲解，有新书新文则必会题签赐我。在邱老师家，大约我有"特权"。有时我因事或路过中大，稍有时间，就拐过去，有时电话也不打，径直上楼，看看老师，看看师母，有时坐久一点，有时就看看，也没什么礼数，临时拎几份报纸杂志。师母去世后，邱老师身体经常不便，一次，他女儿告诉我，邱老师不大见人，却说只要是我，什么时候都可以，才惊悉老师对我的好。但一团糊涂的我，还是继续糊涂，照样想起来就去，没想起来就会等着想起来。凡去了，也只是揣着想念就糊里糊涂地到了，看看听听就心里满足。

后来老师也不方便下楼了，就坐在藤椅上、轮椅上与我交谈。然后他就在医院里了。

邱老师开始还认得我，知道我，后来竟也不认得了，问我是谁。再后来就经常昏睡，或者只能拿眼睛看着。有时见到我，手就想动，嘴想说话的样子。我问一位医生朋友，老师会不会因为自己不能说话不能动，看见我去看他，心里更难过？医生说病人虽然不能表达，但心里是知道的，是希望亲友去看他的。于是我能抽出时间就去看他，虽然什么也做不了，就是摸摸他的胳膊，理理床单而已。

某次去时，是黄昏，满屋子都是病人，有的呻吟，有的不安地扭动，大多插着各色各样的管子。邱老师也插着管子，但他不呻吟，只是昏睡，像他讲的词那样恬静。或许他在睡梦中重走人生之路？或者他熟读的词章正一首一首熟门熟路地掠过他脑海？告别老师，离开昏暗的病室，再路过楼下灯光明亮的便利店。看到那些年轻的面孔和活跃的身影，闻到食物的香味，发现能够自由走动、进食、饮水，是多么珍贵，多么值得庆幸！可是，我敬爱的邱老师，只能孤寂地躺在医院四楼，再也不能和我谈词，念之心中不由暗自神伤。

2014年春节前去医院看望了邱老师，而后开学再去，竟然不见。追去护士站，才知道老师转了楼层。护士小姐说是因为使用某种医疗器械护理更方便，还说老师的情况比之前更好。但打针比过去更频密，而且他的肢体开始经常性地抽搐躁动。虽然他的眼睛不大睁开，但感受得到他在忍受。我帮不了他，只能眼睁睁地看着他瘦弱的躯体承受巨大的痛苦。我的老师！

6月初，老师终于去了。此前一周，带着一个学生看望邱老师，我说起老师这几年的挣扎。学生说，邱先生坚持活着，说明他自己希望活着。这给我很大的宽慰，却也给我无边的叹喟与惆怅。听到他离去消息的当天，我到了他家楼下，默默地和他告别。然后我到了医院，虽然知道他已离去，却面对空荡荡的病床说再见。这是必然，也是意料之中，我希望抑住悲伤，但悲伤已经开始，不会结束。

回思邱老师的仁爱，因为我生性散漫不羁，念书时偶出狂言，老师听到，就笑，不说什么，却是许肯的样子。我意识到了，也笑。于是只对老师说。当然以后也没有了，磨平了，淡然了。可，人的一生，能有多少缘分，多少时间，和能够让你狂言，笑着听和看你放肆，还为你击掌的人在一起呢？邱老师于我，大约就是这样一个安心、安稳的所在吧！

虽然一直相亲相近，我却疏懒糊涂，对老师了解甚浅，直到他离开才后悔竟没有认真讨教。痛定思痛，细细追溯，方才知道他以"水明楼"为室名盖取杜工部《月》一诗中"四更山吐月，残夜水明楼"之意，乃源于抗日战争期间居连州竹楼刻苦自砺，始攻古代文论的经历；方才知道他曾著文述及朱师辙先生道德文章、方孝岳先生淡泊宁静，曾记述冼玉清、王力先生"神存富贵、始轻黄金"的精神风骨，以及黄海章先生"恬淡简朴、不慕名利"的学术追求。他感喟："中华民族的学术文化历劫不隳，中华民族能够巍然屹立于世界民族之林，很大程度有赖于这些可敬可慕的学者。他们以毕生的精力从事于艰难黄卷的学术研究，书斋凄清，门庭冷落，甚至曾受到过不公正的待遇，但他们有感伤而无气馁。这是十分难得可贵的。"他认为，这样，方可"对得起一生"（《想起王力两句诗》）。与他相处的 20 年，他以自己的人生和态度明明白白告诉了我，什么叫真正的学者，什么是真正的学问。

一位同是中文系学生的沈胜衣写过一篇文章《起码也要像菊花》，记述了邱老师的一件往事，虽只是一个小小断片，却见出人物的精气神——

> 那是毕业前，在系办小楼举行用人单位招聘见面会。我托赖事先已有了着落，但恰巧去办一件事，上得楼来，却见那场面甚令人不快……在"求售""推销"过程中人性面目一时立现。就在这一片集市般的喧闹中，忽见邱先生面带不悦排众而出，应该是受了那些"黑幕"的刺激，他全没了讲坛上时常绽现的佛祖般憨厚的笑容，边走边愤愤地说："商业交易我们应该绝缘，念中文的，就要像梅花一样高洁！"我正好要走，就跟在他后面。他在那道狭窄、陈旧的铁楼梯走下了一半，似乎意犹未尽，立在转角处抬起头，认真地用略带口吃和地方口音的普通话扬声补充说："起码也要像菊花！"
> 
> 我站在阴暗的楼梯口，从上而下迎着他四方眼镜片后的炯炯目光，一时像走进了《世说新语》，直面刚正的古人。那时候，人人都还在自顾"搏杀"，他的后半句妙语警句，应该只有我一个人听到了。这是我最后一次聆听他的教导，也是大学四年从师长那里得到的最闪光最掷地有声的教诲。夫子口吻，赤子之心。然而我只能默然相对，答不上腔——我想到了达明一派沉痛的《四季交易会》，但也想到了《静静的顿河》里的话："在这混乱和堕落的年代，兄弟们，不要审判你们的兄弟。"是的，很多人对不起"念中文的"这个清誉，但我心里更多的是凄凉而不是愤怒，对同学们同情而不忍深责。只是，那一刻邱先生的神态和"迂话"，永记在心，十多年都不曾忘却。"起码也要像菊花"，虽无法时时事事做到，至少在

内心保持那样一份情怀，一个标尺，或曰一条底线吧。

此心如菊。

人淡如菊。

生命的长河奔涌向前，由涓涓溪流而壮阔浩瀚，而后入无垠之沧海。我坐在喧闹的城中，望着暮色里的灿烂云霞，望着云霞渐灭之中已然燃向天边的灯火，默然回想着那些岁月。我问自己：邱世友先生究竟给了我什么？我知道，他给予我的远远不只是《文心雕龙》，也远远不只是词学那么简单。那些日子只是一个坚定的永恒存在，是一段很平静的时光和心情。它们照耀着我的夜空。如果我知道生活有那样一种不同于世人所知的可能，一种可以与古老的理想和灵魂对话的方式，如果我在庸常和随波中有时让人也让自己讶异地不合时宜，部分是因为他，因为我尊敬的老师们。

淡然地，淡淡地，淡去。但他在我心里，总是在的。

（徐燕琳，广西桂林人，中山大学中文系1996级硕士、2001级博士）

# 生如夏花之绚烂

郭冰茹

泰戈尔的《飞鸟集》中有一首诗,名为《生如夏花》,其中有一句"Let life be beautiful like summer flowers and death like autumn leaves(生如夏花般绚烂,死若秋叶之静美)",郑振铎将其译为"生如夏花之绚烂,死如秋叶之静美"。15年前,我的导师程文超先生离世,他的朋友、学生为他编辑纪念集,我写了一篇怀念老师的文章,借用了这个名字。那段时间,我很喜欢朴树的歌,朴树自己也创作了一首《生如夏花》,常常被我调成单曲循环。朴树的声音略带沙哑,却有温度和厚度,尤其这首《生如夏花》。当我听到"我是这耀眼的瞬间,是划过天边的刹那火焰,我为你来看我不顾一切,我将熄灭永不能再回来"时,感觉他唱出了我心中老师的样子。如今,李炜老师离开也有半年,他的朋友、学生也在为他编辑纪念集,我不由自主地想到我的导师,想到朴树这首《生如夏花》。两位老师虽然性格不同,经历各异,但他们生前交谊深厚,一样的为人善良,一样的幽默风趣,对工作一样的全力以赴,对学生一样的关爱扶助,在病痛面前也是一样的顽强坚韧。

印象中第一次见到李炜老师,就是在程老师家里。那时候,应该是1998年吧,程老师刚刚分到了西区的房子,摩拳擦掌地准备装修出一间他理想中的书房,李炜老师是他的参谋。那天,午后的阳光洒满了房间,程老师穿着T恤,在刚刚拿到钥匙的新房子里走来走去,比比画画,李老师却是一身西服革履,站在房间中间静观默想。两人一动一静,一个简单随意,一个郑重其事,形成了一幅反差极大的构图。见到我来,程老师特别指着李老师笔挺的西装说:"郭冰茹啊,这是李炜,他今天特意穿了这套昂贵的西装,来庆贺我的乔迁之喜。"说完他俩都笑了。看得出他们两人平时的交往也是喜欢互相开玩笑的。

李炜老师做现代汉语研究,而我在大学时学过语言学知识,不过这些知识基本都"还"给了老师。有一次他问我,如果要收集一些北京话的语料做分析,除了现代的老舍、当代的王朔,还有哪些作家的作品可以提供比较好的样本。我一时也被问住了，我虽然做当代文学研究，也知道语言风格对文学表达产生的重要影响，但我的文学研究一直没有关注到语言层面，我能想到的北京话，大概就是冯小刚、刘震云合作的贺岁片或者《编辑部的故事》《我爱我家》这样的室内剧。所以，李炜老师的问题我答不出。又过了一段时间，李炜老师打电话给我，说他有一个学生的论文是从语言学角度讨论赵树理，他希望我能从文学研究的角度提一些建议。我看了论文，那些语言学的分析对我来说是陌生的，但是论文的研究方法对我却有不少启发。虽然最后我没能对论文提出什么建设性的意见，但从语言层面重新解读赵树理却给我提示了一个重新阐释赵树理的角度。后来我从赵树理小说的可"说"性方面入手，写了一篇论文，讨论赵树理在"民族形式"探索方面对话本传统的扬弃和在语言建设中所做的工作。这篇论文后来得了一个小奖，这还得感谢李炜老师当年的提示。

我以前总觉得，语言学和文学是同一条路上奔跑的两匹马，我不知道为什么会有这样的联想，总之我的意思是，语言学和文学虽然同属一个一级学科，但两者的研究对象、研究方法天差地别。所以我几乎没有读过语言学方面的论文，也不大了解语言学领域的研究进展。但是李炜老师好像并不这么认为。有一年我们专业开学术研讨会，与会的外地学者中有几位是他的朋友，他热情地邀请大家小聚。闲聊中李老师提起语言学和文学的关联，他还举了一个例子，大概是说从《红楼梦》中某个使令动词的使用，可以看出人物之间的亲疏关系，比如宝、黛、钗三人之间，在表达同一个意思时，使用的使令动词就不一样。我从没想过这个问题，觉得很新鲜有趣，听着也很有些道理。李老师说准备等有空了把这个想法写成论文，投稿给文学研究的学术期刊。但他实在太忙了，偶尔在中文堂的走廊里见到他，也只能匆匆打个招呼，估计他没能抽空写出这篇文学论文。

李炜老师并不是那种固守书斋的学者，他思路敏捷、思维活跃，总能找到应用专业知识服务社会的有效途径。中文系的微信工作群里常能看到他和他的团队的工作进展。比如在国家"一带一路"倡议出台后，他敏锐地观察到中资企业在海外发展需要大量针对目标国的汉语培训人才，于是他带领团队，从汉语本体研究和教学出发，研发出一套可操作性强、实用性强、职业指向明确的"国际职业汉语培训及评估标准体系"，而这套评估体系是语言学界获得的第一个教育部的科技成果。此外，他的研究团队立足于语言学科，同时也尝试与心理学、神经科学等学科开展跨学科研究。今年暑假中的一天，我在中文堂碰到了一对母女，听说是来中文堂做语言康复的，后来跟负责这个项目的陆烁聊起来，才知道他们现在所做的关于神经语言学的研究不仅在语言学领域中很前卫，而且能切切实实地帮助到很多患有失语症或是阅读障碍症的人。而促成这个项目落地中文系的正是李炜老师。

我虽然在中文堂很少见到李炜老师，却总能碰到他的学生们，这些学生给我的感觉总是礼貌谦和、大方得体、明媚阳光的。有一回我问李老师他是怎么带学生的，为什么他跟学生的感情那么好。李炜老师弯着他那双笑眯眯的眼睛说："言传身教啊，我怎么待人，学生也会怎么待人，我怎么对我的老师，学生就会怎么对我啊。"的确，学生会把自己的老师当榜样，而言传身教是一个老师最简单也最有效的教育方式。想想当年程文超老师对我们也是悉心关照，他坐在电脑前一边跟我讨论一边给我论文做批注的情形至今还印在我心里。两位老师都在教书育人方面付出了很多心血，他们都说"学生是我生命中的阳光"。

日常生活中，我和李炜老师的交往并不算多，大概因为导师程文超的缘故，或者也因为都是西北人的缘故，我对他别有一种亲切感。李炜老师是那种特别注重生活细节的人，或者用现在流行的话说，很注重生活的仪式感。有一次我在办公室看论文，忙到快7点才离开，正好碰到李老师回办公室，他刚刚叫了一份兰州牛肉面，见到我就说："我也给你叫一份，你尝尝，他家的面还有他家的汤，很攒劲。"面送到了，他还特别打电话告诉我要把调料先拌匀了，汤要放在最后喝，别像广东人一样先喝汤。作为一个西北人，我当时觉得他还挺啰唆，但是想想，也难怪，他的很多学生不是西北人，关于怎么吃西北的面，他一定是唠叨惯了。

2015年，我和中文系的老师们去位于台湾高雄的中山大学参加学术交流，那年李老师刚刚做了手术，由于身体原因没能成行，但台湾中山大学的老师们一直都在谈论他，说他很会讲故事，说他待人很热情很仗义，偶尔也会模仿他的表情、神态和语气讲一段他讲过的段子。想起2006年，欧阳老师带着当时还算是年轻教师的我们，第一次去位于台湾的中山大学进行学术交流，回程时需要从台北转机。大家对陌生的台北充满了好奇，想去看台北故宫，想去逛士林夜市，为了方便组织，也为了安全，欧阳老师建议大家自由组合结成小组出行，我和杨敬宇主动要求跟着李炜老师。在我们眼中，李老师率性、随意、没架子、懂美食。那次的台北行走很有收获，虽然因为在台北故宫逗留太久没能来得及去渔人码头看夕阳，但是能在士林夜市里一边扫荡台北小吃，一边听李老师天南海北讲段子更是一种享受。在广州，四季都有鲜花盛开，热闹而绚烂，但是夏天别有一番繁华与热烈。泰戈尔的这句诗或许可以改成"His life is beautiful like summer flowers（他的人生如夏花般美丽）"，李炜老师就是这样一个人，幽默、热情、充满活力，而这一切又可以随时随地感染身边的每一个人。

2019 年 11 月 25 日于广州

（郭冰茹，陕西米脂人，中文系 1997 级硕士、2000 级博士）

# 行远自迩,踔厉奋发

## ——中文系的媒体人

区健妍述,刘珣、杨馥蔓、安思頔、郑斯瑜、唐英芳整理

## 缘起中大,情系中文

高二那年,区健妍师姐的父亲带着她到中山大学康乐园参观,踏过中轴线清脆的石板路,抚摸过怀士堂厚重的石砖,浓厚的人文气息无不让她深深震撼,她第一眼就爱上了这个美丽的校园。区师姐的父亲是他们村里的第一个大学生,当初以优秀的成绩考入华南师范大学。父亲和她说:"将来要么跟我做校友,要么你再努力一把,和中大人做校友。"和康乐园的第一次美丽邂逅,就这样在她的心底种下了梦想的种子。为此,整个备考阶段她都拼尽全力。

区师姐至今仍记得在填报高考志愿时,中山大学中文系的专业编号是001,在所有专业编号中排名第一。拿到中大中文系录取通知书的那一刻,她感觉是自己这辈子最幸福、最感恩的瞬间。

在康乐园的四年,尽管也因为贪玩而逃过不少课,但区师姐说,经过中文系"大一100篇文章、大二8篇书评、大三学年论文、大四毕业论文"的严格系统性训练,还是为日后的媒体工作打下了扎实的基础。而在中文系众多名师的熏陶下,她和同学们也越来越深刻地感受到文学的魅力,渐渐有了人文精神的启蒙,对"思想、道德、审美、理想追求、价值取向"等都有了更深层次的理解和追求。

"12.9合唱比赛"是中山大学的传统。记得有一年,中文系的参赛曲目是《送别》。那年,学术泰斗黄天骥教授仍然是中文系合唱队的指导老师和总指挥。第一次排练曲目时,黄老师并没有急着让大家练唱,而是和同学们讲解起《送别》这首歌背后的故事,那种哀而不伤、底蕴深沉而又淡雅的意

境,讲述李叔同经过世事风霜,看透人生百态的超然物外以及歌曲传达出的淡淡的落寞之情。区师姐说道,"几乎每年'12.9中大合唱节',我们中文系合唱队都在黄天骥老师的指导下夺冠,这是我们中文人非常骄傲的事!所谓大学之大,非有大楼之谓也,乃有大师之谓也"。师道所传承,人文所传承,在师生往事中如烟,也并不如烟。当年的惊鸿一瞥,足以为之终身受益。

## 心有猛虎,细嗅蔷薇

2001年大学毕业后,她顺利进入羊城晚报社工作。然而,20多年的职业生涯,并非一帆风顺。从挤进"豆腐块"版面到后来一度成为"版霸",她坦言,这期间有过许多的自我怀疑与迷茫。

初入羊城晚报社,区学姐与环卫线结缘。在当时注重经济发展的社会氛围下,环卫主题没有受到太多关注,经常发不出好稿,她的发稿率和收入几乎每月都"垫底"。但骨子里的不服输精神,让她一边承受着工作的挑战和压力,一边努力寻找着"出圈法则"。

20多年前,很多人还不太会用互联网作为工作辅助工具,为了获取更多新闻资源,区师姐开始尝试在网上搜罗各种资讯,启发新闻灵感;没有采访资源,她就拨打114到各大高校和科研机构毛遂自荐;拿着自己的小名片,搭乘几小时接驳公交车一个个单位慕名拜访,厚着脸皮和专家、学者、单位负责人交朋友。哪怕不是每一次采访都能够顺利发稿,她也不气馁,而是把沉淀的素材和采访资源,装进一本本厚厚的采访本。

"用写论文的精神去挖掘新闻线索",这是区师姐一度的工作状态。"那时候,我看到一篇关于垃圾成分的调查报告,心想我是不是也可以去调查一下广州居民的垃圾成分?"说干就干,一个20多岁的大姑娘大热天辗转跑到当年远在郊区的大田山垃圾填埋场,脱掉高跟鞋,爬到小垃圾山上细看各种垃圾。之后又走访不同年代的环卫工人、环科所的专家,最终写出了有着视角独特的新闻报道《居民垃圾成分变化,折射改革开放后老广生活水平进阶》。

2004年3月的植树节,各大媒体记者聚集在华南植物园,"植树节所有报道只讲种树,太同质化了,我希望再找到独特的新闻点"。有一个小队伍当时引起了区师姐的关注——几位老师领着一群盲童小心翼翼地趴在草地上,用手指接触花草,用鼻子轻嗅芳香。"这群孩子在用独特的方式感受春天。"

区师姐为此深深触动,这难道不是植树节独特的意义吗?她把这群特殊孩子背后的故事扎实地采访记录了下来,当晚一气呵成写了2000多字的通讯文章《触摸春天》,并发表在《羊城晚报》的头版。

"后来有一位同是媒体人的中文系师兄和我说:看到你的这篇报道非常激动,第一感觉是'果然是中大中文系毕业的小师妹!'"区师姐说,这篇文章可谓自己的"开窍之作",获得了当年度的中国晚报新闻奖特等奖。但相比之下,她说当年师兄的这个点评更让她骄傲一辈子。

## 与时携行,不忘初心

如今,作为羊城晚报社金羊网副总编辑,同时也是《羊城晚报》品牌传播中心的运营负责人之一,区师姐已经从最初的纸媒记者,逐步跨界到了新媒体内容的审核把关人、内容策划运营人等复合型岗位。"我很喜欢和团队的年轻人多接触,向他们学习,保持一颗年轻的好奇心,也会让自己的状态越来越好。"

历经千帆,不忘初心,区师姐身上散发着一份岁月的沉静。四十多岁的她已是两个孩子的母亲,但偶尔还会有一颗文艺青年的心。她说,前段时间她在朋友圈发了一首自己写的诗《故居》,被黄天骥老师看到了,"那天晚上11点多,黄老师在照顾好卧病在床的师母后,还专门发微信给我,如当年那样耐心指导我那首诗歌的平仄与用词!"师恩难忘,时光仿佛重回当年的康乐园。

区师姐说,两年前,尽管还受新型冠状病毒疫情影响,但中文1997级的同学们还是组织了毕业20周年聚会重回康乐园。多位任教过1997级的老师都参加了聚会,彭玉平教授还给大家讲授了"毕业20年回校第一课"。她说,康乐园给予我们的温暖和滋养,是人生中最宝贵的经历,一辈子的师生情、同窗情、中大情、中文缘,点点滴滴,永远如甘泉般润泽心扉。

## 寄语

"学习是终身的,但学习不是最终的目的,一定要做到'知行合一'。"很多人只停留在学的层面上,一旦察觉前方有很多未知和困难,可能就不敢付诸行动了。孙中山先生曾在怀士堂寄语青年学子:"我劝诸君立志,是要做大事,不可要做大官。"作为中山大学的学子,区师姐觉得应该要努力践行这一点。区师姐得知,近几年来中文系的同学在职业选择上相对定向,她说,"我们作为华南第一学府百年专业的学生,我更想鼓励师弟师妹们在今后的职场人生中,大胆设想、大胆尝试,对工作和发展'不设限'。学习和实干,将会让我们未来的每一步都夯实而笃定"。

(区健妍,广东肇庆人,中文系1997级本科;刘珣,重庆长寿人,中文系2022级本科;杨馥蔓,重庆黔江人,中文系2022级本科;安思顿,山西运城人,中文系2022级本科;郑斯瑜,福建莆田人,中文系2022级本科;唐英芳,广西防城港人,中文系2022级本科)

# 坚守社会良心是天职

## ——我与中大中文系的故事

侯小军

我于1997—2000年在中大中文系读硕士,毕业后一直在广州工作,经常回母校。关于印象深刻的回忆有很多,就说最深的三个吧。

第一个印象最深的是校训:"博学、审问、慎思、明辨、笃行"。我每次经过怀士堂,看到矗立在怀士堂南面草坪上的校训,都会提醒自己,在这五个偏正结构的词组里,"博、审、慎、明、笃"五个字,比后面五个字更重要。"学、问、思、辨、行",人人都可以做到。但做到把十个字连起来,则是更高层次的践行。这才是中大校训启迪我们中大学生的真谛。当然,对校训,每个人的理解可能都不同。这只是我个人的一点理解。

第二个是中大中文系图书馆。我读书时,中文系还在文科楼。我经常去中文系图书馆查资料、借书,很喜欢看书后面的借书卡。卡上记录着许多老师、师兄、师姐借阅的时间、名字,包括退休甚至已故老师的名字。一张张借书卡,展现的是中文系的师生传承。我把这些普通的卡片看作中文系历史的另一种呈现。其中有一本书,第一个借阅的是陆一帆老师,第二个是潘智彪老师,第三个是我。陆老师是潘老师的硕士生导师,而潘老师是我的硕士生导师。这个记忆我特别深刻。

第三个是我的导师潘智彪老师。我一位同门同学这样形容我和潘老师的关系:他和潘老师是师生关系,我和潘老师是"师生+父子"关系,可见我和潘老师的亲密程度。潘老师是一位心胸开阔、大开大合的导师。在学术上注重交叉学科的研究,比如审美心理学、审美社会学、喜剧心理学。虽然我的专业是文艺学美学,但他鼓励我拓展学习领域,跳开本专业,广泛涉猎。当年我有些忐忑地向他提出,想选修邱世友老师的古代文学批评课。潘老师不仅当场支持,还经常监督我是否好好上邱老师的课,以至于我上邱老师的课,特别认真,生怕被潘老师批评。

在中大中文系的学习经历,对我的专业发展和职业规划帮助很大。我现在在新闻媒体工作。这个行业需要宽泛的知识结构和严谨的逻辑思维。中大中文系的教育恰恰具备这两方面的专长。中文系教的是人文学科的通识教育。这正是一个人学习能力和综合能力提升的重要基础。都说文史哲不分家，我觉得更多的是对中文系而言的。我们阅读文学作品、学习文学理论、研究汉语和古文字，都包含了文学、历史、哲学、心理学、传播学、社会学等多个学科的知识，这些都需严谨的逻辑思维，才能深入进去。

毕业以后的职业规划，其实当年我是没有的，属于先就业后择业吧。当然，就业一段时间后，发现这恰恰是我喜欢的行业。毕业前，我在南方报业集团实习。读研究生三年级时，我自然而然地就参加了南方报业集团招聘，成为了一名记者。后面的一些职业转变，不好说全是个人选择的结果，我觉得更多是时与势决定的。但有一点是确定的，中大中文系的教育，让我对职业转变、岗位变化很有信心。没有中大中文系的学习经历，我不敢说会有那么大的底气，在每次工作变动中都坚信自己一定能够做好。感谢中大，感谢中文系，感谢我的导师，感谢帮助过我的每一位老师、师兄师姐和同学们。

我读书的年代，就业压力没现在这么大。我记得我们中文系1997级硕士生只有16人，其中，3个同学出国留学，4个同学留校读博，只剩9个同学找工作，各个单位是抢着要的。所以，对于就业潜力和兴趣方向，好像我们那时候并不需要刻意挖掘，我们所想的就是多读书，积累学识，提高自身综合素养。有人说，中文系学生是"万金油"，虽说这是调侃，但也说明中文系学生的基础比较扎实。有了扎实的基础，就会有较强的可塑性，能够适应各种就业岗位。我个人认为，中文系教会我们的是打牢自身基础，增强终身学习的能力。在就业中，能够完全学以致用，做到岗位与所学专业紧密相关，这样的情况是不多的。所学非完全所用，专业不完全对口，才是普遍现象。比如我有一位同事是中大化学系毕业的，但其在采编工作上也非常优秀。中文系帮助我们打下了扎实的基础功底，提高了终身学习能力，这是一生受用的知识资本，是比专业所学更重要的成长资本。

"铁肩担道义，妙手著文章"，对中文系毕业的媒体人而言，确实是一生的座右铭。从我个人角度讲，这得益于中文系老师的言传身教。中大中文系给学生提供了一个难得的学院教育的家园。珠江三角洲是我国市场经济大潮的最前沿，校园外熙熙攘攘、喧嚣涌动，与校园内对人文理想、人文情怀的追求，对比鲜明。中文系有许多老师，坚守在象牙塔，对人文精神高地进行自我追寻，为我们能够远离尘嚣、反抗庸俗化的"务实主义"树立了标杆，是始终激励我们坚守自我内心的力量源泉。我从中受教深厚、受益良多，对我在工作中的行事风格、工作原则，起到了很好的警示作用。工作以来，我始终牢记这一点，不论遇到什么情况，我都坚守这一点，做好人，做好事，做对社会有益的事。就算有时候被误解，我也继续做好个人的坚守。我坚信，中大中文系的学生是能够走在社会潮流的前面，也是有能力引领社会的。我们要保持内心的坚守不变，不被流俗影响。坚守社会良心，是中大中文系学生的天职。

（侯小军，河北滦南人，中山大学中文系1997级硕士研究生）

# 丰富自我，不断求索

黄湘梅

提起中大，总有很多回忆。古朴优雅的校园环境、活跃自由的学习氛围和亲切温暖的师生关系，是我最难忘的校园岁月。

中大的校园环境是独有的，中轴线大大的草坪和低矮茂盛的大树，斑驳绿荫下的红砖绿瓦，充满着浓浓的岭南风格和厚重的历史积淀，能在这样的校园里学习，是一件非常幸福的事情。

中大的校园氛围，则是活跃自由的。我记得，我们那时候每天都能接触到很多新鲜东西，总感觉时间不够用，学校有丰富的学术交流和学生活动，大家都有锻炼和成长的平台。

中大中文系的老师，是我校园回忆中最温暖的部分。老师们言传身教，又亲切得像家里的长辈。我还记得，张振林老师是我在大一时候的导师，他经常组织我们几个学生一起去他家里吃饭，他的夫人给我们做家常菜，我们一边吃一边交流学习心得和校园趣事，向老师诉说在学习和生活上的困惑，至今还能回想起来当时的快乐。关于张老师，还有一件事让我印象深刻。中大中文系给新生布置的"百篇"任务是独有的传统，但对刚开始大学生活的新生来说，这是一个很大的挑战。我们那时候写得很艰难，我有一次实在赶不及，找物理系的同学帮忙写了一篇，我再修饰了一下，匆匆交了上去，没想到张老师一下就发现了。当时才开学没多久，我仅在课堂上见过张老师，从未有过深入交流，但是张振林老师仅从文风上就发现了那篇文章不对劲，可见中文系老师们对文字超强的洞察力以及对学生细致的了解，这让我特别崇拜，也更加敬畏，从此再不敢偷懒，老老实实地写完了"百篇"。

我也非常感激老师们，正是有了这些扎实的积累，等到我毕业以后，时隔多年再回首，我觉得中文系对我最大的影响，就是让我有了"底气"。首先，中文是一个基础学科，它的后发性很强。当年我在报社实习的时候，有个传统说法是新闻专业的学生工作上手是很快的，而我们中大中文系的学生，上手虽然可能开始会慢一点，但后劲是很足的，因为我们拥有比较厚实的文学沉淀，能够在文章里面体现出来。这要归功于中文系对学生的培养，从大一"百篇"开始，就已经在积累功底，锻炼能力。

其次，中文系专业应用很广，跨界性强。学文科毕业后可以从事很多行业，像广告编辑、电影编辑都是中文系毕业生可以考虑的工作方向，并不一定要专业对口。中文系学生拥有深厚的文学底蕴，在深厚的文学底蕴之上，可以添加自己的想象力并付出努力，能拥有更多的可能性。我从中文系毕业后，去了税务系统工作，又从体制内到企业，一直努力挑战自己，尝试不同的领域。我觉得，是中文给了我底气，让我相信自己可以不断挑战自己、把人生过得更加精彩。

孙中山先生曾经在岭南大学演讲中号召青年"立志要做大事，不可要做大官"，我觉得这是贯穿我人生的信念。我毕业回到家乡东莞后，先是在政部门府工作，服务社会；后到了企业，深入城市建设的前线，能够从更多方面、更多维度地为城市建设发展做些实事。比如我参与引进和建设的广东首家悦榕庄酒店项目，2024年年初在松山湖正式开业了，我特别开心和骄傲，达成了当初承诺的为松山湖、为东莞增添一个更高品质的城市配套、助力东莞提升城市能级的初衷。还有我正在参与的"东莞记忆"历史文化街区改造项目，这是凝结了几代东莞人乡愁的重大项目，我觉得特别有意义，也深感责任重大。同时作为东莞市人大代表，我也积极为城市建设建言、为行业发展发声、为人民群众做实事，希望身体力行，担当社会责任。

给师弟师妹们分享几点建议。第一，中文系的资源是很强大的，有非常多优秀的校友，建议大家多和校友们交流，形成自己的职业规划，对自己未来要做什么，逐步有个清晰的认识和目标。第二，多尝试不同职业的工作，不要自我限制，同时要用好丰富的校友资源。比如去实习，或者单纯在不同行业跟岗一小段时间，相当于丰富自身的职业体验（如在办税窗口坐一个星期，旁观办税的实际业务操作等）。建议大家在更短时间内去体验更多行业的工作，看看自己到底喜欢和适合什么类型的工作。第三，学深学透专业知识，打好基本功。在工作中，文学素养能够体现一个人对复杂工作的理解，在各种场合的表达，文学素养高的人更能适应不同形式的工作要求。而且扎实的文字功底，能够在工作中发挥"中文+"的作用。比如，拿做菜这件小事来说，我结合城市故事、诗歌文学，创作了一系列的菜品，为菜赋予了文学的色彩，给人印象就会很深刻。

最后，希望师弟师妹们做复合型的人才。在中山大学中文系学到的知识是根基，进入社会以后更多的是要进行"中文+"，不断学习新的知识和技能，从单一型人才向社会需要的复合型人才转变。

相信百年的中大中文系，将孕育更多优秀学子，创造更多动人的故事，迈向新的辉煌征程。

（黄湘梅，广东东莞人，中文系 1998 级本科）

# 黄天骥先生的学术人生[①]

宋俊华

在学术界,一提起中国古代戏曲研究,人们自然而然地就会想到中山大学古代戏曲研究团队。这个团队不仅规模大,梯队合理,而且在近十年里,在戏曲研究上不断刷新,创造新纪录,完成了两项国家社科基金重点课题,新获得了两项国家社科基金重大招标课题,产生了一批重要的学术成果,所培养的博士生中有两人是全国优秀博士论文奖获得者,一人获提名奖。这个团队的带头人就是黄天骥先生。

黄天骥先生,1935年11月出生于广东省广州市。1952年考入中山大学中文系读书,当时,著名词曲学者詹安泰、董每戡和王季思等先生在中文系任教,分别给学生开设了诗词、戏曲史和宋元词曲等课程,对黄先生后来走向诗词、戏曲研究的学术道路影响很大。1956年毕业,他留在中文系古代文学教研室工作,给本科生讲授元明清文学课程,同时协助王季思先生从事戏曲和诗词研究工作,先后担任讲师和副教授,1983年晋升为教授,1985年被国务院人事部定为博士生导师和国务院学位委员会学科评议组成员,1986年被国务院人事部评为有突出贡献的中青年专家。曾任中文系主任、古代文学学科带头人、中山大学研究生院常务副院长、教育部人文社会科学重点研究基地中山大学中国非物质文化遗产研究中心学术委员会副主任等,现任国家古籍整理规划出版领导小组成员、全国高校古籍整理研究委员会成员、中国戏曲学会副会长、中国古代戏曲学会会长、广东省文史馆名誉馆员等。黄天骥先生热爱学术、热爱学生、热爱教学、热爱他所工作的中山大学,在中山大学从事学术研究与教学工作已60年,取得了丰硕的成果。如今,年近81岁的黄天骥先生仍活跃在学术、教学第一线,他已把对学术、教学、学生、中山大学的热爱完全融进了他的生命之中,用自己整个生命进行诠释。

---

[①] 本文初刊于《岭南文史》2014年第1期,收录时略有删改。

一

　　黄天骥先生的学术研究是从整理和校注戏曲文献开始的。

　　20世纪60年代初，著名戏曲学家王季思先生接受教育部门委托，编选全国教材《中国戏曲选》（苏寰中、王起、黄天骥、吴国钦，人民文学出版社1998年版），他让黄先生和苏寰中先生具体负责此项工作。那段时间，黄先生天天到王先生家"上班"，利用王先生的藏书和资料，逐字逐句地整理剧本，探索版本源流，注释疑难词语，花了五六年工夫才完成书稿，正要交付中华书局出版时，"文革"开始了，造反派一把火把书稿烧掉了。"文革"以后，他们又用了三年时间，重新编写书稿，交由人民文学出版社出版。这项前后耗时近十年的工作，磨炼了黄先生的文献基本功。此后，他经常和王季思先生合作，陆续完成出版了《评注聊斋志异选》、《元杂剧选注》（王季思、黄天骥，北京出版社1980年版）、《全元戏曲》（王季思，人民文学出版社1990年版）、《四大名剧》（王季思、黄天骥，岳麓书社1992年版），与欧阳光合作出版《李笠翁喜剧选》（黄天骥、欧阳光，岳麓书社1984年版），与康保成先生合作出版《元明清散曲精选》（康保成、黄天骥，江苏古籍出版社2002年版），等等，其中《全元戏曲》于1999年出齐后立刻在学术界产生了广泛影响，2001年获得国家古籍整理一等奖，2002年获得教育部人文社会科学优秀成果一等奖。

　　这些看似枯燥的文献整理工作，为黄先生一生从事戏曲研究奠定了坚实的基础，也展现了他在文献整理方面的扎实功底和灵活原则。

　　黄先生秉承王季思先生的主张，认为整理古籍特别是诗文时，要努力寻求古本、真本，并以之作为校注的底本，这是一般的要求。但校注古代戏曲，却要根据具体情况而定，不能过于拘泥。故校注明清时代的传奇、杂剧，就应力求找寻出真本、古本来，因为明清的传奇、杂剧，无论是曲文还是科、白，均由作者一手写定；而在校注元代杂剧时，则没有必要只从古本、真本着眼了。

　　现存最早的元代剧本是《元刊杂剧三十种》，而它的曲文虽算完整，说白却十分简略；故事情节和人物性格，也只能大致揣度。如果把它作为整理元代戏剧的底本，只能让人看得糊里糊涂。其实，即以《元刊杂剧三十种》而论，其中的29种，均标明"新编"或"新刊"字样。这说明它与最初的本子也并非一个样，否则就无所谓"新"了。

《元刊杂剧三十种》曲白的情况，还说明了一个问题，即元代杂剧的曲文，由作家写定；而在演出时，说白由艺人临时发挥。换句话说，元杂剧的剧本，应视为演员和剧作家集体创作的成果。很可能是剧作家与演员在创作前，首先对剧情进展取得了共识，规定了情节框架，然后，剧作家提供曲文，演员则根据临场情况和自己的理解，加插科介说白，使之成为完整的作品。元代杂剧创作主体的复合性以及演员第二度创作的随机性，决定了它在流传过程中，文本必然会被加工、改造。

所以，要整理出版元杂剧，只能选用明代刊刻的《元曲选》《息机子元人杂剧选》《阳春奏》《元明杂剧》《古名家杂剧》《古杂剧》《脉望馆抄本古今杂剧》《柳枝集》《酹江集》等合适的剧目为底本。至于怎样才算合适，校注者可以根据自己的判断，择善而从。而且，这择善而从的原则，也适用于整理像《水浒传》那样在流传中不断被刊刻者增删的古代通俗小说。

黄天骥先生这些认识和做法，是师承王季思的学术思想和长期从事戏曲文献工作的经验总结，也是他对文献整理既重视原则又善于变通的实事求是态度的最好体现。目前，黄天骥先生正在主持国家社科基金重大招标课题"《全明戏曲》编纂及明代戏曲文献研究"，这是继《全元戏曲》之后的又一项戏曲文献整理的大工程。另外，黄天骥先生的学生——黄仕忠先生正在主持的一项国家社科基金重大招标课题"海外藏珍稀戏曲俗曲文献汇萃与研究"也在同时进行。这些都充分显示了以黄天骥先生为首的中山大学古代戏曲研究团队在戏曲文献整理方面的实力和气魄。

## 二

黄天骥先生在校注戏曲文献的过程中，还逐步形成了自己的一套研究戏曲的方法，那就是通过对戏曲微观的考察，扩展到对戏曲体制、形态的探索。

他在注释元代杂剧时，首先碰到的问题是元剧何以被称为"杂剧"？按照王国维的说法：自元剧始，"而后我国之真戏曲出焉"（《宋元戏曲史》第八章"元杂剧的渊源"）。从现存元剧文本看，它们情节连贯，结构完整，确属纯粹的"真戏曲"，人们怎能称之为"杂剧"呢？董每戡先生也早在他的书中就提出疑问。他说两宋时代演出的杂剧，包括口技、杂耍、说唱之类，称之为"杂耍"，那是名副其实的，而元剧，则"一点儿也不杂，不知为什么沿袭了这个名称"（《说剧：中国戏剧史专题研究论文集》，人民文学出版社1983年版，第167页）。受董先生的启发，黄先生决定从戏曲体制入手来解决这个问题。他先把元杂剧与明清传奇的体制做了一番比较，然后结合他对现存元代剧本的深入考察，发现元剧确实很"杂"。由于元剧只由正旦或正末一人主唱，而主唱者又往往要扮演不同的角色，这样，在每一套曲亦即每一折之间，起码存在着改换装扮的问题，像关汉卿的《单刀会》，第二折正末扮司马徽，第三折正末扮关羽，角色由隐士变为武将，不换装怎么行？而改变穿戴扮相，是要花费时间的。于是，折与折之间，便出现时间空隙。在元代，为了弥补折与折之间的冷场，便以诸般伎艺、小品、杂耍补空。据臧晋叔在《改订玉茗堂四种传奇》之《还魂记》眉批上指出："北剧每折间以爨弄、队舞、吹打，故旦末当有余力。"是知他在编纂《元曲选》时，知道元剧演出时有爨弄、队舞、吹打之类安插其中，只是他没有把那些杂七杂八的伎艺记录在案，致使后人以为它"一点儿也不杂"而已。据此，黄先生又考查了现存的元代杂剧剧本，在一些剧目的折与折之间，发现了"爨弄、队舞、吹打"的痕迹。于是他把对一个词语的考证，扩展为题为《元剧的"杂"及其审美特征》的论文，发表在《文学遗产》1998年第3期。文章的结论是："在元代，叙事性文学第一次居于主导地位，舞台上出现了故事表演，这当然是戏曲史上的飞跃，而大量戏曲伎艺性杂耍的存在，也表明了当时观众喜爱并习惯于观看伎艺性节目。观众既需要从完整的故事情节中获得教益，也需要从精湛的伎艺表演中获得愉悦；而因教育与娱乐的双重需求在表演的层面上尚未统一、渗透，元代的戏剧演出体制便呈现为'杂'了。"显然，这篇考证扎实的文章不是为考证而考证的，而是在考证基础上阐述了元杂剧体制这样一个理论问题，不仅深化了元杂剧理论研究，而且开创了新的戏曲研究方法。

后来，黄先生还把对元剧"杂"的认识，延伸到明代传奇，他与徐燕琳合写了论文《闹热的〈牡丹亭〉——论明代传奇的"俗"和"杂"》（《文学遗产》2004年第2期）。论文指出，《牡丹亭》表面上看是不闹热的，洪昇在《长生殿·例言》中说有人称《长生殿》是"一部闹热《牡丹亭》"，言外之意《牡丹亭》是不闹热的。但从实际表演看，《牡丹亭》却是闹热的，尤其是第二十三出《冥判》，把民俗的东西也搬上了舞台，这些内容与情节主线是游离的，今天如果把这个戏搬上舞台，这些部分肯定是要被删掉的，但是在明代这些是一起要演的，演出起来场景是非常闹热的。那么，黄先生为什么要研究这个"闹热"？他说："我不是仅仅为了研究《牡丹亭》，我从《牡丹亭》这个'一'，插入了整个明代戏曲这个'万'，其实整个明代的戏曲，都是闹热的，通过大量文本的分析，来看整个中国的古代戏曲。从元杂剧开始就追求一个'杂',把各种的技艺都穿插在里面表演,追求一个闹热的欣赏效果,这个是中国戏曲的共性。这个共性好不好?那是另外一回事,但是传统就是这样的,就像打火锅一样,把什么东西都放进去。"

通过微观考证来揭示戏曲理论问题的研究方法,也体现在他对戏剧脚色问题的研究上。戏曲的脚色中的"旦",就是女演员。但是,女演员何以被称为"旦",却难以说清。过去有人说:"旦,狙也。""狙"是母猴。又有人说,戏剧用的都是反语,"妇宜夜",夜是旦之反,于是扮演女性者就叫"旦"。针对这些牵强迂腐的说法,黄先生翻查了大量唐宋文献,发现以"旦"称呼演员的做法很早就出现过,像《玉壶野史》提到,南唐韩熙载"畜声乐四十余人","与宾客生旦杂处"。在《教坊记》开列的曲名中,有"木笪"一项,许多学者认为"笪"与"旦"有关。宋代则有写旦为"妲"。总之,旦、笪、妲等,写法不同,所指则一。这说明宋唐之际的人们以"旦"标音,确指某一事物。而标音的词,往往是外来语。于是,他联想到许地山和常任侠曾对梵剧和唐健舞梵文根源的研究,发现唐宋之际梵语传入我国后,人们习惯用"旦"这个梵语标音词来称舞者,后来沿用泛称女演员。以同样的方法,他发现"末"也与梵语舞者意义密切相关。于是他撰写了题为《"旦"、"末"与外来文化》的论文,发表在《文学遗产》1986年第2期,论文通过对"旦""末"称谓的考察,"揭示了戏曲源流多元性的一个方面,即文化交流对戏曲形成的影响"。这一研究,对中国戏曲的脚色乃至源流等问题提出了一个新的解释,在学术界产生了深远的影响,为戏曲研究开创了新视角、新方法。围绕脚色,他还发表了《元剧"冲末""外末"辨释》(《中山大学学报》1964年第2期)、《从"引戏"到"冲末"——戏曲文物、文献参证之一得》(《传统文化与现代化》1998年第5期)等文章。前者通过对"冲末"和"外末"的微观考证,梳理了中国戏曲"副末开场"的发展脉络;后者通过对"引戏"和"冲末"的考察,探讨了元剧分期与戏剧繁荣等戏曲史问题。

黄先生对戏曲结构问题等的研究,也是从微观问题入手的。分场在元杂剧中被称为"折",在南戏传奇中则被称为"出"或"齣"。至于何谓"折",何谓"出""齣",此前学术界没有一致的看法。黄先生于是对这个问题进行了探讨,先对杂剧"折"和南戏传奇"出""齣"的实际情况进行了深入、细致的考证,发现"杂剧以套曲分场,重视的是曲;南戏传奇根据时空转换和人物上下分场,并以齐整的韵白结合趋跄的舞态作为程式,则显示情节、伎艺两者并重"。他认为,"折"和"出""齣",一着眼于唱,一着眼于舞,在一定程度上,标志着两种戏曲形态的分野。进而,他经过深入研究,提出了"只要是通过唱、做、念、打表演故事,或者通过故事情节表现唱、做、念、打,都是戏曲"的戏曲本体理论,弥补了人们对戏曲本体理解存在的缺陷,大大推进了戏曲本体研究的进程。

2008年,黄先生和康保成先生主持的国家社科基金重点项目"中国古代戏剧形态研究"完成结项,并被评为优秀结项成果,该成果已在河南人民出版社正式出版。80多万字的《中国古代戏剧形态研究》,既是黄先生长期对戏剧形态问题思考与研究的结晶,也是以他为首的中山大学老、中、青三代学者多年共同努力的结果。

## 三

研究戏曲作品的题旨、内涵,是从事教学和研究不可缺少的环节。50年来,黄先生对戏曲史上许多重要作家的作品做了广泛而深刻的研究,写了不少论文。他知道对一部戏曲作品的理解是否全面、深刻,既取决于研究者当时的审美能力、理论修养和所掌握资料以及当时社会的风气和舆论导向,又受制于作品文体的特殊性。所以,他在研究中,一方面坚持辩证唯物主义和历史唯物主义,不断拓展和修正自己的观点。如对洪昇《长生殿》的研究,他前后写了三篇论文:20世纪50年代在《中山大学学报》发表的《弛了朝纲,占了情场》,肯定洪昇揭露了杨、李的误国殃民,但对杨、李爱情的描写重视不够;80年代初在《文学评论》(1982年第2期)上发表的《论洪昇的〈长生殿〉》,注意研究杨、李的矛盾,揭示了封建时代妇女对爱情专一的要求和必然的悲剧结局;90年代在《文学遗产》(1993年第3期)上发表的《〈长生殿〉的意境》,注意从文化特色审视戏曲作品,发现《长生殿》后半部原来别有真谛,认识到作者写杨、李的悔恨,是要使观众由此及彼,捉摸到世道浮沉、社会兴替的轨迹,从更宽广的角度领悟人生境界。这三篇论文真实反映了黄先生对《长生殿》的认识不断走向全面和深入的历程,也表现了他实事求是和敢于自我修正的严谨的学术态度。

另一方面,他有意识地从戏曲文体特殊性即舞台演出的角度去分析剧本。20世纪80年代初,他研究李笠翁"十种曲"时,就注意从李笠翁写戏追求"一夫不笑是吾忧"的喜剧性去研究,发现了其荒诞、变形的情节背后却包藏着一些颇为严肃的题旨,于是发表了《论李渔的思想和剧作》(《文学评论》1983年第1期)和《风筝误的艺术特色琐谈》(《剧论》1990年第1期)

等论文，纠正了人们对李渔作品的错误认识，肯定了其作品的价值，并指出，作家追求作品的娱乐性正是一定历史时期市民意识萌动的反映，推动和深化了对李渔戏曲的研究。从舞台演出的角度审视剧本，还能发现剧作者一些微妙的艺术处理，从而深化对作品意蕴的认识。像王实甫在《西厢记》中写张生跳墙。对于这个细节，明代有人认为是个漏洞。当代一些著名的戏剧家也认为"莺莺分明开门等待，为何跳过墙去呢？这是几百年未解决的问题"。黄先生在《张生为什么跳墙》（《南国戏剧》1980 年第 3 期）一文中，试图从演出的角度把握作者的艺术构思，发现王实甫把董解元《西厢记诸宫调》所设置的场景改变了。董解元《西厢记诸宫调》写"迎风户半开"的门，是厢房的门，张生要逃过墙，才能到达房门。王实甫却把这门改为花园的"角门"，写莺莺到花园里去会张生。当角门明明半开着时，张生却扑地跳过墙来，把莺莺吓一大跳，这就产生强烈的戏剧效果。其实，莺莺让红娘递诗简，是约张生从角门过来的。张生接到诗简时，也明明说："'迎风户半开'，他开门待我。"。可是，他又说："'隔墙花影动，疑是玉人来'，着我跳过墙来。"这"跳"字是怎么生出来的呢？诗句中根本没有着他跳的意思，可见，张生解错了诗。这是张生在大喜过望时头脑发昏，便连最明白的诗也解错了。关于张生解错了诗这一点，王实甫是处处关照着的，他让张生经常拍着胸膛说，"俺是个猜诗谜的社家"，后来事情弄僵，连红娘也嘲笑他。在《闹简》《赖简》两折，"猜诗谜"的意思反复出现六次之多。显然，王实甫正是通过张生解错了诗所产生的喜剧性误会，表明这聪明一世的才子，在狂热的追求中成了懵懂一时的"傻角"。黄先生的这个分析，合情合理，令人茅塞顿开。另外，《〈西厢记〉为什么要出现欢郎》一文，也是他从演出角度研究剧本的创获。这些成果不仅解决了许多戏剧学界几百年来悬而未解的问题，而且为人们进一步分析戏曲作品提供了方法论的启示。

除了戏曲研究之外，黄先生还致力于古典诗词的创作和研究，对古代小说、周易文化研究也有涉及。

从 20 世纪 90 年代起，黄先生陆续发表了《元明词三百首》《纳兰性德和他的词》《元明清散曲精选》等著作，以及《辽金元三代诗坛》《元明词平议》《吴梅村的诗风与人品》《朱彝尊、陈维崧词风的比较》等论文。这些研究不仅解决了元明清诗词、散曲研究中的一些具体问题，而且对纠正学术偏见，提高元明清诗词、散曲的学术研究地位发挥了重要作用。他结合自己多年诗词创作实践经验而写成的《诗词创作发凡》，是一部系统探讨古典诗词创作理论的著作。此外，他的《〈西厢记〉创作论》也是一部从创作的角度重新审视经典剧本《西厢记》的新著，2013年获得"第九届鲁迅文学艺术奖"。

黄先生对少数民族出身的诗人对当时诗坛的影响、封建时代后期异端思想对诗坛的冲击及诗词审美观念的新变化等表现了一定的关注。黄先生认为：少数民族诗人的诗歌具有阳刚之气，在一定程度上冲淡了当时诗坛的甜腻；而封建时代后期异端思想家们在其诗词中表现出来的题旨、情趣的变化，则表现了张扬人性的异端思想对诗坛思想内容与审美观念的冲击。

黄先生对《周易》也有很深的造诣，出版了长达50万字的专著《周易辨原》，对周易文化有了新的诠释。

## 四

黄天骥先生的学术研究，同他对教学、学生和中山大学的深厚感情是密不可分的。从1952年在中山大学读书至今，60多年来他一直在中山大学，几乎把自己整个人生全部奉献给了中山大学，他的学术研究总是和教学紧紧关联在一起。

黄先生把在学术上的心得贯穿到教学中。他从个人学术研究与诗词创作的经验中认识到写作训练对中文系学生的重要性，1985年他在担任中山大学中文系主任时，提出了中文系本科生一年级写作"百篇"作文与二年级写作八篇读书报告的教学理念，并开始付诸实施。这一教学理念至今已坚持快30年了，已成为中山大学中文系本科生培养的品牌，许多中文系校友毕业多年后回忆其母系母校，印象最深、收获最大的就是这种近乎魔鬼式的写作训练。

黄先生在研究生培养上，主张发挥团队优势，开设类似学术沙龙的戏曲师生集体讨论课，鼓励大家大胆发言，敢于"胡说"，通过头脑风暴式的讨论，既让研究生能够学习到不同老师学术研究的特长，又能激发研究生敢于创新、敢于发现问题的意识。实践证明，这种师生集体讨论课是行之有效的，在作为衡量研究生培养水平重要指标之一的全国优秀博士论文奖评选中，至今共评出3个古代戏曲方向全国优秀博士论文奖，中山大学戏曲团队就独占了2个。

黄先生热爱学生，学生们都特别喜欢黄先生。无论是毕业多年的学生，还是在校的学生，一提起中山大学中文系，无不想到黄先生，他已成为学生们心目中对母校感情的一个重要寄托。很多毕业多年的学生直言不讳地说，他们之所以经常想起母校，想回母校看看，是因为有像黄先生这样的老师还在那里。

黄天骥先生对学术、对教学、对学生和对中山大学这样的热爱和投入，使他不仅赢得了等身的荣誉，如全国教学名师、全国戏剧文化奖、戏曲教学与研究终身成就奖等，而且赢得了学术界的普遍尊重和学生们的普遍爱戴。

总之，黄先生的学术研究，秉承了王季思、董每戡、詹安泰等老一辈学者的优良传统。在戏曲研究上，他一贯坚持微观考证与宏观理论、理性分析与感性体悟相结合的研究方法。他首重"大"字：关注学术研究中的大问题、本质问题、关键问题、前沿问题、理论问题，做学问的根本目的就是探求真理、解决问题，要"眼高""远识""大视野""大胆设想""有理论头脑"。与"大"相联系，他还强调"小"字：从小处着手、以小见大、小心求证，要用"清代朴学"的方法，踏踏实实、认认真真、实事求是地研究。这一"大"一"小"，是黄先生学术研究的辩证法。他的研究无不是从"大处着眼，小处着手"的，他的《元剧的"杂"及其审美特征》《"旦"、"末"与外来文化》《从"引戏"到"冲末"》《张生为什么跳墙》等论文无不体现了这种学术理念。

黄先生主张做学问要融会贯通，他认为，"我国古代戏曲与诗歌创作联系密切"，"如果说诗词是人内心的抒发，那么戏曲是人物性格和人内心矛盾的具体体现。一些诗词有情节性的冲突；一些戏曲的情节，经常也有诗词般的意境。因此，诗词与戏曲其实有着相通的一面"。因此，黄先生经常是"带着诗词的眼光去研究戏曲，又带着戏曲的眼光去研究诗词"。

此外，黄先生认为在对待文学尤其是戏曲研究上，还应投入感情。他说："文学作品，包括戏曲作品，本来是活生生的，有血有肉的。有人认为文学批评应是一把解剖刀。我不同意这种见解，因为它很容易使人把评论家和研究者误解为法医，以为他们的工作就像冷冰冰地解剖冰冷的尸体。我主张人文学科的学者，在研究中把自己的审美感受传达出来。当然，感受会因人而异，也未必准确，但总会在一定程度上帮助读者提高欣赏能力和艺术修养，否则，文学研究便味同嚼蜡，失去了学术的个性。"所以，黄先生无论是写论文还是讲课，他都能深入浅出，用生动、风趣的语言来传达他对戏曲的独特感悟，从而给人以一种美的享受。黄先生从教60年来，出版发表了《纳兰性德和他的词》《诗词创作发凡》《黄天骥自选集》《冷暖集》《深浅集》《俯仰集》等多部学术专著、古籍整理校注和几十篇学术论文，在海内外同行中产生了一定的社会影响。

黄先生待人接物平和、宽厚，胸怀坦荡，为人谦虚，从不以长者自居，也不以自己的好恶裁断是非、品评人物,体现了真正的大家风范。黄先生对自己的学生没有统一的要求,他善于因材施教,引导学生根据自己的爱好确定研究方向,鼓励学生独立思考和发表与众不同的学术见解。他培养了许多硕士、博士研究生,为全国各行业输送了许多高层次人才。他们之中许多已经成为单位的骨干,有的成为重点大学的学术带头人,可谓桃李满天下。王季思、董每戡先生所开创的戏曲研究传统,正在中山大学薪火相传,不断发扬光大。

(宋俊华,陕西富平人,中文系 1999 级博士)

# 那年，那海，那园
## ——我在中山大学中文系上学

李 敏

很多年后，中山大学中文系的师妹张娜对我说："李敏师兄，我觉得你是最像中文系的人。"我才忽然意识到，"像中文系的人"是一句多么高的评价。

## 一

对于那些在生命中给予我帮助，让我命运转向的人，我总是记忆很深刻，心怀感恩。我也不知道为什么我可以受到这么多恩惠，以至于我今天总想告诉更多人，去接受生命的馈赠，只要接受就好了。

在上大学前，我还是一位从未走出过小城的孩子。在我很小的时候，爷爷告诉我以后要考大学。那时候感觉上大学是一件很遥远的事情，我们家好像也从来没有出过大学生。当时家里正好有一张广东省的地图，我就指着地图问大人，广东省最好的大学在哪里。

他们告诉我，是广州的中山大学。从此，我在心中就埋了一颗种子。

等到很多年后我在填报高考志愿的时候，我却想着是不是填一个差一点的学校，更为妥当一些。一位在广州工作的表哥告诉我，还是报中山大学吧，报最好的学校。

高考分数出来的时候，比我预期要低一些，我感觉自己可能去不了中大，甚至做好了去读二本的准备。

但没想到，我最后接到的录取通知书是中大的！我只觉得自己很幸运，却不知道幸运的背后是来自他人心底的善意。

1999年中国驻南联盟大使馆被炸事件，我感到很愤慨和无力。我在报考的所有学校第一志愿里都写了法律专业。那时候的我一门心思想当律师，因为我认为律师是在为这个世界守护正义的人。可是最终录取我的不是法律系，而是中文系。但家里所有人都说，中文系是最适合我的。我喜欢诗歌与文学，甚至那时候喜欢上一个女孩子也是因为我们在读同一本文学名著。

当收到中文系录取通知书的时候，我内心的愤慨似乎就都柔软了下来。

## 二

2000年，中山大学在珠海办了校区。录取通知书附上了珠海校区的介绍，大海、沙滩、情侣路……一切都充满了浪漫想象。我们是第一批去珠海校区的本科生，并且将在那里学习两年时间。

我和父亲坐着大巴车到了广州。在广州的表哥接上我们后，又开着他的小轿车把我们送去了珠海。这是我第一次走出小城。对于我来说一切都是那么新鲜。

当时接待我们的是一些已经先行报到的、广州地区的同学。他们帮我们办理手续、指引宿舍。其中有一位很有气质的"师姐"，后来才知道她是我们的辅导员郭冰茹老师。当时她刚从中大中文系研究生毕业。有一天晚上，她巡查完宿舍后，提议我送她回教工宿舍。路上郭老师叮嘱我说，感觉我是那种会到处惹出点事端的学生，提醒我注意安全。

其实我只是对所有的一切都感到非常兴奋。新的朋友、新的环境、新的认知……

有一次我在食堂吃饭，正巧和郭老师坐一桌，我问她最喜欢的作家是哪一位，她说她很欣赏卫慧。那时候我还没有读过卫慧的小说，只是看到过媒体对她的揶揄和批判。我仿佛被打开了一扇新的大门，原来还可以喜欢这样一位作家啊。

很多年后，我依然没有看过卫慧的小说。但看到一个新闻报道说卫慧成了一名心理疗愈师。那条新闻底下的评论依然刺耳，我想起的却是郭老师第一次和我说卫慧时恬淡的神情。

## 三

教语言学的李炜老师来上课，没说几句话就把同学们逗得哈哈大笑。课后他还主动请我们吃饭和喝酒。

我一点都不喜欢喝酒，但是喜欢喝酒后大家很开心的样子。当时李老师说他基本只要听一个人说几句话，就知道他的家乡在哪里。前面每一位同学都被李老师猜中了,大家惊呼神奇。到我这儿的时候,我说了几句话,李炜老师听完后说他听不太出来,但根据经验,猜我应该是黄河以北的人。作为一个第一次离开家乡的潮汕人,我忍不住哈哈大笑了起来,甚至至今想起都觉得很开心。

## 四

因为我们在珠海,系里希望与我们有更多的连接,于是从大一开始就给我们安排导师。我的导师是魏朝勇老师,从那个时候他就开始与我书信往来。最早的时候我们没有电脑,都是手写作文。我会把作文习作寄到广州,魏老师每篇都会看,都会回复。

读大学的时候我很喜欢"荒诞"和"颓废"的文学,喜欢王小波、石康和村上春树,我的文章也写得很杂。当时记录的事情现在可能早已遗忘,现在想来似乎就是荒诞和颓废的气息。但魏老师每篇的回复里,都是宽容和慈爱。

后来大三我们回到广州上学,在康乐园里,和魏老师见面的机会就更多了。他大学本科是在中大读的社会学,在体制内工作了几年后又回到大学读硕士,然后读博士,后留下来教书,还做过博士后。印象里他是那么热爱哲学和健身,为了读懂哲学原著,甚至学了德语。

我记得他最爱的是海德格尔,他甚至给孩子都取名字为格思,意思是"海德格尔的思想"。那时候我问魏老师哲学是什么,他给我的答复是30岁以后你会明白。

没想到一语成谶。我真的就是大概从30岁开始追问:我是谁?这个追问不再是形而上,而是生活中活生生的。"我是谁?我该以什么样的我度过我的一生?"

当时我听魏老师讲课,都是忍不住打瞌睡的状态。想不到我现在也成为萨特、加缪、海德格尔的拥护者。他当时跟我说过的每一个名字,如苏格拉底、柏拉图、弗洛伊德、荣格、维特根斯坦、叔本华、尼采……我曾经在课堂上的睡梦里听到过的名字,如今都有了色彩。

那种感觉就像我给他写一封信,十年后我才收到了回信。人与人之间是如此之近,又如此之远,真有意思。

从他那里,我知道了"拯救与逍遥",知道了"现象学",知道了"一个后现代主义者的死亡"……可能他看见了我的颓废与荒诞,于是送给了我一本书——余华的《活着》。大四的时候要写毕业论文，魏老师又介绍给我另一本很小众的书——黑塞的《纳尔齐斯与歌尔德蒙》。黑塞从此进入了我的精神世界。直到现在我才知道当时的蝴蝶振翅，给我后来的生活带来了风暴。

虽然我在上大学的时候逃了很多课，花了很多时间在打游戏、打牌和谈恋爱……但我却想很用心地对待我大学时代的最后一个作品。于是我花了几个月的时间写了我的毕业论文《何以在世与走向救赎》——这篇文章也在冥冥之中给了我自己的余生一个注脚。

## 五

中文系现在的全称是中国语言文学系。语言每天都在用，每个人都在用。而文学又在哪里？大一的时候师兄会来和我们说一些校园里的离奇传说，神乎其神，但我们从来没有遇见过。在上大学之前，我们豪言壮志；在离开象牙塔的时候却踉跄一脚，猝不及防。我们在大学的时候青春着也虚无着，就像孩子一夜之间长大，就要进入成年人消费主义的世界里去验证自己的价值。

毕业前，很多同学都很焦虑，询问我们党委书记丘国新老师，要不要多考些证，要不要学多点什么，增加一些自己就业和今后在社会上的砝码。丘老师总是一脸冷静，说："你们是中大中文系的学生，你们不需要任何额外的东西来证明你们自己。"

虽然我早早找到工作，听着丘老师如此笃定的表达，但心里仍然疑惑。现在想来，之所以我会疑惑，是因为当时我不懂中文系到底在教什么，我也不懂语言文学是什么。

那时候我是真的不懂。师飚老师在讲台上激情昂然地讲着孔子和他的学生春日出游的故事，可是我真的完全听不懂。最后我在课堂上睡着了。林岗老师讲着他在欧洲游学的日记，那么多细节，那么细致入微的讲述，可是我那时候就是听不进去，思绪早已飘到窗外。还有很多很多老师的课，当时我都沉浸于夜晚的游戏，以至于白天根本打不起精神去听课，只能逃课或者在课堂上睡觉。

魏老师告诉我，系里每次开会都会讨论学生逃课的问题，大家讨论到最后，老师们还是会说，如果一个老师不能让学生爱上他的课，是老师自己的问题。我也是很多年后才理解这一点意味着什么——在一个人不断被工具化理性推着走的时代里，这意味着中文系真正要教给大家的东西——文学真正关注的不是语言和文字，而是使用语言和文字的人，人与人之间能够连接起来的超越语言文字的那部分。

一路以来我早已忘记了背过的文章和知识点，但我仍深刻记得我从每一个老师身上体验到的那部分。

文以载道。不是每一个学习中文系的人都会成为语言学大师、文字学大师、大作家、大记者或者大官员……那些都只是指向月亮的那根手指。而真正重要的，是那个月亮。那个月亮——

我记得是白发苍苍的黄天骥老师骑着一辆破自行车，和我们聊"足球"的活泼模样。

我记得是毕业很多年后有一次，我到学校约了郭冰茹老师见面，她骑着一辆破单车，眼看迟到了，就把自行车往地上一摔，带着笑意向我走来。

我记得是魏朝勇老师喝着啤酒和我说他家里满满的书，连床底都是书，那时候眼睛里满是星光。

我记得是丘国新老师一次次地跟我说，记住你是中大中文系的学生。我想丘老师说的是——无法被记录在语言文字里的中文系。

毕业前夕，我们在中大北门牌坊下喝着啤酒。整个大学时代都没有怎么和我说过话的丘老师忽然喊了我的名字，我很惊讶他知道我。

我记得当时我很感动，想起这段，还是流下了当时没有流下的眼泪。

## 六

大学毕业后，我就到深圳市国税局报到了。经过一个月的集中培训后，我被分配到了福田区国税局。迎接我和另外两位同学的是老局长一行人，他们非常热情。老局长对我说："你来了可太好了。学中文的是吧？我们的材料终于有人写了。"

我表面上客套地回应着，内心却升起一股哀伤。难道我上了那么多年的学，做了那么多的题，考了那么多的试，最后的归宿是来这里写材料？

我仿佛看见一个灵魂，此前如何的"拯救与逍遥"都免不了最后坍缩成一颗螺丝钉的命运。

我想，是不是每个人的人生也都是这样。虽然我是中大中文系毕业的，但我的材料写得不好。因为我不懂。我不懂里面的人情世故，也不懂世界是如何运作的。我不懂孔子，不懂苏格拉底，也不懂路边的小贩。

我记得那时候我很难过。难过的时候我就从深圳回到广州,到中大去看看。后来更忙了,渐渐没有时间回学校。再往后回到学校,也找不回以前的感觉了。我想起魏老师说"大学生不应该那么忙,现代人不应该那么忙"。似乎每一个人都不想忙,但每一个人都被迫在忙。

我看见每一个人都不快乐,但也不理解每个人都要投入一种不快乐的生活是为了什么。

毕业后一年,我就生病了,得了甲亢。那个疾病会让我凡事都想要快,即使四下无人,我都迫不及待想要更快地去做一件其实不重要的事情。甲亢好了一年后,我又再次复发。我才意识到是不是我的身体在告诉我,要慢下来。

可是当我慢下来,我又重新变得虚无起来,又为自己的虚无感到愤慨。生活不会因为我的追问而停下来脚步。我在工作里想尽力地做个好的公务员,在家庭里想要尽力去做一个好爸爸、好丈夫、好儿子……

竭力却还没有做好的时候,我进入了一片荒芜的世界。曾经在文学里找到的故事和答案,都是如此遥远。我要寻找更大的救赎。也是从那时候起,我给自己的微信起名叫"谜团"。

在偶然中,32岁时,我踏上了新的求学之旅。今天再回过头看,其实那些礼物我早已收到。从我大四开始写《何以在世与走向救赎》的时候,我就写下过那些答案。在大学四年里,无论我怎么颓废和荒诞,老师们其实都回应过我。

在我离开大学后的职业生涯里,也有那么多来自中大的师兄师姐和非中大的同事朋友们给予我慈悲和宽容。那份爱仿佛黄河之水天上来,又仿佛被记录在几千年的文字文学和口述文学里被这样传递着。只是我需要自己走上生活的舞台,然后被生活摇醒,才能重新看见,我已经拥有了多么巨大的礼物。

曾经我喜欢的"晃晃悠悠",原来是在晃醒我啊。

## 七

我离开单位后成了一名心理咨询师。我一度以为自己进入了一个全新的领域,直到最近我才意识到我不过是在做回一个中文系的学生正在做的事情。

文以载道。

你说的每一句话,写的每一个字,其实都可以是抚慰心灵的文学。我终于在这里遇见，而不是在小说里看见一个个真实的生命。我见过因丈夫突然入狱无助的临产孕妈妈，见过深夜里只能来我这里偷偷哭泣的企业家，见过因抑郁睡不着觉吃不下饭却为了父母想要好好学习的孩子，见过吵着要离婚却离不开的夫妻，见过相爱却不能公开的情侣……每一个生命故事都是如此精彩。

世间的一切不再只是文字或他人的口述，而是活生生地呈现在我的面前。我也终于理解了我以前写不好材料的原因。因为我根本不懂生活，不懂自己。在我懂自己之前，我可能不懂生活；在我懂生活之前，我可能不懂我自己。两者看似冲突交错，却指引着我像婴孩步履蹒跚一样，步步向前。

每个生命都是一本书，而我们的交互，又在创作一本又一本全新的书。我在里面甘之如饴，是真切的开心。

2017年，我辞职后带着8岁的孩子休学旅行一年，2024年又把那些故事集合成书出版。分享会上我说，我终于做了一件"最像中文系的人"的事情。那本书里的第一篇，最开始我是发布在公众号上，叫《走错的每一条路，都是比别人多看的风景》。本文开头提到的张娜，正是在看完那篇文章后和我说了那句话。她说她当时正在面临人生一个纠结的选择，看完那篇文章后她也做了一个生命向前走一步的决定。

灵魂总在相遇的时候，迸发喜悦。

前几天我在讲心理剧的课程，在场有一个环节特别美。几分钟的时间里没有人出声，所有人都在默默流泪，感觉到人与人之间的冰山在融化，我自己的眼眶也湿润了。那时候我就在想，这就是我的电影，我的文学，我的语言。在我的心理剧里，所有人的表达都没有预设，都在当下，不可复制，也无法被影像记录，只能参与者亲历，影像会深深地落在参与者的心里，一个生命就此被重新塑造、疗愈。

文以载道，歌以咏志，诗以传情……我想不出比这更好的文学，也做不出比这更好的艺术了。曾经那个荒诞和颓废的我，现在却致力于热烈燃烧自己。

我想起吉利根问他的老师米尔顿·埃里克森，如何回应他如此无私的倾囊相授？

埃里克森的回答是：把这些分享给更多人。

我理解的中文系也是这样的。不在于某个时段、某个地点，而在于记录语言文学里的那些生命与精神，在于我们彼此之间如何连接的眼睛与双手。

今天我想把这些礼物送给更多人，因为我曾经接收到了很多很多充满善意的馈赠。那时候的我没有任何要求,不懂爱的回应,也无法给予他人回报……但那年,那海,那园,那样的爱,就这样毫无保留地,流向了我。

(李敏,广东汕头人,中文系1999级博士)

# 如此中文

冯日虹

在我的老家广西岑溪市，日常交流用语的语法挺特别，名词常被用作形容词，比如"山"，老家人说："这地方很山。"意思是"这个地方很偏僻"。如果你毕业于中文系，遇见一个人同你说："你看上去很中文。"这句话却得根据情景来判断，假如他语气带点讽刺意，意思则是第一层：你这个人很任性、癫狂；假如他带着点赞赏意，则意思是第二层：你这个人气质清朗、文雅豁达。

上大学之前，我是个光脚奔跑在广西十万大山的稻田中的野孩子，儿时的土白话童谣常唱："落大水，吹大风，姊姊妹妹出广东。""出广东"是我们的梦想，广东是幸福生活的方向标。中山大学是广东的最高学府，为了跨进中大，我小学六年级复读才考上重点初中，高三再复读，才考上了中山大学中文系。倘若我没记错，我的高考志愿填报表，第一志愿是中山大学，六个专业我填写的全是"汉语言文学专业"，并豪横地郑重备注"不服从其他专业调配"。记得那年中大在广西只录取三十来个文科生，中文系专业录取2个，为了做个中大中文人，成绩需在广西全区文科排200名左右。非中大中文系不读，今年考不上就复读明年再战，此举显得我这个人"很中文"——任性、执拗。幸好，我运气足够好。

大一的时候，得知中文系本科也实行全程导师制，据说是以姓氏笔画排名为次序逐个安排导师。我有幸得到彭玉平教授指导"百篇"作文和八篇书评，又因张海鸥教授常到珠海校区教古典诗词创作课，我便疯狂爱上了古典诗词，本科期间时常参加岭南诗词研习社和文体学论坛的交流活动，在记者站任学生记者，常填古典词，发表过一些拙作。那是作为中文人"中文味"最浓的时光。

进入社会，我还一直保留中文系一年写"百篇"的习惯，每天花30分钟写一段短文，或是读书笔记，或是生活小感悟。我在职业和创业领域都与专业对口，在文博领域工作，常写常练。第一次被人说"你这个人很中文"，是毕业后第 12 年。有一天，在一个写着"创意魔方"四个字的雕塑下，我看到"魔"字立体广告字的"鬼"掉地上了，大家都习以为常，加上下雨，都冲向避雨的大楼里。到了电梯口，我脑海里突然冒出一句"无鬼不成魔"，想为这句话配一个实证的照片，于是冒雨往雕塑方向跑。拍照时，看到"创"字的立刀旁少了个笔画竖钩，大喜过望，又得一句"有刀方作创"。两句凑一起，竟是个对联，欣喜不已。朋友看我头发都湿了还很快乐，说："中文系的都是疯癫分子。"

被人说"你这人太中文"，是在一次博物馆展陈大纲专家讨论会后。开会中场休息时，我读到一篇冰心悼念郑振铎的文章。1934年时，冰心与郑振铎等朋友到平绥沿线旅行，当时遇到一个接待人员叫"屈龙伸"，郑振铎觉得他的名字很有意思，可以用"屈龙伸"对"张凤举"，大伙听了兴致来了，于是有"郑振铎"对"李鸣钟"，"陈其田"对"张之洞"，"傅作义"对"李宗仁"等。看了冰心写的小故事，我的工作汇报会继续开始，开到一半，我看着与会人的名字，发现有些人的名字两两竟也成对联，有些和我的熟人可成对联，比如"赵高岭"对"卢宏松"，"沙光普"对"符彩扬"，"左青云"对"谢潇雨"。会议结束后，大家觉得我行为上实在"太中文"。作为中文人纯粹的快乐，可以消除工作的枯燥感。

我于2011年在康乐园东区初遇我的爱人，当时，"在中大遇见你"是个很美的说辞。由于他是外校的，我时常仗着自己的学校之名气，企图在婚姻中占据语气的上风。婚后我们常讨论一个话题：现代大学生要不要到学校上课，上网课也可以嘛，选择对应的教授的网课上课，经过严格的考试，照样可以修够学分，照常毕业就可以了吧。对此，我持相反的意见。假如一个人能把上下五千年的文学书籍都读完，你谈享受孤独，他附和：与谁同坐？明月清风我；你谈傲娇，他附和：仰天大笑出门去，我辈岂是蓬蒿人。但他可能从未感受过以下的情景：

想象你此刻，正走过康乐园中文堂侧鲁迅雕像，穿过有醒目校训的小礼堂，踏过一段林荫道，自行车叮铃声来，背着书包的学生匆匆走过，之后，你找到南草坪的一处空地，盘腿坐下，打开书读起来。让我们把静谧的镜头调快，中山先生雕塑手下的日影快速挪移，红胸啄花鸟飞过红楼，马丁堂石狮旁落英渐落，图书馆内全座满员，荷塘边书声琅琅，教室里教授粉笔字满黑板，新港西路霓虹渐亮，北门珠江商船如织。

中文人的养成，不仅需要时间，还需要空间和环境，需要师友思想的碰撞，需要书本旷日持久的浸润。唯有时空的合一，才更能产生第二层意义的

"很中文"——气质清朗、文雅豁达。借彭玉平教授的倡导语总结就是"做个温润的中文人"。

那于我而言,有哪些表现可算"温润"呢?

前面说:"落大水,吹大风,姊姊妹妹出广东。"没上大学之前,广西是我极力想逃离的地方,大树下摇着葵扇的老奶奶,八卦成瘾的三姑六婆,是我最不想与之为伍的人。上大学后我第一时间把户口转到广州,迫不及待跟家人炫耀一下自己写着羊城地址新港西路的身份证。中文系毕业以后,我并没有随丈夫将户口留在广州,执意把户口转回老家乡村里,而今大树下看到摇着葵扇唠家常的三姑六婆,眼里常能定格几帧岁月静好的画面,我也想成为自得自乐的她们。

中山大学100岁了,她80岁时伸出温暖的手,托住小小的我。感恩成为中大中文人,我将努力做个"很中文"的中文人。

(冯日虹,广西岑溪人,中文系2004级本科)

# 与文同行

岑 炜

  生命中的缘分,向来是由许多的不经意拼凑而成的,这也让模糊的印象逐渐镌镂上心头,鲜明得不能忽视。还记得是香港回归前一年,母亲带着我出远门探亲,车窗外的父亲背着年幼的弟弟与我们挥手道别。从粤北山区经历了 10 多个小时的颠簸后,我人生第一次来到省城广州,也是第一次走进海珠区新港西路 135 号。康乐园那饱含历史的红墙绿瓦,逸仙路旁郁郁葱葱的树木,以及路边时不时飘过来的烤红薯香味,共同构成了我对中大最初的记忆,到中大求学的心愿种子在这一刻萌芽。现在回想起来,或许这就是中大缘吧。

  十年寒窗,我是一个有点特别的"复读生",高中时代为了圆儿时的求学梦,选择从高三留级到高二重修课程,并从理科改读文科。2005 年初秋,我收到了中大的录取通知书,进入中文系汉语言文学专业学习。珠海校区的长教学楼、岁月湖、榕园是象牙塔之行起航的地方;南校区的小礼堂、中文堂、惺亭和学五饭堂是求学之路挥之不去的印记。弹指一挥,自毕业离开康乐园已近十五载,学校的一墙一瓦、一草一木,师长和同学们的身影还是那样的熟悉,如在身旁未曾走远。对于中文系的感受,主要有三点。

  中文系底蕴之深厚,让我明白了一个"用"字。关于文学的作用和意义,古今历来众说纷纭。读中文,读文学,到底有没有用,到底怎么用?这个问题或许不少中文学子都或多或少思考过。入学伊始,我从师长的口口相传中,了解到中文系是中山大学历史最悠久的学系之一,先后有傅斯年、鲁迅、王力、容庚、商承祚先生等著名学者在此任教,并留下宝贵的文学财富。作为一名"80 后"学子,虽未能亲耳聆听那个时代的大师的教诲,但却被他们的人格魅力和学术造诣所感染,为自己能够有幸进入中大中文系求学而自豪。上学期间,陈炜湛、吴承学、黄天骥、丘国新等老师的谆谆教导,鼓励着我向文学之海探索,不断去寻找文学之用的钥匙。从古代看,有曹丕的"盖文章,经国之大业,不朽之盛事";有张载的"为天地立心,为生民立命,为往圣继绝学,为万世开太平"。从近代看,有鲁迅的"文学是战斗的";有胡适的"文学者,随时代而变迁者也"。从现代看,有莫言的"文学最大的用处,也许就是它没有用处"。随着互联网时代的到来,以及比网络检索更神奇的ChatGPT(一款人工智能技术驱动的聊天机器人程序)的出现,文学与所有人文学科一样,受到巨大的时代冲击。我系校友陈平原在《中文系的使命、困境与出路》一文中谈到"中文系你仔细看,它的老师及学生,他们的活动范围,他们的发言姿态,以及他们影响社会的能量,是超越原先的专业设计的"。这样一个论断,我是感同身受的,因为每个国家的本国语言文学系,都是这个国家文化及精神建设的重要力量。文学最大的作用,是可以引发人的思想共鸣,笃定信念,从而在心灵深处获得源源不断的勇气和力量。文学,在困难时陪伴我们"山穷水复疑无路,柳暗花明又一村";在欢喜时陪伴我们"春风得意马蹄疾,一日看尽长安花"。从校园到社会,文学的力量一直在支撑着我,陪伴着我。

中文系治学之严谨,让我明白了一个"书"字。在入读中文系之前,我对中文系的印象是"天天上语文课",课程应该会比较轻松。入学之后,我与中文系所有的本科学子一样,经历了大一"百篇"写作的"挑灯夜战",大二八篇书评的"绞尽脑汁",还有数易其稿、被导师说是"义务教育水平"的毕业论文,感到"痛并快乐着"。毕业后回想起来,正是因为中文系这样系统而高强度的文字训练,才铸就了我们的写作功底,给了我们披荆斩棘的一技之长。毕业后,再次翻开2005级《优秀读书报告选》,重读彭玉平老师所作之序《善读书者 满腔生意》,细细品味袁东卫、胡传吉、郭冰茹老师的评语,对读书"入"和"出"的关系有了新的认识,也牢牢记住了老师们的告诫——中文系的学生要多读书、读好书,这样才能无愧于"学中文",从而达到"入乎其内,故能写之;出乎其外,故能观之"的境地。中文堂一楼端砚池后的对联"领百年风骚开一园桃李,揽九天星斗写千古文章",是中文系对每一位老师的嘱托,也是对每一位中文学子的殷殷寄语。在学生时代,我们读的很多应试方面的"有用之书",很多都早已遗忘,但当年读过的那些文史哲的"无用之书",还在我们脑海里发光发热。作为一名中文学子,应该在求学期间珍惜难得的静谧时光,多读"无用之书",多读跨职业、跨学科、跨媒介的书,吃得读书之"苦",善于苦中作乐,把个人修养与气质"读"出来,做到操千曲而后晓声,观千剑而后识器,从而明白世事之通达,理解人生之苦难,培养人性之高贵。把"无用之书"读好了、读透了,步入社会后就算做不到"治国、平天下",但亦可"正心、修身、齐家"。

中文系风骨之傲然，让我明白了一个"行"字。风使文有情，而骨使文有形，风骨所体现的是诗文的气质。关于"风骨"，贾平凹曾说："做个有风骨的人，无论别人如何待你，都要自己珍视自己，对得起你内心的那一抹骄傲，在自己的世界里独善其身，在别人的世界里顺其自然。"中大中文人之风骨，我想就在于写文章有情有形，即具有别具一格的"文气"；做人有自己的原则，有所为有所不为，即具有克己慎独、守心明性的"骨气"。文学的"文气"可以是淡雅的，也可以是具有浓浓烟火气的。写文章不在于长，而在于精，在于读者明、听者懂，做到雅俗共赏，不负中文风骨。

人生南北多歧路，君向潇湘我向秦。大学毕业后，我选择回家乡工作，从省城回到了粤北山区。从乡镇到县、地级市，从金融系统到党政机关，我带着从中文系修来的一点"文学武功"，抱着鼠标和键盘过了十多年的"爬格子"生活。在无数个仰望星空的夜晚，在写材料写到迷惘彷徨、几近放弃时，我想作为中文系学子还是要"行"的，必须耐得住寂寞、顶得住压力、交得出稿子。中文作为一个"万金油"专业，在工作中如何体现"风骨"，我想应该是做到"16个字"，即提笔能写、开口能讲、问策能对、遇事能办，这样才能适应工作的需要、现实的需要、社会的需要。走南闯北，尔若不负中文，那中文定不负尔。

还记得大学毕业时，2005级中文系的女同学集体到男生宿舍喊楼，把全班男同学的名字都编入一首首歌曲，我很荣幸被编到了歌曲《小草》这一组。一番桃李花开尽，唯有青青草色齐。青草虽朴素，生命力却甚强。离开中大康乐园的大草坪，我将继续与文同行，成为一株扎根山区的青草，在人生的旅途中寻找绿意。

（岑炜，广东连州人，中文系2005级本科）

# 祝福吾师理论之树常青

蓝国桥

我于2005年入读中山大学博士,一起入学的同门有董馨(华中师范大学本科和硕士)、张珂(武汉大学本科和硕士)。王坤师当年48岁,时间过得真快啊,转眼间他就到了荣休年龄。那一年王坤师申报国家社科基金项目"洛特曼研究与中国当代文论新视角",获得立项,我作为课题组成员,忝列其中。我们单位一位老师和我参考了他的申报书,先后都成功斩获国家社科基金项目,此是后话。我当时看到他传给我的申报书,其中委派给我的"任务",是"同一美学",与其相对的"对立美学",则属另一参与者的"工作"。我向来比较敏感,对此一直在嘀咕:王坤师如此安排,有何深意?难道我以前的美学接触,与"同一美学"更接近?美学分"同一"和"对立",又是什么意思?至少由这看来,我那时对他的学术思想领地所知甚少,只知道他辗转各名校,出身甚显赫,更是蒋孔阳先生的门下弟子。

那年入学后的10月份,王坤师将他的译著《艺术文本的结构》(IO. M. 洛特曼,中山大学出版社2003年版)送给我们,该书是洛特曼的代表作,足见其分量。我是硕士毕业参加工作几年后才读的博士,倍加珍惜来之不易的读书机会。于是,拿到他的赠书后,我便快速地阅读起来,内容仅限于"中译者前言",以及文艺美学的"教父"胡经之先生写的"中译本序言"。读后留下了一些印象:"美就是信息"的积极倡导者是洛特曼;信息(意义)的多少,是艺术文本成就高低的尺度,而它的产生,与其中的对比与对立原则,发生着很内在的联系;在对比与对立的基础上,根据艺术史经验,洛特曼提出了"同一美学"和"对立美学"。黑格尔说"美是理念的感性显现",属于"同一美学"范围,而我受我的硕士生导师的影响,多关注西方古典美学,道理上应更熟悉"同一美学",心中的疑惑,得到了初步的解答。洛特曼对"同一美学"和"对立美学"的论证并不系统,我也没有在此做太多的停留。只是在后来的上课中,谈及文学理论的形态,说到文学信息学,必说洛特曼"美就是信息",以及王坤师的翻译、研究。师妹李薇的博士论文聚焦于洛特曼,相信除了王坤师,她最懂得洛特曼的差异审美原则,及其"同一美学"和"对立美学"。

我在断断续续的阅读中,与一些理论观点的美妙"邂逅",使我在艺术(文学)的内外审视中,再次留意到这个问题,有时甚至做"越界"的大胆思虑。这几年,我有意翻阅叶秀山的著作全集,其中有一句话令我久久不能忘怀,大意是说,与科学的逻辑、实证相比,艺术是辩证的、生活的。科学不允许有矛盾,而假如没有了对立,就成不了艺术。剥离掉里面的现象学意味,他的这一论断,与洛特曼对艺术的颖悟,如出一辙,令我眼前一亮!普列汉诺夫有一个观点,说艺术从来不是生活的直接表现,而是生活的对立。艺术是形式对内容的斗争。这尽管不同于洛特曼的"活生物体"观念,但他看到了艺术的对立性。深入解剖艺术(文学)的这一独特性,是俄国形式主义的贡献所在。在艺术的独特反思上,洛特曼不是俄国形式主义的余波,而是由外而内的纵深跃进。对立(对比)意识在我大脑中根植下来,挥之不去!

我在艺术欣赏中注意到,对比与对立现象,变得无处不在,艺术文本的意义,亦在此喷涌而出。好的文学艺术,容易触碰到人类心灵中较柔软的区域,作家皆是有情人。为写长篇小说《白鹿原》,陈忠实查阅县志。他惊讶地发现,二十多卷的县志,贞妇烈女卷竟达四五本。透过这些卷本,是被煎熬的鲜活生命,被遏制的狂热情感,这令他感到极其沉重。他因而暗下决心,他要塑造的小说人物,将会与此不同。田小娥的形象,随即跃现出来。《白鹿原》中的田小娥,奉行快乐信条,站在了贞妇烈女的对立面。她用自己欲望充盈的肉身,一再挑战着白鹿原的道德底线。情欲与伦理,猛烈撞击。她也遭受到一系列沉重的打击,最后献出了生命,但她以身体充当战斗武器,有令人钦佩的一面。究其原因是,与鹿子霖相比,在与"强权"的对抗中,她显得无比柔弱。不管是论学识、能力,还是论社会地位、经济状况,鹿子霖与白嘉轩,都不相上下。鹿子霖干了很多坏事,无疑背离了仁义道德,但白嘉轩拿他没办法。他们势均力敌、明争暗斗,成为小说叙述的主线。令白嘉轩无计可施的,还有她的女儿白灵。白灵自小聪慧,性格叛逆,向往革命,加入中国共产党,并从事地下活动。她选择的信仰,不同于其生父,父女之间的冲突,夹杂着难以割舍的亲情。为更有效地开展工作,白灵与鹿兆鹏假扮夫妻,终于假戏真做,他们的结合,达到了灵肉合一。我发现谍战片电视剧,假扮夫妻的桥段甚多,它们在渊源上与《白鹿原》中的这一叙述有关。《潜伏》(2008)中的余则成与翠萍、《永不消逝的电波》(2008)中的李侠与何兰芬、《悬崖》（2012）中的周乙与顾秋妍、《零下三十八度》（2013）中的红姑与常青、《错伏》（2013）中的林楚峰与云朵、《天衣无缝》（2019）中的资立群与贵婉等，他们的夫妻关系，要么始伪终真，要么一直假下去，可以不断重复，结果能猜测得到，但是影像的叙述，却依然引人入胜，是为"同一美学"。白嘉轩腰杆挺直，令人望而生畏，后来被土匪黑娃打断了腰，成了罗锅儿，只能弓背走路。他如此变化了的形体，极具隐喻性，预示着因受不同力量的撞击，传统文化已是风雨飘摇，这与朱先生白鹿书院的渐渐凋零，形成呼应。白嘉轩隐喻性的形体变化，使我想起了鲁迅的短篇小说《孔乙己》。孔乙己由于品行不端，被同是读书人的丁举人打折了腿，只能爬着走。鲁迅想告诉我们的是，文化传统及其产儿，不能与时俱进，与社会格格不入，已在艰难行走。孔乙己的处境令人堪忧，这体现在小说文本的每一个地方。由此之故，它的每一个细节，都不可或缺，亦都有意义。小说开篇就说，二十多年前，在鲁镇酒店，温一碗酒，花四文钱，再多花一文，可多买一碟盐煮笋或茴香豆，如果再出到十几文，就可以买一样荤菜，而如今却涨了不少价。这种对比，告诉我们的是，时间在变化，物价在飞涨，鲁镇的商业氛围，愈发变得浓厚。为了获利，不法商人处心积虑，往酒里羼水，就连人的美丑，都与生意的好坏紧密相连。金钱更重要，人无足轻重。提到孔乙己，掌柜关心的，不是他的冷暖，而是他欠的钱。孔乙己"还欠十九个钱"，在小说中被提及四次。当再无利可图，连周围的小孩，都离他远去。鲁迅惜墨如金，如此书写，意在表明，落魄书生孔乙己，置身在冷漠之中，他已生不如死，他氤氲的传统文化，业已日薄西山。无论是长篇小说《白鹿原》，还是短篇小说《孔乙己》，其文本意义的涌现，都离不开对比与对立，都体现了"对立美学"的意蕴，无疑是小说中的经典。除了小说，遵循该原则的，尚有新诗。

　　新诗中的优秀篇目，如顾城的《远和近》和海子的《面朝大海，春暖花开》等，诗意的产生更是与对比、对立息息相关。《远和近》中的对比关系，至少有三组：我和你、人（我、你）和自然（云）、远和近。诗是对自动化的反转。你和我之间，频繁遭遇，依据常识，距离很近，而云在天上，与你和我的距离，更为遥远。出乎意料的是，你和我的距离，变得遥远，而你（我）和云的距离，却极亲近。它不是科学论证，而是情感体验，一句"我觉得"，便暴露了秘密。我和你之间，虽一山不隔，却如隔一山。人和人之间，沉淀着太多的文化污垢，不愿意彼此亲近，极易保持着"猫样"的距离（不离开你，又不给你靠近），有时甚至是，一言不和，"友谊的小船说翻船就翻船"。如此体验,不独现代诗人有,古代诗人对此的诉说,就已喋喋不休了:"采菊东篱下,悠然见南山""相看两不厌,唯有敬亭山""江清月近人""我见青山多妩媚,料青山见我应如是"。诗人的神经是敏感的,敏感的神经不独诗人有。《面朝大海,春暖花开》诗意的映现,亦与潜在的对比有关。与明天构成对比的,是今天,而今天是隐在的。"从明天起,做一个幸福的人",而今天的"我"并不幸福,生活在不幸当中。"从明天起,关心粮食和蔬菜",而今天的"我"淡漠粮食和蔬菜,远离尘世。"从明天起,和每一个亲人通信",而今天亲人们杳无音信,"我"感觉极其孤独。"面朝大海,春暖花开",那只是"我"的愿望,只是"我"的理想,而在骨感的现实中,"我"犹如困兽囚徒,置身在冰冷之中。诗人想表达的是,"我"的现实痛苦而绝望。诗人是痛苦而绝望的,痛苦而绝望的不只是诗人而已。伟大的诗歌之所以不朽,是因为它是情感的活化石。满足了情感要求的,除了诗歌,还有影视。

就天性来说,我除了喜欢胡思乱想,尤好观看影视作品。我在中大求学三年,在紧张的看书、写作之余,就特别爱看周星驰的电影,与其说那是无厘头的喜剧,还不如说是饱含泪水的悲剧;还爱看赵本山的《乡村爱情》,那是东北二人转的幽默喜感在电视剧中的有效渗透,至少在那时,它是很好的消遣方式。从中大毕业之后,我回到原工作单位,在业余时间迷上了谍战片。十多年来,我缓解现实紧张的方式,就是看同样制造了紧张的谍战片。国产"谍战"类电视剧,我几乎都看过了,有些甚至看了好几遍。其中的《潜伏》《暗算》《风筝》《伪装者》《黎明之前》等,堪称同类中的精品。它们故事中的较量,要么在国、共两党之间展开,要么在国、共、日三方之间进行。"余则成们"的行为、处境越是险象环生,他们化解险恶、危机的手段越是高妙,电视剧的叙述越是惊心动魄,给人越是带来欲罢不能的满足感,其情节步步为营、环环相套、扣人心弦!

艺术(文学)与理论,在相向而行中,神奇相遇,如此理论,才是有艺术(文学)的理论。王国维以消融了的叔本华、康德等人的学说,来评论小说《红楼梦》、古典诗词等,就已如此。他在《人间词话》和《宋元戏曲史》中均指出,一切文体演变,多是"始盛中衰";而中国文学演进的特有现象是,一代有一代的文学。"始盛"是因为它是"对立美学"的创造,它独一无二;"中衰"则是由于它是"同一美学"的模仿,它可以沿袭。每一个时代的典范性文学,划归"对立美学",而在典范性文学之外,则属于"同一美学"。深刻影响了王国维的叔本华,认为欲望、痛苦的宣泄、外化,即是艺术，有"同一美学"的嫌疑。而同样深刻影响着叔本华、王国维的康德，则认定反思判断中的自然，虽是个别、偶然，却存在着丰富的意义，而且审美存在着二律背反（辩证）趋向，因此康德美学展露出"对立美学"的若干特点；德国古典美学的集大成者黑格尔，是位辩证法的大师，在他的眼中，美学就是艺术哲学，他正是以辩证法的眼光，去穿越古希腊的悲剧艺术，如《安提戈涅》等，堪称艺术分析中的典范。马克思宣称他是黑格尔的学生。他在《共产党宣言》里指出，资产阶级生产出了自己的对立面，生产出了无产阶级，生产出了自己的掘墓人。他在《政治经济学批判〈导言〉》中还指出，艺术生产与物质生产存在着不平衡关系，艺术有其独立性。如果说美在数的和谐、美在理念、美在上帝等西方传统美学，偏于"同一美学"的话，那么现象学、存在主义、后期的维特根斯坦、后现代主义等西方现代美学，多是"对立美学"。理论不远离艺术（文学、经验），它就是有生命力的。

王坤师对文论、美学的前沿动态，了如指掌，洞若观火。符号学大师洛特曼，对"同一美学"和"对立美学"，从《艺术文本的结构》来看，尚缺乏细致深入的论证，这也给王坤师的理论反思留下了空间。他不满足于"照着说"。记得当年入学后，王坤师给我们2005级博士生上课，他提供给我们的研读材料和讨论话题，便与反本质主义有关。他积极参与并推动了该问题的研究，其用意是站在一个中国学者的立场，对洛特曼的"对立美学"做出有效的回应。他的这种回应，进一步体现在2013年"当代文论与'去黑格尔化'研究"国家社科基金项目的立项并展开上。他有一个结论说，黑格尔告而不别。他的言下之意是，反本质主义文论、美学，反掉的只是放之四海而皆准的"主义"，而真理的"本质"则是不容易反得掉的。故而文论、美学的本质论，以本体阐释的面貌，再一次迎面扑来。王坤师在2022年以"西方文论本体阐释的学理研究"为题，申报国家社科基金项目获得立项，这意味着他对该问题的思量将会持续下去。就我的理解，这是他对洛特曼"同一美学"的深度回应。他将理论反思与项目申报，有机地结合起来，在大雅与大俗之间游走自如。人文理论的圆融通透与时间的积累沉淀是成正比关系的，康德的三大批判可以为证。由于体制的原因，王坤师不得不在65岁荣休。但他肯定是退而不休。

祝福吾师，身体健康，理论之树常青！

（蓝国桥，广西都安人，中文系2005级博士）

# 经师可求，人师难得

刘红娟

## 一、初见天骥师

2005 年，我从华南师范大学硕士毕业，报考了中山大学康保成先生和浙江大学廖可斌先生的博士。记得中大的成绩很快就公布了，我排名第三，当时康老师说戏曲史方向招两名学生，显然我是没有机会了。后经某位老师的指点，说也许可以调剂到黄天骥老师处，然后我就抱着试一试的心态给黄天骥老师打了通电话。大概黄天骥老师说"文学是人学"，文学的理解是需要阅历丰富的。放下电话，我非常的沮丧，心想也许黄天骥老师认为我是应届生，阅历有限，故而理解人生、理解作品不会很深刻，也就是说可能不会录取我了吧。就这样带着欲求不得的惆怅，我又参加了浙江大学的博士入学初试。也许是广东人惯有的思维，加之在广州读书多年，多次参观中大校园，早已被新港西路中大校园的红楼群和校园里的大草坪所吸引，那是南国秀美的中大校园，沉静而端庄。几次路过中大校园，仰望着中大的那一片天空，心想如果我能在里面学习多好！可想当时去浙江大学考试的心情，是如何的备受打击了。到了四五月间，承蒙康保成先生的眷顾，中大又可以录取我了，这时浙江大学也通知我已经顺利通过初试，可以准备去面试。盛产文人俊士的江浙、烟雨朦胧的西湖对于我还是很有吸引力的，不过中大离家更近，最终我还是做了个"很广东"的选择，挣扎之后，忍痛割爱，致歉所报考的浙江大学导师廖可斌先生。我终于如愿进入中山大学学习。

9 月 8 号晚上是入学师生见面会，地点在中文楼八楼的戏曲教研室。教研室里面有两排很大的书柜，放着各种戏曲典籍。其中一面墙上，挂着一副黄天骥老师等人纪念王季思先生从教 70 周年送的匾额，上面写着"经师可求，人师难得"。当时出席的老师有黄天骥老师、康保成老师和黄仕忠老师。黄天骥老师给我们一年级的新生博士介绍了中大中文系戏曲研究的传统。他先给我们介绍王季思先生的为人与为学。虽然多次听说王季思先生的故事，但第一次坐在中大，听黄老师这么近距离地讲王季思先生还是第一次。接着黄天骥老师讲述了王季思、董每戡、詹安泰等前辈先生的学术特色。联系前辈学者的研究特色，黄老师要求我们未来做学术时，既要注意宏观的概括，也要注意微观的考证；他说考证是为了说明一个问题；不赞成谈空话，像20世纪80年代对西方理论的生吞活剥，为理论而理论。黄老师还激励我们践行孙中山先生的名言，"要立志做大事，不要做大官"。

　　印象特别深刻的是，黄天骥老师特意给我们交代了几条读博期间的规矩：首先，在读博期间，既要学做学问，也要学怎么做人，而且做人比做学问更重要；其次，教师节等逢年过节不允许学生给老师送礼，发张电子贺卡就可以了；最后，学生和老师在学术面前都是平等的，上课发言或是平时，学生可以和老师互相答疑辩难，更期待学生超越老师。见面会的时间正好是教师节的前两天，本来同学们还在商量如何给老师庆祝教师节，被黄老师这么一说，大家都不敢"轻举妄动"，甚至在整个攻博期间，大家都悄悄把对老师的爱戴藏在心底，不敢以任何"世俗"的形式表达对老师的尊敬。当时，黄仕忠老师期待我们继承发扬中大的戏曲研究传统；康老师告诫我们"胸襟与学问成正比"。我在读硕士期间就多次听到导师何天杰教授与华南师范大学的周国雄教授、左鹏军教授对中大戏曲研究团队的高度评价。第一次的师生见面会，已经让我深深感受到作为全国戏曲研究重镇的中山大学戏曲研究团队，学风的严谨、融洽、民主。黄天骥老师当时已是古稀之年，穿件白衬衫，干净整洁，神采奕奕，给新生的谆谆教诲中，我们能感受到他对这个团队倾注的心血和对下一代的殷殷期待。

## 二、课堂中的天骥师

　　中大戏曲专业博士毕业的同学，大概都对该专业的集体讨论课印象深刻。博士入学的第一学年，我们除了上英语、政治公共课，还要上一门集体讨论的专业课。中大戏曲团队的协作精神不仅仅表现在科研团队的协作，在博士生的培养过程中也体现了团队的协作精神。虽然每个同学都有自己的导师，但是入校以后，导师会强调大家是由一个导师组共同指导的。大家一同上课、一起开题、一起答辩，有问题老师们共同"把关诊脉"，知无不言，言无不尽。即使当时没有给我们上课的相关专业的老师，导师也会介绍我们读他们的专著，学习、借鉴他们的方法，如有问题也可以向他们当面请教。在中大的几年，同学们都特别享受这种民主、宽松又紧张的学术氛围。

记得我们年级是每周四晚上上专业集体讨论课。中国戏曲史、民俗学、元明清文学方向的导师团队一起给博士生们上集体讨论课。事先老师们会布置下一次讨论课的主题，同学们围绕主题去查找文献、发现问题。讨论的主题有时候是一个剧本，有时候是某学术杂志上的一篇论文，或是某位学者的某本专著，或是大家一同观摩的戏剧演出。当时一起上课的导师有黄天骥老师、康保成老师、欧阳光老师、黄仕忠老师等。上课的地点是中文系老楼的戏曲教研室。大家分属不同的学科，看问题的角度会不尽相同。虽然没有规定每个学生都要发言，或是发言多长时间，但是每次上课，大家都争先恐后地发言，讨论很热烈，往往到下课时间大家还意犹未尽，在回宿舍的路上大家还继续着课上的话题。每次的讨论课，黄老师总是有精彩的发挥。

我印象最深刻的是2005年白先勇先生带着他的青春版《牡丹亭》到中大巡演。我们先是听了白先勇的报告，后来在学校的梁銶琚礼堂看了三晚的《牡丹亭》全本演出。看完以后，我们作为学生感到十分震撼的是，青春版《牡丹亭》演员穿的全是手工苏绣的华美戏服、浓烈香醇的爱情在昆曲舞台上如何典雅端庄地演绎。那一周的讨论课，当然离不开青春版《牡丹亭》的话题。黄老师给我们详细分析了青春版《牡丹亭》改编的得失，其中有的话我至今记忆犹新，大概的意思是说，"'但是相思莫相负，牡丹亭上三生路'，汤显祖强调'牡丹亭上三生路'，而白先勇先生的青春版《牡丹亭》更强调'莫相负'，用了三分之二的篇幅演绎'莫相负'，以前我们比较少注意到，我比较认同白先勇的主题判断，今天强调爱情的'莫相负'是很有积极意义的"。黄老师总是能够高屋建瓴、一针见血地指出问题的本质。在我们的讨论课上，黄老师倡言大家要勇于"胡说八道"。黄老师认为青春版《牡丹亭》演绎《离魂》这一出，有些处理得不太恰当。本来在汤显祖的原著中，这一出是很悲痛的，八月中秋，月亮不出来，偏偏萧萧瑟瑟飘着秋雨，杜丽娘感慨生命之花即将枯萎，"但愿那月落重生灯再红"。白先勇此前安排了石道姑出场，黄天骥老师认为这样大大冲淡了悲剧的氛围，但是白先勇在处理杜丽娘断气后的场景上，安排众花神出场，簇拥着杜丽娘换上红袍，"简直是妙极了"，"可能是从《人鬼情未了》学来的，感觉灵魂上天了"。黄老师就是这样出其不意能把古典戏剧的当代演绎与外国的电影联系在一起。黄老师类似的奇思妙想很多，让我们感受到黄老师的思维是活跃的、发散的。黄老师提倡学生"胡说八道"，其实是让我们发散思维，勇于提出新见解，但我们往往感叹，黄老师的聪明智慧，我们是学不来的，那是黄老师的才情经过弥久岁月与书香的浸润后的睿智与通脱。说起黄老师的睿智，我想起了另外一个学者——台湾的曾永义先生。曾先生是台湾戏曲学界的重头人物，2015年当选为台湾中央研究院文科院士，在大陆也享有盛誉。2015年在台湾访学时，我曾拜访曾先生。曾先生在席间仍然念念不忘与黄天骥老师2007年在山西共同参加学术会议考察期间两人互相唱和的情景，他说自己吟诗作对或是写文章，虽然快是快了些，但终究黄天骥老师的更老到。这一点，他极为佩服。

黄老师多次在课堂上叮嘱我们不仅要从文本中看戏曲，更要从舞台的动态中去体会戏曲，主张贯通不同的领域、不同的方法来进行学术研究。我们入校之后要求上跨戏曲史、元明清文学、民俗学、非物质文化遗产学等专业的集体课，老师甚至要求我们积极参加历史、人类学、社会学等学科的讲座，这已经让我们有了跨学科、"交叉学科"思考问题的习惯，对于我们日后的研究都甚有裨益。黄老师倡言包容，"还包括学科相互渗透交叉的内涵"①。黄天老师自己也多次强调，"在我的学术生涯中，虽说是以戏曲为主，但不曾中断诗词的写作和研究。……我常常是带着诗词的眼光去研究戏曲，又带着戏曲的眼光去研究诗词"②。确实如此，黄老师的学术研究领域，不仅有戏剧戏曲的老本行，对吴伟业、朱彝尊、陈维崧、纳兰性德等人的诗词研究也引人注目；2008年，黄老师还出版了周易研究的皇皇巨著《周易辨原》！

我们早已听说黄老师的课讲得特别好，曾荣获"国家级教学名师"的光荣称号。可是我们无缘在本科课堂上享受黄天骥老师授课的精神大餐。除了博士生的集体讨论课，我们还可以从黄老师的讲座中领略黄老师的另一种风采。2012年，黄天骥老师和康老师一起要到开封开会。当年我和几位郑州大学的同事一起获得国家社科基金项目，学校要求我们做一个项目的开题。我们几位一商量，决定正好邀请黄老师和康老师作为外聘专家给我们开题。院领导知道了以后，极力要求黄老师和康老师同台做客我们郑州大学的"名师名家讲坛"，为学生做讲座。记得黄老师和康老师刚到郑州的第一天是黄老师的生日。康老师反复交代，叫我不要声张。我只是悄悄订了一个蛋糕，在吃饭的时候与大家一起祝福黄老师和冯师母，就这样我们草草地给黄老师过了个生日，我心里忐忑不安。黄老师和冯师母却很客气，倒让我手足无措。

我记得黄老师原来给我预报的讲座题目是有关治学的心得的，康老师讲

---

① 黄天骥：《春风·秋雨·芳草——康乐园纪事》，见《中大往事——一位学人半个世纪的随忆》南方日报出版社2014年版，第6页。

② 李颖：《固本培元融会贯通：黄天骥教授访谈录》，载《文艺研究》2005年第9期，第80页。

《我国非物质文化遗产的现状及存在问题》。后来黄天骥老师临时改了题目，讲《岭南文化的特征》，没有讲稿，没有 PPT，我还担心旅途劳顿会影响黄老师的演讲。但是，黄老师从广州的及第粥的做法——什么东西都放一点而形成新的美味讲广州的包容与创新，从沙琪玛、葡式蛋挞传统食材与西式方法造就的外酥里嫩、中西合璧讲广州的文化特性，从广州的五羊雕塑讲岭南文化与中原农耕文化的联系，一个多小时下来，台下的学生听得如痴如醉，讲座结束了还意犹未尽，叽叽喳喳地围成一圈，仰着脸向黄老师提问题。黄老师连上个厕所的时间都没有。黄老师似乎有与生俱来的亲和力，站在一边护驾的我，看着这种情形，真是自豪和幸福！后来才从康老师和李恒义师兄口中得知，黄老师是天才演说家，曾经在一个郑重的场合手拿白纸激情昂扬地演讲！难怪中大校友陈平原先生说，"研究戏剧的黄天骥老师，'舞台感'很好，且有'人来疯'的一面，越是大场子，他的表演就越出色"①。大场面尚且如此游刃有余，区区一个小讲座又何能难倒黄天骥老师呢！

黄老师和康老师这一次来郑州，不仅给郑州大学师生带来一场宝贵的精神盛宴，对我和我先生来说，更是一顿精神大餐。我们在工作单位，还算兢兢业业，哪怕有任何一点点微不足道的进步，黄老师和康老师都似乎颇为欣慰。讲座之余，宝贵的时间空当，两位先生对我们事无巨细、关怀备至。离开中大，毕业多年，我和我先生两位外乡人在异乡见到来自母校、来自家乡的自己亲爱的导师，再次接受两位老师的耳提面命，至今想起仍是心潮澎湃、激动万分。

### 三、生活中的天骥师

在中大读博期间，我发现，学生们总是愿意跟黄老师一起说话，倾诉自己的困惑与烦恼。黄老师出现的时候，他身边总是会有同学围着说话。确实如此，每次见到黄老师，他的笑脸就如阳春三月的阳光，温暖、乐观，可以让人忘却一切烦恼。我们都熟知黄老师的"五爱"——"爱祖国、爱中大、爱学术、爱教学、爱学生"。我们这些黄老师的徒子徒孙，都愿意跟黄老师讲述自己学术的瓶颈，生活、工作的困难，也乐意跟黄老师分享收获的喜悦。每当这时，黄老师总是耐心地聆听，指点迷津，或是给予鼓励和鞭策。毕业

---

① 陈平原：《南国学人的志趣与情怀——读黄天骥教授近著四种》，载《羊城晚报》2015 年 11 月 29 日，第 A11 版。

以后，我们不断地回望中大，依然一直幸福地享受着黄天骥老师对我们这些徒子徒孙们的关爱。康老师戏言我们这是典型的"隔代亲"现象。

从中大毕业后，我到郑州大学工作（后来到了华南农业大学工作）。初到郑州，黄老师大概很担心我这位土生土长的广东人在异乡不习惯，很关心我的生活和工作。每次给黄老师打电话，他总是很细致地问我：吃得习惯吗？气候习惯吗？课多不多？工作环境怎么样？同事关系融洽吗？得知我分到房子，黄老师叮嘱我好好珍惜，安定才能发展。我有一点点的成绩，都能得到黄老师许多的肯定与鼓励。每次节日给老师写信，黄老师总是很认真地回信，信中细细地叮咛，谆谆地教诲，每每让我很感动。即使是平时的一个简单的手机短信，黄老师的回复也是很亲切、很温暖的。"润物细无声"，黄老师总是在不经意间给我们在人生态度、科研思路方面的点拨。黄老师从来没有教导过我们应该怎么做人，应该怎么跟学生打交道。但是，黄老师的谦和、真诚，及他对学生的关心，已经是最好的教导，我们已经知道该怎么做了。

自己参加工作以后，更能体会老师以前对我们学生种种的好。到了工作单位，自己很快面临辅导学生论文。每到五六月的答辩季，学生总是迟迟不交毕业论文的任务，非要等到预答辩的前两天才交论文。每到这时我总是想"教训教训"学生。但这时候我就会想起，当时我们读书的时候，也是几乎踩着点给老师提交论文的。而这个时候，老师们也从来没有任何的怨言。在导师们当中，黄天骥老师的年龄最大，但是他看的论文一点不少，应该是最为吃力的。但他对我们踩点提交论文总是表示理解，在答辩的那一天，他总会说，我昨晚看了一个通宵。我们读书的时候，黄老师已经是七十多岁了！现在回想起来，真是惭愧！

天骥师的人格魅力似乎是矛盾对立又辩证统一的。天骥师在《岭南新语》的《说生猛》一文中说道，"本来，'生猛'与'淡定'，是对立的概念，却辩证统一在广州人的精神层面上。古人有云：'动如脱兔，静如处子。'广州人的品性，庶几近之"。"生猛"与"淡定"，又何尝不是天骥师这位"老广州"的特色？天骥师说，"广州人的生猛，表现在朝气蓬勃，思路活跃，机变开放，敢为人先"[①]。天骥师既能长时间担任系主任、研究生院常务副院长等重要职务从事行政工作，也能坐在书斋做扎实、有分量的学问，可见其"生猛"；天骥师既能作为主将参加王季思老师主编的《全元戏曲》，也能担纲主编《全明戏曲》嘉惠学界，可见其"生猛"；天骥师承王季思、

---

① 黄天骥：《岭南新语》，花城出版社2014年版，第4页。

董每戡等先生建设维护一支堪称全国戏曲研究重镇的队伍，亦见其"生猛"；游泳池矫健的泳姿、讲台上敏捷的身影、神采飞扬的讲演、走廊上与学生爽朗清脆的笑声……生活中处处可见天骥师的"生猛"。

"生猛"的同时，天骥师又是"淡定"的。"淡定"，用天骥师的话来说，是指"优游舒泰，自得其乐，享受生活"①。我们可以发现，黄老师在主持国家重大攻关项目《全明戏曲》的繁重工作的同时，还可以在《广州日报》《南方都市报》开个人的随笔专栏，或写轻松、活泼、幽默的散文，或写特殊年代里的"带泪的微笑"；在撰写严谨的学术论文的同时，也能创作诗词歌赋，样样精通。有时能在校园里听到同学们奔走相告："黄天骥老师要担任学校合唱团的指挥客串演出啦！"黄天骥老师擅长游泳、坚持游泳，也是康乐园人所共知的佳话。据说他曾经还参加过广东业余游泳大赛，捧回老年组的银奖。年逾八旬的天骥师，还能在泳池展示矫健的泳姿。据说因师母的身体关系，天骥师还善于烹饪，也乐于烹饪。谁也没有想到，天骥师这么一位重量级的学者，繁忙的工作之余，还会在家里来一场锅碗瓢盆葱姜蒜的交响乐。这难道不是天骥师的"淡定"么？

天骥师的"生猛"，是其积极进取的人生态度的外化，其"淡定"，是热爱生活、热爱工作的升华。天骥师既是一位阅历丰富、宽厚温和的长者，又是精力充沛、活力四射的"资深年轻帅小伙"；有时动如脱兔，有时静如处子；既务实，又浪漫；既生猛，又淡定；既有作为学者的严谨，又有诗人的才情。就如他讲岭南文化的交融，黄老师本身就是多种性情的、多样才情的交融，才有他这独具魅力的"这一个"。陈平原先生总结天骥师之所以可爱的原因："有足够的聪明才智，但从不故作高深，也不推崇悬梁苦读，欢天喜地做学问，能走多远算多远，这或许就是黄天骥教授之所以'生猛'且'淡定'的缘故。"② 老师的为人、为学，深深地影响、鞭策着我们这些学生们！天骥师爱戴王季思老师，说"经师可求，人师难得"，天骥师之于我们这些学生，又何尝不是"经师可求，人师难得"呢！

(刘红娟，广东梅州人，中文系 2005 级博士生)

---

① 黄天骥：《岭南新语》，花城出版社 2014 年版，第 7 页。
② 陈平原：《南国学人的志趣与情怀——读黄天骥教授近著四种》，载《羊城晚报》2015 年 11 月 29 日，第 A11 版。

# 遇见

谢　洲

20世纪90年代末期，我只身一人从老家来到广东珠海打拼，先是在工地开泥头车，睡工棚，露宿风餐，条件极为艰苦。2年后我进入珠海公共汽车公司任大客车驾驶员，每天起早贪黑驾驶公交车往返于珠海的大街小巷，工作虽辛苦，但总算稳定，且有了些业余时间。由于年轻，我晚上经常跟工友外出闲逛和逍遥，自认为这是一种工作之余的休闲放松。但作为一名外来务工人员，我有着靠努力拼搏改变自身命运的渴望，内心深处始终有一股向上的动力。一次偶然机会得知有同事在业余时间参加了广东省自学考试，这对我触动很大。自己的短板就是文化水平不高，也曾想过要提升自己的文化水平，但碍于当时条件限制，一直没实现，现在终于找到了可以边工作边自学的机会。灵活的自学考试很适合我当时的境况，在同事热情的推荐下我开始学的是行政管理专业，学了一学期后觉得这个专业跟自己的兴趣不相投，后就改学中山大学的汉语言文学专业。

边工作边学习就意味着要比普通上班族付出更多的时间和精力，要克服更多困难。驾驶公交车是一门脑力加体力的活儿，每天服务成百上千的乘客，上完一天班下来我已身心疲惫。有时刚拿起书就犯困，没翻几页两眼皮就打架。为了学习，我特向公司申请了岗位调整，由长线路调到短线路，这样工作时间相对较短且下班早些，晚上可挤出更多时间来学习。离校多年，很多基础知识都忘了，需重新温习和回忆。最棘手的是在学习过程中遇到疑难困惑时没有老师进行指点，全靠自己一点点地摸索与领悟。因此刚开始时我总跟不上课纲计划，考试合格率很低。由于屡考不过，参加自学考试的同事都失去耐心选择了放弃，最后只剩我还在苦苦坚守。我当时也曾有放弃的念头，但经过激烈的内心抗争后觉得自己尚年轻，正是拼搏的年纪，而汉语言文学是自己最喜欢的专业，不该随波逐流轻易放弃。这种不服输的信念支撑着我将自学考试之路继续坚持下去。后来我慢慢摸索到了一条适合自己的自学规律：根据工作情况每学期最多报2科，先按照考试大纲计划整体阅览知识，接着对重点、难点熟读精读，全面掌握，最后到临近考试期间对各考核点发出"总攻"。中山大学中文系为了让自考生更好地理解和掌握科目内容，每科书本后面均设有"识记要点""考核点""基本知识""作品导读要点""同步练习"等提示内容，这大大提升了自考生的学习效率。我正是按照这种课程引导来做自学计划，使后面学的科目都能一次性通过考试，直至本科毕业。

参加自考后我的生活很充实，成了"掌舵"时间的高手，充分利用下班后、坐车途中或饭后等空闲时间看书，书不离身。考完后查成绩单时，当从电脑上输入准考证号映入眼前的是合格分数时，我就特别开心，之前学习的辛劳也随着分数的出现一扫而光。自学也促使自己更加努力工作，我于2004年5月被评为"珠海市劳动模范"。我于2005年6月专科毕业后升本科，专业仍旧是中山大学汉语言文学，并于2009年6月毕业。

回首自学考试之路，庆幸自己遇到了办学历史悠久、师资力量雄厚、学术成果丰硕的中山大学中文系。中山大学中文系有一批在全国颇有知名度的教授，他们不仅草拟了自学考试教学计划、考试大纲，还参与命题和评卷等工作。老师们大都从事教学科研工作多年，学术造诣深湛，著述甚丰，具有丰富的自学考试辅导经验，对自学考试课程的教材及其考点、难点烂熟于心、了如指掌，为自考生顺利完成学业呕心沥血、默默奉献。《唐宋名家词导读》（彭玉平，中山大学出版社2006年版）一书主要讲解词体名称的流变、词的渊源、词的特质、词的体制、词的风格等内容。为了让初学者能更好地理解词发展的来龙去脉，彭教授详细梳理了每一首词的情感脉络，分析其章法结构，讲解其创作背景以及在词史上的传承地位和影响，让学生很容易理解和掌握，而且印象深刻。《简明民间文艺学教程》（叶春生，中山大学出版社1999年版）一书介绍了民间文学在文学史上的地位和作用，叶教授特别强调了民间文学是"人民知识的宝库、生活的教科书，是认识历史、研究科学的宝贵资料"，呼吁要加强民间文艺的立体研究，使其在当今社会能发挥更大的作用。通过汉语言文学本科阶段的学习，我不仅感受到了中国传统文化的博大精深，同时也发现了它的无穷魅力和强大的生命力，特别是诗、词、曲等体裁内容已深入脑髓，我喜欢在日常生活中用古典诗词的平仄、对仗、押韵等格式来创作一些作品，相信这些文化瑰宝一定能历久弥坚，在世界舞台上发扬光大。

多年的自学考试生涯，我的各方面都得到了磨炼。首先在学业上有所斩获，由原来的高中文化水平提升到了大学本科水平；其次是树立了正确的

"三观"，陶冶了情操、磨炼了意志、开阔了视野、打开了思维空间、养成了独立思考的习惯；最后是身份的改变，由一个地地道道的外来务工者成长为属地国营企业一名中层管理人员。可以毫不夸张地说，没有参加自学考试之路就没有我今天的成长进步。庆幸在人生关键时期遇见了中山大学！是中山大学中文系给了我奋进的力量和勇气！感谢彭玉平教授、叶春生教授和中山大学中文系其他老师对自考生辛勤的付出和敬业奉献精神！

2023年12月底，因单位安排，我来到美丽的珠江江畔中山大学南校园进行为期5天的培训学习。第一次踏入中大，我感到很亲切也很兴奋。看到校园内优美的环境，看到莘莘学子匆忙的身影和导师精彩的授课，不由地被中大师生们所展现出的昂扬向上的精气神折服！寻访到中文系楼房前，看到屋顶上明晃晃的校徽和下面豁然写着的"中文堂"3个字时，一股暖流顿时涌上心头——"回家"真好！此次"回家"还有幸见到了德高望重、和蔼可亲、博通经籍的彭玉平教授！

作为学生，真心祝愿百年中大继承和发扬孙中山先生倡导的爱国精神和"博学、审问、慎思、明辨、笃行"的校训，以振兴中华为己任，以立德树人为根本，增强科技创新能力，为社会培养出更多拔尖创新人才，为实现国家富强、民族复兴、人民幸福贡献力量。一百年春风，一百年雨露。让我们用真情呼唤希望，用执着追求梦想。期待百年中大明天无比灿烂！祝福中大桃李芬芳！

（谢洲，中文系2005级自考本科，珠海公交巴士有限公司）

# 相见时难别亦难

## ——我与中大中文系

戴全英

### 高考后得知被中文系录取,深夜大哭

作为"小镇做题家",我在中学时只知埋头卷分数,以为分数越高前途就会越好。到了填报高考志愿时,看着那本密密麻麻的专业目录书,我一脸懵。目标高校容易定,广东人嘛,清华大学、北京大学考不上,那就选中大。但选什么专业呢?没有任何人给予指导。我填的前两个专业,一个是岭南学院,一个管理学院,我憧憬做个商业精英。第三个志愿呢?睡在我下铺的姐妹很坚定地要读中文系,她说每个大学的第一专业都是汉语言文学。我从小语文成绩也挺好,于是就这么填了。

高考成绩出来,我的分数比中大分数线高不少,喜。但录取结果出来那天,听着查询电话那头传来"汉语言文学专业"的刹那,愕。我立马打电话给舍友:汉语言文学将来到底可以做什么?!深夜,躲在被窝痛哭,还没开始的商业精英梦就这么消散了,我要做一个"百无一用的书生"了么?

### 在桃花源般的珠海校区,初识中文系

那时的中大珠海校区,树木刚好能撑开绿荫,岁月湖、沕水湖还泛着潋滟波光,我们的课也少,每天爬着长长的山梯去图书馆学习。不少外院同学投来羡慕的眼光:你们真幸福,是不是天天就看小说?想得挺美,我给他们无数白眼,反手甩出一百篇作文手写稿,还有等着上交却憋不出来的书评、论文……

是的,初来乍到,中文系就给了我们一个"下马威",大一要写100篇

作文，还得是手写。"细水长流"的写法是每两三天1篇，"文思泉涌"的话就像我舍友，一夜不眠"炮制"15篇。我每天都在脑中搜索作文主题，上到天文地理下到家长里短，我的高三舍友（对，大学跟我进了同一个班）把小学、中学、大学同学写了个遍。那我们是不是毕业就成作家了呢？抱歉，一上课教授就说：中文系并不是培养作家的地方，基本上作家都不是从这里走出去的，我们培养的是专业的读者。

其实，中文系学习的方向和内容特别广，从语言到古文字、文学、文体学与文献、戏曲与非物质文化遗产、文艺理论、比较文学等，随便拎出一门能学深学精都很难。大学时，我还特别喜欢文字学，从甲骨文到小篆，从象形字到会意字，看到汉字的来龙去脉，真正体会到汉字视觉上的美。

## 在红砖绿瓦的广州南校园，沉浸中文系

学得这么多，那么杂，中文系到底要培养学生的什么能力呢？

入学两年后我们回迁到南校园。在古朴雅致的校园里，我们被浓厚的学术气息熏染，也有了更多的机会与老师们进行更深入的交流。毕业十几载，我依然能清晰回想起老师们在课堂上振聋发聩的质问、循循善诱的引导、语重心长的教诲。讲到社会问题，艾晓明老师一针见血："你们连这种社会现实都不敢看吗？那谈何改变？为什么我在你们的眼里看不到求知的欲望？！"文学概论课，魏朝勇老师金句不断，总是蔑然一笑，"教育就是'勾引'，勾引你的灵魂"。讲座中，彭玉平老师风趣幽默的话语引得笑声不断，娓娓道来地为我们勾勒出李清照词中描绘的事物和传达的思想。古文课，孙立老师温文尔雅讲解各种"赋"，至今还记得"黯然销魂者，唯别而已矣"。说文解字课，跟着杨泽生老师一笔一划勾勒小篆，研究字义，体会古人造字智慧。音韵课，听着庄初升老师在不同方言间切换，领略我国各地语言的魅力……整个大学时代，我被老师们的光芒和思想吸引，开阔视野，转变思维，获益不浅。

四年的学习，我觉得中大中文系培养了学生的学习能力。当年，系里老师很爱"炫耀"中文人的一个特点：无论学什么，都能学得好。这说的是中文系学生的理解并有效获取知识的能力比较强。因为我们平常所做的阅读和写作的种种训练会强化这种学习能力。

中文系还培养了学生的独立思考和批判能力、社会责任意识。中文系不培养作家，但它研究作家，研究作品，以及各种社会及文化现象；会尝试去

剖析其中的内核，条分缕析，取其精华去其糟粕；还更加关注弱势群体，关注社会现实。这不仅拓展了我们的视野，还提升了我们对社会、对人性的认知。

虽然这样说很虚，但中文系真的是一个理解力、视野、思维的训练场，效果并非立竿见影，却会影响一个人的一生。

## 在物欲横流的社会，怀念中文系

如今，我离开中大校园已有 14 年。毕业后我确实没有成为商业精英，但并不是因为读了中文系，中文系毕业生在各行各业都能挑大梁，金融才俊也不少。只是我可能找到了更适合自己的路。

一个时代有一个时代的风向。随着社会和科技的发展，当前的中文系并不是让大家趋之若鹜的热门专业。文科生的很多就业岗位，可能远远追不上"搞钱"的潮流。但，只要脑中有思考、腹中有诗书、内心有坚守，何愁前路？

百年中大中文，历经风雨，仍屹立于南国珠江之畔。百年华诞之际，遥祝母系，再铸辉煌，桃李满天下。

2024 年 2 月 29 日

（戴全英，广东茂名人，中文系 2006 级本科）

## 往事并不如烟

黎春蕾

我们那一届的学生，脑子里一定都有这么一个难以磨灭的画面：已过古稀之年的黄天骥老师在讲台前手舞足蹈地讲傩戏，没有PPT和讲义，却带动着我们酣畅淋漓地遨游中国古代戏曲源流世界4个多小时。我们当中有人忍不住递上水，小声问老师要不要休息片刻，他慧黠一笑，"要是现在比游泳，你们可能还没有人能赛过我的"。

这一课后，很多同学都对戏曲产生了浓厚兴趣。我的舍友全员加入了戏曲社，每天一大早，有的吊嗓，有的琢磨水袖如何"反衬劲"，越是了解，越是着迷。

中文系还有不少这样有魅力的老师，外系同学羡慕我们道"你们的老师都是性情中人"，常悄悄跑来听我们的课，并把听课当成一种享受。后来想想，老师们无非是终身倾注热爱在学术与学生身上，才成就了"性情中人"的评价。他们言传身教地告诉我们，要释放中文人特有的灵敏触角去感受世界。

记得张海鸥老师跟我们分享过许多他的日常生活情怀。他爱写诗，诗里有康乐园清幽深邃的马岗顶，有周边充满烟火气的下渡路，还有冒着大雨赶来上课的同学们的伞阵，诗里诗外，真诚与炽热都感染力十足。也深刻记得彭玉平老师总是娓娓道来，引领着当时尚年少的我们学着"观物而达万物之情"，对宇宙人生如何"入乎其内又出乎其外"，不费劲地让我们触摸到了有我与无我两境。好多况味，多年以后随着阅历渐丰，愈发品得真切。

大一、大二写作"百篇"作文和八篇书评时，我的指导老师是宋俊华。他就像工程监理，时不时地从广州跑到珠海盯进度、查质量。看着他蹙眉翻阅纸稿，我经常大气也不敢出，担心"摸鱼"的几篇被揪出来。事实证明，担心的都会成真！侥幸凑数的都不得不老老实实"卷土重来"。但回想起来，导师对我那些直抒胸臆却不甚成熟的观点颇为包容，常常含笑点评，嘱我多感受、多思考、多交流。好像就这么不知不觉间，我的眼界打开了不少，以致不久后就信心满满把校园报纸《中大青年》各个版面做了个遍。2015 年，中文系结集出版《百练成篇》时，我由衷地回忆，"时光因'百篇'而变得踏实"。

中文系不止教我们热爱，育我们成长，也给我们后盾。临近毕业时，我在全副心思申请境外一所好学校的学术研究型硕士，不大容易，过关斩将，做的是"跳起来才可能摘到桃子"的事。当时辅导我毕业论文的导师王坤也深知我的心思，字斟句酌地给我写了封长长的推荐信。真的无法忘记那个和煦的午后，导师兴冲冲给我打来电话，语气明明已经是掩藏不住的欢喜，却还要卖关子"你现在看看邮箱"。我忐忑地打开邮箱，发现是所申请学校给老师的英文复信，大意很礼貌，一言以蔽之，"您的学生被录取了"。令我没有想到的是，导师第一时间回复了"I am glad to receive your email. So sorry I just can read but not writing（很高兴收到你的邮件，很抱歉，我只会读不会写）"。我笑着笑着便眼含泪花，导师皮肤黑黑的，气质嫉恶如仇，我还是头一次见他流露出孩童般的调皮快乐，还如此自嘲得乐，他是真心为我高兴啊。

我迅速给老师电话，同频地雀跃，师生对话便成了——"那邮件一看就不用回复的，就是个通知。""我知道，就是高兴，也怕他们还要等一句回复才给你发通知书。""那怎么会？""哈哈，不管了，你就聊看一笑。""啊！我之前都没说，成功了会给安排单人宿舍，还给发大笔奖学金！""你别飘，人家那是还要你打助教工的，万里长征第一步，这才哪到哪？""是是是，闯进去可能就是能力天花板了，没准没两天就撑不住得哭着回。""哈哈哈，你别给我丢那脸！"……

可是生活没按常理出牌，我终究还是辜负了导师全力托举的厚望。那阵子家里接连发生重大变故，远走高飞、任意驰骋好像已经不合时宜了。即便知道看似寻常一个选择将完全改变人生的轨迹，我还是没有太多犹豫，选择了留在医疗资源丰富的广州就近就业。一直以为导师会怪我，怪我事前不打商量，事后不好好解释，但他都没有，只是后来在我参加工作一两年的时候，聊起来跟我说，还想深造吗？在职也能，某某学校有一个跟我工作还挺贴合的应用型专业。导师竟然还想着温和地安抚我对被放弃的那个平行人生的淡淡遗憾。

快要迈向社会之前，生活给我以暴击，是中文系给了我巨大的心灵缓冲。如今已经逝去的李炜老师，当时总爱用开玩笑的口吻，让我多接触大自然，不由分说地要我相信"看见即疗愈，交感神经自己会工作"，推搡着让我坚持完成了合唱和舞蹈集体表演。身边的同学一直陪着我给家人寻医问药,当我开始翻遍号称"健康教母"等人的著述,企图从种种"救人于水火"的民间偏方中寻找最后希望时,他们没有笑话我疯魔,甚至为我挖空心思找来了这些人的联系方式,帮着细问,帮着参谋,让我清醒过来以后仍拥抱着温暖与希望。

中文系是所有学子想起来就心底温暖、踏实的所在,平凡而幸运的我,并不是个例。参加工作不久,我曾受一位师兄委托,给黄天骥老师还书。彼时,我知道那位师兄犯了些错误,正在接受处分,人有些灰扑扑的。但几次借书还书之间,看着书名和寄语,我虽只是旁观者,却也感受到了黄老师对学生那份无声的引导与鼓励。仿佛多年前他在讲台上对我们说的,"老凤将雏过小桥",他还在守护着中文系学子过人生的桥。

这同样也是中文系老师们教学生涯的注脚吧!毕业赠言时,戚世隽老师寄语"任何处境,不妨都视为一种生命体验",陈希老师寄语"逆风更适合飞翔",夏茵英老师寄语"生活有多种可能性,选择自己喜欢的",等等。当时我们只是懵懂,多年以后才明白,老师们已经预支了多少担忧与心疼,提前释放出多少鼓励与期望。

往事并不如烟,记忆温暖流年。平凡学子,归来告白,谨以此篇,献给我们毕生热爱的中大中文系,惟愿她越来越好。

(黎春蕾,广东惠州人,中文系2006级本科)

# 当知识都忘记，还剩下什么

## ——我与中大中文系

杨柳青

从中文系毕业转眼十二载，没有从事学术研究，我常常自嘲，古文字、音韵学、文献学之类的专深学问差不多已还给老师了。

爱因斯坦曾在一次演讲中说：当你把学校教给你的所有东西都忘记以后，剩下的就是教育。而我们恰恰是运用剩下的东西去思考，去战胜困难，去创造我们的幸福。

深思。

那我剩下了什么呢？

相当比例的中文人进入各行各业后跻身"笔杆子"之列脱颖而出。我的工作，也要写不少公文、新闻、材料，尚能应付。熟练操持写文章这份古老又实用的手艺活，是母系严格的本科写作训练给我们"逼"出来的立身之本。大一"百篇"作文、大二八篇书评、大三学年论文、大四毕业论文，经此磨练，阅读、写作、研究能力不能不有所长进。

那时中文系本科前半段被安顿在珠海唐家湾。校区环境清幽，适宜读书。号称"亚洲第一长"的课室大楼横插在两座山坡之间，蔚为大观。某晚到课室自习，一群蚊子头顶嗡嗡，惹人心烦，干脆撂下书，"杀"了个痛快，陈"尸"累累。挥笔写就《杀蚊记》，盘点幼时开发的多种杀蚊手段。本为凑数"百篇"的不经之作，不料戚世隽老师在文末回复：我小时候的方法是用塑料袋蒙住，看它在里面慢慢饿死。也很残忍吧？

诸如此类出人意料、幽默可爱的点评，让我对这项苦差事平添了几份期待。每隔一段时间，戚老师就会专程从广州奔波而来，扛着批改过的手抄本作文，给回她指导的三名学生。每次拿回，我便窝在宿舍迫不及待地反复细品评语，精妙处诵读分享，引众友齐笑。

"百篇"被我写成了日志。文学理论课上听闻文学终结论，惊骇莫名。——"周作人在《北京的茶食》中一段话可作解答：'我们看夕阳，看秋河，看花，看雨，闻香，喝不解渴的酒，吃不求饱的点心，都是生活上必要的。虽然是无用的装点，而且是愈精炼愈好。'文学不会是生活的中心了，但也不会消亡！"面对生存难题多思寡行，忧郁自怜。——"希望你不要拘于自限的框框，觉得自己一定做不到，做不到某件事情。有些事情，迈出一步，就会发现其实挺简单。"不满行文质量。——"不要太求完美，只是练笔。"老师寥寥数语，驱迷茫于无形。

也时有"文字不错"这样的鼓励，我便写得更放肆，搜肠刮肚，将小学中学大学同窗、深埋的时光，在笔下细细过筛。漏下来的虽未必是金子，但毕业时还是复印了一份留存，不舍得遗失评语。

每次见面，戚老师都会逗留半日与我们谈天。她对我们有问必应，我无知无畏提了些年轻人的"傻"问题，渐渐发展到问她"人为什么要谈恋爱、结婚"之类。回迁南校园后，我不时把困惑打包起来去烦她。某天从中文堂走出来，我顿感身心轻盈，那是一种陌生的生理性愉悦，觉悟过往因家庭变故自缚，遂丢开枷锁、展开拳脚，投身社团、班级活动，获益良多。

读硕士时我选了古代文学方向，师从孙立老师。孙老师诗文理论研究功力深厚，对学生十分热情，线上、线下指导都很用心。然而我却分心去实践长期思索的爱情理论，念书有所懈怠，加之古文积累和兴趣有限，学业未能精进，惭愧。

母系的全程导师制，于我如迷雾中航行得遇灯塔，如此说毫不为过。

待到入行高校行政管理，我才知了，教学在现行的高校教师评价体系中分量很轻。年轻教师还要与论文、课题缠斗以求晋升。我对中文系一众不吝在学生身上费时间的师长们，更加感佩。

前些年因工作需要，我指导校园记者团队结识了一大帮优秀的年轻人，以中文系学生占大头。刚开始，我拘谨，他们也少话。渐渐混熟，话题从新闻写作荡开，求学、交友、前途，无所不涉。时有学生揣着问题来找我，吐露心声，寻求建议。当然更多时候，他们同辈抱团取暖，或诉诸网络。有些骨干在大四离开社团之际，给我留了长长的言。一位表面沉静、内里犀利的女孩子写道：

> 回顾三年的大学生活，会发现您是影响我最深的一位老师了。以前在中学时，因为喜欢问问题，跟很多老师很熟，但是往往只停留在对课本知识的讨论，自己当时也很少去思考怎么规划自己的人生、怎么去看待整个世界的问题。
> 
> 到了大学，又因为走班的形式，和多数老师没有太多交集，并

会因为内心的敬畏产生距离感。说实话，一开始对您也有这种感觉，但相处久了，这种感觉渐渐被冲淡。每次的'人生导师'环节都会刷新我很多旧有观念和看法，我学会了理性看待问题，特别是当自己在网上冲浪时掉进矛盾或愤怒的漩涡中，会开始意识到要从中跳脱出来。

您有一点让我很钦佩的，那就是常常会主动了解我们这一代人的生活和心态，对我们展现出很大的好奇心，跟我们平等交流，而非从一个长辈的角度去审视我们的心态和行为。因为我家里人跟我的年龄差很大，我们常被代沟问题困扰，彼此之间很难真正认同和理解。但您让我发现，如果可以保持一颗真诚的好奇心，放下一些偏见和自身局限去主动交流，会让大家更自在愉悦。

这正是我当年想说的话。只是我一度以为，学生如今能在网络上轻易触达各领域学识渊博、认知深邃的大师，便不再会那么渴求现实中的老师。且有时跟多数成年人一样，错觉自己自来便如此，自立自洽地生活。忘了年轻人在困惑、烦恼时刻，多么需要一个稍微懂得多一点的人，面对面、活生生地耐心倾听、指引。

每个年轻、真诚、干净的灵魂都弥足珍贵，值得郑重对待。看到他们自信生发、神采飞扬、侃侃而谈，我由衷感到高兴。

记得戚老师说过："文学到底是什么？文学就是人学。"

关心人的一切问题，看见语言文字背后的灵魂。或许，这就是在知识忘记之后，剩下的东西。这点信念，在人工智能舞文弄墨、汹涌来袭之时，使我对中文人的未来保有信心。

衷心祝愿百年中文系长青、光大。

（杨柳青，广东茂名人，中文系2006级本科、2010级硕士）

# 烈如火，温如玉
## ——回首与坤师十八年

袁敦卫

### 一、初遇坤师

2004年3月的一天，我有些紧张地推开中大文科楼文艺学教研室的黄色木门，里面端坐着三位神情严肃的导师，他们将决定我是否能进入康乐园攻读硕士学位。

从1998年8月起，我就在粤东汕尾市的一座海滨小镇任教，6年时光好像指缝间的水，虽感到有生命一样的东西流逝，但掌心却是空的。相比渴望考上大学，我更渴望离开那里。其中最主要的原因是，我的女儿已经2岁了，她从邻舍孩子那里偶尔学来的几句"福佬"① 土语，听得我们一头雾水，恍如时空错位。

我知道，我们该离开了。

让我意外的是，在硕士生入学面试过程中，交替提问的是潘智彪和邓志远两位老师，而王坤老师始终一言不发。其实我一直担心王老师会冷不防抛出一个我无法招架的问题，所以时不时偷眼看他，而他好像入定一般不动声色，稳如泰山。直到我走出考场，都没有听到王老师的嗓音。这让我产生了莫名的好奇感。

2005年9月，我从硕士生改为硕博连读生，正式开启了王门的学习生涯。与王老师相遇以来的18年，我最突出的感受有两方面，一是他烈如火的刚性，二是他温如玉的柔性。这两者如此突兀又如此和谐地统一在一个人身上，似乎完美印证了美学上所说的"对立统一"原则。

---

① 福佬话是广东汕尾市使用人口最多、流行地域最广的一种方言，属于闽南方言的一个分支，与潮汕话是"兄弟"关系。

## 二、其烈如火

王老师的"烈"是性情上的坚韧、立场上的笃定和情感上的热烈。他认定的事情，要想改变几乎是不可能的。

我的博士论文《论齐美尔的社会美学及其当代意义》开题时，我总想保留某些自以为完美的构思，但与王老师反复"角力"之后，我发现他总是比我看得更透彻、意志更坚定。他在开题报告会上甚至公开说：我的开题报告是与他"四次拔河"的结果。而事实上，我最终的论文与开题报告的构想已经没有多少共同之处——因为我们后面还进行了"四次拔河"较量，而王老师总是稳稳占据上风。

王老师每隔一段时间（通常是一个月）就会约见我，与我讨论论文的进展情况，而更多的时候则是"即兴指导"。我清晰记得 2008 年 6 月 11 日凌晨一点左右，我正准备上床睡觉，王老师突然打来电话，说如果我还没睡的话就去他家里"谈谈论文"。我趿拉着拖鞋就跑去了，结果他塞给我一本张世英的《哲学导论》，让我暂时放下手中所有的工作，花一个星期时间精读这本书。当时我的论文刚刚"驶入主干线"，突然让我"刹车改道"，我心里那份委屈和不满是不言而喻的。但我知道，王老师认定的事，最好不要"硬顶"。我只好收拾纷乱的心情，花四天时间重新啃了一遍《哲学导论》，并且写下了 6000 多字的读后感。正所谓"开卷有益"，读完这本书后我不仅及时调整了论文的表述风格，而且掘取了不少重要的思想线索，比如马丁·布伯与齐美尔的思想联系。今天想来，王老师如此这般地"拨转马头"，确实用心良苦，也再次印证了他的"刚性"。

论文初稿完成后，王老师花了一个多星期的时间，把 20 万字的打印稿完整地审读了一遍——其实这也是他对待博士学位论文的一贯风格。看着用红色签字笔写下的密密麻麻的批注，我既惊讶又惭愧——惊讶的是他的敬业精神和深厚学养，惭愧的是自己文风漂浮、学识空疏。论文中不少地方，王老师仅用常识或一个反例就检验出我的思考不合情理或有失周密。正是在王老师严格、细致和充满洞见的指导下，我的论文才呈现为今天的样子。我相信：王老师的指导不仅在学术意义上，而且也在人生成长意义上，给予我长久的启示和不绝的动力。

### 三、其温如玉

王老师的"温"是发自心底的善良，是人文精神的内化，也是他深厚学养的综合体现。虽然真正从学王门只有四年（2005—2009），但毕业13年来（2009—2022），我感觉王老师一直都在我的身边，好像在校时那样关心、帮助、砥砺我。他不仅介绍我参加各种学术会议，比如在广州、汕头召开的广东省社会科学学术年会，而且指导我毕业后的研究方向如何与当地的文化结合。

2017年12月我历经挫折评上正高职称后，王老师似乎比自己评上博士生导师更高兴，证书还没有发下来，就约上潘智彪老师，专程驱车来东莞为我庆祝，殷殷之情，让人动容。妻子特意买了一阳台的迎春花卉，欢迎两位导师亲临寒舍，师生之情，犹如舐犊。那一天也是我们一家人铭感终生的幸福时刻。

我进康乐园读研时，女儿2岁，去年8月她已19岁，将赴海外留学，王老师知道后也非常高兴：当年那个经常在西区操场相遇，一起跑步的小女孩，如今也开始独立远行，营筑自己的天地。王老师见证着我家两代人的成长和进步，他就像一座自带动能的加压泵，推动着生命的延续、精神的涌流。

### 四、坤师语录

与王老师相处18年，听他讲过不少有经典气质的语句，我凭记忆复述如下，算是"坤师语录"吧："博士论文，将是你这辈子写得最认真的一本书。"（事实证明这是对的）"博士论文听我的，别的我不管。"（除了学术，其他可以包容）"一篇博士论文能把一个概念讲清楚，就很了不起。"（不要好高骛远）"你是一棵草，就会有骆驼来吃你。"（萝卜肯定有坑，不必为找工作忧虑）"应邀吃饭，就是别人出钱，你出身体。"（别以为大吃大喝是什么好事）"要跟自己比，不要跟别人比。"（每个人的成长背景都不一样，简单的横向比较没有意义）……此生有幸入王门。

2022年10月6日

（袁敦卫，湖北大冶人，中文系2004级硕士、2006级博士）

# 玉轮长在眼，掬影盼传承

## ——黄天骥老师琐记

吕珍珍

我曾有幸在中山大学中文系求学五年，并受教于黄天骥老师。康保成老师曾精辟地总结黄老师的"四爱"：爱中国、爱广州、爱中大、爱学生。作为黄老师的学生，我从他那里得到了许多令我受益终生的教诲，也对他的"爱学生"感触尤深。

我从黄老师那里得到的指教，多半是和他聊天时听来的。

认识黄老师的人都知道，他晚饭后经常在康乐园里散步，还会约上一两位友生，边走路，边聊天，很多学术上的想法就是在聊天中产生的。除此之外，黄老师还喜欢和在读的学生聊天。他社会活动多，教学任务重，连寒暑假和周末都要风雨无阻地到办公室工作，但无论多忙，对于前来求教的学生，他向来是来者不拒。他不仅鼓励学生找他聊，还主动找学生聊。

我们一入校，他就宣布："我们培养博士生的方式，就是聊天。"并告诉大家可以随时去找他。但我当时和黄老师还不太熟悉，觉得老师那么忙，不好随便打搅，加之我生性内向，不善主动与人交流，所以一直没敢登门找他，尽管我知道他的办公室就在我们常去的中文堂8楼，也知道他经常在办公室。直到有一天，我偶然在中文堂大厅碰到他，还没来得及上前打招呼，他已经大步走过来了，边走边用洪亮的声音叫我的名字，接着像想起了什么似的，发出一声招牌式的响亮的"哈！"，接着就是"你还没找我聊过天呢！"他拍拍我的肩膀："明天下午四点半去吧，我在808。"我大为惊讶。在我的观念中，到了博士阶段，应该是学生主动向老师求教，断然没有老师反过来找学生的道理。何况，从名义上讲，我也不是由黄老师指导的，他没有义务对我如此费心。想到这些，我既意外，更感动，当然也很惶恐，生怕自己学问太差，在老师面前露馅儿。

第二天，我揣着一颗忐忑的心站到了黄老师门口。门是敞开的，他正对着电脑"哒哒哒"地打字。我轻轻叫一声"黄老师"，他抬头看了一下，立刻站起身，脸上现出笑容："哈，珍珍！"他一边招呼我进去，一边离开椅子，指着办公桌对面的长沙发让我坐下，然后从沙发尽头的小茶几上拿过一个杯子，装茶叶，倒水，再笑眯眯地递到我手上。我的心稍稍放松了一些。原以为老师会重新坐回办公桌前的椅子上，他却从小茶几旁拉过一张简易折叠椅，在我右前方坐下了。多年后我才明白，这样的位置安排是刻意为之，避免正面就座给对方（尤其是容易紧张的年轻学生）带来被审视的感觉，营造出平等、亲切、轻松的谈话氛围。

聊天竟然是从胡辣汤开始的。他问："你是河南的，喝过胡辣汤吧？""胡辣汤"一词让我备感亲切，我如实回答："在老家时经常喝。"他笑了："我喝了一次就忘不了啦！那次去河南，被他们一帮人带去喝胡辣汤。哈，喝了几口，眼泪都要辣出来了！"他眯起眼睛，咧着嘴巴，似乎满嘴都是浓烈的辣味。"他们还说是名吃，哈！我可再也不想喝了！"他摇摇头："我们广东人是喝不了的。"我被他滑稽的模样和风趣的言辞逗笑了，绷紧的神经松弛下来。他又询问我在广州是不是适应？住在哪里？平时在哪里看书？等等。然后他就讲自己跟随王季思先生和董每戡先生学习戏曲的经历，提醒我在研究中要把文献和舞台结合起来。他接着介绍我们这个专业培养学生的传统："你们过来后，虽然是分在不同老师名下，但在指导学生上，我们从来不分你的我的。我们是一个团队。大家互相吸收、借鉴。"他主张讨论式的教学方式，喜欢老师和学生一起唇枪舌剑地激烈争辩。他说："都博士生了，有的地方还是老师讲学生听。这不是培养博士生的方法嘛。"这些话在我听来既新鲜，又亲切，更兼他说话时声音抑扬顿挫，表情丰富多变，时而眉飞色舞，时而严肃沉静，我被牢牢地吸引住了。我正听得入神时，却看到他站起身，微笑着说："我们走吧？"我一看表，快六点了。看看窗外，远处树上的日光已经黯淡了。记得那天出门时，我先出去，站在外面等着，黄老师收拾东西随后出来。走到我身边时，他忽然站住了，一脸惊愕："啊？原来你没我高啊。"我一愣，旋即明白了，连忙解释："老师，我以前穿的是高跟鞋。"他哈哈大笑，似乎很为自己的发现而得意。我也不禁笑了：原来黄老师这么可爱！

有了这次开头，我后来就敢自己去找黄老师聊天了。这成了我在中大期间重要的学习方式之一。黄老师无疑是精通教育之道的。他的聊天，看似漫无目的、轻松随意，却使人受益匪浅。他并不在某个具体问题上着力，而是在方向和方法上给予指导。这对我来说是非常有必要的：具体问题可以自己读书钻研，方向和方法却是不经点拨就难以领悟的；在具体问题上犯错了可以推倒重来，方向和方法错了却是满盘皆输。中大几代戏曲学者薪火相传的故事也经常出现在聊天中，在黄老师娓娓动听的叙述中，我深深感觉到自己是这个集体的一员，一种后继者的使命感油然而生。

每次聊天结束，在中文堂前跟黄老师道过别，目送他骑着那辆破旧的自行车远去，我的心中都涌动着温暖和感动。那渐行渐远的身影，在我眼中也越来越高大起来。

黄老师身上最令我印象深刻的，是他的眼睛。虽然已年逾八旬，还动过眼部手术，但他的眼睛依然清澈、明亮。这双炯炯有神的眼睛，总能在极其细微之处发现学生的闪光点。

有一次，我担任本专业上一届同学的博士学位论文答辩的秘书，黄老师是答辩委员。我拿着事先拟好的答辩意见初稿请他审阅，他浏览了一下，眉眼间流淌出笑意，问我："这是你写的吗？"我说是，他拍拍我的肩膀说："很好！"其他几位答辩委员也认为初稿意见中肯、形式规范，未经太多修改就通过了。答辩结束后吃饭时，德高望重的黄老师自然被推到了最中间的座位上，但他竟然招呼我坐在他旁边，答辩委员会的校内外老师们反倒坐在离他较远的座位上。他还开玩笑地对担任答辩主席的刘晓明老师说："今天主席要向秘书敬酒。"看得出他是发自内心的高兴。我不禁感慨：我不过是履行职责写了一份简单的材料，却受到如此厚爱，老师的这份心哪……

这样的事情远非一宗。黄老师在完成《周易辨原》的初稿后，让我们几个学生帮忙校对。我发现原稿中有个地方"阴""阳"二字混淆了。想来是电脑输入时的失误，因为这两个字多次出现，且声母相同，字形相近，极易出错。我随手把这个地方标了出来。没想到黄老师看到后特地打电话给我，语气听起来很高兴，他肯定我读书认真，还说这两个字非常重要，如果不改过来，那部分的意思就完全相反了。后来他还在多个场合提起这个事情，强调这个修正很重要。我这个本不用功的学生就这样被戴了一顶"高帽子"，又开心，又惭愧。

黄老师在聊天时曾经说过，对年轻人要多鼓励，少批评，才能让他们有信心，有积极性，才能出成绩。我被黄老师戴上"高帽子"，大概也是这个原因吧。这顶"高帽子"戴上去虽然漂亮，却像孙悟空头上的紧箍一般，令我时时不敢懈怠。因为老师的期望就是唐僧的咒语，我一懈怠，咒语就要发威了。

多鼓励，这是黄老师对待学生的一贯做法。虽然学生众多，但他似乎炼就了一双火眼金睛，对每个人的特点都了如指掌，学生身上哪怕再不起眼的优点和成绩，他也能发掘出来，毫不吝啬地予以褒扬。平时上课、聊天时，他会以赞许的语气提及我们的某位师姐入校后进步特别快，某位师姐每次讨论课都准备充分、发言精彩，某位师兄眼光敏锐且思深虑周，某位师妹聪明好学又多才多艺……在他的眼里，每个学生都是熠熠生辉的美玉。

  黄老师的眼睛，又似乎无处不在。上课、聊天时，他的眼睛在我的面前闪烁，活泼、温暖；翻开他的著作，他又从纸面上看过来，睿智、深邃。更多的时候，我找不到他在哪里，却分明感觉到他关切的眼神投在我身上。

  我刚进中大后那个中秋节的前一天，忽然接到黄老师的短信："珍珍，下午四点半到中文堂前来。"我以为老师要问我的学习，惴惴不安地来到中文堂等待。不一会儿，就远远看见他骑着自行车过来了。他在我面前停下来，从车把上取下一个精美的袋子递给我，亲切地说："你从河南来，还没吃过广东的月饼吧？这个给你尝一下。"太意外了！我接过月饼，正愣着不知道该说什么时，已听到他说："我去游泳了。再见。"自行车咣咣当当地响着，载着他风一样地离开了。晚上，我在窗前坐下，打开那盒月饼。月光从窗外照进来，洒下一片清辉，是亲人的思念，也是老师的关爱吧。

  我结婚的次日，收到黄老师发来的信息："三日入厨下，洗手做羹汤。"我不禁莞尔，接着就是感动。我不过随口说了一下结婚的日子，老师却记在了心里，还在千里之外教育我承担起家庭责任！后来我有了孩子，跟黄老师聊天时，他又建议给孩子每天吃个鸡蛋，说这是保证营养的最简单有效的方法，还向我推荐两种广东人常给小孩吃的药——"抱龙丸"和"葆婴丹"。孩子大一点了，他又提醒我，是该专心于教学和科研的时候了。

  无论何时何地，我都能感觉到黄老师关切的眼神。他对学生的关爱，本是无穷无尽的啊。我想，有这种体会的，一定不止我一个人：黄老师多方筹集资金，设立了"王季思学术基金"和"黄天骥学术基金"，用以资助出版学生的戏曲类论著，且优先考虑需要评职称的人，受益者众多；每年从外地考来的博士生入校时，黄老师都会指派师兄师姐联系他们，使他们尽快熟悉环境，并帮忙解决生活和学习上的困难；他常常把刚刚出版的新书题字后送给学生，那些没能亲自到场的，就托其他人带过去，我也曾经几次受命帮他送书；毕业后远在外地工作的学生，黄老师会通过各种途径打听他们的情况，尽力给予帮助；2011年日本关东大地震时，有位师妹恰在震区的东北大学留学，黄老师非常担心，连夜发短信给我，让我询问她的情况，得知她已安全回国，才放下心来；在社会上，黄老师多次提出，高校的各种考核要对青年教师有所照顾。比如论文，要充分考虑论文自身的质量，而不能单看所发表刊物的等级。道理很简单，青年人掌握的学术资源少，在高层次刊物发表论文难度更大。当我听到他的这些言论时，我明白了，黄老师那双充满关切的眼睛，投向的不仅仅是自己的学生，而是青年人，尤其是青年教师这个群体。与其说他是关心学生，不如说是关心青年人，关心学术的未来。

在我的眼中，黄老师是个有志趣、有情怀、成就卓著的学者，更是个可亲、可敬、可爱的师长。他对后辈寄予厚望、倾尽心力。他时常深情地回忆起自己跟随王季思和董每戡两位先生学习的经历，师生间那种"渊源一脉注，冷暖两情通"（王季思先生诗）的关系令人动容。我无缘得晤两位老先生的风采，却在黄老师的身上看到了他们的影子。王季思先生诗云："薪尽火传光不绝，长留青眼看春星。"黄老师不也正以这样一双"青眼"，殷切地瞩望着一颗颗冉冉升起的"春星"吗？"玉轮（珍珍按：王季思先生书斋名为"玉轮轩"。）长在眼，掬影盼传承"（黄天骥《赠保成弟》），黄老师不也正以自己的行动，完美地实践着前辈开启的传承学术、培养后进的接力吗？

（吕珍珍，河南新安人，中文系2007级博士）

# 十年"树木",百年"树人"

姚思宇

转眼间,从我拥有中文人的身份算起,至今已近十年。从刚步入大学校门的懵懂本科生,到努力躬耕于文艺学园地的博士研究生,其间个人的成长史,相比于周树人先生之于百年系史,显然如沧海一粟。但如同我在中大曾用名之"梓"字,形似一株小树,虽木讷拙疏,却不断享受着阳光雨露,蓬勃生长。特别是,每当回忆起我在本科学习、见证过的"鲁迅"身影,便很难忘却根深叶茂的中大中文系帮助我种下的学术种子,以至今日上下求索、受益无穷。

从第一次仰望中文堂繁茂枝叶下的鲁迅雕像,心生向往,到真正进入作品里活生生的鲁迅——这一重要过渡,直接得益于中文系老师的言传身教。说起给我们讲鲁迅,最难忘林岗老师的"鲁迅研究"专选课。自从得知这门课的开设很难得,我每个星期都格外期待见到这位说话总含笑意,把眼睛眯成一条线而透出一贯的幽默和质朴的老师。记得在三楼拥挤的小教室里,林老师指导大家阅读《文明及其不满》,以及卡夫卡等人的名著,从相关的现代性问题进入鲁迅,又带我们细读《故事新编》《野草》诸多文本,理解在荒诞的神话叙事中表达自我内心世界的鲁迅,理解将个人经验蕴藏在文学意象、情节中的鲁迅。林老师独到的心得、细密的解读,很快掀起了我们共读鲁迅和探讨的热潮。每逢老师的荐书课后,总能见到一群直奔图书馆的身影很快挤满三楼部分书架之间。

"我先尽一己之力,提出看法供你们批判……"当我翻开当年的笔记,发现连林老师课上的引言也记录在侧。可见,老师讲鲁迅时传递出的谦虚的学术态度、开放的教学风格,当时是多么令我欢喜和看重!恍然间,我看到了1927年在广州演讲的鲁迅:向公众讲授魏晋风度与药及酒的关系,自谦道"我学识太少,没有详细的研究"……鲁迅对学生之谦和友善,尽管担任着中大教务主任和中文系系主任等要职,还是会请文学青年到妙香楼吃饭喝茶,会为学生被捕而力争营救。而穿越九十载,在我接触过的中文系老师身上,也常常能感受到这份为师之慈爱。总记得，大一写"百篇"、见导师，范书记和李炜老师都会带我们到小西门外的茶餐厅吃粤菜喝炖汤，传授身心调理之道；总记得，在八篇书评和毕业论文答辩会上，王坤老师的娓娓道来、细细叮嘱，向我们强调写论文就是"拼刺刀"，不能发射"空对空导弹"，切忌"筑室谋道"……形象的言语背后是犀利的眼光，寄予着对我们读书写作的注视与厚望，深深地刻在了我的脑海。

鲁迅讲魏晋风度，最后讲到陶渊明，却说"完全超出于人间世的，也是没有的。既然是超出于世，则当然连诗文也没有。诗文也是人事，既有诗，就可以知道于世事未能忘情"。写《在钟楼上》，他还忆起了狄拉克的两句话："一个最大的社会改变的时代，文学家不能做旁观者！"鲁迅的写作总以丰沛的感情、深刻的思想关怀入世，而我在中文堂、在文艺学专业所受的影响亦是如此。

"根本不深，花亦不美，然而吸取露，吸取水……""中国问题，世界视野。读书行路，转识成智。"读大二时，我关注到了罗成老师曾筹划的"野草学术园地"，其直接取法鲁迅的问题式阅读研究，让我备受鼓舞。还记得他在开篇写道："我们的'野草'，旨在跳脱'为文艺而文艺''为理论而理论'的认知理障，以真诚的态度彻底地投入自我：既应无所住而生其心，去掉自我心中的成见与我执，去掉对待他者的刻板与敷衍；又随物宛转与心徘徊，敞开面对整全的人间，悠游历史的脉络，感受社会的症候。"这让我开始领悟到了文艺理论研究从个体到社会的结构性意义。

由此萌发的读书兴趣，使我几番从珠海坐岐关车到南校园中文堂聆听文艺学学术沙龙。当听到"观乎人文以化成天下""'人文'的关键在于立足人的'感觉'"，听到"'艺'的汉字本义是种植，与西方的 Culture '耕种'相通""传统'六艺'与西方'培育完整的人'可以贯通理解"，这种何为"文"、何为"艺"的丰富性解释，使我不再仅仅从表面认识什么是"文艺学"。见识到诸位老师关切时势与人事的学术分享，我开始下定决心："将来也要成为一名文艺学学者，既能妙笔著文章，又能铁肩担道义，体察、关怀人心。"当我鼓起勇气向罗老师说出心中的这份理想，很快就收到了老师的接纳和指导！那一刻，我站在中文堂鲁迅雕像前，激动万分。

大三回迁南校园后，我在中文堂接受了更为系统的学术训练。既有黄仕忠师、潘培忠师联合讲授文献学，也有"吉煌欧巴"（即吴吉煌老师）细致讲解训诂学，还有吴承学老师专为大三、大四学生开讲的学术论文写作讲座……诸位老师纷纷使出自己的看家本领，让我们学习到了中文系的"十八般武艺"。而在导师的严格指导下,我也得以投入实践,写作了有关陈映真的学年论文和关于康德崇高美学的学位论文。因缘际会,有时周末我还能约上三两好友过江到省立中山图书馆,聆听系里张均老师、晓佳老师、罗老师为广州市民开设的文化讲座。这时大家才发现,原来一旁的广州鲁迅纪念馆,就是鲁迅先生当年在中人居住办公的"钟楼"!很难不感慨,仿佛正是先生当年的辩论、奔走,召唤和激励着我的老师们回到这里……

我在中大中文系的成长,离不开高师长风的耳濡目染,也离不开挚友相携的帮助勉励。犹记得,赴北京深造的延欣师姐对我的细致指教和开导,时隔数年,每次联系仍倍感熟悉亲切。犹记得,当年参加完书评报告会,晴儿走来对我说:"思宇的报告讲出了、解决了我读《美的历程》同样有过的问题……"那次充满共鸣的短暂交流,让我第一次切身体会到学术写作的价值,印象深刻。后来异地求学,室友相寻游玩时路过江南水师学堂,还会一同忆起当年课后讨论鲁迅的有趣情景。正如中文系一则推送题为"最默契的相逢,是我们读过同一本书",共同的读书经历,总能让我收获高山流水遇知音的快感。

直到毕业,每当有机会充当校园义务导游,带远在清远、惠州读中学的学弟学妹参观中文堂,我还是总会领他们来到郁郁葱葱的鲁迅雕像前,骄傲地介绍这位曾经的系主任。看着大家同样向往的眼神,我心底暗暗相信,这不仅是"最有力的招宣",也是"感动的启蒙"。"潜虬媚幽姿,飞鸿响远音……池塘生春草,园柳变鸣禽。"

从成为中大中文人,到走进文艺学研究,始于"人文化成"与"传统耕耘",我的十年成长特别要感谢"鲁迅"——使我厚植于百年系史的积淀,厚植于人文精神的传承。正所谓,十年树木,百年树人。

2024 年 1 月

(姚思宇,广东汕头人,中文系 2015 级本科)

# 胸藏书千壑,烟雨任平生

孙一然　钟梓丹

## 一、听雨夜话,胸纳万卷方为真藏书

岭南新雨将今年过早到来的湿热空气清扫,做伴夏虫低语,我们来到了林岗教授的办公室,不大的房间因为陈设简洁而显得空旷,幽幽的书卷气荡在我们身旁。"我没有专门的书房",林岗教授笑言自己没有一个独立的名为"书房"的场所,但是他将书藏在另一处"特别的书房"。对于林岗教授而言,书就像一个个由其内涵具象而来的人,只有打开书本阅读才能触及其灵魂并与之对话,从中受益。"书只贵读",藏书虽是较为文雅的爱好,但与身体力行去翻阅好书还是有一定距离的。

"因为我以前有个非常要好的朋友,他很喜欢藏书。在我们的月薪大约三五十块的年代,他基本上都把钱用来搜罗各种各样的书。搜罗到现在,他的书可能四五个集装箱都装不完。"那时候,林岗教授想看什么书,就怂恿朋友买。朋友买了,他便借来阅读,所以自己也从来不经营书房。由于居住的地方距离图书馆较近,相比买书,林岗教授更倾向于从图书馆借阅。图书馆有丰富的藏书,其规模之大、涉猎之广都是私人书房难以企及的。林岗教授说:"阅读应该有随机性。"当他有一个主题要思考时,便会到图书馆找书。"找书时可能会发现它旁边有几本很好的书也没读过,不妨也拿来看看。"学科有划分,而思维无界限。阅读的随机性对读者而言是一种挑战、一种缘分。做学问不仅要专精于一门,更要敞开心胸去探索陌生的领域。

## 二、结缘中文,笑谈往昔意气堪回首

"大鹏之动,非一羽之轻也;骐骥之速,非一足之力也。"(《潜夫论·释难》）人是时代的建设者，也是时代的见证者。

20世纪六七十年代，学校停课。小学时代的林岗教授和身边的同学一样拿起簸箕锄头，在老师的带领下接受劳动教育。

初中时，林岗教授遇到了第一位引导自己阅读的老师。由于特殊原因，这位老师工作颇不顺利，此时的林岗教授也受相似的原因所困而胸中郁闷。老师看着与自己同样满心郁结的学生，说道："有痛苦，就读点哲学吧，哲学能帮你开解一下。"

这是林岗教授第一次听到"哲学"一词。老师的话如同星火，点燃了林岗教授胸中的枯木荒草，迸发出灼灼火光。林岗教授当时尚且懵懂，不知道何谓哲学，便找来艾思奇的《大众哲学》阅读。"它就是所谓革命斗争时代的朴素哲学，如果你用今天的眼光看，都算不上哲学。但是你读了这个，那你就可以多知道一点。"林岗教授回忆道："读书都是这样的：入门，然后从一本书到另一本书。这本书最大的功能不一定是给你很多教育，而是帮你跳到另外一本更有意思一点的书。"读书就像拾级而上，满怀希望开了头，就算心中彷徨也总能找到出路和更高的台阶。

年岁稍长，林岗教授同千千万万知青一样，背井离乡到农村插队。每个时代的青年都有独一无二的青春。回忆起下乡插队的日子，林岗教授的眼神透出了温和的神采，笑着说："中国的农民是很可爱的人啊！和一些知青文学描写的不一样，各人有各人的境遇，不能够一概而论。"当时高考还未恢复，表现优异的林岗教授被推荐进入中山大学学习，林岗教授与中大中文系的缘分就此开始。

大学生活由此拉开序幕，"孤独"成为林岗教授大学时期的底色。但这份独处也为林岗教授提供了思考的条件，使他逐渐形成了独立看待世界的眼光。在20世纪80年代，中大人分为三种：讲客家话的、讲潮州话的、讲广府话的。林岗教授会讲广府话，但是也讲不好，讲正宗广府话的人也不爱和他玩，所以他总是独来独往。想起在中大的求学时光，林岗教授笑得很开心，说道："上了大学以后我也是很孤独的，虽然我是潮州人，但是我不会讲潮州话。我觉得独处没什么的，只要你够强大。"但独来独往不意味着没有交际，林岗教授有一门绝技——剃头。"小时候，带我的阿婆特别担心我长大了该怎么办，经常给我灌输一个思想——'人得有一门手艺'。所以我插队的时候，就开始学剃头。"把一段孤独的路程走出万众瞩目的气势，这种安于独处的乐观态度打动着倾听者。

回忆起与恩师们的点点滴滴，林岗教授十分感激大学时代遇到的两位老师,一位是当时讲授大学英语的老师,另一位教授是古代文学的吴国钦老师。林老师说:"在我眼里,老师教课非常认真。这与时代赋予人们的标签无关。但在确信自我之前就过早接受了别人眼中的世界,是不是一种因懒惰而导致的损失呢?"如林岗教授所言:"你要从眼前这个真实的世界,去了解世界本身。"

吴国钦老师留给林岗教授最深刻的印象就是"治学传道之认真"。对待学生的论文,吴国钦老师总是逐字逐句阅读,反复字斟句酌地教导,并针对学生的疑难因材施教。想起恩师的言传身教,林岗教授的感激之情溢于言表。如今自己做了老师,他反思道:"教育有时需要老师告诉学生一个具体的路径,后由学生尝试着改正。"但他有时也希望学生能够自我生长,去发现自己是什么人,对什么问题感兴趣,顺着自己的方向走。"当然,不同的老师有不同风格,不能一概而论。"

### 三、情系中大,寄语青年,拥抱全世界

林岗教授先后在北京社科院、深圳大学以及国外工作过,当年的青涩学子转眼就变成了博学平和的学者。辗转多年,怀着对母校的感念,他又回到了中山大学。林岗教授是见证新中国从曲折发展走向世界舞台的亲历者,身为党员教师,他对学生充满了热切的希望:"你们这一代跟我们这一代最大的不同,就是中国变成了一个对世界有广泛影响的国家。现在国人的物质需求基本可以得到满足,但知识的储备、教养和精神上面的准备还需要继续提升,这就需要你们这一代去改变。"林岗教授建议青年一代:"一定要学好几门外语,要到外面的世界去历练,再回过头来,思考自己国家的不同之处,为中国的发展探寻机会!"

林岗教授谈起了他记忆中那道模糊又熟悉的身影。在他的人生道路上,这个人总是沉默少言,但又潜移默化地影响着他。"我的父亲是一个沉默寡言的人,我们在一起的时候总是各做各的。他没怎么教过我,但不能说对我没有影响。"林岗教授的父亲林若是一名老党员,也是受人敬仰的老书记。当时林岗教授在外求学,正踌躇于要留在国外还是回到祖国的怀抱,父亲林若曾给他写了一封信。信上,父亲讲了许多老一辈科学家学成后报效国家的故事。但这封信最终并没有寄出。不过,也许是父亲对他润物无声的影响,也许是父子之间的心有灵犀,没有收到这封家书的林岗教授还是选择回到祖国。"后来看到那封信时我早已心里明白,一个人要为自己的国家做一些事,

我心里已经有这个概念了。"要为国家做一些事,父子两人在这里达成了某种默契。现在林岗教授也是一名党员,在国家发展的宏大画卷上笔耕不辍,俯首实干。

也是明白"人要为祖国做些实事",林岗教授对"五四"那个时期很有共鸣。"在'五四'那代人之前,已经有许多有志之士尝试过很多道路要挽救这个国家了,但是他们的方法都走不通。所以只能由'五四'彻底地清算传统的文化,从毁灭中开出一个通往未来的路,这就是文化的应激反应。"囿于当时的环境,中国没有机会慢慢摸索现代化道路,必须在短时间内做出反应。"中国是走不了西方的现代化道路,我们只能开辟自己的路。"研究"五四"时期的文和人,也让林岗教授更有感于个人与时代、个人与国家的关系。林岗教授鼓励青年,要担负起时代和家国的责任,用包容的眼光探索世界;不要满足于一隅的知识或见闻,要将自身投入现实中去;通过与不同文化的交流,反思自身的道路;不断完善自我专业素质、道德修养和精神准备,坚持党的领导,保持活力和朝气,走出中国道路的风采。

时空在这一瞬间交叠,我们脚下这片土地也记录着前辈的青春,相似或迥异,我们都把这些时光如斜斜的岭南细雨般浸润到了中大的红墙绿瓦里。同千千万万前辈一样,我们捻过校图书馆里斑驳泛黄的书页、走过陈寅恪故居旁的白石小道、吹过从珠江上扑面而来的晚风……时序轮转,如今又是一个疏影摇曳的春夜。回首,苍老虬劲的古木正诉说着中山大学近百年的故事;抬头,密匝匝的枝叶还在潜滋暗长。当红日刺破黑夜,中大又是一片郁郁葱葱。风过,树下律动的光斑洒在赶路的莘莘学子身上,日复一日,代代如此。前辈的事迹给予后辈前进的力量,我们这一代人又将谱写怎样动人的诗篇呢?

(孙一然,云南玉溪人,中文系 2021 级本科;钟梓丹,广东茂名人,中文系 2020 级本科)

# 后 记

岁月如歌，青春不老。在这本《从未远走的青春——校友回忆录》中，我们汇集了众多中山大学中国语言文学系的校友们对青春岁月的深情回望与珍贵记忆。每一页文字，都承载着他们那段激情燃烧的岁月，都镌刻着他们那段追梦逐光的年华。

蓦然回首间，中山大学中国语言文学系已历百载春秋，在薪火相传，见证了校友们从青涩到成熟的蜕变。他们在这里汲取知识的养分，在这里结识志同道合的伙伴，在这里种下了梦想的种子。如今，这些种子已经生根发芽、开花结果，校友们在各自的领域发光发热，成为社会的中坚力量。

在这本书中，我们看到了校友们对青春岁月的深情追忆。他们讲述着在红砖绿瓦的廊檐下，如何上下求索、探寻文学的魅力；他们回忆着在康乐园的每一个角落，如何与同学们携手奋斗以及共同成长的点点滴滴；他们感念着在求学的漫漫征途上，如何遇良师、得真经、悟大道的深切恩情；他们分享着在走向社会后，如何以中文人的身份，勇于担当、积极奉献的感人故事。这些故事，不仅仅是校友们个人的青春记忆，更是中山大学中国语言文学系百年华章的生动注脚。

纵然岁月悠悠，但我们仍得以从书中深切感知，独属于校友们的青春其实从未走远，如同璀璨星辰，照亮了他们前行的道路；又如同激昂旋律，激励着他们直面生活的挑战。我们有幸编集此书，在不断翻新的日子里，留下校友们独一无二、弥足珍贵的青春痕迹，也见证了代代相传、生生不息的中文篇章。

我们希望这本回忆文集能让更多的人了解中山大学中国语言文学系的百

年历史与辉煌成就，感受校友们的青春激情与奋斗精神。希望每一位校友都能在回忆的文字里找到青春的影子，收获继续出发的力量。

一百年风雨兼程，中大中文系承载着万千梦想，砥砺奋进间，文脉永续，焕发历久弥新之光辉。我们相信，每一位从这里走出去的校友，都能不忘初心，在人生的长河中继续扬帆远航。我们也期待，这本《从未远走的青春——校友回忆录》将成为连接校友与中大中文系之间的一座桥梁，让这份青春的记忆永远流传。

《从未远走的青春——校友回忆录》是对中山大学中国语言文学系百年华诞的深情献礼，亦是镌刻在校友们心中的那份永不褪色的青春印记。感谢所有投稿本书的校友们，正是你们的宝贵记录、慷慨分享，才让我们有机会共同回味这段美好的青春时光。未来，我们愿与广大校友携手共进，继续谱写更有温度、更具情怀的校友篇章！

吴昊琳

2024 年 10 月 16 日